**Blumfeld, um solteirão de mais idade
e outras histórias**

Franz Kafka

Blumfeld, um solteirão de mais idade e outras histórias

Organização, tradução e posfácio de
Marcelo Backes

2ª edição

Rio de Janeiro
2018

Copyright da tradução © Marcelo Backes, 2018
Copyright da edição © Editora Civilização Brasileira, 2018

O tradutor agradece encarecidamente à Academia Europeia de Tradutores, em Straelen, a bolsa e o ambiente de trabalho que propiciaram o início da tradução e da organização da presente antologia, e a Carlos Henrique Ribeiro do Valle, os amenos dias de trabalho na Fazenda Cachoeira, em Guaxupé, num momento em que o projeto, devido às atribulações do cotidiano, havia estacado por algum tempo.

Capa: Maikon Nery

CIP-BRASIL. CATALOGAÇÃO NA PUBLICAÇÃO
SINDICATO NACIONAL DOS EDITORES DE LIVROS, RJ

Kafka, Franz (1883-1924)
K16b   Blumfeld, um solteirão de mais idade e outras histórias /
2ª ed.   Franz Kafka; tradução e posfácio Marcelo Backes. – 2ª ed. –
Rio de Janeiro: Civilização Brasileira, 2018.
336 p.; 23 cm.

Inclui índice
ISBN 978-85-200-1351-9

1. Conto alemão . I. Backes, Marcelo. II. Título.

                           CDD: 833
17-45400   CDU: 821.112.2-3

EDITORA AFILIADA

Todos os direitos reservados. É proibido reproduzir, armazenar ou transmitir partes deste livro, através de quaisquer meios, sem prévia autorização por escrito.

Texto revisado segundo o novo Acordo Ortográfico da Língua Portuguesa.

Direitos desta tradução adquiridos pela
EDITORA CIVILIZAÇÃO BRASILEIRA
Um selo da
EDITORA JOSÉ OLYMPIO LTDA.
Rua Argentina, 171 – Rio de Janeiro, RJ – 20921-380 –
Tel.: (21) 2585-2000.

Seja um leitor preferencial Record.
Cadastre-se e receba informações sobre
nossos lançamentos e nossas promoções.

Atendimento e venda direta ao leitor:
mdireto@record.com.br ou (21) 2585-2002.

Impresso no Brasil
2018

Sumário

Blumfeld, um solteirão de mais idade	7
O infortúnio do solteirão	33
O comerciante	35
O vizinho	37
O casal	39
Um médico rural	45
O professor da aldeia	53
Crianças na estrada	69
Desmascaramento de um trapaceiro	73
Os passantes	75
O passageiro	77
Onze filhos	79
Chacais e árabes	85
O abutre	91
O timoneiro	93
Graco, o caçador	95
Prometeu	101
Posídon	103
O silêncio das sereias	105
A verdade sobre Sancho Pança	107
O novo advogado	109
A preocupação do pai de família	111
Uma mulher baixinha	113
O pião	121
O cavaleiro do balde	123
Para a reflexão de cavaleiros amadores	127
Conversa com o devoto	129
Conversa com o bêbado	137
Desejo de ser índio	141

As árvores	143
O foguista	145
Investigações de um cão	177
Um artista da fome	219
Josefine, a cantora, ou O povo dos camundongos	231
O grande nadador	251
O guarda da cripta	255
Índice das narrativas e suas origens	273
Cronologia resumida de Franz Kafka	279
Posfácio	283

Blumfeld, um solteirão de mais idade

1

Blumfeld, um solteirão de mais idade, subia certa noite até seu apartamento, e isso significava para ele um trabalho cansativo, pois morava no sexto andar. Enquanto subia as escadas, ele pensava, aliás, como acontecera diversas vezes nos últimos tempos, que aquela vida de todo solitária era bem penosa, que ele agora precisava subir aqueles seis andares literalmente em segredo para chegar a seu quarto vazio, lá em cima, para, ao chegar mais uma vez literalmente em segredo, vestir seu pijama, acender o cachimbo, ler um pouco do jornal francês que já assinava havia anos, além disso, dar umas bicadinhas no licor de cerejas que ele mesmo preparava e por fim ir para a cama depois de meia hora, não sem antes reordenar com todo cuidado a roupa de cama, que a criada, avessa a qualquer tentativa da parte dele de ensiná-la, jogava ali conforme lhe dava na veneta. Um espectador qualquer, alguém que acompanhasse essas atividades, seria muito bem-vindo para Blumfeld. Ele já pensara várias vezes se não devia arranjar um cachorrinho para lhe fazer companhia. Um animal desses sempre é divertido, e sobretudo grato e fiel; um colega de Blumfeld aliás tem um cachorro, e ele não cria vínculos com ninguém a não ser com seu senhor, e, quando não o vê por alguns momentos, o recebe logo com muitos latidos, visivelmente querendo expressar sua alegria com o fato de ter voltado a encontrar seu senhor, esse benfeitor extraordinário. Contudo, um cachorro também tem desvantagens. Por maior que seja a limpeza ao se cuidar dele, ele acaba sujando o quarto. Isso nem sequer pode ser evitado, não é possível dar um banho de água quente nele antes de cada uma das vezes que se o leva para dentro do quarto, e sua saúde, ademais, não suportaria algo assim. Por outro lado, é Blumfeld que não consegue suportar sujeira em seu quarto, a limpeza de seu ambiente é algo indispensável, mais de uma vez por semana ele briga com sua criada, que nesse aspecto lamentavelmente não se mostra muito cuidadosa. Uma vez que a mulher tem dificuldades auditivas, ele costuma puxá-la pelo braço a cada ponto do quarto onde existe algo a reclamar da limpeza. Com toda essa severidade, ele conseguiu que a ordem no quarto correspondesse mais ou menos aos seus desejos. Arranjando um cachorro, porém, ele acabaria por trazer de modo voluntário até ele a sujeira que até agora rechaçara com tanto empenho. Pulgas, as companheiras constantes dos cachorros, se fariam sentir. E, caso as pulgas de fato aparecessem, com certeza não estaria muito distante o momento em que Blumfeld abandonaria seu quarto aconchegante para cedê-lo ao cachorro, acabando por procurar para si mesmo um outro quarto. Mas a sujeira era apenas *uma* das desvantagens dos cachorros. Cachorros também ficam doentes, e as doenças caninas, na verdade, ninguém entende. Então eis que esse animal fica sentado num canto ou capengando por aí, gane, tossica, sente engulhos por causa de uma dor qualquer, usa-se um cobertor para enrolá-lo, assovia-se alguma coisa para ele, empurra-se leite em sua direção, em resumo, cuida-se dele na esperança de que seja uma mazela passageira, como aliás também é possível, embora desde o princípio possa se tratar de uma doença séria, repugnante e contagiosa. E, mesmo se o cachorro permanecer saudável, mais tarde acabará ficando velho, e por certo não se conseguirá decidir, pelo menos não a tempo, passar o fiel animal adiante, e então já terá chegado a hora em que a própria idade começa a nos contemplar pelos olhos lacrimosos do cachorro. Nesse caso, porém, é preciso se torturar com o animal meio cego, fraco do pulmão, quase imóvel por causa da gordura, e assim pagar caro as alegrias que o cachorro nos deu antes disso. Por mais que Blumfeld fosse gostar de ter um cachorro agora, entretanto, ele prefere continuar subindo a escada sozinho por mais trinta anos, em vez de ser incomodado mais tarde por um cachorro velho, que, ofegando ainda mais alto do que ele, se arrastasse para cima a seu lado, de degrau em degrau.

Blumfeld, um solteirão de mais idade | 9

Assim, Blumfeld acabará por ficar sozinho, já que ele por certo não tem os desejos de uma velha donzela, que quer ter algum ser vivo submisso em suas proximidades, que ela tenha de proteger, com o qual ela possa se mostrar carinhosa, que ela quererá servir a toda custa, de modo que para esse objetivo lhe bastará um gato, um canário, ou até mesmo peixinhos dourados. Blumfeld, ao contrário, quer apenas um companheiro, um animal com o qual não precise se preocupar muito, ao qual um chute eventual não prejudique, que em caso de necessidade também possa passar a noite na rua, mas que, quando Blumfeld sentir vontade, logo estará à sua disposição com latidos, saltos, lambidas na mão. Algo assim é o que Blumfeld quer, uma vez que, no entanto, conforme ele próprio admite, não pode tê-lo sem desvantagens demasiado grandes, abre mão dele, mas ainda assim, de tempos em tempos, e de acordo com sua natureza meticulosa, como, por exemplo, naquela noite, acaba voltando ao mesmo pensamento.

Quando então ele tira a chave do bolso lá em cima, diante da porta de seu quarto, eis que percebe um ruído que vem de dentro. Um ruído peculiar e que lembra o de uma matraca, mas bem vivaz, bem regular. Uma vez que Blumfeld acabou de pensar em cachorros, aquilo lhe lembra o ruído causado por patas quando batem alternadamente no chão. Mas patas não matraqueiam; não são patas. Ele destranca a porta às pressas e acende a luz elétrica. E não está preparado para o que vê. Ora, mas aquilo só podia ser magia, duas pequenas bolas de celuloide brancas, de listras azuis, saltam sobre o piso de taco uma ao lado da outra; quando uma delas bate no chão a outra está no alto, e assim elas levam seu jogo adiante sem se cansar. Certa vez, no ginásio, Blumfeld vira algumas pequenas esferas saltarem de modo semelhante em um conhecido experimento elétrico, mas aquelas são bolas relativamente grandes, saltam no quarto desocupado e não parecem estar participando de nenhum experimento elétrico. Blumfeld se curva sobre elas para observá-las melhor. São, sem dúvida, bolas comuns, é provável que contenham em seu interior ainda algumas bolas menores, e essas é que produzam o ruído de matraca. Blumfeld agarra o ar para verificar se elas por acaso não estão presas a

10 | Blumfeld, um solteirão de mais idade e outras histórias

algum fio, não, elas se movimentam de modo completamente autônomo. Pena que Blumfeld não seja uma criança pequena, duas bolas assim seriam para ele uma grata surpresa, ao passo que agora aquilo tudo causa nele uma impressão antes desagradável. No fundo, não é de todo sem valor viver como um solteirão despercebido, apenas em segredo, mas agora alguém, pouco importa quem, havia desvendado esse segredo e lhe mandado aquelas duas bolas estranhas.

Ele quer pegar uma das bolas, mas elas se desviam dele e o atraem para dentro do quarto, trazendo-o em seu encalço. Contudo, é tolo demais, ele pensa, correr assim atrás das bolas, fica parado e as segue com os olhos, vendo como elas, uma vez que ele parece ter desistido da perseguição, também ficam pulando no mesmo lugar. Mas eu vou tentar pegá-las mesmo assim, ele volta a pensar em seguida, e corre até elas. Imediatamente elas escapam, porém Blumfeld as acossa, de pernas abertas, para um dos cantos do quarto, e, diante do baú que ocupa seu lugar por lá, consegue pegar uma delas. É uma bola fria e pequena, e gira em sua mão, ao que tudo indica, ávida por escapar. E também a outra bola, como se visse os apuros de sua camarada, salta mais alto do que antes, e aumenta os saltos até tocar a mão de Blumfeld. Ela bate contra a mão, bate em saltos cada vez mais rápidos, muda os pontos de ataque, em seguida salta, uma vez que não consegue fazer nada contra a mão que envolve a bola de todo, ainda mais alto, e provavelmente queria alcançar o rosto de Blumfeld. Ele poderia pegar também essa bola e trancar ambas em algum lugar, mas por enquanto lhe parece desonroso demais tomar medidas desse tipo contra duas pequenas bolas. No fundo, também é divertido possuir duas bolas assim, e elas, além disso, em pouco ficarão cansadas, rolarão para baixo de algum armário e o deixarão em paz. Apesar dessa consideração, Blumfeld arremessa a bola no chão com uma espécie de fúria, é um milagre que o invólucro de celuloide, fraco e quase transparente, não se rompa com o golpe. Sem qualquer movimento de transição, as duas bolas voltam a seus saltos de antes, baixos, combinados mutuamente.

Blumfeld se despe com tranquilidade, arruma as roupas no caixote; ele costuma observar sempre com exatidão se a criada deixou tudo em

Blumfeld, um solteirão de mais idade | 11

ordem. Uma ou duas vezes ele ainda olha por sobre os ombros para as bolas que, ao não serem perseguidas, agora até parecem persegui-lo, pois se aproximaram dele e passaram a saltar bem atrás de onde ele está. Blumfeld veste o pijama e quer ir até a parede do outro lado do quarto para pegar um dos cachimbos, que se encontram pendurados numa armação. Involuntariamente, ele acaba dando um golpe, antes de se virar, com um dos pés para trás, mas as bolas conseguem se desviar e não são atingidas. Quando ele se dirige em seguida para o lugar onde estão os cachimbos, as bolas se juntam a ele, ele arrasta as pantufas, dá alguns passos irregulares, mas ainda assim, a cada uma das pisadas, quase sem pausa, se segue uma batida das bolas, e elas se mantêm em seu encalço. Blumfeld se vira inesperadamente para ver como as bolas conseguem persistir no mesmo ritmo. Porém, mal ele se virou, as bolas descrevem um semicírculo e já estão outra vez atrás dele, e isso se repete por todas as vezes que ele se vira. Como acompanhantes submissas, elas procuram evitar se manter diante de Blumfeld. Até agora, as bolas parecem apenas ter ousado fazê-lo para se apresentar a ele, logo, porém, já assumem a atividade como seu trabalho.

Até então, Blumfeld, em todos os casos de exceção em que sua força não se mostrou suficiente para dominar uma situação, lançou mão do auxílio de fazer de conta que não percebia nada. Isso muitas vezes ajudou, e na maior parte dos casos melhorou suas condições, pelo menos. Portanto, também agora ele decide se comportar desse jeito, está em pé diante da armação de cachimbos, escolhe, de lábios entreabertos, um deles, enche-o de modo especialmente minucioso com o tabaco do saquinho à mão, e deixa as bolas darem seus saltos atrás dele sem se importar. Só titubeia em ir até a mesa, mas ouvir o ritmo sincronizado dos saltos e de seus próprios passos quase lhe causa dor. De modo que fica parado, enche o cachimbo por um tempo desnecessariamente longo, e examina a distância que o separa da mesa. Por fim, supera sua fraqueza e vence o trecho pisando tão duro que nem sequer ouve as bolas. Quando já está sentado, contudo, elas voltam a saltar do mesmo modo perfeitamente audível de antes, atrás de sua cadeira.

12 | Blumfeld, um solteirão de mais idade e outras histórias

Acima da mesa, ao alcance de sua mão, há uma tábua presa à parede, sobre a qual se encontra a garrafa com o licor de cerejas, cercada pelos pequenos copinhos. Ao lado dela, há uma pilha de exemplares do jornal francês. (Justo hoje chegou um novo exemplar, e Blumfeld o pega de cima da pilha. Do licor, ele se esquece de todo, e tem ele próprio a sensação de que apenas para se consolar não se está deixando perturbar em suas ocupações habituais. Nem sequer sente uma necessidade real de ler. Contra o hábito, que de resto o caracterizava, de virar cuidadosamente folha a folha, ele abre o jornal numa página qualquer, e lá encontra uma grande fotografia. Ele se obriga a examiná-la com mais rigor. Ela apresenta o encontro entre o imperador da Rússia e o presidente da França. O encontro acontece num navio. Em volta, até bem longe, ainda há vários outros navios, a fumaça de suas chaminés se dissolve no céu claro. Ambos, o imperador e o presidente, acabaram de se aproximar um do outro às pressas e em largas passadas, e acabam de se tocar as mãos. Tanto atrás do imperador quanto atrás do presidente há dois homens em pé. Em comparação com os rostos alegres do imperador e do presidente, os rostos de seus acompanhantes estão bem sérios, os olhares de cada um dos grupos de acompanhantes se encontram sobre seus senhores. Mais abaixo – o acontecimento se dá visivelmente no deque mais alto do navio – há longas filas de marinheiros saudando-os, cortadas pela margem da fotografia. Blumfeld contempla a fotografia com interesse cada vez maior, em seguida a afasta um pouco e olha para ela piscando os olhos. Ele sempre tivera muita capacidade de avaliar cenas grandiosas como aquela. E considera bem fiel à verdade o fato de as duas pessoas principais se apertarem as mãos de modo tão descontraído, cordial e negligente. E correto, do mesmo jeito, é o fato de os acompanhantes – aliás naturalmente homens bem altos, cujos nomes são indicados abaixo – registrarem a seriedade do momento histórico em sua postura.

E, em vez de pegar tudo aquilo de que precisa, Blumfeld fica sentado sem se mexer e olha para o cachimbo que ainda não foi aceso. Ele se encontra à espreita, e de repente, de modo completamente inesperado, sua atenção fixa se desvia, e ele se vira com a cadeira num só impulso.

Mas também as bolas estão atentas ou seguem sem pensar a lei que as domina e, ao mesmo tempo que Blumfeld se vira, também elas mudam seu lugar e se escondem atrás dele. Agora Blumfeld está sentado de costas para a mesa, o cachimbo frio na mão. As bolas passam a saltar debaixo da mesa e, uma vez que ali há um tapete, mal podem ser ouvidas. Isso acaba sendo uma grande vantagem, e apenas resulta em ruídos bem fracos e abafados, é preciso prestar muita atenção para ainda conseguir ouvi-los. Blumfeld, porém, é muito atento, e os ouve com exatidão. Mas isso será assim apenas agora, em um instantinho, ele, ao que tudo indica, não as ouvirá mais. O fato de elas poderem se fazer perceber tão pouco, estando sobre tapetes, parece a Blumfeld uma grande fraqueza da parte das bolas. É preciso, pois, apenas empurrar um ou, ainda melhor, dois tapetes para baixo delas, e elas se mostrarão quase impotentes. Contudo, apenas por um determinado tempo, e, além disso, tão só sua existência significa um certo poder.

2

Agora Blumfeld poderia fazer bom uso de um cachorro, um animal jovem e selvagem desses em pouco daria conta das bolas; ele imagina como esse cachorro tenta segurá-las com as patas, como as expulsa de seus postos, como corre atrás delas por todos os cantos do quarto, e por fim consegue agarrá-las entre os dentes. É bem possível que Blumfeld arranje um cachorro daqui a algum tempo.

Por enquanto, contudo, as bolas precisam temer apenas a Blumfeld, e ele agora não sente vontade de destruí-las, talvez também apenas lhe falte poder de decisão para tanto. Ele chega cansado do trabalho à noite, e então, no lugar onde precisa de paz e tranquilidade, lhe é preparada uma surpresa dessas. Só agora ele sente como está cansado, no fundo. Blumfeld com certeza destruirá as bolas, e isso em bem pouco tempo, mas por enquanto não, e provavelmente apenas no dia seguinte. Quando

14 | Blumfeld, um solteirão de mais idade e outras histórias

se considera tudo aquilo com imparcialidade, as bolas, aliás, até que se comportam bastante bem. Elas poderiam, por exemplo, saltar para a frente de tempos em tempos, se mostrar e depois voltar para seu lugar, ou então poderiam saltar mais alto, a fim de bater no tampo da mesa e assim compensar o abafamento causado pelo tapete. Mas isso elas não fazem, elas não querem incomodar Blumfeld por qualquer coisa, e é visível que se limitam ao absolutamente necessário.

Esse necessário, contudo, também basta para arruinar o fato de Blumfeld estar à mesa. Ele está sentado há apenas alguns minutos junto a ela e já pensa em ir dormir. Um dos motivos para tanto é também o de que ele não pode fumar, pois deixou os palitos de fósforo sobre a mesinha de cabeceira. Ele precisaria, portanto, buscar esses palitos de fósforo, mas, se já estiver junto à mesinha de cabeceira, o melhor por certo será ficar por lá logo de uma vez e se deitar. E, ao cogitá-lo, ele já está pensando em outra coisa, na verdade, acredita que as bolas, cegas pelo vício de se manter sempre atrás dele, pularão sobre a cama, e que ele acabará por, querendo ou não, amassá-las ao se deitar. Quanto à objeção de que talvez também o que restar das bolas pudesse começar a saltar, ele simplesmente a rechaça. Também o que é incomum precisa ter limites. Bolas inteiras saltam inclusive em outras circunstâncias, ainda que não de forma ininterrupta, fragmentos de bolas, ao contrário, jamais saltam, e também aqui não haverão de saltar.

"Vamos lá!", ele exclama, mostrando-se quase teimoso por causa dessa ideia, e segue pisando duro em direção à cama, com as bolas mais uma vez atrás de si. Aquilo que ele esperava parece se confirmar, pois, assim que intencionalmente fica parado bem próximo da cama, uma bola salta de imediato sobre ela. Mas o inesperado acaba acontecendo, e a outra bola vai para baixo da cama. Na possibilidade de as bolas também poderem saltar debaixo da cama, Blumfeld sequer chegou a pensar. Ele está indignado com uma das bolas, apesar de sentir como isso é injusto, pois ao saltar debaixo da cama, a bola desempenha sua tarefa talvez ainda melhor do que a bola que está sobre a cama. Então tudo passa a depender do lugar por onde as bolas se decidem, pois Blumfeld

Blumfeld, um solteirão de mais idade | 15

não acredita que elas consigam trabalhar separadas por muito tempo. E, de fato, um instante depois também a bola que estava embaixo salta para cima da cama. Agora eu as peguei, pensa Blumfeld, explodindo de alegria, e arranca o roupão do corpo para se jogar ao leito. Mas é o momento exato em que a mesma bola volta a saltar para baixo da cama. Decepcionado além de qualquer medida, Blumfeld literalmente murcha. É provável que a bola apenas tenha querido averiguar as coisas ali em cima, e o ambiente não tenha lhe agradado. E agora também a outra a segue e é até natural que fique embaixo da cama, pois embaixo é melhor. "Agora vou ter essas duas tocadoras de tambor a noite inteira aqui", pensa Blumfeld, cerra os lábios e balança a cabeça.

Ele está triste, sem no fundo saber como as bolas poderiam prejudicá-lo durante a noite. Seu sono é excelente, ele conseguirá superar com facilidade aquele pequeno ruído. Para ter certeza disso, enfia dois tapetes para baixo delas, conforme a experiência adquirida anteriormente. É como se ele tivesse um cachorrinho, para o qual pretendesse conceder um leito mais macio. E, como se também as bolas estivessem cansadas e sonolentas, seus saltos logo se mostram mais baixos e mais vagarosos do que antes. Assim que Blumfeld se ajoelha diante da cama e ilumina com a lamparina noturna por baixo dela, passa a acreditar, em dado momento, que as bolas ficarão para sempre deitadas sobre os tapetes, tão fracas se mostram ao cair, tão vagarosas rolam um trechinho adiante. Mas eis que então elas voltam a se levantar, cumprindo sua obrigação. Mas é bem possível que Blumfeld, se olhar debaixo da cama bem cedo, apenas encontrará por lá duas bolas de criança quietas e inofensivas.

Mas elas parecem nem sequer aguentar os saltos até pela manhã, pois já quando Blumfeld está deitado na cama não as escuta mais. Ele se esforça para ouvir alguma coisa, ergue o tronco para escutar melhor – nenhum sinal. Tão forte assim o efeito dos tapetes não pode ser, a única explicação é que as bolas não estejam saltando mais, ou então elas não conseguem tomar impulso suficiente por causa dos tapetes macios, e por isso desistiram provisoriamente de saltar, ou ainda, o que inclusive é o mais provável, elas nunca mais voltarão a saltar. Blumfeld poderia se levantar e dar uma olhada para ver o que está acontecendo, mas, em sua satisfação com o fato de enfim estar em paz, prefere ficar deitado, não quer nem mesmo tocar com seus olhos as bolas agora em silêncio. Até mesmo de fumar ele faz gosto em abrir mão, vira-se para o lado, e logo adormece.

Mas não deixa de ser incomodado; como sempre, também dessa vez ele não sonha, mas seu sono é bem intranquilo. Incontáveis vezes durante a noite ele se assusta com a ilusão de que alguém bate à porta. Blumfeld sabe com certeza que ninguém está batendo; quem haveria de querer bater à noite, e logo na sua porta, a porta de um solteirão solitário. Ainda que ele com certeza saiba, sempre de novo volta a se erguer na cama assustado, e olha por um momento em direção à porta, tenso, a boca aberta, os olhos arregalados, enquanto as mechas de seu cabelo balançam sobre a testa úmida. Ele faz tentativas de contar quantas vezes é despertado, mas, fora de si por causa dos números monstruosos que acabam resultando disso, volta a cair no sono. Ele acredita saber de onde vêm as batidas, que não são dadas na porta, porém em lugar bem diferente, mas na rede de seu sono não consegue se recordar em que se fundamentam suas suspeitas. Ele sabe apenas que vários golpes minúsculos e asquerosos se aglomeram antes de resultar nas batidas grandes e fortes. Ele gostaria de tolerar toda a repugnância dos pequenos golpes, se pudesse evitar as batidas, mas por algum motivo é tarde demais, ele não pode intervir no caso, perdeu a oportunidade, nem sequer tem palavras, sua boca se abre apenas para bocejar, muda, e, furioso com isso, ele bate o rosto no travesseiro. E assim a noite passa.

Pela manhã, as batidas da criada o despertam, com um suspiro de salvação ele saúda as batidas suaves, sobre cujo caráter inaudível ele sempre se queixou, e já quer gritar "entre", quando ouve outras batidas vivazes, bem fracas, mas literalmente guerreiras. São as bolas debaixo da cama. Será que elas acordaram, e, ao contrário dele, juntaram novas forças durante a noite? "Só um momento", grita Blumfeld para a criada, salta da cama, mas com cautela, de modo a manter as bolas às costas, se joga no chão, sempre de costas voltadas para elas, olha de cabeça

Blumfeld, um solteirão de mais idade | **17**

virada para as bolas e quase tem vontade de praguejar. Como crianças, que durante o sono afastam os cobertores que as incomodam, as bolas provavelmente, através de pequenas contrações prolongadas durante a noite inteira, empurraram os tapetes tão longe que voltam a ter o piso de taco livre debaixo da cama, e assim podem fazer barulho ao bater. "De volta para cima dos tapetes", diz Blumfeld de rosto enraivecido, e, apenas quando as bolas mais uma vez ficam quietas graças aos tapetes, ele chama a criada, permitindo que ela entre. Enquanto esta, uma mulher gorda, estúpida e sempre de passo empertigado, bota o café da manhã sobre a mesa e faz o par de ajustes necessários, Blumfeld fica parado, imóvel, junto à cama, a fim de manter as bolas debaixo dela. Ele segue a criada com os olhos, a fim de constatar se ela percebe alguma coisa. Com suas dificuldades auditivas, isso é bastante improvável, e Blumfeld credita ao seu nervosismo, causado pela noite mal dormida, o fato de acreditar ver que a criada de quando em vez estaca, segurando-se a algum móvel, para depois ouvir com atenção, erguendo as sobrancelhas. Ele ficaria feliz se pudesse convencer a criada a apressar um pouco seu trabalho, mas ela se mostra quase mais lenta do que de costume. Complicando ainda mais as coisas, a criada enche os braços com as roupas e botas de Blumfeld e segue com elas para o corredor, fica por um bom tempo longe, as batidas que ela dá nas roupas lá fora soam monótonas e bem isoladas. E, durante aquele tempo todo, Blumfeld é obrigado a ficar na cama, não pode se mexer se não quiser atrair as bolas, fazendo com que sigam atrás dele. É obrigado, inclusive, a deixar esfriar o café, que normalmente gosta de beber o mais quente possível, e não pode fazer outra coisa a não ser fixar os olhos na cortina da janela ainda baixada, atrás da qual o dia se aproxima, turvo. Por fim, a criada termina seu serviço, deseja um bom dia e já quer ir embora. Mas, antes que ela se afaste definitivamente, ainda fica parada à soleira da porta, mexe um pouco os lábios e lança longos olhares a Blumfeld. Ele já está prestes a questioná-la, quando ela acaba indo. O que Blumfeld mais gostaria de fazer seria abrir a porta num repelão e gritar atrás dela que ela não passava de uma mulher boba, velha e estúpida. Mas quando pensa

18 | Blumfeld, um solteirão de mais idade e outras histórias

sobre o que teria de fato a objetar no comportamento dela, acaba por se dar conta apenas do paradoxo de que ela sem dúvida alguma nada notou, e mesmo assim quis parecer ter notado alguma coisa. Como os pensamentos dele estão confusos! E isso apenas por causa de uma noite maldormida! Ele encontra uma pequena explicação para o sono ruim no fato de não ter respeitado seus hábitos na noite anterior, não ter fumado e não ter bebido o licor. Quando eu, e esse é o resultado final de suas reflexões, acabo não fumando e não bebendo licor, durmo mal.

A partir de agora, ele dará mais atenção a seu bem-estar, e já começa pegando algodão de sua farmácia caseira, pendurada sobre a mesinha ao lado da cama, e enfiando bolinhas de algodão em seus ouvidos. Em seguida se levanta e dá um passo, fazendo um teste. Embora as bolas o sigam, ele quase não as ouve, mais um acréscimo de algodão as torna completamente inaudíveis. Blumfeld ainda dá mais alguns passos, e isso não lhe parece desagradável, de modo algum. Cada um cuida de si, tanto Blumfeld quanto as bolas, e embora estejam vinculados em via de mão dupla, eles não se perturbam mais. Apenas quando Blumfeld se volta uma vez com mais pressa e uma das bolas não consegue fazer o movimento oposto com rapidez suficiente, ele acaba batendo com o joelho nela. Mas esse é o único incidente, de resto Blumfeld bebe seu café com tranquilidade, e sente fome como se não apenas não tivesse dormido à noite, mas sim feito uma longa caminhada, lava-se com água fria e incomumente refrescante e veste suas roupas. Até agora não ergueu as cortinas, mas por cautela preferiu permanecer na penumbra, ele não precisa nem um pouco de olhos estranhos que vejam as bolas. Mas agora se encontra pronto para partir, e precisará de algum modo dar conta das bolas para o caso de elas ousarem – ele não acredita que será assim – segui-lo também à rua. Para tanto, lhe ocorre uma boa ideia; ele abre o grande baú de roupas e fica de costas para ele. Como se intuíssem o que ele estava pretendendo, as bolas se protegem do interior do baú e aproveitam cada lugarzinho que resta entre Blumfeld e o baú para dar seus saltos, e, quando não se mostra possível fazer outra coisa, até saltam por um instante dentro do baú, mas logo voltam a fugir da escuridão do interior do móvel, saltando para fora. Por cima da borda, mais para o meio do baú, elas sequer podem ser levadas a se mover, preferem não cumprir sua obrigação se mantendo quase ao lado de Blumfeld. Mas suas pequenas espertezas não devem ajudá-las em nada, pois agora Blumfeld entra, ele mesmo, de costas, no baú, e elas precisam segui-lo de qualquer jeito. Com isso, porém, também está tudo decidido sobre elas, pois no fundo do baú há diversos objetos menores, como botas, caixinhas, pequenas maletas, e, embora todos – agora Blumfeld o lamenta – estejam bem arrumados, acabam atrapalhando muito as bolas. E então, quando Blumfeld, que entrementes quase fechou o tampo do baú, com um grande salto, como já não dava havia anos, deixa o baú, aperta o tampo e gira a chave, as bolas estão presas. "Então isso deu certo", pensa Blumfeld, e seca o suor de seu rosto. Mas que barulheira que as bolas fazem dentro do baú! Chega a se ter a impressão de que elas estão desesperadas. Blumfeld, ao contrário, está assaz satisfeito. Ele deixa o quarto, e já o corredor ermo tem sobre ele um efeito benfazejo. Blumfeld livra os ouvidos do algodão, e os vários ruídos do prédio despertando o deixam encantado. Poucas pessoas podem ser vistas, ainda é bem cedo.

3

Embaixo, no saguão, diante da porta baixa pela qual se chega ao apartamento da criada, no porão, o filho de dez anos da mesma se encontra em pé. Feito à imagem e semelhança de sua mãe, nenhuma das feiuras da velha foi esquecida naquele rosto de criança. De pernas tortas, as mãos nos bolsos da calça, o garoto está parado ali e bufa, porque, mesmo sendo tão novo, já tem um papo e só consegue respirar com dificuldade. Normalmente, quando o garoto se põe em seu caminho, Blumfeld sempre começa a andar mais rápido para se poupar o mais possível daquele espetáculo, porém hoje ele quase gostaria de ficar

20 I Blumfeld, um solteirão de mais idade e outras histórias

parado junto dele. Mesmo que o garoto tenha sido posto no mundo por aquela mulher e carregue em si todos os sinais de sua origem, pelo menos por enquanto continua sendo uma criança, naquela cabeça informe ainda há pensamentos infantis, caso alguém se dirija a ele de modo compreensivo e lhe pergunte algo, ele provavelmente responderá com voz clara, de modo inocente e respeitoso, e, depois de alguma superação, se poderá acariciar também aquelas faces. É como pensa Blumfeld, mas acaba passando pela criança sem parar mesmo assim. Na rua, ele percebe que o tempo está melhor do que achara quando ainda estava em seu quarto. A neblina da manhã se torna esparsa aqui e ali, e trechos de céu azul, varridos por um vento forte, aparecem. Blumfeld deve às bolas o fato de ter conseguido sair bem mais cedo do que de costume de seu quarto, até mesmo o jornal ele esqueceu sobre a mesa sem lê-lo, dessa forma ganhou muito tempo e agora pode andar devagar. É estranho como ele se preocupa pouco com as bolas desde que se separou delas. Enquanto elas estavam atrás dele, até se poderia considerar que eram algo que pertencia a ele, algo que deveria ser contemplado ao se julgar sua pessoa, agora, no entanto, elas não passavam de um brinquedo que havia ficado em casa, no baú. E nisso Blumfeld se lembra que talvez pudesse neutralizar as bolas da melhor maneira possível ao encaminhá-las para a sua verdadeira ocupação. Lá, no corredor, ainda está o garoto; Blumfeld lhe dará as bolas de presente, e não simplesmente as emprestará, mas sim as dará de presente com toda a clareza, o que por certo significará o mesmo que uma ordem para sua destruição. E, ainda que elas acabassem por ficar intactas, nas mãos do garoto elas mesmo assim significarão ainda menos do que no baú, o prédio inteiro verá como o garoto brinca com elas, outras crianças se juntarão a ele, a opinião geral de que no caso se trata de simples bolas para brincar e não, por exemplo, de companheiras de vida de Blumfeld se tornará inquebrantável e irresistível. Blumfeld corre de volta ao prédio. O garoto acaba de descer a escada para o porão e quer abrir a porta, lá embaixo. Blumfeld precisa chamar o garoto, portanto, e pronunciar seu nome, que é ridículo como tudo que pode ser vinculado ao garoto.

Blumfeld, um solteirão de mais idade | **21**

– Alfred, Alfred – ele grita. O garoto hesita por um bom tempo. – Vem cá, ora – chama Blumfeld –, quero te dar uma coisa.

As duas filhas pequenas do zelador saíram da porta do outro lado e se postam curiosas à direita e à esquerda de Blumfeld. Elas compreendem tudo muito mais rapidamente do que o garoto, e não entendem por que ele não vem logo de uma vez. Então elas acenam para ele, sem desviar os olhos de Blumfeld, embora nem por isso consigam descobrir qual é o presente que espera por Alfred. A curiosidade as tortura e elas saltitam de um pé a outro. Blumfeld ri tanto delas quanto do garoto. Este parece enfim ter ajeitado tudo e sobe as escadas rija e lentamente. Nem mesmo no modo de andar ele renega sua mãe, que aliás aparece à porta do porão, lá embaixo. Blumfeld grita em voz bem alta, a fim de que também a criada o escute e vigie o encaminhamento de seu encargo, caso isso se mostre necessário.

– Tenho lá em cima – diz Blumfeld –, no meu quarto, duas bolas bem bonitas. Queres ficar com elas? – O garoto apenas contorce a boca, não sabe como deve se comportar, e se vira olhando de forma interrogativa para a mãe, lá embaixo. As meninas, porém, começam logo a saltar em torno de Blumfeld e pedem as bolas. – Vocês também vão poder brincar com elas – diz Blumfeld a elas, mas espera pela resposta do garoto. Blumfeld poderia dar as bolas de presente às meninas logo de uma vez, mas elas lhe parecem volúveis demais, e ele agora tem mais confiança no garoto. Este, entrementes, sem que sequer fossem trocadas palavras, se aconselhara junto à mãe, e acena com um gesto positivo a uma nova pergunta de Blumfeld. – Então toma cuidado – diz Blumfeld, que faz gosto em passar por cima do fato de que não receberá agradecimento algum por seu presente. – Tua mãe tem a chave do meu quarto, tens de pedi-la emprestada a ela, aqui te dou a chave do meu baú de roupas, e é nesse baú de roupas que estão as bolas. Depois de pegar as bolas, volta a trancar o baú de roupas e o quarto com todo o cuidado. Mas com as bolas podes fazer o que quiseres, e não precisas mais trazê-las de volta. Tu me entendeste? O garoto, porém, lamentavelmente não entendeu. Blumfeld quis deixar tudo claro e translúcido a esse ser de compreensão

22 | Blumfeld, um solteirão de mais idade e outras histórias

lenta e limitada, mas justo devido a essa intenção repetira tudo por vezes demais, falara por vezes demais e alternando chaves, quarto e baú, e o garoto por isso fixa os olhos nele não como se ele fosse seu benfeitor, mas sim como se o estivesse tentando. As meninas, contudo, logo compreenderam tudo, acotovelam-se junto a Blumfeld e estendem os braços pedindo a chave. – Ora, mas esperem – diz Blumfeld, enquanto já se incomoda com todos eles. O tempo também passa, e ele não pode mais continuar ali para sempre. Se pelo menos a criada enfim dissesse que o compreendeu e que providenciará tudo de modo correto para o garoto. Em vez disso, porém, ela continua parada lá embaixo, junto à porta, e dá um sorriso decorativo como se fosse um surdo envergonhado, acreditando talvez que Blumfeld lá em cima tenha caído de encantos por seu garoto de repente e esteja lhe fazendo perguntas para ver se ele sabe a tabuada de cor. Blumfeld, por sua vez, não pode descer a escada do porão e gritar seu pedido aos ouvidos da criada, que o filho dela pelo amor de Deus fizesse o favor de o livrar das bolas. Ele já se superou o bastante ao querer confiar a chave para seu baú de roupas por um dia inteiro àquela família. Não é para se poupar que ele está ali estendendo a chave ao garoto, em vez de encaminhá-lo, ele mesmo, até em cima, e lá lhe entregar as bolas. Mas ele não pode primeiro dar as bolas de presente lá em cima, e depois, como era de se presumir que teria de acontecer, arrancá-las do garoto de novo ao puxá-las atrás de si como se fossem seu séquito. – Quer dizer então que ainda não entendeste o que te digo? – Blumfeld pergunta, quase melancólico, depois de entabular uma nova explicação, mas logo interrompê-la ante o olhar vazio do garoto. Um olhar vazio como aquele deixa os outros indefesos. Poderia inclusive seduzir a gente a ponto de fazer com que se dissesse mais do que se quer, apenas para encher de compreensão aquele vazio todo.

– Nós vamos pegar as bolas para ele – gritam então as meninas. Elas são espertas, reconheceram que poderão receber as bolas apenas através de alguma mediação da parte do garoto, mas que precisam encaminhar, elas mesmas, também essa mediação. Da porta do zelador vem o toque de um relógio, alertando Blumfeld a se apressar.

– Então peguem a chave – diz Blumfeld, e a chave lhe é arrancada da mão antes mesmo que ele possa oferecê-la. A segurança com que ele daria a chave ao garoto teria sido incomparavelmente maior. – Peguem a chave do quarto com a mulher, lá embaixo – diz Blumfeld ainda –, e, quando vocês voltarem com as bolas, deixem as duas chaves com a mulher.

– Sim, sim – gritam as meninas e descem a escada correndo. Elas sabem de tudo, absolutamente de tudo, e, como se Blumfeld tivesse sido atacado pelas dificuldades de compreensão do garoto, ele mesmo agora não entende como elas puderam compreender tudo assim tão rápido a partir das explicações que ele dera.

Agora elas já repuxam a saia da criada, lá embaixo, mas Blumfeld, por mais que se sinta atraído, não pode ficar observando a cena por mais tempo a fim de ver como elas executam sua tarefa, e não apenas porque já está tarde, mas também porque não quer estar presente quando as bolas conseguirem sua liberdade. Ele inclusive já quer estar algumas ruas distante quando as meninas lá em cima abrirem, para começar, a porta de seu quarto. Ele nem sequer sabe, na verdade, até que ponto pode ter se equivocado em relação às bolas. E assim sai pela segunda vez à liberdade do céu aberto naquela manhã. Antes, ainda, vê como a criada literalmente se defende das meninas, e o garoto mexe as pernas tortas para ajudar a mãe. Blumfeld não compreende por que pessoas como a criada são capazes de crescer e se reproduzir no mundo.

4

No caminho até a fábrica de roupas íntimas na qual Blumfeld está empregado, os pensamentos no trabalho aos poucos começam a dominar todo o resto. Ele apressa seus passos e, apesar do atraso por culpa do garoto, é o primeiro a chegar em seu escritório. O referido escritório é um ambiente de paredes de vidro, contém uma escrivaninha para

24 | Blumfeld, um solteirão de mais idade e outras histórias

Blumfeld e dois púlpitos para os estagiários subordinados a ele. Ainda que esses púlpitos sejam tão pequenos e estreitos como se fossem destinados a alunos de colégio, tudo é muito apertado naquele escritório, e os estagiários não podem sequer se sentar, pois do contrário não haveria mais lugar para a cadeira de Blumfeld. De modo que eles ficam em pé, apertados junto a seus púlpitos o dia inteiro. Isso com certeza é bem desconfortável para os dois, mas também torna bem mais difícil para Blumfeld observá-los. Muitas vezes eles se acotovelam com fervor ao púlpito, mas não para trabalhar, e sim para sussurrar um ao outro, ou até para tirar uma soneca. Blumfeld se incomoda muito com eles, que nem de longe lhe dão apoio suficiente no trabalho gigantesco que pesa sobre suas costas. Esse trabalho consiste em providenciar o conjunto do fluxo de mercadorias e dinheiro com as operárias que ficam em casa, empregadas pela fábrica para a produção de certas mercadorias mais finas. Para poder avaliar o tamanho desse trabalho, seria necessário lançar um olhar mais detalhado a todas as circunstâncias. Esse olhar, no entanto, não é mais providenciado por ninguém desde que o chefe imediato de Blumfeld faleceu, há alguns anos, por isso Blumfeld também não pode conceder a ninguém o direito a um veredicto sobre seu trabalho. O fabricante, o senhor Ottomar, por exemplo, visivelmente subestima o trabalho de Blumfeld, é claro que ele reconhece os méritos que Blumfeld conquistou na fábrica ao longo dos vinte anos em que nela trabalha, e os reconhece não apenas porque é obrigado, mas também porque admira Blumfeld como pessoa fiel e digna de confiança – mas o trabalho de Blumfeld ele ainda assim subestima, inclusive por acreditar que o referido trabalho poderia ser mais simples, e por isso arranjado de um modo em todos os sentidos mais vantajoso do que o de Blumfeld. Diz-se, e isso não chega a ser indigno de crença, que Ottomar se mostra tão poucas vezes na repartição de Blumfeld apenas para se poupar do incômodo que lhe causa a vista dos métodos de trabalho do mesmo Blumfeld. Ser ignorado desse modo com certeza é triste para Blumfeld, mas não há remédio para tanto, pois ele não pode obrigar Ottomar a permanecer, por exemplo, um mês ininterruptamente na

Blumfeld, um solteirão de mais idade | **25**

repartição em que trabalha, estudar os diversos tipos de trabalho dos quais é preciso dar conta ali, aplicar os seus próprios e, segundo ele mesmo supõe, melhores métodos, e se deixar convencer de que Blumfeld tem razão quando refere o colapso da repartição, que seria necessariamente a consequência do gesto. Por isso Blumfeld encaminha seu ofício sem se deixar perturbar como sempre fez, assusta-se um pouco quando, depois de muito tempo, Ottomar volta a aparecer, acaba fazendo então, sentindo a obrigação do subordinado, uma débil tentativa de explicar essa ou aquela medida a Ottomar, ao que este assente, mudo, seguindo adiante de olhos baixos, e de resto sofre menos devido a esse fato do que devido à ideia de que, quando um dia for obrigado a abandonar seu posto, a consequência imediata disso será uma confusão imensa e que ninguém poderá solucionar, pois ele não conhece ninguém na fábrica que pudesse substituí-lo e assumir seu posto de um modo que fosse possível evitar que a firma sofresse pelo menos algumas interrupções mais graves ao longo de meses. Se o chefe subestima alguém, os outros empregados, naturalmente e na medida do possível, tentam superá-lo ainda mais. E é por isso que todo mundo subestima o trabalho de Blumfeld, ninguém considera necessário trabalhar por algum tempo na repartição dele para fazer seu treinamento, e, quando novos funcionários são recebidos, ninguém é destinado por vontade própria a Blumfeld. Em consequência disso, faltam novas forças de trabalho na repartição de Blumfeld. Foram semanas da mais dura batalha aquelas em que ele, que até então havia providenciado tudo sozinho na repartição, ajudado apenas por um criado, exigiu o auxílio de um estagiário. Blumfeld aparecia quase todos os dias no escritório de Ottomar e lhe explicava de modo calmo e detalhado por que um estagiário era necessário naquela repartição. Ele não era necessário, por exemplo, porque Blumfeld queria se poupar; Blumfeld não queria se poupar, ele trabalhava e encaminhava sua parcela excessiva de trabalho e não pensava em parar com isso, mas o senhor Ottomar deveria apenas pensar como o negócio havia se desenvolvido ao longo do tempo, todas as repartições haviam sido aumentadas de modo correspondente, e apenas a repartição de Blumfeld

26 | Blumfeld, um solteirão de mais idade e outras histórias

era sempre esquecida. E como justamente nela o trabalho havia aumentado! Quando Blumfeld entrara na fábrica, dessa época o senhor Ottomar com certeza não conseguia mais se lembrar, eles lidavam com apenas cerca de dez costureiras na firma; hoje em dia o número delas oscilava entre cinquenta e sessenta. Um trabalho assim exigia forças, Blumfeld era capaz de se responsabilizar pelo fato de se dedicar exclusiva e completamente ao trabalho, mas a partir de agora não poderia se responsabilizar mais em continuar dando conta dele em toda sua amplitude. Porém, o senhor Ottomar jamais rejeitava de modo direto o pedido de Blumfeld, isso ele por certo não podia fazer diante de um antigo funcionário, mas o modo como mal chegava a ouvir, como falava com outras pessoas sem dar muita bola às demandas de Blumfeld, confirmava pela metade algumas coisas e em poucos dias se esquecia de tudo outra vez – esse comportamento era bem ofensivo. Não exatamente para Blumfeld, que não é nenhum sonhador, por mais que honra e reconhecimento sejam bonitos, Blumfeld pode abrir mão deles. Ele, apesar de tudo, resistirá em seu cargo tanto quanto for possível, de qualquer maneira ele tem razão, e quem tem razão afinal de contas, ainda que isso às vezes dure tempo, deve alcançar o reconhecimento. De modo que Blumfeld inclusive acabou por receber até mesmo dois estagiários, porém, que estagiários! Até se poderia acreditar que Ottomar teria reconhecido que poderia mostrar seu desprezo à repartição de modo ainda mais nítido concedendo aqueles dois estagiários do que recusando até mesmo um só estagiário. Era possível, inclusive, que Ottomar incutisse esperanças em Blumfeld por tanto tempo apenas por estar procurando dois estagiários como eles, não conseguindo, o que era bem compreensível, encontrá-los durante aquele tempo todo. E, se queixar, Blumfeld agora também não podia mais, a resposta poderia ser até prevista, ora, ele recebera dois estagiários quando apenas pedira um; tão habilidoso havia sido o modo como Ottomar acabara por encaminhar tudo. É claro que Blumfeld se queixava mesmo assim, mas apenas porque suas dificuldades literalmente o obrigavam a isso, não porque agora esperasse por algum outro remédio. Ele também não se queixava de

Blumfeld, um solteirão de mais idade | 27

modo expresso, mas apenas de passagem, quando uma oportunidade adequada se apresentava. Mesmo assim, em pouco se espalhou entre os colegas, que lhe queriam mal, o boato de que alguém havia perguntado a Ottomar se era possível que Blumfeld, que agora recebia um auxílio tão extraordinário, continuasse se queixando. A isso Ottomar teria respondido que sim, que Blumfeld continuava se queixando, mas com razão. Ele, Ottomar, enfim compreendera a situação e tencionava destinar pouco a pouco a Blumfeld um estagiário para cada costureira, cerca de sessenta ao todo, portanto. Caso estes não fossem suficientes, contudo, ele ainda mandaria mais, e não pararia com isso até que estivesse cheio o manicômio que já se desenvolvia havia anos na repartição de Blumfeld. Era evidente, de qualquer modo, que o jeito de falar de Ottomar havia sido bem imitado nessa observação, mas ele mesmo, disso Blumfeld não duvidava, estava bem longe de se expressar acerca de Blumfeld algum dia de uma maneira apenas semelhante. Tudo aquilo era uma invenção dos preguiçosos do primeiro andar do escritório, e Blumfeld não fez caso disso – se ele pelo menos também pudesse fazer pouco caso da existência dos estagiários com a mesma tranquilidade... Mas eles estavam parados ali e não podiam mais ser levados embora. Crianças pálidas, fracas. Segundo seus documentos, eles já teriam alcançado a idade em que não eram mais obrigados a frequentar a escola. Na realidade, porém, não dava para acreditar nisso. Sim, logo se queria confiá-los mais uma vez a um professor, tão nitidamente ainda deviam andar de mãos dadas com suas mães. Eles não conseguiam sequer se mexer de modo razoável, ficar parados por muito tempo os deixava cansados de um modo até estranho, sobretudo nos primeiros tempos. Quando não se prestava atenção neles, logo começavam a se dobrar de fraqueza, ficavam parados, tortos e acocorados a um canto. Blumfeld procurava fazer com que eles entendessem que poderiam se tornar aleijados para a vida inteira caso cedessem sempre ao conforto. Encarregar os estagiários de fazer um pequeno movimento qualquer era uma empreitada das mais ousadas, certa vez um deles precisava apenas levar algo dois ou três passos adiante, correra de modo demasiado rápido até

28 | Blumfeld, um solteirão de mais idade e outras histórias

o lugar e abrira uma ferida no joelho ao batê-lo no púlpito. A sala estava cheia de costureiras, os púlpitos, repletos de mercadorias, mas Blumfeld deixara tudo de lado e fora obrigado a conduzir o estagiário chorando ao escritório, para lá lhe providenciar uma pequena atadura. Mas também esse excesso de zelo dos estagiários era apenas aparente; como verdadeiras crianças, eles às vezes queriam se exibir, mas com muito mais frequência, ou antes quase sempre, queriam apenas distrair a atenção do chefe e enganá-lo. Na época de maior trabalho, certa vez Blumfeld passara correndo por eles banhado em suor e percebera como eles trocavam selos, escondidos entre grandes rolos de tecido. Ele gostaria de ter descido os punhos sobre a cabeça dos dois, para um comportamento assim essa seria a única punição possível, mas se tratava de crianças, e Blumfeld afinal de contas não podia espancar crianças até a morte. De modo que continuou se torturando com a presença deles. Originalmente, imaginara que os estagiários lhe dariam apoio nos trabalhos mais simples e urgentes, que na época da distribuição do material exigiam tanto esforço e atenção. Ele pensara que ele próprio ficaria mais ou menos no meio, atrás do púlpito, mantendo sempre o controle visual sobre tudo, e providenciaria os registros, enquanto os estagiários correriam de um lado a outro, seguindo suas ordens, e distribuiriam tudo. Ele imaginara que sua vigilância, por mais intensa que fosse, não poderia ser suficiente para um empurra-empurra daqueles, e seria complementada pela atenção dos estagiários, e que aqueles mesmos estagiários pouco a pouco reuniriam experiência para não depender de suas ordens para cada detalhe, e por fim aprenderiam, eles mesmos, a distinguir as costureiras umas das outras no que dizia respeito à necessidade de material e à confiabilidade. Sendo aqueles os estagiários, no entanto, as esperanças logo se mostraram completamente vãs, Blumfeld em pouco constatou que nem sequer poderia permitir que eles falassem com as costureiras. A algumas delas, eles desde o princípio, inclusive, nem sequer se dirigiram, por terem sentido antipatia ou medo; no que dizia respeito a outras, pelo contrário, pelas quais demonstravam preferência, muitas vezes corriam a seu encontro até a porta. A estas, eles

Blumfeld, um solteirão de mais idade | **29**

levavam o que elas apenas desejavam, enchiam-lhes as mãos até mesmo daquilo que as costureiras tinham o direito de receber sem a intervenção deles, com uma espécie de segredinhos e como se isso não fosse permitido, juntavam para aquelas privilegiadas em uma estante vazia diversos retalhos, restos sem valor, mas também pedaços de tecido que ainda poderiam ser utilizados, acenavam com eles por trás das costas de Blumfeld, felizes da vida, já de longe, e por isso recebiam bombons que eram metidos diretamente em suas bocas. Blumfeld, contudo, logo botou um fim naquele absurdo, e os escorraçava, assim que as costureiras chegavam, de volta à sua baia. Mas ainda por muito tempo eles consideraram isso uma grande injustiça, teimavam, burlavam obstinadamente as penas, e às vezes batiam, sem, no entanto, ousar levantar a cabeça para tanto, bem forte nas paredes de vidro para chamar a atenção das costureiras aos maus-tratos que conforme sua opinião eram obrigados a tolerar da parte de Blumfeld.

A injustiça que eles próprios cometem, no entanto, eles não conseguem compreender. Assim, por exemplo, chegam quase sempre atrasados ao escritório. Blumfeld, seu chefe, que desde a mais tenra juventude considerava natural aparecer pelo menos meia hora antes de o escritório abrir – não era levado a isso pelo arrivismo, nem por uma consciência exagerada do dever, mas apenas por um certo sentimento de decência –, esse mesmo Blumfeld é obrigado a esperar por seus estagiários na maior parte das vezes por mais de uma hora. Mastigando os pãezinhos do café da manhã, ele costumeiramente fica em pé atrás do púlpito, na sala, e verifica as contas nas cadernetas das costureiras. Em pouco, mergulha no trabalho de tal modo que já não pensa mais em outra coisa. Então eis que de repente se assusta tanto que a pena ainda treme em suas mãos por alguns instantes. Um dos estagiários entra de forma intempestiva, é como se estivesse prestes a cair, com uma das mãos ele se segura firme em algum lugar, a outra ele aperta pesadamente contra o peito arfante – mas tudo isso não passa de uma desculpa que ele apresenta para chegar atrasado, e que é tão ridícula que Blumfeld não lhe dá atenção de propósito, pois se não agisse assim teria de espancar o rapaz conforme

30 | Blumfeld, um solteirão de mais idade e outras histórias

este merecia. Sendo assim, no entanto, ele apenas olha para o estagiário por um instantinho, depois estende a mão e aponta para a baia e se volta outra vez para seu ofício. Então se poderia mais do que nunca esperar que o estagiário admitisse a bondade do chefe e corresse para seu local de trabalho. Mas não, ele não corre, e sim dança, anda sobre as pontas dos pés, e logo em seguida pé ante pé. Será que ele pretende rir de seu chefe? Também isso não é verdade. É só mais uma vez esse misto de temor e autossatisfação, contra o qual não existe defesa. Como além disso poderia se esclarecer que Blumfeld hoje, quando ele mesmo chegou incomumente tarde ao escritório, agora, depois de longa espera – ele está sem vontade de examinar as cadernetas –, vislumbra, através das nuvens de poeira que o criado irracional levanta diante dele com a vassoura, os dois estagiários na rua, passeando com toda a tranquilidade? Eles caminham bem abraçados e parecem contar coisas importantes um ao outro, mas que com certeza têm a ver com a empresa no máximo devido a algum vínculo que está longe de ser permitido. Quanto mais perto da porta de vidro eles chegam, tanto mais reduzem a velocidade de seus passos. Por fim, um deles já toca o trinco, mas não o abaixa, os dois ainda continuam contando coisas um ao outro, ouvindo e rindo.

– Abre a porta para os nossos senhores – grita Blumfeld, de mãos erguidas, ao criado. Mas, quando os estagiários entram, Blumfeld não quer mais brigar, não responde ao cumprimento deles, e vai para sua escrivaninha. Ele começa a calcular, mas de quando em vez levanta os olhos para ver o que os estagiários estão fazendo. Um deles parece estar bem cansado e esfrega os olhos; quando terminou de pendurar seu sobretudo no prego, ele aproveita a oportunidade e fica por algum tempo encostado à parede, na rua tudo ainda se mostrava animado para ele, mas a proximidade do trabalho o deixa cansado. O outro estagiário, ao contrário, está com vontade de trabalhar, mas apenas um determinado tipo de trabalho. E ele desde sempre manifestou o desejo de poder varrer. Mas este é um trabalho que não lhe é permitido, varrer é um encargo apenas do criado; de um modo geral, Blumfeld não teria nada contra o fato de o estagiário varrer, o estagiário poderia muito bem varrer, pior do que o criado o faz

Blumfeld, um solteirão de mais idade | 31

por certo não se pode fazê-lo, mas se o estagiário quiser varrer, que, por favor, chegue mais cedo, antes de o criado começar a varrer, e não use seu tempo para isso enquanto estiver obrigado a fazer exclusivamente os trabalhos do escritório. Mas já que o rapaz parece inacessível a qualquer reflexão razoável, pelo menos o criado, esse ancião meio cego, que o chefe com certeza não toleraria em nenhuma outra repartição a não ser na de Blumfeld e que só continua vivo pela misericórdia de Deus e do chefe, pelo menos o criado poderia se mostrar um pouco flexível e deixar a vassoura por um momento com o rapaz, que de qualquer modo é inábil e logo perderia a vontade de varrer, correndo atrás do criado com a vassoura para fazê-lo voltar a varrer de novo. Mas eis que o criado parece se sentir responsável de um modo bem especial justamente por varrer, vê-se como ele, mal o rapaz se aproxima, tenta segurar melhor a vassoura com suas mãos trêmulas, preferindo ficar parado e deixando de varrer apenas para dedicar toda sua atenção à posse da vassoura. O estagiário então não pede com palavras, pois teme a reação de Blumfeld, que parece estar fazendo cálculos, e palavras em tom usual também não ajudariam em nada, pois o criado pode ser alcançado apenas com os mais altos berros. De modo que o estagiário primeiro puxa pela manga do criado. O criado naturalmente sabe do que se trata, lança um olhar sombrio ao estagiário, sacode a cabeça e puxa a vassoura para mais perto de si, até tê-la bem junto ao peito. Então o estagiário entrelaça as mãos e começa a implorar. Ele, contudo, não tem esperança nenhuma de alcançar algo com seus pedidos, seus pedidos apenas o divertem e por isso ele pede. O outro estagiário acompanha o processo com risos baixos e visivelmente acredita, ainda que isso seja incompreensível, que Blumfeld não o ouve. Os pedidos não causam a menor impressão no criado, ele se vira e acredita poder usar a vassoura em segurança outra vez. Mas o estagiário o seguiu saltitando sobre a ponta dos pés e esfregando ambas as mãos a implorar, e agora lhe pede deste lado. Esses desvios do criado e o saltitar do estagiário atrás dele se repetem diversas vezes. Por fim, o criado se sente cercado por todos os lados e percebe o que poderia ter percebido desde o princípio se fosse apenas um pouco menos ingênuo, ou seja, que

32 | Blumfeld, um solteirão de mais idade e outras histórias

ficará cansado antes do estagiário. Em consequência disso, procura ajuda alheia, ameaça o estagiário com o dedo e aponta para Blumfeld, diante de quem irá se queixar, caso o estagiário não pare de incomodá-lo. O estagiário reconhece que agora, caso queira de fato receber a vassoura, precisará se apressar muito, e, portanto, agarra a vassoura com todo o atrevimento. Um grito involuntário do outro estagiário insinua a decisão que está por vir, embora o criado consiga salvar a vassoura ainda dessa vez, recuando um passo e puxando-a consigo. Mas então o estagiário não desiste mais e, de boca aberta e olhos fuzilantes, se adianta num salto, o criado quer fugir, mas suas velhas pernas tremem em vez de correr, o estagiário puxa a vassoura com força, e, embora não logre ficar com ela, consegue pelo menos que a vassoura caia no chão, e com isso ela está perdida para o criado. Mas também para o estagiário, ao que parece, ela está perdida, pois, enquanto a vassoura cai, todos os três, os estagiários e o criado, ficam paralisados, já que agora tudo terá de ficar claro para Blumfeld. Ele de fato levanta os olhos de seu postigo como se apenas agora tivesse começado a prestar atenção; severo e investigador, ele dirige os olhos a todos, também a vassoura no chão não lhe escapa. Seja porque o silêncio dura um tempo demasiadamente longo, seja porque o estagiário culpado não consegue reprimir o desejo de varrer, de qualquer modo ele se acocora, mas com toda a cautela, como se estivesse tentando pegar um animal e não a vassoura, toma a vassoura, acaricia o chão com ela, mas em seguida a arremessa para longe, assustado, quando Blumfeld levanta de um salto e sai de sua baia.

– Os dois para o trabalho e nem mais um pio – grita, e com a mão estendida aponta o caminho até seus púlpitos aos dois estagiários. Eles obedecem logo, mas nem por isso envergonhados e de cabeças baixas, na verdade, girando com rigidez, passando por Blumfeld e olhando fixamente em seus olhos como se com isso quisessem evitar que ele os espancasse. E tudo muito embora por experiência já pudessem saber muito bem que Blumfeld, por uma questão de princípio, jamais espanca. Mas eles são medrosos demais, e procuram sempre, e sem qualquer delicadeza, garantir seus direitos reais ou aparentes.

O infortúnio do solteirão

Parece tão grave continuar solteirão e, como homem velho, preservando a dignidade a custo, implorar para ser recebido, quando se quer passar uma noite com pessoas, estar doente e durante semanas contemplar o quarto vazio a partir do ângulo de sua cama, sempre se despedir na frente do portão de casa, jamais subir as escadarias se acotovelando ao lado de sua mulher, ter em seu quarto apenas portas laterais que levam a moradias estranhas, levar sua ceia numa mão para casa, ser obrigado a admirar crianças estranhas e nem sempre poder repetir, "Eu não tenho filhos", se formar no que diz respeito ao aspecto e ao comportamento segundo um ou dois solteirões das lembranças da juventude.

Assim será, só que também na realidade, hoje e mais tarde, e então se estará aí, com um corpo e uma cabeça real, portanto também com uma testa, para bater com a mão sobre ela.

O comerciante

É possível que algumas pessoas tenham pena de mim, mas eu não sinto nada disso. Minha pequena loja me enche de preocupações que me doem por dentro da testa e das têmporas, mas sem me dar a perspectiva de satisfação, pois minha loja é pequena. Preciso tomar decisões me adiantando em horas, manter desperta a memória do criado da casa, advertir diante de erros temidos e calcular, a cada época do ano, as modas da subsequente, não como elas serão entre a gente de meu círculo, mas sim nas populações inacessíveis do interior.

Pessoas estranhas têm meu dinheiro; suas relações não podem ser claras para mim; não tenho a menor ideia acerca da desventura que poderia atingi-las; como eu poderia evitá-la! Talvez elas tenham se tornado perdulárias e deem uma festa no jardim de um restaurante, e outros estejam por um momento nessa festa antes de fugir para a América.

Se por acaso, ao anoitecer de um dia de trabalho, a loja for trancada e eu de repente vir diante de mim horas nas quais nada poderei trabalhar em favor das necessidades ininterruptas de minha loja, então meu nervosismo, que mandei para fora como um batedor avançado já pela manhã, se lançará dentro de mim como uma maré que volta e, não aguentando ficar dentro de mim, me arrastará consigo sem qualquer objetivo.

E ainda assim nem sequer posso fazer uso desse humor e consigo apenas ir para casa, pois meu rosto e minhas mãos estão sujos e suados, o avental manchado e empoeirado, o gorro da loja na cabeça e as botas arranhadas pelos pregos das caixas. Então eu ando como se estivesse sobre ondas, tamborilo com os dedos de ambas as mãos e acaricio os cabelos de crianças que vêm ao meu encontro.

Mas o caminho é curto. Logo estou em minha casa, abro a porta do elevador e entro.

36 | Blumfeld, um solteirão de mais idade e outras histórias

Vejo que agora, e repentinamente, estou sozinho. Outros, que precisam subir escadas, se cansam um pouco enquanto o fazem, são obrigados a esperar com pulmões respirando às pressas até que venham abrir a porta do apartamento, têm nisso um motivo para se incomodar e mostrar impaciência, entram em seguida na antessala, onde penduram o chapéu, e apenas depois de passar por algumas portas de vidro no corredor chegam a seu próprio quarto e ficam sozinhos.

Eu, no entanto, logo estou sozinho no elevador, e olho, de joelhos, para o espelho estreito. Quando o elevador começa a subir, eu digo:

– Fiquem quietos, recuem, vocês querem ir para a sombra das árvores, atrás dos reposteiros das janelas, na abóbada do caramanchão?

Eu falo com os dentes e os corrimões da escadaria resvalam ao longo das vidraças leitosas abaixo como a água de uma cachoeira.

– Voem embora; que vossas asas, que eu jamais vi, possam vos carregar ao vale do povoado ou a Paris, se é que sentis vontade de ir para lá.

"Mas desfrutai a vista da janela, quando as procissões vierem de todas as três ruas, não desviando umas das outras, e se misturarem, e, entre suas últimas fileiras, voltarem a deixar o lugar livre aparecer. Acenai com os lenços, mostrai-vos horrorizados, mostrai-vos tocados, louvai a bela dama que passa por vós.

"Atravessai o riacho pela ponte de madeira, assenti para as crianças que tomam banho e admirai o 'hurra' dos mil marinheiros no couraçado distante.

"Persegui apenas o homem discreto e, quando o tiverdes acossado a um portão de entrada, assaltai-o e segui-o com os olhos, todos com as mãos nos bolsos, para ver como ele segue triste por seu caminho, dobrando na ruela esquerda.

"A polícia galopando dispersa sobre seus cavalos domina os animais e vos impele de volta. Deixai-a em paz, as ruelas vazias a farão infeliz, eu sei disso. Já, eu peço, ela galopa para longe aos pares, dobrando devagar nas esquinas, voando sobre as praças."

Então eu preciso sair, deixar o elevador para trás, tocar a campainha, e a criada abre a porta enquanto eu faço minha saudação.

O vizinho

Meu negócio repousa completamente sobre meus ombros. Duas senhoritas com máquinas de escrever e livros comerciais na antessala, minha sala com escrivaninha, caixa, mesa de aconselhamento, poltrona e telefone, isso é todo meu aparato de trabalho. Tão simples de abranger, tão fácil de conduzir. Sou bem jovem, e os negócios rolam à minha frente. Não me queixo, não me queixo.

Desde o ano novo, um rapaz alugou o pequeno apartamento contíguo que estava vazio e que eu desastradamente hesitei por tanto tempo em alugar. Ele também tem sala com antessala, mas, além disso, ainda uma cozinha... Da sala e da antessala, eu poderia muito bem fazer uso – minhas duas senhoritas algumas vezes já se sentiram sobrecarregadas –, mas de que me serviria a cozinha? Foi dessa consideração mesquinha a culpa por eu ter permitido que me tirassem o apartamento. Agora lá está sentado esse rapaz. Ele se chama Harras. O que ele na realidade faz por lá, eu não sei. Na porta está escrito: "Harras, escritório." Busquei informações, me comunicaram que era um negócio semelhante ao meu. Não se poderia exatamente alertar em relação a uma concessão de crédito, pois se tratava de um homem jovem e ambicioso, cuja causa talvez tivesse futuro, mas também não se poderia, por outro lado, aconselhar o crédito, pois no momento, ao que tudo indica, não havia fortuna alguma à disposição. A informação usual, que se dá quando não se sabe de nada.

Às vezes, encontro Harras na escadaria, ele deve estar sempre com uma pressa extraordinária, pois literalmente passa por mim como um vendaval. Nem sequer cheguei a vê-lo de modo mais detalhado, ele está sempre com a chave do escritório já preparada à mão. No momento, está com a porta aberta. Como a cauda de uma ratazana, ele resvalou

38 | Blumfeld, um solteirão de mais idade e outras histórias

para dentro, e eu me encontro mais uma vez diante da placa "Harras, escritório", que eu já li bem mais vezes do que ela merece.

As paredes miseravelmente finas, que denunciam o homem que trabalha com honestidade, mas encobrem o desonesto. Porém se destaco isso é apenas por se tratar de um fato irônico.

Mesmo que estivesse grudado na parede oposta, no apartamento contíguo com certeza se ouviria tudo. Eu me desacostumei a mencionar o nome do cliente ao telefone. Mas naturalmente não é necessária muita esperteza para adivinhar os nomes a partir das locuções características, mas inevitáveis, de uma conversa... Às vezes eu danço, o fone ao ouvido, espicaçado pela inquietude, contornando o aparelho sobre a ponta dos pés, e mesmo assim não consigo evitar que segredos sejam entregues.

É claro que com isso minhas decisões comerciais se tornam inseguras, minha voz, trêmula. O que faz Harras enquanto eu telefono? Se quisesse exagerar muito – mas isso muitas vezes é necessário para conseguir alguma clareza –, eu poderia dizer: Harras não precisa de telefone, ele usa o meu, empurrou seu canapé para junto da parede e fica à escuta, eu, ao contrário, sou obrigado, quando o telefone toca, a correr até o aparelho, ouvir os desejos dos clientes, tomar decisões difíceis, encaminhar persuasões de grande alcance – mas, sobretudo, durante a conversa inteira, dar involuntariamente notícia a Harras através da parede da sala sobre aquilo que está acontecendo.

Quem sabe ele nem sequer aguarde o final da conversa, mas se levante depois do trecho em que o caso lhe pareceu suficientemente explicado, siga como um vendaval, conforme é seu costume, pela cidade, e, antes que eu bote o fone de volta ao gancho, talvez já esteja trabalhando contra mim.

O casal

A situação geral da loja vai tão mal que às vezes, quando me sobra tempo no escritório, pego eu mesmo a pasta dos modelos para fazer visitas pessoais aos clientes. Entre outros lugares, já me propus há tempo ir qualquer dia desses, inclusive, à casa de K., com quem no passado estive constantemente em negócios, ligação que no ano anterior, porém, quase acabou terminando por razões que me são desconhecidas. Para tais perturbações, na verdade também nem sequer são necessários motivos de verdade; nas relações débeis de hoje em dia, muitas vezes é um nada, um simples clima, que decide as coisas, e do mesmo modo também um nada, uma palavra, pode voltar a botar tudo em ordem. É um pouco complicado, no entanto, conseguir chegar a K.; ele é um homem de idade, nos últimos tempos bastante adoentado e, ainda que mantenha em suas mãos as questões que dizem respeito ao negócio, mal chega a ir à loja pessoalmente; caso se queira falar com ele é preciso ir até sua casa, e uma visita de negócios assim sempre se faz gosto em adiar.

Ontem à noite, depois das 18 horas, no entanto, me pus a caminho; claro que não era mais horário de visita, mas a questão também não podia ser considerada do ponto de vista social, e sim comercial. Tive sorte. K. estava em casa; conforme me disseram na antessala, ele acabava de voltar de um passeio com sua mulher, e agora se encontrava no quarto de seu filho, que se sentia mal e estava de cama. Fui instado a ir até ele; primeiro hesitei, em seguida predominou o desejo de levar a cabo a visita incômoda o mais rápido possível, e eu me deixei guiar, do jeito que estava, de sobretudo, chapéu e com a pasta de modelos nas mãos, por uma sala escura à outra, iluminada de forma pálida, na qual um pequeno grupo se encontrava reunido.

40 | Blumfeld, um solteirão de mais idade e outras histórias

Instintivamente, por certo, meu olhar caiu primeiro sobre um agente de negócios que eu conhecia muito bem, bem demais, até, e que em parte é meu concorrente. Quer dizer que ele havia se esgueirado até ali ainda antes de mim. Estava confortavelmente próximo à cama do doente, como se fosse o médico; em seu sobretudo bonito, aberto e pomposo, ele estava sentado ali, afetando grandes poderes; seu descaramento é insuperável; algo parecido talvez pensasse o doente, que jazia um tanto enrubescido pela febre e às vezes levantava os olhos para ele. Ele, aliás, não é mais muito jovem, o filho, um homem da minha idade, de barba curta e, em razão da doença, um tanto descuidada. O velho K., um homem alto e de ombros largos, mas, por causa de seu sofrimento caviloso, bastante emagrecido, curvado e inseguro, para minha surpresa, ainda estava parado ali, conforme acabara de chegar, vestindo seu sobretudo de pele, e murmurava algo ao filho. Sua mulher, baixa e débil, mas extraordinariamente vivaz, ainda que apenas na medida em que as coisas diziam respeito ao marido – a nós ela mal chegava a ver –, estava ocupada em lhe tirar o sobretudo de pele, o que, devido à diferença de altura de ambos, resultou em certo trabalho, mas por fim acabou dando certo. Aliás, talvez a verdadeira dificuldade residisse no fato de K. estar muito impaciente e sempre buscar, inquieto, com os dedos tateantes, a cadeira de bruços, que sua mulher também lhe empurrou às pressas, assim que o sobretudo de pele havia sido tirado. Ela mesma pegou o sobretudo, debaixo do qual quase desaparecia, e o levou para fora.

Então me pareceu chegar enfim o meu tempo, ou melhor, ele não havia chegado, e naquelas circunstâncias por certo também não chegaria jamais; se eu ainda quisesse tentar alguma coisa, ademais, teria de ser logo, pois minha sensação era de que os pressupostos para uma conversa de negócios apenas poderiam piorar; porém, me estabelecer ali para todo o sempre como o agente parecia estar querendo fazer, não era meu jeito de lidar com as coisas; de resto, eu não pretendia ter a menor consideração com a presença dele. De modo que comecei, sem rodeios, a expor minha questão, embora percebesse que K. naquele momento estivesse com vontade de conversar um pouco com seu filho. Lamen-

O casal | **41**

tavelmente tenho o hábito, quando falo um bocado e fico nervoso – e isso acontece logo e naquele quarto de doente aconteceu ainda mais cedo do que de costume –, de me levantar e andar de um lado a outro enquanto estou falando. Se no próprio escritório isso não deixa de ser uma boa saída, na casa de estranhos é um tanto incômodo. Mas não pude me conter, até porque me faltava o cigarro habitual. Pois bem, todos têm seus maus hábitos e, apesar de tudo, sou obrigado a louvar os meus quando os comparo aos do agente. O que se pode dizer, por exemplo, do fato de ele, de modo completamente inesperado, botar de quando em vez na cabeça o chapéu que mantém sobre os joelhos, empurrando-o devagar de um lado a outro, embora volte a tirá-lo logo; como se tivesse acontecido um engano, ele o mantém por um instante na cabeça, e isso se repete sempre de novo de tempos em tempos. Um comportamento desses tem de ser chamado, sem dúvida alguma, de não autorizado. A mim ele não incomoda, eu caminho para cá e para lá, estou concentrado do princípio ao fim em minhas coisas e faço de conta que ele não está ali, podem até existir pessoas que percam de todo as estribeiras por causa dessa artimanha do chapéu. De qualquer modo, em meio ao afã todo não apenas não dou atenção a uma perturbação dessas como, aliás, não dou atenção a nada nem ninguém; embora veja o que está acontecendo, de certa maneira não tomo conhecimento disso enquanto não terminei ou enquanto não ouço objeções diretas. Assim, obviamente percebi, por exemplo, que K. estava pouco receptivo; as mãos apoiadas nos encostos laterais, ele girava de um lado a outro manifestando desconforto, não levantava os olhos para mim, mas fixava o vazio procurando o nada, e seu rosto parecia tão distante como se nenhum dos sons da minha fala, nem sequer a sensação da minha presença, chegasse até ele. Embora eu visse todo esse comportamento doentio que me dava poucas esperanças, continuava falando, como se ainda tivesse a perspectiva de, através de minhas palavras, através de minhas ofertas vantajosas – eu mesmo me assustava com as concessões que fazia, concessões que ninguém exigia –, poder voltar a equilibrar tudo, ao final. Também me dava uma certa satisfação ver que o agente,

42 | Blumfeld, um solteirão de mais idade e outras histórias

conforme percebi de passagem, enfim deixava seu chapéu descansar e cruzava os braços sobre o peito; minhas explicações, que no fundo haviam sido calculadas em parte para ele, pareciam dar um golpe sensível em seus planos. E eu talvez tivesse continuado a falar ainda por muito tempo na sensação agradável causada por isso se o filho, que eu havia negligenciado até então, como pessoa secundária para mim, não tivesse se levantado de repente na cama e me levado ao silêncio com o punho ameaçador. Ele visivelmente queria dizer mais alguma coisa, mostrar alguma coisa, mas não teve forças suficientes para tanto. Eu considerei no princípio que tudo fosse uma alucinação causada pela febre, mas quando voltei sem querer os olhos para o velho K. em seguida, entendi melhor o que estava acontecendo.

K. estava sentado ali de olhos abertos, vidrados, inchados, disponíveis apenas para aquele minuto, inclinado para a frente, trêmulo, como se alguém o agarrasse ou lhe batesse na nuca, o lábio inferior, na verdade, o maxilar inferior com as gengivas completamente expostas, pendia incontrolável, o rosto inteiro havia saído dos trilhos; ele ainda respirava, mesmo que pesadamente, mas então caiu para trás contra o espaldar da cadeira como se estivesse se libertando, cerrou os olhos, a expressão de algum grande esforço ainda perpassou seu rosto, e então tudo se acabou. Saltei até ele com rapidez, agarrei a mão que pendia sem vida, fria, me fazendo estremecer; não havia mais pulsação nenhuma. Eis, pois, ele já era. De fato, um homem de idade. Que morrer não seja mais complicado para nós, mas quanta coisa havia a fazer agora! E o que providenciar primeiro, em meio à pressa? Olhei em torno em busca de ajuda; mas o filho havia puxado o cobertor sobre a cabeça, ouvia-se seu soluçar interminável; o agente, frio como um sapo, estava sentado com toda firmeza em seu assento, a dois passos de K., e parecia visivelmente decidido a não fazer nada a não ser esperar o tempo passar; só eu, portanto, só eu acabei sobrando para fazer algo, e logo agora o mais difícil, ou seja, comunicar a notícia à mulher de um modo suportável, portanto de um modo que não existia no mundo. E logo eu já ouvia seus passos zelosos e arrastados na sala contígua.

O casal | **43**

Ela trazia – ainda vestida nos trajes do passeio, certamente não teve tempo de se trocar – um pijama aquecido na lareira, que agora pretendia vestir no marido.

– Ele adormeceu – disse ela sorrindo e sacudindo a cabeça quando nos encontrou tão silenciosos. E, com a confiança infinita dos inocentes, tomou a mesma mão que eu ainda há pouco havia segurado com asco e acanhamento na minha, beijou-a como se estivesse em um pequeno jogo de casal e – como nós, os outros três, devemos ter contemplado a cena! – K. se mexeu, bocejou alto, deixou que ela lhe vestisse o pijama, tolerou de rosto aborrecido e irônico as censuras delicadas de sua mulher por causa do excesso de esforço no passeio demasiado longo e estranhamente disse, para nos explicar de outro modo o fato de ter adormecido, algo que tinha a ver com tédio. Em seguida se deitou, para não pegar um resfriado a caminho de outro quarto, provisoriamente junto de seu filho, na cama; ao lado dos pés do filho, sua cabeça foi aninhada sobre dois travesseiros providenciados às pressas pela mulher. Eu passei a não achar nada mais de estranho naquilo tudo depois do que havia acontecido antes. Então ele pediu pelo jornal vespertino, pegou-o sem dar atenção aos convidados, mas ainda não lia, só olhava aqui e ali para as folhas e, enquanto isso, nos dizia, com um surpreendente olhar agudo para os negócios, algumas coisas bem desagradáveis acerca de nossas ofertas, não cessava de fazer gestos de desdém enquanto com a mão livre, e, com estalos de língua, insinuava o mau gosto na boca que nossa conduta comercial lhe causava. O agente não pôde se conter e fez algumas observações inadequadas, ele achava, mesmo em seu comportamento rude, que com certeza era necessário buscar alguma compensação para tudo aquilo que havia acontecido, embora isso por certo nada tivesse a ver com o seu próprio procedimento. Eu me despedi às pressas em seguida, quase me senti agradecido para com o agente; sem sua presença, eu não teria tido determinação suficiente para ir embora já àquela hora.

Na antessala, ainda encontrei a senhora K. Ao ver sua figura miserável, disse em pensamentos comigo mesmo que ela me lembrava um pouco minha mãe. E, uma vez que ela ficou parada, acrescentei em voz alta:

44 | Blumfeld, um solteirão de mais idade e outras histórias

– Seja lá o que for que se pode dizer sobre isso: ela era capaz de fazer milagres. O que nós destruíamos, ela recuperava. Eu a perdi quando era criança.

Eu falara exageradamente devagar e claro com toda a intencionalidade, pois suspeitava de que a velha mulher tinha dificuldades auditivas. Mas ela parecia ser surda, pois perguntou sem qualquer introdução:

– E o aspecto do meu marido?

De algumas palavras de despedida, percebi, aliás, que ela me confundia com o agente; eu gostaria de acreditar que de outra forma ela teria sido mais confiante. Em seguida, desci as escadas. A descida foi mais difícil do que a subida, pouco antes, e nem mesmo esta havia sido fácil. Ah, como são malogrados os caminhos dos negócios desta vida e como é necessário levar o fardo sempre adiante.

Um médico rural

Eu me encontrava em grande embaraço: tinha uma viagem urgente pela frente; um enfermo grave esperava por mim em um povoado a dez milhas de distância, e uma nevasca infinda tomava conta do espaço imenso entre mim e ele; eu tinha um coche, leve, de rodas grandes, bem adequado para nossas estradas rurais; enfiado no sobretudo de pele, a maleta de instrumentos na mão, eu já me encontrava no pátio, pronto para a viagem; mas me faltava o cavalo, o cavalo. Meu próprio cavalo, em razão do esforço excessivo naquele inverno gelado, havia morrido na noite anterior; minha criada agora corria pelo povoado para ver se conseguia um cavalo emprestado; mas as chances de consegui-lo eram nulas, disso eu sabia, e, cada vez mais coberto pela neve, me tornando cada vez mais imóvel, eu estava parado ali de modo completamente inútil. Então a criada apareceu no portão, sozinha, sacudiu o lampião; mas é claro, quem haveria de emprestar seu cavalo para uma viagem dessas? Eu percorri detidamente a chácara outra vez; não encontrei nenhuma alternativa; distraído, torturado, golpeei com o pé a porta decrépita do chiqueiro abandonado há anos. Ela se abriu e balançou nos gonzos para lá e para cá. Foi quando veio até mim um calor e um cheiro como o de cavalos. Um lampião de estábulo fosco balançava em uma corda. Um homem, encolhido na instalação baixa, mostrou seu rosto aberto e seus olhos azuis.

– Devo atrelar? – ele perguntou, rastejando para perto de mim, de quatro.

Eu não sabia o que dizer, e apenas me curvei para ver o que mais havia no estábulo. A criada estava em pé ao meu lado.

– Não se sabe nem das coisas que se tem guardadas na própria casa – ela disse, e nós rimos, ambos.

– Upa, irmão, upa, irmã! – exclamou o estribeiro, e dois cavalos, animais formidáveis e de ancas fortes, se levantaram um atrás do outro, as pernas coladas junto ao corpo, baixando como camelos as cabeças bem-delineadas, usando para isso apenas a força dos impulsos de seus troncos, saindo do buraco da porta que eles preenchiam de todo. Mas logo eles estavam parados, eretos, as pernas altas, os corpos fumegando densamente.

– Ajuda a ele – disse eu, e a criada dócil se apressou para estender ao estribeiro os arreios do coche. Porém, mal ela estava junto dele, eis que o estribeiro a agarra e golpeia seu rosto contra o dela. Ela grita e foge se escondendo perto de mim; duas fileiras de dentes aparecem marcadas em vermelho na bochecha da criada.

– Seu animal – eu grito furioso –, quer que eu use o chicote? – Mas logo me dou conta de que ele é um estranho, que não sei de onde vem, e que está me ajudando voluntariamente em algo que todos os outros fracassaram. Como se ele conhecesse meus pensamentos, não leva minha ameaça a mal, mas apenas se volta uma vez – sempre ocupado com os cavalos – para mim.

– O senhor pode embarcar – diz ele então, e, de fato: tudo está pronto. Com uma bela parelha dessas, isso eu percebo, eu jamais andei, e embarco alegre.

– Mas eu mesmo serei o cocheiro, tu não conheces o caminho – digo eu.

– Com certeza – diz ele –, eu nem sequer pretendo ir junto, ficarei com Rosa.

– Não – grita Rosa, e corre para dentro de casa, pressentindo corretamente o caráter inevitável de seu destino; eu ouço a corrente da porta, que ela fecha, tilintar; ouço a fechadura se trancar; vejo como ela, além disso, apaga todas as luzes do corredor e corre em seguida pelos quartos, a fim de conseguir se esconder de modo a não ser encontrada.

– Tu vais comigo – digo eu ao estribeiro –, ou eu abrirei mão da viagem, por mais urgente que ela seja. Está bem longe de mim a ideia de te entregar a criada como pagamento pela viagem.

– Vamos! – ele diz; bate palmas; o coche é levado de arrasto como lenha na correnteza; ainda ouço como a porta de minha casa arrebenta ao ataque do estribeiro e se estilhaça; em seguida, olhos e ouvidos passam a estar cheios de um sibilar que penetra com regularidade por todos os meus sentidos. Mas também isso dura apenas um instante, pois, como se imediatamente ante o portão de minha chácara se abrisse o portão do meu doente, eu já estou chegando; os cavalos estão quietos; a neve parou; luz da lua em torno; os pais do doente saem correndo de casa; sua irmã atrás deles; quase me tiram do carro; nada entendo da fala confusa; no quarto do doente, o ar mal chega a ser respirável; a lareira negligenciada lança fumaça; eu abrirei a janela; mas primeiro quero ver o doente. Magro, sem febre, nem frio, nem quente, de olhos vazios, o garoto se levanta sem camisa de baixo do cobertor de penas e se pendura ao meu pescoço, sussurra em meu ouvido:

– Doutor, me deixa morrer.

Eu olho à minha volta; ninguém ouviu o que foi dito; os pais estão parados, mudos, curvados para a frente, e esperam meu veredicto; a irmã trouxe uma cadeira para a minha maleta. Eu abro a maleta e procuro entre meus instrumentos; o garoto não cessa de erguer os braços da cama, tateando em busca de mim, para me lembrar de seu pedido; eu pego uma pinça, examino-a à luz da vela, e coloco-a de volta.

– Pois sim – eu penso, praguejando –, em tais casos os deuses ajudam, mandam o cavalo que falta, devido à pressa ainda acrescentam um segundo animal e, para mostrar seu exagero, ainda contribuem com o estribeiro.

Só então volto a me lembrar de Rosa; o que eu faço, como a salvarei, como a arrancarei de baixo desse estribeiro, dez milhas distante dela, cavalos indomáveis diante do meu coche? Esses cavalos, que agora de algum modo afrouxaram as correias; abrem as janelas de fora, não sei como. Os dois põem a cabeça pela janela e, imperturbáveis apesar dos gritos da família, contemplam o doente.

"Eu logo vou voltar", penso, como se os cavalos me instassem à viagem, mas tolero que a irmã, que me acredita anestesiado por causa do calor, tira meu sobretudo de pele. Um copo de rum é colocado à minha dis-posição, o velho bate em meu ombro, a entrega de seu tesouro justifica

48 | Blumfeld, um solteirão de mais idade e outras histórias

essa intimidade. Eu sacudo a cabeça; no círculo estreito das ideias do velho, eu me sentiria mal; só por esse motivo me recuso a beber. A mãe está em pé junto à cama e me convida a me aproximar; enquanto um cavalo relincha alto para o teto do quarto, eu obedeço e deito a cabeça ao peito do garoto, que estremece debaixo da minha barba molhada. Confirmo o que já sei: o garoto está saudável, com um leve problema de circulação, empapado do café que a mãe preocupada lhe prepara, mas saudável, e o melhor seria expulsá-lo da cama com um safanão. Eu não sou alguém que pretende melhorar o mundo, e o deixo deitado. Sou contratado pelo distrito e cumpro minha obrigação à risca, indo a extremos quase demasiados. Mal pago, mesmo assim sou generoso, e demonstro prontidão com os pobres. Ainda preciso cuidar de Rosa, depois o garoto até poderá ter razão e também eu quererei morrer. O que estou fazendo nesse inverno interminável?! Meu cavalo morreu, e em seguida não encontro ninguém no povoado que me empreste seu cavalo. Preciso buscar minha parelha no chiqueiro dos porcos; se por acaso não fossem cavalos, eu teria de ir com porcas. Assim são as coisas. E eu assinto para a família com um gesto de cabeça. Eles nada sabem disso, e, se soubessem, não acreditariam. Prescrever receitas é fácil, mas se entender com as pessoas no que diz respeito ao restante é difícil. Pois bem, aqui minha visita teria chegado ao fim, mais uma vez me engajaram desnecessariamente, estou acostumado a isso, com a ajuda de meu sino noturno o distrito inteiro me martiriza, mas que eu dessa vez tenha de ter entregado também Rosa, essa bela moça, que durante anos, mal merecendo minha atenção, viveu em minha casa – esse sacrifício é grande demais, e eu preciso ajustar as coisas em minha cabeça buscando a ajuda de picuinhas para não atacar essa família que nem com a maior das boas vontades não poderá me restituir Rosa. Porém, quando fecho minha pasta e aceno pedindo meu sobretudo de pele, a família reunida em pé à minha volta, o pai cheirando a mão por cima do copo de rum, a mãe, provavelmente decepcionada comigo – o que esse povo está esperando? –, mordendo os lábios, cheia de lágrimas, e a irmã sacudindo um lenço pesado de sangue, estou de algum modo pronto a admitir,

Um médico rural | **49**

dependendo das circunstâncias, que o garoto afinal de contas talvez esteja de fato doente. Vou até ele, que sorri ao meu encontro como se eu lhe trouxesse, por exemplo, a mais forte das sopas – ah, agora ambos os cavalos relincham; o barulho, que foi ordenado em algum lugar mais do alto, por certo vem no sentido de facilitar o exame – e então eis que já acho: sim, o garoto está doente. Em seu lado direito, na região da cintura, se abriu uma ferida do tamanho da palma de uma mão. Ela é rosa, em vários matizes, escura nas profundezas, clareia em direção às bordas, granulagem suave, com o sangue se juntando irregularmente, aberta como uma mina de extração à superfície. Isso à distância. Mais de perto, ainda se mostra um agravamento. Quem poderia olhar para aquilo sem assoviar baixinho? Vermes, iguais a um dedo mínimo no tamanho e na grossura, rosados em si e, além disso, borrifados de sangue, se contorcem, retidos no interior da ferida, de cabecinhas brancas, buscando a luz com suas várias perninhas. Pobre garoto, não podes mais ser ajudado. Eu desatei tua grande ferida; sucumbirás à essa flor em teus flancos. A família está feliz, me vê em atividade; a irmã o diz à mãe, a mãe, ao pai, o pai, a alguns convidados, que entram nas pontas dos pés, se embalando de braços estendidos, através do clarão da lua da porta aberta.

– Tu me salvarás? – sussurra o garoto, soluçando, completamente ofuscado pela vida em sua ferida. Assim são as pessoas em minha região. Sempre exigem o impossível do médico. Perderam a antiga fé; o padre está sentado em casa e desfia as roupas da missa, uma após a outra; mas o médico precisa fazer tudo com sua delicada mão cirúrgica. Pois bem, seja como for: eu não me ofereci; se vocês me gastam em propósitos sagrados, permito que também isso me aconteça; o que quero melhor do que isso, velho médico rural que sou, privado de minha criada! E eles vêm, a família e os anciãos do povoado, e tiram minha roupa; um coro escolar com o professor à frente se encontra em pé diante da casa e canta uma melodia extremamente simples, com o seguinte texto:

50 | Blumfeld, um solteirão de mais idade e outras histórias

"Tirem as roupas dele, então ele curará,
E se ele não curar, matem-no!
É apenas um médico, apenas um médico."

Então estou sem roupas e olho com toda a calma, os dedos na barba, a cabeça inclinada, para as pessoas. Eu, inclusive, estou tranquilo e me sinto superior a todos, e continuo assim, mesmo que isso de nada me ajude, pois agora eles me agarram pela cabeça e pelos pés e me carregam até a cama. Sou deitado junto à parede, ao lado da ferida. Depois todos saem do quarto; a porta é fechada; a cantoria emudece; nuvens encobrem a lua; quente, a roupa de cama me envolve, os contornos sombreados das cabeças dos cavalos oscilam nos buracos da janela.

– Sabe de uma coisa – eu ouço, dito em minha orelha –, minha confiança em ti é bem pouca. É que tu também apenas foste sacudido em algum lugar, não vem caminhando sobre teus próprios pés. Em vez de ajudar, apenas me estreita o meu leito de morte. Eu preferiria te arrancar os olhos com as unhas.

– Certo – digo eu –, é de fato uma vergonha. Mas eu sou médico. O que posso fazer? Acredita em mim, também para mim as coisas não são fáceis.

– E eu devo me satisfazer com essa desculpa? Ah, mas por certo serei obrigado. Sempre sou obrigado a me satisfazer. Vim ao mundo com uma bela ferida; essa foi toda a minha equipagem.

– Jovem amigo – digo eu –, teu erro é: não vês as coisas em perspectiva. Eu, que já estive em todos os quartos de doentes deste lugar, te digo: tua ferida não é tão ruim assim. Dois golpes de machado em ângulo agudo. Muitos oferecem seu lado e mal chegam a ouvir o machado na floresta, quanto mais que ele está se aproximando deles.

– É realmente assim ou tu estás me enganando na febre?

– É realmente assim, toma a palavra de honra de um médico oficial como garantia.

E ele a aceitou e ficou quieto. Mas agora era tempo de pensar em minha própria salvação. Os cavalos continuavam parados, fiéis, em seus

Um médico rural | **51**

lugares. Roupas, sobretudo de pele e maleta foram juntados com rapidez; eu não queria perder tempo me vestindo; se os cavalos se apressassem como no caminho da vinda, eu de certo modo saltaria desta cama à minha. Obediente, um cavalo recuou da janela; joguei o amontoado das coisas que me pertenciam no coche; o sobretudo de pele voou longe demais, só ficou preso por uma das mangas em um gancho. Era o que bastava. Eu saltei sobre o cavalo. Os arreios pendendo soltos, um cavalo mal atado ao outro, o coche seguindo alucinadamente atrás, o sobretudo de pele por último, na neve.

– Vamos! – disse eu, mas eles não queriam ir de verdade; devagar como homens idosos, nós atravessamos o deserto de neve; por muito tempo soou atrás de nós o novo, mas errado, canto das crianças:

"Alegrem-se, pacientes,
O médico foi deitado à cama de vocês!"

Jamais chegarei em casa assim; meu próspero consultório está perdido; um sucessor me rouba, mas de nada adianta, pois ele não consegue me substituir; em minha casa, o estribeiro asqueroso está desenfreado; Rosa é sua vítima; não quero nem pensar. Nu, exposto ao frio gelado dessa mais infeliz das épocas, com coche terreno, cavalos extraterrenos, eu, homem idoso, me viro por aí. Meu sobretudo de pele pende atrás do coche, mas eu não consigo alcançá-lo, e ninguém na ralé móvel dos pacientes mexe um dedo. Traído! Traído! Segui uma vez os alarmes falsos do sino noturno – e isso jamais poderá ser reparado.

O professor da aldeia

A queles, e eu faço parte deles, que já consideram asquerosa uma pequena toupeira comum, provavelmente teriam morrido de nojo se tivessem visto a toupeira gigante que há alguns anos foi observada nas proximidades de uma pequena aldeia, que por isso alcançou uma certa fama passageira. Agora, contudo, ela já voltou a cair no esquecimento há um bom tempo, e com isso compartilha apenas a inglória do fenômeno como um todo, que permaneceu sem qualquer explicação, mas que também ninguém se esforçou muito em explicar e, em consequência de um desleixo incompreensível da parte dos círculos habilitados que deveriam se ocupar disso e que de fato se ocupam esforçadamente de coisas bem menos importantes, acabou sendo esquecido sem uma investigação mais detalhada. No fato de a aldeia ficar longe da via férrea, em todo caso, não pode ser encontrada a desculpa para tanto. Muitas pessoas chegaram de longe por curiosidade, até mesmo do exterior, e, no entanto, aqueles que deveriam mostrar mais do que curiosidade não chegaram a aparecer. Sim, se pessoas isoladas, totalmente simples, pessoas cujo trabalho diário habitual mal lhes permite um suspiro mais tranquilo, se essas pessoas não tivessem se ocupado da questão de modo desinteressado, é provável que o boato da aparição mal tivesse ultrapassado o distrito mais próximo. É necessário admitir que mesmo o boato, que de resto mal pode ser refreado, seja qual for a situação, nesse caso chegou a se mostrar lerdo; se não se tivesse literalmente dado um empurrão nele, ele não teria se espalhado. Mas também isso não foi motivo para que ninguém se ocupasse da questão, pelo contrário, até mesmo esse fenômeno deveria ter sido investigado. Em vez disso, se limitaram a relegar o único tratamento por escrito do caso ao velho professor da aldeia que, embora

54 | Blumfeld, um solteirão de mais idade e outras histórias

fosse um homem excelente em sua profissão, não tinha a capacidade nem a devida instrução que lhe possibilitasse uma descrição minuciosa e, além disso, aproveitável, quanto mais o tirocínio para fornecer uma explicação adequada. O pequeno estudo foi impresso e até vendeu bem entre os visitantes da aldeia à época, e chegou, inclusive, a encontrar algum reconhecimento, mas o professor era inteligente o bastante para admitir que seus esforços isolados e não apoiados por ninguém no fundo eram desprovidos de valor. Se ele ainda assim continuou firme e transformou a causa, mesmo que conforme sua natureza ela se tornasse mais desesperadora ano a ano, na tarefa de sua vida, isso por um lado prova como foi grande o efeito que a aparição causou e, por outro lado, que não faltavam esforço, fidelidade e capacidade de convencimento no velho e desrespeitado professor de aldeia. Que ele, no entanto, sofreu muito diante da postura pouco amável das personalidades que seriam decisivas, é provado por um pequeno aditamento que ele fez se seguir a seu escrito, porém apenas depois de alguns anos, e ainda numa época em que alguém mal poderia se lembrar do que se tratava de fato no caso. Nesse aditamento, o professor de aldeia faz, talvez não de modo muito hábil e convincente, mas por certo com toda a honestidade, uma queixa contra a falta de compreensão de pessoas das quais menos se esperaria tal comportamento. Dessas pessoas ele diz, acertando em cheio: "Não eu, mas sim eles falam como velhos professores de aldeia." E ele cita, entre outras, a fala de um erudito ao qual se dirigiu por vontade própria para expor sua questão. O nome do erudito não é mencionado, mas a partir de diferentes circunstâncias adjacentes é possível adivinhar de quem se trata. Depois que o professor havia superado grandes dificuldades para pelo menos conseguir ser recebido, já ao ser cumprimentado percebeu que o erudito estava dominado por preconceitos insuperáveis no que dizia respeito à sua questão. A distração com que ouviu o longo relatório do professor, que este expôs com o escrito em mãos, ficou clara na observação feita depois de alguma reflexão aparente:

– A terra na região em que o senhor habita, ao fim e ao cabo, é especialmente negra e pesada. Sendo assim, ela concede também às toupeiras uma alimentação particularmente gordurosa, e por isso elas se tornam incomumente grandes.

– Mas não tão grandes assim – exclamou o professor, e mediu, exagerando um pouco em sua raiva, dois metros na parede.

– Com certeza, sim – respondeu o erudito, para o qual tudo aquilo parecia muito engraçado. Com esse parecer, o professor acabou voltando para casa. Ele ainda conta como, à noite, em meio à neve caindo sobre a estrada rural, sua mulher e seus seis filhos o teriam esperado, e como ele foi obrigado a reconhecer diante deles o malogro definitivo de suas esperanças.

Quando li a respeito do comportamento assumido pelo erudito ante o professor, eu ainda não conhecia o escrito principal deste. Mas me decidi, ainda assim, por reunir e compilar, eu mesmo e sem perda de tempo, tudo o que seria possível conseguir a respeito do caso. Uma vez que eu não podia levantar o punho cerrado à cara do erudito, pelo menos meu escrito haveria de defender o professor ou, para me expressar melhor, não tanto o professor quanto as boas intenções de um homem honrado, mas sem influência. Admito que mais tarde me arrependi dessa decisão, pois logo percebi que sua execução necessariamente me levaria a uma situação extraordinária. Por um lado, minha influência nem de longe era suficiente para fazer com que o erudito ou até mesmo a opinião pública mudassem a favor do professor, por outro lado, no entanto, o professor deveria perceber que eu me importava menos com sua intenção principal, provar o aparecimento da toupeira gigante, do que com a defesa de sua honra, que por sua vez era algo natural e, portanto, não necessitava de defesa alguma. Diante disso, só podia acontecer que eu, que queria me unir ao professor, não encontrasse compreensão junto a ele, e provavelmente, em vez de ajudar, precisaria antes de um novo ajudante para mim mesmo, cujo surgimento por certo era bem improvável. Além disso, acabei, com minha decisão, lançando um trabalho gigantesco a minhas próprias costas. Caso quisesse convencer, eu não deveria invocar o professor, que por sua vez não conseguira convencer ninguém. O conhecimento de seu escrito apenas me iludira, e por isso evitei lê-lo antes de terminar meu trabalho. Sim, nem sequer entrei em contato com o professor. Ele, de qualquer modo, tomou conhecimento das minhas investigações através de intermediários, mas não sabia nem se eu trabalhava a seu favor ou contra ele. Sim, ele provavelmente supunha, inclusive, a última hipótese, ainda que mais tarde o negasse, pois tenho provas de que ele colocou diversos obstáculos em meu caminho. E isso ele pôde fazer com facilidade, pois eu estava obrigado a encaminhar de novo todas as investigações que ele já havia feito, e tão só por isso ele sempre conseguia se antecipar a mim. Mas esta foi a única censura que com razão poderia ser feita ao meu método, aliás, uma censura inescapável, que no entanto acabou sendo bastante enfraquecida pela cautela, até mesmo pela autonegação das minhas conclusões. De resto, porém, meu escrito estava livre de quaisquer influências do professor, talvez eu inclusive tenha provado um apuro exagerado no que diz respeito a esse ponto, chegava a parecer que até o momento ninguém havia examinado o caso, como se eu fosse o primeiro a interrogar as testemunhas visuais e auditivas, o primeiro que reunia os dados, o primeiro a tirar conclusões. Quando mais tarde li o escrito do professor – ele tinha um título assaz abstruso: "Uma toupeira tão grande como ninguém jamais a viu" –, achei realmente que nós não concordávamos em pontos essenciais, ainda que acreditássemos, ambos, ter provado a questão principal, qual seja, a da existência da toupeira. De qualquer modo, aquelas diferenças de opinião isoladas impediram o surgimento de uma relação amistosa com o professor, coisa que eu no fundo havia esperado, apesar de tudo. O que acabou se desenvolvendo foi quase uma certa hostilidade da parte dele. Embora tenha se mostrado sempre humilde e submisso diante de mim, tanto maior era a nitidez com que se podia perceber o que ele sentia de verdade. No fundo, ele achava que eu o prejudicara na questão, e que minha crença de que eu poderia ter lhe sido útil ou então ajudado, no melhor dos casos, era ingenuidade, mas provavelmente pretensão ou até mesmo perfídia. Ele referiu várias vezes, sobretudo, que todos os seus adversários até o momento não haviam mostrado sua adversidade, ou então apenas a sós e no máximo de forma verbal, ao passo que eu teria

O professor da aldeia | **57**

considerado necessário mandar imprimir minhas objeções sem perda de tempo. Além disso, os poucos adversários que haviam se ocupado realmente da questão, ainda que apenas de modo superficial, pelo menos haviam ouvido a sua opinião, a opinião do professor, e, portanto, a opinião decisiva no que dizia respeito ao caso, antes de se expressarem eles mesmos sobre o assunto, enquanto eu apresentara resultados a partir de dados coletados de modo assistemático e em parte, inclusive, dados mal interpretados, resultados que, ainda que se mostrassem corretos na questão principal, necessariamente pareceriam pouco confiáveis, e isso tanto no que dizia respeito à massa quanto às pessoas cultas. O mais fraco sinal de falta de confiabilidade, porém, seria o pior que poderia acontecer no caso.

Eu poderia responder com facilidade a essas censuras, ainda que tenham sido apresentadas de modo encoberto – assim, por exemplo, justamente seu escrito representava o ápice da inverossimilhança –, mais fácil ainda, porém, foi combater a suspeita que ele de resto manifestava, e esse foi o motivo pelo qual eu, aliás, de um modo geral me mostrei deveras contido em relação a ele. Na verdade, ele acreditava em segredo que eu queria lhe arrancar a fama de ter sido o primeiro defensor público da toupeira. É preciso dizer, no entanto, que sua pessoa não dispunha da menor fama e era antes ridicularizada, ainda que isso sempre tenha se limitado a um círculo bem restrito, sobre o qual eu por certo jamais pretendi assumir qualquer tipo de influência. Além disso, eu havia esclarecido com toda a clareza na introdução a meu escrito que o professor era, para todos os efeitos, o descobridor da toupeira, e teria de ser admitido como tal para sempre – embora ele sequer tenha sido o descobridor –, e que apenas a simpatia com o destino do professor é que me instigara a redigir o documento. "O objetivo deste escrito é" – assim eu concluí de modo demasiado patético, mas adequado à minha excitação na época – "contribuir para que o escrito do professor encontre a merecida divulgação. Caso isso se mostrar possível, meu nome, que provisória e apenas exteriormente se encontra vinculado à presente questão, deverá ser apagado de seu âmbito sem perda de tempo". Eu chegava, pois, a rechaçar

58 | Blumfeld, um solteirão de mais idade e outras histórias

qualquer participação maior na questão; era quase como se eu de algum modo tivesse previsto a censura inacreditável do professor. Ainda assim, ele encontrou justamente nesse trecho a deixa para me atacar, e eu não nego que até havia um rastro aparente de justiça naquilo que ele disse ou, muito antes, insinuou, conforme, aliás, percebi um punhado de vezes que ele em alguns quesitos chegou a mostrar quase mais argúcia em relação a mim do que em seu próprio escrito. Ele afirmou, por exemplo, que minha introdução era dúbia. Se eu de fato quisesse apenas divulgar seu escrito, por que eu não me ocupava exclusivamente dele e de seu texto, por que eu não mostrava suas vantagens, seu caráter irrefutável, por que eu não me limitava a destacar e tornar compreensível a importância da descoberta, por que eu, a bem da verdade, buscava mostrar a descoberta ignorando de todo seu escrito? Por acaso ele já não havia sido publicado? E por acaso ainda havia algo a fazer no que dizia respeito a isso? Mas se eu de fato acreditasse que precisava fazer a descoberta de novo, por que eu dizia tão solenemente na introdução que nada tinha a ver com ela? Isso poderia ter sido humildade hipócrita, mas era algo bem pior. Na verdade, eu desvalorizava a descoberta, eu apenas chamava a atenção para ela com o objetivo de desvalorizá-la, enquanto ele no fundo a investigara para depois deixá-la de lado. Talvez tudo tivesse se aquietado um tanto em torno da questão, mas agora eu voltava a fazer barulho, tornando a situação do professor ao mesmo tempo mais difícil do que jamais havia sido. O que significava para ele, aliás, a defesa de sua honra! Ele se importava com a questão e apenas com a questão em si. Mas esta eu traía, porque não era capaz de compreendê-la, porque não a avaliava corretamente, porque eu não tinha a menor sensibilidade em relação a ela. Ela se encontrava céus distante da minha capacidade de compreensão. O professor da aldeia estava sentado diante de mim e me olhava calmamente com seu rosto idoso e enrugado, e sua opinião, no entanto, era apenas essa. De qualquer modo, não era correto que ele dava importância apenas à questão, ele, inclusive, era bem ambicioso e também queria ganhar dinheiro, o que até era compreensível, sobretudo se considerada a sua família numerosa. Mesmo assim, meu próprio

O professor da aldeia | **59**

interesse na questão lhe pareceu comparativamente tão insignificante que ele acreditava poder se apresentar como de todo desinteressado sem com isso dizer uma inverdade demasiado grande. E, de fato, não é o bastante nem sequer para minha própria satisfação interna ter dito comigo mesmo que as censuras do homem no fundo se baseavam apenas no fato de que ele de certo modo agarra sua toupeira com ambas as mãos e chama de traidor a todo aquele que apenas se aproxima do animal com um dos dedos. Não era assim, seu comportamento não podia ser explicado através da avareza, pelo menos não apenas através da avareza, mas antes pelo incômodo que seus grandes esforços e a falta absoluta de sucesso dos mesmos acabaram despertando dentro dele. Mas também o incômodo não explicava tudo. Talvez meu interesse pela questão realmente tenha sido insignificante demais. Nos desconhecidos, a falta de interesse já era algo habitual para o professor, ele sofria por causa disso de um modo geral, mas não mais de modo particular. No meu caso, no entanto, enfim se mostrara alguém que se ocupava da questão de modo extraordinário, mas até mesmo eu não era capaz de compreender a referida questão, ao fim e ao cabo. Uma vez tangido nessa direção, eu nem sequer pretendia renegar o caminho. Não sou zoólogo. Talvez, se eu mesmo tivesse descoberto esse caso, também o teria investigado até o fundo de seu coração, mas não havia sido eu que no frigir dos ovos o havia descoberto. Uma toupeira tão grande é com certeza uma curiosidade, mas a atenção duradoura do mundo inteiro não pode ser exigida para tanto, sobretudo se a existência da toupeira não foi constatada de forma absolutamente irrepreensível, e ela de qualquer modo não puder ser apresentada. E eu também admiti que era bem provável que jamais – caso fosse eu o descobridor – tivesse defendido tanto a toupeira como defendi o professor, aliás, com gosto e de livre e espontânea vontade.

É provável que então a discórdia entre mim e o professor em pouco tivesse acabado, se meu escrito alcançasse sucesso. Mas justamente esse sucesso não se apresentou. Talvez o texto nem sequer estivesse bem redigido, não fosse convincente o bastante, eu sou comerciante, e a redação de um escrito desses talvez vá ainda mais além do círculo

60 | Blumfeld, um solteirão de mais idade e outras histórias

que me foi dado palmilhar do que no caso do professor, mesmo que eu de qualquer modo superasse de longe o mesmo professor em todos os conhecimentos necessários para a compreensão do assunto. O insucesso também poderia ser interpretado de outro modo, o momento da publicação talvez tenha sido desfavorável. A descoberta da toupeira, que não foi capaz de se estabelecer pela divulgação, por um lado não estava muito distante, a ponto de ter sido completamente esquecida e todos se mostrarem surpresos com meu escrito, portanto, e por outro lado havia passado tempo suficiente para esgotar de todo o interesse diminuto que originalmente sè encontrava à disposição. Aqueles que chegaram a refletir sobre meu escrito disseram consigo mesmos, mostrando um desolamento que já havia anos dominava a discussão, que agora começariam de novo todos aqueles esforços inúteis no que dizia respeito àquela questão enfadonha, e alguns inclusive confundiram meu escrito com o do professor. Em uma relevante revista agrícola pode ser encontrada a seguinte observação, felizmente apenas ao final, e em letras minúsculas: "O escrito sobre a toupeira gigante nos foi enviado outra vez. Nós nos recordamos de já ter dado boas risadas acerca dele há alguns anos. Desde então, o escrito não se mostrou mais inteligente, nem nós mais tolos. Mas lamentavelmente não podemos continuar rindo pela segunda vez. Perguntamos, no entanto, a nossas associações de professores, se um professor rural não é capaz de encontrar um trabalho mais útil do que ficar perseguindo toupeiras gigantes." Um equívoco imperdoável! Não leram nem o primeiro, nem o segundo escrito, e as duas expressões mesquinhas divisadas às pressas, "toupeira gigante" e "professor rural", já bastaram àqueles senhores para se apresentarem como representantes de interesses reconhecidos. Contra isso, por certo poderiam ser tomadas medidas diversas, cujo sucesso seria garantido, mas o entendimento precário com o professor me impediu de seguir adiante. Tentei, muito antes, fazer com que ele não ficasse sabendo da revista enquanto isso me foi possível. Mas ele logo a descobriu, eu o reconheci já a partir de uma observação em uma carta, na qual ele falava da perspectiva de me visitar durante os feriados de Natal. Ele

O professor da aldeia | **61**

escreveu, exatamente: "O mundo é mau e acaba se permitindo que as coisas sejam fáceis demais para ele", com o que pretendia dizer que eu faço parte do mundo mau, mas não me satisfaço com a maldade que já habita em mim, e ainda torno as coisas fáceis para o mundo, quer dizer, sou ativo no sentido de atiçar a maldade geral e ajudá-la a triunfar. De qualquer modo, eu já tomara as decisões necessárias, podia esperar por ele com tranquilidade e observar também com tranquilidade como ele chegou, e inclusive me cumprimentou de modo menos cortês do que de costume, sentou-se mudo diante de mim, para em seguida tirar a revista do bolso da frente de seu esquisito casacão acolchoado com cuidado e a empurrar já aberta até mim.

– Sei do que se trata – disse eu, e empurrei a revista de volta sem nada ler.

– O senhor sabe do que se trata – disse ele, suspirando; tinha o antigo hábito professoral de repetir a resposta dos outros. – Naturalmente não posso aceitar isso sem me defender – prosseguiu ele, enquanto tocava, nervoso, com o dedo na revista, e olhava de modo afiado para mim, como se eu tivesse uma opinião contrária à dele; ele por certo tinha ideia daquilo que eu pretendia dizer; de resto, também acreditei poder perceber, não tanto em suas palavras, mas em outros sinais, que ele muitas vezes tinha uma sensação bem correta acerca das minhas atenções, mas não cedia a elas e acabava por se deixar distrair. Aquilo que eu lhe disse no passado, posso repetir aqui quase nas mesmas palavras, uma vez que anotei tudo pouco depois da conversa.

– O senhor pode fazer o que quiser – disse eu –, nossos caminhos de hoje em diante se separam. Acredito que isso não é inesperado, nem mesmo inadequado para o senhor. A nota dessa revista não é o motivo da minha decisão, ela apenas a assegurou de modo definitivo; o verdadeiro motivo está no fato de eu originalmente acreditar que poderia ser útil ao senhor com o que fiz, ao passo que agora sou obrigado a ver que o prejudiquei em todos os sentidos. Por que as coisas mudaram desse jeito eu não sei, os motivos para o sucesso e o insucesso são sempre multifacetados, mas peço que não destaque sem cessar aquelas interpretações

62 | Blumfeld, um solteirão de mais idade e outras histórias

que acabam depondo contra mim. Pense no senhor, também o senhor teve as melhores intenções, e mesmo assim o que logrou foi insucesso, se considerarmos a questão como um todo. Não estou querendo zombar do senhor ao dizê-lo, e, inclusive, percebo que tudo se volta contra mim mesmo se digo que também o vínculo comigo lamentavelmente contribuiu para os insucessos do senhor. O fato de eu agora me retirar da questão não representa covardia nem traição. E isso, inclusive, não sucede sem que eu tenha de agir contra minha vontade; por mais que eu admire sua pessoa, do meu escrito já se pode depreender que o senhor, em certo sentido, se tornou um professor para mim, e que quase passei a gostar até mesmo da toupeira. Ainda assim agora me retiro, o senhor é o descobridor e, seja como for que eu faça as coisas, acabo sempre por ser um obstáculo para que o senhor chegue à sua possível fama, ao passo que sempre atraio o insucesso a mim mesmo e o transmito ao senhor. Esta é, pelo menos, a opinião do senhor. Mas chega disso. A única penitência que posso aceitar sobre meus ombros é a de pedir perdão ao senhor e, se o senhor pedir que a confissão que lhe fiz aqui seja expressa também publicamente, por exemplo nessa revista, eu a repetirei sem problemas.

Essas foram minhas palavras na época, elas não foram de todo corretas, mas o que era correto podia ser deduzido delas com facilidade. Minha explicação agiu sobre ele mais ou menos como eu já esperava. A maior parte das pessoas de idade tem algo enganador, algo mentiroso em seu ser quando estão diante de pessoas mais jovens, vive-se com tranquilidade ao lado deles, acha-se que a relação está segura, conhecem-se as opiniões preponderantes, recebem-se continuamente as confirmações da paz, considera-se tudo natural, e eis que de repente, quando acaba acontecendo algo decisivo e a paz preparada por tanto tempo deveria entrar em ação, essas pessoas de mais idade se levantam como desconhecidos, têm opiniões mais profundas e mais fortes, literalmente desfraldam apenas então suas verdadeiras bandeiras e lemos assustados a nova sentença que elas trazem. Esse susto, no entanto, provém, sobretudo, do fato de que aquilo que os velhos agora dizem de fato é muito mais justo, mais sensato, e, como se houvesse uma possibilidade de aumento da naturalidade, ainda mais natural. Mas o insuperavelmente mentiroso nisso tudo é que eles no fundo sempre disseram aquilo que agora dizem. Eu devo ter mergulhado nas profundezas desse professor rural, fato é que ele não conseguiu me surpreender de todo com o que disse em seguida: – Minha criança – disse ele, botando sua mão sobre a minha e esfregando-a amistosamente –, como podes ter chegado à ideia de te meteres nessa questão?... Logo que ouvi pela primeira vez a respeito, falei com minha mulher. – Ele se afastou da mesa, abriu os braços e olhou para o chão como se lá embaixo estivesse, minúscula, a sua mulher, e ele falasse se dirigindo a ela. – "Tantos anos", disse eu a ela, "estamos lutando sozinhos, mas agora parece que um grande benfeitor na cidade se apresenta para nos defender, um comerciante urbano, chamado Assimeassado. Nós deveríamos nos alegrar, não é verdade? Um comerciante da cidade não significa pouca coisa; se um vil camponês acredita em nós e se declara a nosso favor, isso não pode nos ajudar, pois o que faz um camponês é sempre indecente, ainda que ele diga: 'o velho professor rural tem razão' ou se ele, por exemplo, cuspir de modo inadequado, as duas coisas serão iguais em seu efeito. E, se em vez daquele único camponês, 10 mil camponeses se levantam, o efeito possivelmente seja ainda pior. Um comerciante da cidade, ao contrário, é algo bem diferente, um homem desses é bem-relacionado, e, mesmo aquilo que ele diz apenas de passagem, é divulgado em círculos amplos, novos benfeitores passam a se ocupar da questão, um deles diz, por exemplo: também de professores de aldeia se pode aprender alguma coisa, e no dia seguinte uma multidão de pessoas, das quais segundo seu aspecto jamais poderia se deduzir que se interessariam pelo assunto, já está sussurrando a respeito. E logo já há meios financeiros para levar a questão adiante, um junta e os outros contam o dinheiro em sua mão, acha-se que o professor da aldeia precisa ser destacado do povoado em que trabalha, vem-se, ninguém se importa com sua aparência, coloca-se o professor no meio do povo e, uma vez que sua mulher e seus filhos se penduram nele, também eles são levados junto. Tu já observaste pessoas da cidade? Elas chilreiam sem parar. Quando há uma aglomeração de pessoas

64 | Blumfeld, um solteirão de mais idade e outras histórias

da cidade, os chilreios vão da direita para a esquerda e depois voltam, de um lado a outro e sem parar. E assim elas nos erguem chilreando ao coche, mal se tem tempo de assentir a todos. O senhor na cocheira ajeita seu pincenê, brande o chicote e nós vamos embora. Todos acenam ao povoado em despedida, como se ainda estivéssemos por lá, e não sentados no meio deles. Da cidade, chegam ao nosso encontro alguns coches com pessoas especialmente desprovidas de paciência. Assim que nos aproximamos, eles se levantam de seus acentos e se espicham para nos ver. Aquele que juntou dinheiro organiza tudo e faz alertas, pedindo tranquilidade. Já há uma longa fila de coches quando entramos na cidade. Achávamos que a saudação já passara havia tempo, mas eis que ela apenas começa diante da hospedaria. Atendendo ao chamado, várias pessoas logo se reúnem na cidade. Se um se preocupa com uma coisa, o outro logo se preocupa também. Com sua respiração, eles vão tomando as opiniões uns dos outros e se apropriando delas. Nem todas aquelas pessoas podem andar no coche, elas esperam diante da hospedaria, outras até poderiam andar, mas não o fazem por autoconfiança. Também estas esperam. É inacreditável como aquele que juntou dinheiro consegue manter o controle de tudo."

Eu o ouvi com tranquilidade; sim, e durante seu discurso ficava cada vez mais tranquilo. Havia amontoado sobre a mesa todos os exemplares do meu escrito que eu ainda possuía. Faltavam apenas alguns poucos, pois nos últimos tempos havia solicitado, através de uma circular, a devolução de todos os exemplares enviados, e acabara por receber a maior parte deles. De vários lados, inclusive, me escreveram com muita cortesia que nem sequer se lembravam de ter recebido o referido escrito, e que lamentavelmente, caso ele de fato tivesse sido enviado e depois chegado até eles, acabara por se perder. Também assim estava tudo certo, no fundo eu não pretendia outra coisa. Apenas um me pediu para ficar com o escrito na condição de curiosidade, obrigando-se a não mostrá--lo a ninguém no decorrer dos próximos vinte anos, e atendendo assim ao pedido constante na minha circular. O professor rural ainda nem sequer vira essa circular. Fiquei feliz com o fato de suas palavras terem me facilitado a possibilidade de mostrá-la a ele. Mas, de resto, eu também poderia fazer isso sem preocupação alguma, porque durante a redação havia procedido com todo o cuidado, jamais deixando de considerar o interesse do professor rural e de sua questão. As frases principais da circular, aliás, diziam: "Não peço que o escrito me seja devolvido por ter mudado no que diz respeito às opiniões que nele defendi, ou então por talvez considerá-las confusas em alguma de suas partes, ou mesmo apenas por achar que não podem ser provadas. Meu pedido tem meramente motivos pessoais, contudo bem imperiosos; no que diz respeito à minha posição sobre o caso, ele não permite a mais insignificante das conclusões. Peço que isso seja observado de modo especial, e, na medida do possível, também divulgado."

Por enquanto, contudo, ainda mantive a circular encoberta com as mãos e disse:

– O senhor quer me censurar porque as coisas não correram assim? Por que pretende fazer isso? Não vamos tornar ainda mais amargo o nosso desentendimento. E tente compreender enfim que, embora o senhor tenha feito uma descoberta, essa descoberta está longe de sobrepujar toda e qualquer coisa, e que, em razão disso, também a injustiça que é cometida contra o senhor não é uma injustiça maior do que toda e qualquer outra circunstância. Eu não conheço os estatutos das sociedades eruditas, mas não acredito que no mais favorável dos casos teria sido preparada para o senhor uma recepção que, nem mesmo de perto, seria parecida com aquela que talvez o senhor tenha descrito à sua pobre mulher. Se eu mesmo esperei algo do efeito do escrito, acredito que talvez pudesse ser chamada a atenção de um catedrático para o nosso caso, que ele talvez tivesse encarregado algum estudante mais jovem de investigar a questão, que esse estudante quiçá tivesse ido até o senhor para lá mais uma vez examinar a seu modo as investigações que o senhor fez e as minhas, e que ele, por fim, caso o resultado lhe parecesse digno de menção – aqui é preciso registrar que todos os jovens estudantes se mostram cheios de dúvidas –, ele então publicasse um escrito de sua própria lavra, no qual aquilo que o senhor escreveu seria fundamentado cientificamente.

66 | Blumfeld, um solteirão de mais idade e outras histórias

Contudo, mesmo que essa esperança se concretizasse, não teria sido alcançada muita coisa. O escrito do estudante em defesa de um caso tão peculiar talvez fosse ridicularizado. O senhor vê aqui, no exemplo da revista agrícola, como isso pode acontecer com facilidade, e revistas científicas são ainda mais impiedosas nesse sentido. E isso é perfeitamente compreensível, os catedráticos carregam muita responsabilidade às costas, e precisam se justificar diante da ciência, da posteridade; eles não podem aceitar de peito aberto qualquer nova descoberta. Nós, os outros, estamos em vantagem diante deles no que diz respeito a essas circunstâncias. Mas vou abrir mão disso e agora farei de conta que o escrito do estudante tenha sido aceito. O que teria acontecido, nesse caso? O nome do senhor por certo seria mencionado algumas vezes de forma honrosa, o que provavelmente também seria útil à profissão do senhor, e se diria: "Nossos professores rurais têm os olhos abertos", e essa revista aqui teria, caso revistas tivessem memória e consciência, de pedir desculpas ao senhor publicamente, e também se encontraria então um catedrático benevolente que buscaria conseguir uma bolsa para o senhor, e inclusive é até bem possível que se tentasse levar o senhor para a cidade, conseguindo-lhe um emprego em uma escola pública citadina, dando-lhe assim a oportunidade de utilizar os meios científicos que a cidade oferece para incentivar sua formação posterior. Caso eu deva me mostrar aberto, no entanto, sou obrigado a dizer que acredito que apenas o tentariam. Chamariam o senhor para cá, o senhor, inclusive, viria, e, na condição de peticionário comum, conforme eles existem às centenas, sem qualquer recepção festiva, falariam com o senhor, reconheceriam sua busca e sua tentativa honesta, mas ao mesmo tempo veriam também que o senhor é um homem idoso, e que nessa idade começar um estudo científico não oferece a menor perspectiva, e que o senhor, sobretudo, chegou à sua descoberta mais por acaso do que por planejamento, e que nem sequer tem a intenção de trabalhar em qualquer outra coisa a não ser nesse caso específico. Por esses motivos, é bem provável que deixassem o senhor na aldeia. Sua descoberta, contudo, seria levada adiante, pois ela não é nem de longe tão pequena assim a ponto de, tendo encon-

O professor da aldeia | **67**

trado reconhecimento, poder ser esquecida de novo algum dia. Mas o senhor não ficaria sabendo mais muita coisa a respeito dela, e o que o senhor soubesse, mal chegaria a compreender. Qualquer descoberta é logo conduzida ao conjunto das ciências, e com isso de certo modo deixa de ser uma descoberta, ela se perde no todo e desaparece, e nesse caso é necessário ter um olhar cientificamente escolado para continuar reconhecendo-a. Ela logo é vinculada a princípios condutores sobre cuja existência ainda nem sequer ouvimos, e, no embate científico, ela é elevada até as nuvens nesses mesmos princípios condutores. Como haveríamos de querer entender isso? Quando prestamos atenção a discussões eruditas, acreditamos, por exemplo, que se trate da descoberta, quando na verdade se trata de coisas bem diferentes, e em outro caso acreditamos que se trata de outra coisa, não da descoberta, quando se trata justamente dela. O senhor compreende isso? Ficaria no povoado, poderia alimentar e vestir sua família um pouco melhor com o dinheiro recebido, mas sua descoberta lhe teria sido arrancada, sem que o senhor pudesse se defender contra isso mencionando um direito qualquer, pois apenas na cidade é que ela alcançaria sua verdadeira validade. E talvez nem sequer se mostrassem mal-agradecidos em relação ao senhor, poderiam, por exemplo, mandar construir um pequeno museu no lugar em que foi feita a descoberta, e ele se tornaria uma atração da aldeia, o senhor se tornaria o guardador da chave e, para não deixar faltarem também sinais de honra exteriores, concederiam ao senhor uma pequena medalha a ser carregada junto ao peito, conforme elas costumam ser usadas pelos servidores de institutos científicos. Tudo isso até que seria possível; mas teria sido isso que o senhor queria?

Sem esperar para apresentar sua resposta, ele replicou de modo correto:

– E foi isso, pois, que o senhor tentou conseguir para mim?

– Talvez – disse eu –, na época eu não agi tanto assim seguindo reflexões anteriores, a ponto de agora poder responder ao senhor de modo mais determinado. Eu queria ajudá-lo, mas acabei me dando mal, e pode-se dizer até que isso foi a coisa mais malograda que eu fiz até hoje. Por isso, agora quero me afastar dela e apagá-la, na medida em que minhas forças forem suficientes.

68 | Blumfeld, um solteirão de mais idade e outras histórias

– Pois bem – disse o professor da aldeia, tirou seu cachimbo e começou a enchê-lo com o tabaco que carregava solto em todos os seus bolsos. – O senhor se ocupou voluntariamente da questão ingrata, e agora também a abandona voluntariamente. Está tudo certo!

– Eu não sou cabeça-dura – disse eu. – O senhor por acaso tem algo a refutar em minha sugestão?

– Não, absolutamente nada – disse o professor da aldeia, e seu cachimbo já soltava fumaça. Eu não aguentei o cheiro de seu tabaco e por isso me levantei e andei pelo recinto. Já estava acostumado, em discussões anteriores, com o fato de o professor da aldeia se mostrar taciturno diante de mim e, mesmo assim, depois de ter vindo, não querer mais se mexer para sair da minha sala. Isso já me parecera estranho um bocado de vezes; ele ainda quer alguma coisa de mim, foi o que sempre pensei, para em seguida lhe oferecer dinheiro, que ele também aceitava com regularidade. Mas apenas ia embora quando sentia vontade. De hábito, assim que o cachimbo havia terminado, ele se embalava em torno da cadeira, que aproximava de forma ordeira e com todo o respeito da mesa, pegava seu cajado cheio de nós do chão, apertava-me a mão zelosamente e ia embora. Mas hoje, o fato de ele ficar sentado em silêncio ali chegava a me incomodar. Quando se oferece, em dado momento, a despedida definitiva a alguém, conforme eu havia feito, e ela é considerada pelo outro absolutamente correta, então se leva o pouco que ainda precisa ser resolvido em conjunto o mais rápido possível até o fim, e não se obriga o outro a aguentar sua presença muda sem motivo. Quando se via pelas costas o velho baixo e rijo, conforme estava sentado à minha mesa, até se poderia acreditar que de modo algum será possível fazer com que saia da sala algum dia...

Crianças na estrada

Eu ouvia os coches passando pela grade do jardim, às vezes eu também os via pelas falhas na folhagem se movimentando de leve. Como, no verão quente, a madeira estalava em seus raios e eixos! Trabalhadores chegavam dos campos e riam que era uma vergonha.

Eu ficava sentado no nosso pequeno balanço, acabava de descansar entre as árvores no jardim da casa dos meus pais.

Diante das grades, a coisa não parava. Crianças em passo rápido num instante haviam passado; carros carregados de cereais com homens e mulheres sobre os feixes; e em volta os canteiros de flores escureciam; perto do anoitecer, eu via um homem com uma bengala passeando devagar, e algumas meninas, que caminhavam ao encontro dele de braços dados, entravam na relva lateral fazendo saudações.

Então os pássaros levantavam voo como se o chão os borrifasse, eu os seguia com os olhos, via como eles subiam num só fôlego, até que já não acreditava mais que eles subiam, mas sim que eu estava caindo, e, me segurando com firmeza nas cordas por me sentir fraco, começava a me embalar um pouco. Logo eu me embalava mais forte, quando o ar já soprava mais fresco e, em vez de pássaros esvoaçantes, apareciam estrelas trêmulas.

Eu recebia minha ceia noturna à luz de uma vela. Frequentemente, tinha ambos os braços sobre o tampo de madeira e, já cansado, mordia meu pão com manteiga. As cortinas bem abertas se abaulavam ao vento morno, e às vezes alguém que passava lá fora as segurava firme com suas mãos, quando queria me ver melhor e conversar comigo. Na maior parte das vezes, a vela se apagava logo em seguida, e em torno de sua fumaça escura os mosquitos que haviam se juntado ainda voejavam por algum tempo.

70 | Blumfeld, um solteirão de mais idade e outras histórias

Se alguém me fazia uma pergunta da janela, eu olhava para a pessoa como se olhasse para a montanha ou para o ar vazio, e também ela não dava muita importância ao fato de não obter uma resposta.

Quando alguém saltava ao parapeito da janela e anunciava que os outros já estavam diante do prédio, eu por certo levantava suspirando.

– Não, por que suspiras assim? O que foi que aconteceu? Foi uma desventura especial, que jamais poderá ser reparada? Nós jamais vamos poder nos recuperar por causa dela? Tudo está realmente perdido?

Nada estava perdido. Nós corríamos para a frente do prédio.

– Graças a Deus, aqui estão vocês, enfim!

– Tu sempre chegas atrasado!

– Como assim, eu?

– Justamente tu, fica em casa se não quiseres ir junto.

– Nenhuma misericórdia!

– O quê? Nenhuma misericórdia? Olha como tu estás falando!

Nós rompíamos a noite com a cabeça. Não havia tempo diurno nem tempo noturno. Ora os botões de nossos coletes se esfregavam uns nos outros como dentes, ora corríamos a uma distância constante, fogo na boca, como animais nos trópicos. Semelhantes a couraceiros em antigas guerras, sapateando e saltando bem alto no ar, nós atropelávamos uns aos outros pela rua curta abaixo e, com esse impulso nas pernas, subíamos além, pela estrada. Alguns pisavam nas valas dessa estrada, e, mal desapareciam diante do declive escuro, já se tornavam pessoas desconhecidas no caminho em meio ao campo e olhavam para baixo.

– Ora, venham para baixo!

– Venham vocês primeiro para cima!

– Para que vocês nos joguem para baixo?, nem estamos pensando nisso, ainda somos sensatos o suficiente para não cair nessa.

– Covardes o suficiente, é o que vocês estão querendo dizer. Venham, vamos, venham!

– Será mesmo? Vocês? E justo vocês vão nos jogar abaixo? Que cara vocês deveriam ter?

Crianças na estrada | **71**

Nós atacávamos, éramos golpeados no peito e nos deitávamos na relva da vala da estrada, caindo voluntariamente. Tudo estava aquentado do mesmo jeito, nós não sentíamos calor nem frio na relva, só ficávamos cansados.

Quando virávamos para o lado direito, botando a mão debaixo do ouvido, até se gostaria de adormecer. Embora quiséssemos juntar forças mais uma vez de queixo erguido, mas para cair em valas ainda mais fundas. Então o que queríamos, o braço cruzado diante do corpo, as pernas dobradas, era nos jogar contra o ar e por certo cair de novo numa vala ainda mais funda. E não pretendíamos nem pensar em parar com isso.

Assim como nos esticaríamos ao extremo na última vala para dormir de verdade, sobretudo de joelhos, nisso mal se chegava a pensar ainda, e se ficava deitado, disposto a chorar, como doente das costas. Piscava-se o olho quando um garoto, os cotovelos na cintura, saltava do declive para a estrada por cima de nós com suas solas escuras.

Já se via a lua a alguma altura, o coche dos correios passava por nós sob o clarão dela. Em geral, um vento fraco se levantava, também na vala se podia senti-lo, e a floresta começava a farfalhar nas proximidades. Então não se dava mais muita importância ao fato de ficar sozinho.

– Onde vocês estão?

– Venham cá!

– Todos juntos!

– Por que tu te escondes? Deixa de besteira!

– Vocês não viram que o correio já passou?

– É claro que não! Já passou?

– Mas é claro que sim, enquanto tu estavas dormindo, ele passou.

– Eu dormi? Não, de jeito nenhum!

– Cala a boca, dá pra ver que tu dormiste.

– Ora, por favor.

– Venham!

Nós corríamos mais próximos, alguns estendiam as mãos uns aos outros, não se podia manter a cabeça suficientemente alta porque o caminho descia. Um esboçava um grito de guerra dos índios, nós levávamos um galope sem igual às pernas e, ao saltar, o vento nos levantava pela cintura. Nada poderia nos parar; estávamos de tal modo na corrida que, mesmo ao ultrapassar, poderíamos cruzar os braços e olhar em torno com tranquilidade.

Na ponte Wildbach, ficávamos parados; os que haviam corrido adiante voltavam. A água lá embaixo batia em pedras e raízes como se ainda não fosse tarde da noite. Não havia motivo para não saltar sobre o parapeito da ponte.

Atrás das moitas, à distância, aparecia um trem, todos os vagões estavam iluminados, as janelas de vidro baixadas por segurança. Um de nós começava a cantar uma cantiga popular, mas todos nós queríamos cantar. Cantávamos bem mais rápido do que o trem andava, embalávamos os braços porque a voz não bastava, chegávamos com nossas vozes a uma aglomeração na qual nos sentíamos bem. Quando se mistura sua voz à de outros, nos sentimos presos como que por um anzol.

Assim cantávamos, a floresta às costas, os viajantes já bem distantes em nossos ouvidos. Os adultos ainda vigiavam no povoado, as mães arrumavam as camas para a noite.

Já era tempo. Eu beijava aquele que estava ao meu lado, aos três mais próximos apenas estendia as mãos, assim, sem mais, começava a correr o caminho de volta, ninguém me chamava. No primeiro cruzamento, onde eles não poderiam mais me ver, eu dobrava e corria por caminhos em meio ao campo, de volta para a floresta. Eu buscava a cidade no sul, da qual se dizia, em nosso povoado:

– Lá há pessoas! Imaginem que elas não dormem!

– E por que não?

– Porque não se cansam.

– E por que não?

– Por que são tolas.

– E tolos não ficam cansados.

– Como tolos poderiam ficar cansados?!

Desmascaramento de um trapaceiro

E nfim, por volta das dez da noite, cheguei com um homem que antes conhecia apenas de modo fugidio, e que se juntara outra vez a mim de modo inesperado e me arrastara por duas horas pelas ruas até diante da casa senhorial à qual havia sido convidado para uma reunião.

– Pois bem! – disse eu, e bati palmas sinalizando para a necessidade incondicional da despedida. Eu já fizera tentativas menos claras algumas vezes antes. Agora já estava completamente cansado.

– O senhor subirá logo? – ele perguntou. De sua boca, ouvi um ruído como o de dentes batendo.

– Sim.

Eu estava convidado, ora, e já o dissera a ele desde logo. Mas eu estava convidado a subir para onde eu já teria gostado muito de estar, e não de ficar parado ali embaixo diante do portão, olhando para quem se encontrava à minha frente como se não o visse. E agora, ainda por cima, ficar mudo com ele, como se estivéssemos decididos a permanecer por um bom tempo naquele lugar. Os prédios em torno de nós também logo passaram a tomar parte no nosso silêncio, assim como a escuridão sobre eles, que chegava às estrelas. E os passos de passantes invisíveis, cujos caminhos não se havia vontade de adivinhar, o vento, que sempre de novo pressionava do outro lado da rua, um gramofone, que tocava sua música contra as janelas trancadas de algum quarto – eles se deixavam ouvir em meio àquele silêncio todo, como se ele fosse sua propriedade desde sempre e para sempre.

E meu acompanhante se resignou em seu e – depois de um sorriso – também em meu nome, depois esticou o braço direito ao longo do muro acima e apoiou nele seu rosto, cerrando os olhos.

Mas eu não cheguei mais a ver esse sorriso bem até o fim, pois a vergonha me fez virar de repente. Foi só nesse sorriso, portanto, que eu reconheci que

74 | Blumfeld, um solteirão de mais idade e outras histórias

se tratava de um trapaceiro e nada mais. E eu já estava havia meses nessa cidade, acreditava conhecer esses trapaceiros de cabo a rabo, como eles saíam à noite de ruas vicinais, as mãos estendidas à frente, vindo a nosso encontro como taverneiros, como se acotovelam em torno da coluna de afixar cartazes junto à qual estamos parados fazendo de conta que brincam de esconder e espionam pelo menos com um olho por trás da abóbada da coluna, como subitamente pairam diante de nós na quina de nossa calçada em cruzamentos de rua quando começamos a sentir medo! Eu afinal de contas os compreendia tão bem, eles foram meus primeiros conhecidos na cidade e nas pequenas estalagens, e eu lhes devo a primeira visão de uma intransigência, que eu agora poderia imaginar tão pouco como não existente na crosta terrestre a ponto de já começar a senti-la em mim. Como eles ficavam parados diante de nós, mesmo quando já se havia escapado deles fazia tempo, portanto, quando há tempo já não há mais nada a trapacear! Como eles não se sentavam, como não caíam, mas ficavam olhando para a gente com olhos que continuavam, ainda que apenas à distância, convencendo! E seus meios eram sempre os mesmos: eles ficavam parados à nossa frente e se faziam tão largos quanto podiam; tentavam evitar que fôssemos para onde queríamos insistentemente ir; nos preparavam, em troca, uma moradia em seu próprio peito, e, quando enfim todos os nossos sentimentos se indignavam dentro de nós, eles tomavam aquilo como um abraço para o qual se lançavam, o rosto na frente.

E eu reconhecia essas antigas brincadeiras dessa vez apenas depois de uma convivência tão longa. Esfreguei as pontas dos meus dedos umas nas outras para tentar anular a vergonha daquilo.

Meu homem, no entanto, continuava apoiado ali como antes, ainda considerava ser um trapaceiro, e a satisfação com seu destino lhe enrubescia a face livre.

– Peguei! – disse eu, e bati de leve em seu ombro. Em seguida, subi a escada correndo e os rostos da criadagem tão infundadamente fiéis lá em cima, na antessala, me alegraram como uma bela surpresa. Eu olhei para todos, um após o outro, enquanto me tiravam o sobretudo e escovavam o pó de minhas botas. Suspirando de alívio e de peito estufado, adentrei a sala em seguida.

Os passantes

Quando se sai a passear por uma ruela, à noite, e um homem, visível já de longe – pois a ruela diante de nós sobe e é lua cheia –, vem a nosso encontro, nós não o agarraremos, mesmo que ele esteja fraco e esfarrapado, mesmo que alguém corra atrás dele e grite, mas nós o deixaremos seguir adiante.

Pois é noite, e nós não temos culpa de a ruela subir à nossa frente ao clarão da lua cheia e, além disso, talvez os dois tenham organizado aquela perseguição apenas para se divertir, talvez ambos cacem um terceiro, talvez o primeiro esteja sendo perseguido injustamente, talvez o segundo queira assassinar, e nós seríamos cúmplices do assassinato, talvez os dois nada saibam um do outro, e cada um deles apenas esteja correndo para sua cama de acordo com sua própria responsabilidade, talvez sejam sonâmbulos, talvez o primeiro tenha uma arma.

E, por fim, nao podemos estar cansados, não tomamos vinho demais? Estamos contentes por também não ver mais o segundo.

O passageiro

E stou parado na plataforma do bonde e completamente inseguro no que diz respeito à minha posição neste mundo, nesta cidade, em minha família. Nem mesmo de passagem eu seria capaz de indicar quais as exigências que eu poderia fazer com algum direito em uma direção qualquer. Não consigo sequer defender o fato de estar parado nesta plataforma, me segurar nesta alça, me deixar levar por este vagão, o fato de as pessoas desviarem dele ou caminharem em silêncio ou descansarem diante das vitrines... Ninguém o exige de mim, ademais, isso pouco importa.

O bonde se aproxima de uma parada, uma menina se posta bem próxima dos degraus, pronta para embarcar. Ela me aparece tão nítida como se eu a tivesse apalpado. Está vestida de preto, as pregas de sua saia quase não se movem, a blusa é apertada e tem uma gola de renda branca de malha estreita, a mão esquerda ela mantém espalmada contra a parede, a sombrinha em sua direita está parada sobre o penúltimo degrau. Seu rosto tem muitos cabelos castanhos e pelinhos dispersos na têmpora direita. Sua orelha pequena é bem colada, mas eu vejo, uma vez que estou parado bem próximo, toda a parte traseira da aurícula direita e a sombra na base.

Eu me perguntei, na época: como pode ela não se admirar consigo mesma, mantendo a boca fechada, sem dizer qualquer coisa assim?

Onze filhos

E u tenho 11 filhos.

O primeiro é bem pouco atraente no aspecto, mas sério e inteligente; mesmo assim, eu, ainda que o ame como todos os outros na condição de filho, não o estimo muito. Seu modo de pensar me parece simples demais. Ele não vê à direita nem à esquerda, e também não à distância; sempre dá voltas ou, antes, gira em torno de si mesmo em seu pequeno círculo de ideias.

O segundo é belo, esguio, bem-talhado; é encantador vê-lo em postura de esgrimista. Também ele é inteligente, mas, além disso, cosmopolita; viu muita coisa, e por isso até mesmo a natureza local parece conversar com ele de modo mais íntimo do que com aqueles que acabaram ficando em casa. Mas por certo essa vantagem não pode ser creditada apenas e nem mesmo essencialmente às suas viagens, ela faz parte, muito antes, dos aspectos inimitáveis desse filho, que, por exemplo, é reconhecido por todo mundo, que tenta imitar seu salto artístico na água, composto de diversos parafusos e ainda assim dominado com ímpeto selvagem. A coragem e a vontade são suficientes para chegar até a extremidade do trampolim, mas lá, em vez de pular, o imitador de repente apenas senta-se, para em seguida erguer os braços e pedir desculpas... E, apesar de tudo isso (eu, no fundo, deveria estar feliz com um filho assim), minha relação com ele tem seus pontos turvos. Seu olho esquerdo é um pouco menor do que o direito e pisca muito; só um pequeno defeito, com certeza, que inclusive torna seu rosto ainda mais arrojado do que de resto já seria, e ninguém perceberá diante da perfeição inacessível de seu ser este olho menor e piscante. Eu, o pai, o percebo. Não é, naturalmente, esse defeito físico que me dói, mas sim uma irregularidade de algum modo correspondente de seu espírito, algum veneno que erra

80 | Blumfeld, um solteirão de mais idade e outras histórias

por seu sangue, alguma incapacidade de arredondar de modo perfeito a estrutura complexa de sua vida visível apenas para mim. Justamente isso, contudo, acaba fazendo com que por outro lado ele seja meu filho de verdade, pois este seu defeito é ao mesmo tempo o defeito de toda a nossa família, e neste filho ele apenas se mostra de um modo mais nítido.

O terceiro filho também é bonito, mas sua beleza não é uma beleza que me agrada. É a beleza do cantor: a boca arqueada, o olhar sonhador, a cabeça, que necessita de um drapeado na parte de trás para ter efeito; o peito, que se estufa desmesuradamente; as mãos, que se erguem de leve e baixam com leveza demasiada; as pernas, que fazem cerimônia porque não conseguem carregar o peso do corpo. E, além disso: o tom de sua voz não é cheio; engana por um momento; faz os conhecedores ficarem de ouvido atento; mas pouco depois se esgota, sem ar... Embora de um modo geral tudo me atraia a exibir esse filho, eu mesmo assim prefiro mantê-lo escondido; ele mesmo não se impõe, mas não porque conheça suas precariedades, e sim por inocência. Ele também se sente estranho em nossa época; como se pertencesse à minha família, mas, além disso, também a uma outra, perdida para ele para todo o sempre; ele muitas vezes se mostra sem vontade e nada é capaz de alegrá-lo.

Meu quarto filho é talvez o mais sociável de todos. Verdadeiro rebento de sua época, é compreensível a todo mundo, se encontra no terreno comum a todos, e todo mundo se sente tentado a assentir para ele. Talvez, através desse reconhecimento geral, seu ser ganhe algo leve, seus movimentos, algo livre, seus veredictos, algo despreocupado. Até se gostaria de repetir várias vezes algumas de suas sentenças, contudo apenas algumas, pois em seu conjunto ele mais uma vez sofre de uma leveza um pouco excessiva. Ele é como alguém que salta de modo admirável, divide o ar ao meio como se fosse uma andorinha, mas em seguida acaba miseravelmente na aridez do pó, um nada. Tais pensamentos enchem de bílis a visão desse filho para mim.

O quinto filho é querido e bondoso; prometia bem menos do que cumpriu; era tão insignificante que a gente se sentia literalmente sozinho em sua presença; mas acabou por alcançar alguma evidência. Quando me perguntavam como isso aconteceu, eu mal sabia o que responder. Inocência talvez seja o que com mais facilidade leva alguém a vencer o bramir dos elementos neste mundo, e ele é inocente. Talvez inocente demais. Amável com todos e qualquer um. Talvez amável demais. Eu confesso: não me sinto bem quando o elogiam diante de mim. Afinal de contas, não passa de um elogio um pouco fácil demais quando se elogia alguém que é tão obviamente digno de elogio como meu filho.

Meu sexto filho parece, pelo menos à primeira vista, o mais profundo de todos. Eternamente de cabeça baixa, e mesmo assim um falastrão. Por isso não é fácil estar à sua altura. Quando está prestes a ser derrotado, ele cai em uma tristeza invencível; quando alcança a superioridade, ele a preserva falando pelos cotovelos. Mas nem por isso deixo de reconhecer que ele tem uma certa paixão absorta; em plena luz do dia, ele muitas vezes luta com seus pensamentos como se estivesse sonhando. Mesmo sem ser doente – ele tem, muito antes, ótima saúde –, ele às vezes cambaleia, sobretudo no crepúsculo, mas não precisa de ajuda, não chega a cair. Talvez a culpa por esse aspecto esteja em seu desenvolvimento físico, ele é alto demais para sua idade. Isso o torna desprovido de beleza no todo, apesar de detalhes chamativamente belos, por exemplo, nas mãos e nos pés. Desprovida de beleza é também sua testa; enrugada tanto na pele quanto na constituição óssea, por assim dizer.

O sétimo filho talvez me pertença mais do que todos os outros. O mundo não sabe valorizá-lo; não entende seu humor especial. Eu não o superestimo; sei que ele é suficientemente insignificante; se não cometesse outro erro a não ser o de não saber valorizá-lo, o mundo ainda seria impecável. Mas eu não queria prescindir desse filho no interior da família. Se ele traz intranquilidade, também traz respeito pelas tradições, e une ambos, pelo menos essa é a minha sensação, em um todo incontestável. Com esse todo, no entanto, ele mesmo é quem menos sabe o que fazer; ele não fará a roda do futuro girar, mas essa sua predisposição é tão encorajadora, tão rica em esperanças! Eu queria que ele tivesse filhos e estes filhos tivessem outros filhos. Lamentavelmente, esse desejo parece não querer se cumprir. Em uma satisfação que eu,

82 | Blumfeld, um solteirão de mais idade e outras histórias

embora a compreenda, desejo tanto menos, mas que afinal de contas se encontra em oposição grandiosa diante do veredicto de seu entorno, ele se vira sozinho por aí, não se preocupa com as meninas, e mesmo assim jamais perderá seu bom humor.

Meu oitavo filho é meu filho-problema, e eu na verdade não sei qual é o motivo disso. Ele me olha com estranheza, quando eu por outro lado me sinto vinculado paternalmente a ele de modo bem estreito. O tempo melhorou muita coisa; no passado, porém, eu às vezes era tomado de tremedeira quando apenas pensava nele. Ele segue seu próprio caminho; rompeu todas as ligações comigo; e com certeza conseguirá passar por todos os lugares que escolher com sua cabeça-dura, seu corpo pequeno e atlético – só as pernas é que eram bem fracas quando ele era garoto, mas isso entrementes parece também já ter se equilibrado. Muitas vezes tive vontade de chamá-lo de volta e lhe perguntar como está, por que ele se fecha tanto assim diante de seu pai, e o que, no fundo, ele intenciona fazer; mas agora ele está tão longe e tanto tempo já se passou; que tudo fique, pois, como está. Ouço que ele é o único entre meus filhos a usar uma barba cheia; bonito, isso naturalmente não é, em se tratando de um homem tão baixinho assim.

Meu nono filho é muito elegante e tem aquele olhar doce destinado às mulheres. Tão doce que, de quando em vez, consegue seduzir até a mim, muito embora eu saiba que basta literalmente uma esponja molhada para lavar diante de todo o mundo esse brilho extraterreno. O mais especial nesse garoto, no entanto, é que ele nem sequer tem o objetivo de seduzir; a ele bastaria ficar sua vida inteira deitado no canapé e desperdiçar seu olhar no teto do quarto ou, antes, deixá-lo descansar debaixo das pálpebras. Quando se encontra nessa que é sua posição preferida, ele até gosta de falar e não o faz mal; conciso e claro; mas apenas em limites bem estreitos; quando os ultrapassa, o que não pode ser evitado diante de sua estreiteza, seu discurso se torna completamente vazio. Até se poderia mostrar a rejeição com um aceno de cabeça a ele, caso se tivesse a esperança de que esse olhar carregado de sono pudesse percebê-lo.

Meu décimo filho é tido como um caráter insincero. Não pretendo refutar de todo esse defeito, nem tampouco confirmá-lo. Certo é que quem o vê se aproximando em sua solenidade que vai muito além de sua idade, em sua casaca de passeio sempre bem-abotoada, de chapéu preto antigo, mas cuidadosa e até excessivamente escovado, com seu rosto imóvel, o queixo um tanto avançado, as pálpebras que se abaúlam, pesadas, sobre os olhos, os dois dedos de quando em vez levados à boca, quem o vê assim, pensa: ora, mas é um hipócrita incomensurável. Mas então que se o ouça falando! Compreensível, com ponderação, breve e conciso, perpassando perguntas com uma vivacidade maldosa, em harmonia surpreendente, natural e alegre com o universo, uma harmonia que necessariamente estica o pescoço e faz o corpo se levantar. Muitos que se acham bastante inteligentes e que, por esse motivo, conforme pensavam, se sentiram repelidos por seu aspecto, ele voltou a atrair com força através de suas palavras. Mas também existem muitas pessoas às quais o seu aspecto deixa indiferentes, às quais suas palavras é que parecem hipócritas. Eu, na condição de pai, não quero decidir nada no que diz respeito a essa questão, mas sou obrigado a admitir que os últimos avaliadores, de qualquer modo, são mais dignos de atenção do que os primeiros.

Meu décimo primeiro filho é delicado, por certo o mais fraco entre meus filhos; mas enganador em sua fraqueza; é que ele consegue, de tempos em tempos, ser forte e determinado, mas de qualquer modo também então é a fraqueza que, por assim dizer, fundamenta tudo. Ademais, não se trata de uma fraqueza vergonhosa, mas de algo que parece fraqueza apenas nesta nossa crosta terrestre. Por acaso a prontidão para voar também não é fraqueza, uma vez que no fundo é balanço e indeterminação e bater de asas? Algo desse jaez é o que meu filho mostra. Características assim, naturalmente, não agradam ao pai; é bem visível que elas acabam buscando a destruição da família. Às vezes, ele olha para mim como se quisesse dizer: "Eu te levarei comigo, papai." Então eu penso: "Tu serias o último a quem eu me confiaria." E seu olhar parece dizer mais uma vez: "Que eu, portanto, seja pelo menos o último."

Esses são os 11 filhos.

Chacais e árabes

Nós acampávamos no oásis. Os companheiros dormiam. Um árabe, alto e branco, passou por mim; ele havia cuidado dos camelos e se dirigia para o local em que dormiria.

Eu me joguei de costas sobre a relva; queria dormir, não conseguia; os uivos queixosos de um chacal ao longe; voltei a me sentar. E o que havia sido tão longe, de repente era perto. Um burburinho de chacais ao meu redor; olhos brilhando em ouro, desbotados, se apagando; corpos esguios, como que movidos por um chicote, de acordo com as ordens e agilmente.

Um vinha por trás, se aproximou e se enfiou por baixo do meu braço, colado em mim, como se precisasse do meu calor, e em seguida se postou à minha frente e falou, quase olho no olho comigo:

– Eu sou o chacal mais velho de todas essas paragens. Estou feliz em ainda poder te cumprimentar por aqui. Já tinha quase abandonado a esperança, pois esperamos um tempo infinitamente longo por ti; minha mãe esperou e a mãe dela e assim por diante todas as suas mães até chegar à mãe de todos os chacais. Pode acreditar!

– Isso me surpreende – disse eu, e me esqueci de acender o monte de lenha que já se encontrava pronto para manter os chacais longe de mim com sua fumaça. – Me surpreende muito ouvir isso. Só por acaso é que estou vindo do norte distante e tenciono fazer uma viagem breve. Mas o que vocês estão querendo, chacais?

E, como se encorajados por este discurso talvez amistoso demais da minha parte, eles estreitaram seu círculo um pouco mais em torno de mim; a respiração de todos era breve e ofegante.

– Sabemos – começou o mais velho – que tu vens do norte, e é nisso que se fundamenta a nossa esperança. Lá existe o entendimento que não pode ser encontrado por aqui, entre os árabes. Dessa soberba fria, tu deves saber, não pode ser arrancada uma fagulha sequer de entendimento. Eles matam animais para devorá-los, e não dão atenção à carniça.

– Não fala tão alto – disse eu –, há árabes dormindo nas proximidades.

– Tu és realmente um forasteiro – disse o chacal --, do contrário, saberia que jamais na história do mundo um chacal temeu um árabe. Deveríamos temê-los? Não é infortúnio suficiente o fato de sermos execrados por um povo desses?

– Pode ser, pode ser – disse eu. – Não me arriscarei a dar um veredicto sobre coisas tão distantes de mim; parece se tratar de uma disputa muito antiga; deve estar no sangue, talvez acabe apenas com sangue, portanto.

– Tu és bem inteligente – disse o velho chacal; e todos passaram a respirar ainda mais rápido, de pulmões acossados, embora estivessem parados quietos; um odor amargo, de vez em quando suportável apenas de dentes cerrados, jorrava de seus focinhos abertos. – Tu és bem inteligente; isso que dizes corresponde à nossa velha doutrina. Nós tomamos, pois, o sangue deles, e a disputa chega ao fim.

– Oh! – disse eu, mais intempestivamente do que pretendia. – Eles irão se defender; abaterão vocês aos magotes com suas espingardas.

– Tu não estás entendendo – disse ele. – Conforme, aliás, é típico da espécie humana, o que, portanto, também no norte distante não se mostra diferente. Ora, nós não os mataremos. O Nilo não teria água suficiente para nos lavar e nos deixar limpos. Já fugimos tão somente à vista de seu corpo vivo para um ar mais puro, no deserto, que por isso é nossa pátria.

E todos os chacais em volta, aos quais entrementes haviam se juntado ainda muitos outros vindos de longe, baixaram as cabeças entre as pernas dianteiras e as limparam com as patas; era como se quisessem esconder um contragosto, tão terrível que eu preferiria ter fugido do meio de seu círculo com um grande salto.

– O que vocês pretendem, pois? – Eu perguntei, e quis me levantar; mas não consegui; dois jovens animais haviam cravado seus focinhos nas costas de meu casaco e de minha camisa; fui obrigado a continuar sentado

Chacais e árabes | **87**

– Eles seguram tua cauda – disse o velho chacal, explicando, e sério –, uma demonstração de honra.

– Que eles me larguem! – gritei eu, ora voltado para o velho, ora para os jovens.

– É claro que eles o farão – disse o velho –, se tu pedires. Mas demora um pouquinho, pois eles morderam profundamente conforme recomendam os costumes, e precisam soltar as mandíbulas bem devagar uma da outra. Enquanto isso, ouve o nosso pedido.

– O comportamento de vocês não me tornou muito receptivo a ele – disse eu.

– Não nos puna por nossa falta de habilidade – disse ele, enquanto pela primeira vez buscava a ajuda do tom queixoso de sua voz natural. – Somos pobres animais, temos apenas os dentes; para tudo que queremos fazer, o bem e o mal, nos restam unicamente os dentes.

– O que queres, então? – perguntei eu, apenas um pouco apaziguado.

– Senhor – chamou ele, e todos os chacais uivaram; na mais distante das distâncias me pareceu se tratar de uma melodia. – Senhor, tu deves acabar com a disputa que divide o mundo em dois. Nossos antepassados descreveram aquele que o fará exatamente como tu és. Precisamos ter paz da parte dos árabes; ar respirável; a vista do horizonte limpa da presença deles; nenhum balido de queixa de um cordeirinho esfaqueado pelo árabe; todos os animais devem morrer em paz; sem ser perturbados, eles devem ser bebidos, esvaziados e limpos até os ossos por nós. Limpeza, nada mais do que limpeza, é o que nós queremos. – E agora todos choravam, soluçavam. – Como podes aguentar tudo isso neste mundo, tu que tens um coração nobre e entranhas doces? Sujeira é seu branco; sujeira é seu preto; um pavor é sua barba; somos obrigados a cuspir tão só à vista do canto de seus olhos; e, quando erguem o braço, o inferno se descortina em suas axilas. Por isso, oh, senhor, por isso, oh, mais caro dos senhores, com a ajuda de tuas mãos que tudo podem, com a ajuda de tuas mãos que tudo podem, corte o pescoço deles com esta tesoura! – E, seguindo um aceno de sua cabeça, aproximou-se um chacal que trazia em um dente canino uma pequena tesoura de costura, coberta de ferrugem velha.

88 | Blumfeld, um solteirão de mais idade e outras histórias

– Ora, enfim a tesoura, e chega disso! – gritou o chefe dos árabes de nossa caravana, que havia se esgueirado até nós contra o vento e agora brandia seu chicote gigantesco.

Todos debandaram às pressas, mas ainda assim pararam a alguma distância, sentados bem próximos uns dos outros, tantos animais tão próximos e rígidos que pareciam uma pequena alcateia em torno da qual voejavam fogos-fátuos.

– Assim, senhor, viste e ouviste também este espetáculo – disse o árabe, e riu tão alegre quanto era permitido pela discrição de sua estirpe.

– Tu sabes, pois, o que os animais querem? – perguntei eu.

– Mas é claro, senhor – disse ele –, isso é conhecido desde tempos imemoriais; enquanto houver árabes, essa tesoura vagará pelos desertos e conosco vagará até o fim dos dias. Ela será oferecida a todos os europeus para a grande obra; qualquer europeu é justamente aquele que parece ser o eleito para eles. Esses animais têm uma esperança absurda; são tolos, verdadeiros tolos. Por isso nós os amamos; são nossos cães; mais belos do que os de vocês. Vê só, um camelo morreu durante a noite, eu o mandei trazer para cá.

Quatro carregadores vieram e jogaram o pesado cadáver diante de nós. Mal ele estava caído ali, os chacais levantaram suas vozes. Como que puxados por cordas de modo irresistível e individualmente, eles se aproximaram, hesitantes, tocando o chão com o corpo. Haviam esquecido os árabes, esquecido o ódio; a presença do cadáver que fedia muito e anulava toda e qualquer coisa os deixava encantados. Já um se pendurava ao pescoço e encontrava a jugular com a primeira dentada. Como uma pequena bomba alucinada, que quer apagar de modo tão incondicional quando desprovido de esperanças um incêndio formidável, cada um dos músculos de seus corpos se distendia e estremecia em seu lugar. E logo todos já estavam deitados no mesmo trabalho sobre o cadáver, formando um monte.

Então o chefe brandiu o chicote agudo com força sobre eles aqui e ali. Eles ergueram as cabeças; entre o êxtase e a impotência, viram os árabes parados diante de si; agora sentiam o chicote nos focinhos; saltaram

Chacais e árabes | **89**

para trás e correram por um trecho, recuando. Mas o sangue do camelo já formava poças, fumegava, o corpo havia sido aberto a mordidas em vários lugares. Eles não conseguiram resistir; estavam ali outra vez; e outra vez o chefe ergueu o chicote; eu segurei seu braço.

– Tu tens razão, senhor – disse ele –, nós os deixaremos em seu ofício, e também já é hora de partir. Tu os viste. Animais maravilhosos, não é verdade? E como eles nos odeiam!

O abutre

Era um abutre, ele bicava meus pés. Já havia arrebentado botas e meias, e agora bicava diretamente nos pés. Sempre atacava, depois voava impaciente diversas vezes em torno de mim, e em seguida prosseguia em seu trabalho. Um homem passou, contemplou a cena por um momentinho e perguntou então por que eu tolerava o abutre.

– Mas eu estou sem defesa – disse eu. – Ele veio e começou a bicar, então eu naturalmente quis enxotá-lo, tentei até mesmo estrangulá-lo, mas um animal desses tem grandes forças, e ele também já queria saltar em meu rosto, então preferi sacrificar os pés. Agora eles já estão quase rasgados.

– Como o senhor pode se deixar torturar assim? – perguntou o homem. – Um tiro, e é o fim do abutre.

– Então é assim? – perguntei. – E o senhor providenciaria isso?

– Com gosto – disse o homem –, preciso apenas ir para casa e pegar minha espingarda. O senhor pode esperar ainda meia hora?

– Isso eu não sei – disse eu, e por um momento fiquei paralisado de tanta dor, depois falei: – Por favor, em todo caso, o senhor pode tentar.

– Muito bem – disse o homem –, eu vou me apressar.

O abutre ficou ouvindo em silêncio durante a conversa, deixando seu olhar passear entre mim e o homem. Agora eu via que ele compreendera tudo, levantou voo, recuou bastante para conseguir impulso suficiente e em seguida golpeou com o bico como um lançador de dardos através de minha boca bem fundo dentro de mim. Caindo para trás, senti, liberto, como ele se afogava de modo irremediável no meu sangue, que enchia todas as profundezas e inundava todas as margens.

O timoneiro

– Eu não sou timoneiro? – gritei eu.

– Tu? – perguntou um homem escuro e alto, e passou a mão sobre os olhos como se espantasse um sonho.

Eu estava parado junto ao leme na noite escura, a lanterna de pouca luz sobre minha cabeça, e então viera aquele homem e queria me empurrar para o lado. E, uma vez que não me desviei, ele botou o pé sobre o meu peito e aos poucos foi me derrubando, enquanto eu ainda continuava pendurado aos raios da roda do leme e, ao cair, girei-a de todo, bruscamente. Mas então o homem a agarrou, colocou-a em ordem de novo, me empurrando para longe, porém. Mas eu em pouco voltei a mim, corri para a escotilha que levava para a sala da tripulação e gritei:

– Homens! Camaradas! Venham rápido! Um desconhecido me expulsou do leme!

Devagar, eles vieram, subiram, vindos da escada do navio, rostos hesitantes, enfastiados, formidáveis.

– Eu sou o timoneiro? – perguntei.

Eles assentiram, mas tinham olhares apenas para o desconhecido, estavam parados em semicírculo em torno dele e, quando ele disse, ordenando:

– Não me perturbem – eles se juntaram, assentiram para mim e voltaram a descer pela escada do navio.

Que gente é essa?! Será que eles também pensam ou apenas perambulam sem sentido sobre a terra?

Graco, o caçador

Dois meninos estavam sentados no muro do cais e jogavam dados. Um homem lia um jornal nos degraus de um monumento, à sombra do herói brandindo o sabre. Uma menina junto à fonte enchia sua cuba de água. Um vendedor de frutas estava deitado ao lado de sua mercadoria e olhava para o mar. Nas profundidades de um bar, era possível ver, através dos buracos livres da porta e das janelas, dois homens bebendo vinho. O dono estava sentado a uma mesa na parte da frente e dormitava. Uma barca pairava silenciosa como se fosse carregada acima da água no pequeno porto. Um homem de avental azul subiu para a terra e puxou a corda através dos anéis. Dois outros homens de casacos escuros com botões de prata carregavam uma padiola atrás do barqueiro, sobre a qual, debaixo de um grande pano de seda floreado e cheio de franjas, ao que tudo indica, estava deitado um homem.

No cais ninguém se preocupava com os que chegavam, mesmo quando depuseram a padiola no chão para esperar pelo barqueiro, que ainda trabalhava nas amarras, ninguém se aproximou, ninguém dirigiu uma pergunta a eles, ninguém olhou com mais atenção para eles.

O timoneiro ainda foi retido algum tempo por uma mulher que, de cabelos soltos, com uma criança no seio, agora se mostrava no deque. Em seguida ele veio, apontou para uma casa amarelada de dois andares, que se erguia retilínea, à esquerda, nas proximidades da água, os carregadores voltaram a erguer seu fardo e o carregaram através do portão baixo, mas formado por colunas esguias. Um garoto abriu a janela, ainda percebeu como a trupe desapareceu dentro da casa, e voltou a trancar a janela às pressas. Também o portão foi trancado, ele era esculpido com todo o cuidado em madeira de carvalho negra. Um bando de pombos,

96 | Blumfeld, um solteirão de mais idade e outras histórias

que até então voava em torno da torre da igreja, agora pousava diante da casa. Como se na casa estivesse guardado seu alimento, os pombos se reuniram diante do portão. Um deles levantou voo até o primeiro andar e bicou a vidraça da janela. Eram aves de cor clara, bem-cuidadas, vivazes. A mulher da barca jogou grãos a eles em um grande arremesso, os pombos os juntaram e em seguida voaram até onde estava a mulher.

Um senhor de cartola com uma fita de luto descia por uma das ruelas estreitas e fortemente inclinadas que levavam até o porto. Ele olhava com atenção à sua volta, tudo o preocupava, a visão de lixo a um canto fez com que contorcesse o rosto. Nos degraus do monumento, havia cascas de fruta; ao passar, ele as empurrou para baixo com sua bengala. Junto à porta da sala ele bateu, ao mesmo tempo tirou a cartola com sua mão direita vestida em uma luva negra. Logo abriram, por certo uns cinquenta garotos formaram uma fileira no longo corredor e fizeram uma reverência.

O barqueiro desceu pela escada, saudou o homem, conduziu-o para cima, no primeiro andar contornou com ele o pátio envolvido por varandas graciosas e construídas com leveza, e ambos entraram, enquanto os garotos os seguiam a uma distância respeitosa para um lugar fresco e grande na parte de trás da casa, de onde não se podia mais ver casa nenhuma, mas sim apenas uma parede rochosa nua e de um cinza quase negro. Os carregadores estavam ocupados em botar e acender algumas longas velas à cabeceira da padiola, mas nem por isso surgiu luz delas, literalmente foram apenas enxotadas as sombras que antes descansavam e agora dançavam sobre as paredes. O pano foi afastado da padiola. Nela estava deitado um homem de barba e cabelos longos e desgrenhados, pele bronzeada, parecendo, talvez, um caçador. Ele estava deitado ali, imóvel, de olhos cerrados, aparentemente não respirava, e mesmo assim apenas o entorno insinuava que eventualmente se tratava de um morto.

O homem foi até a padiola, deitou uma mão sobre a testa daquele que jazia ali, ajoelhou-se em seguida e rezou. O barqueiro acenou aos carregadores que deixassem o quarto, eles saíram, expulsaram os meninos que haviam se juntado lá fora e trancaram a porta. Contudo,

Graco, o caçador | **97**

também esse silêncio pareceu ainda não agradar ao homem, ele olhou para o barqueiro, este compreendeu e saiu por uma porta lateral até o quarto contíguo. No mesmo instante o homem sobre a padiola abriu os olhos, voltou o rosto para o homem sorrindo dolorosamente e disse:

– Quem és tu?

O homem se ergueu, sem mostrar maior surpresa, da posição ajoelhada em que estava, e respondeu:

– O prefeito de Riva.

O homem sobre a padiola assentiu com um gesto de cabeça, apontou o braço esticado fracamente para um assento e disse, depois que o prefeito havia atendido a seu convite:

– Eu sabia disso, senhor prefeito, mas no primeiro momento sempre me esqueço de tudo, tudo gira em minha cabeça e é melhor que eu pergunte, ainda que saiba de tudo. Também o senhor sabe, provavelmente, que eu sou Graco, o caçador.

– Com certeza – disse o prefeito. – O senhor me foi anunciado hoje à noite. Nós já dormíamos havia tempo. Então minha mulher chamou, por volta da meia-noite: "Salvatore" – é assim que me chamo –, "olha só o pombo na janela!" Era realmente um pombo, mas grande como um galo. Ele voou até meu ouvido e disse: "Amanhã chega o caçador morto, Graco, recebe-o em nome da cidade."

O caçador assentiu e enfiou a ponta da língua entre os lábios:

– Sim, os pombos voam à minha frente. Mas o senhor acredita, senhor prefeito, que devo ficar em Riva?

– Isso eu ainda não posso dizer – respondeu o prefeito. – O senhor está morto?

– Sim – disse o caçador –, conforme o senhor pode ver... Há muitos anos – mas devem ter sido realmente muitos e muitos anos – eu caí de uma rocha na Floresta Negra – isso fica na Alemanha – quando perseguia uma camurça. Desde então estou morto.

– Mas o senhor também está vivo – disse o prefeito.

– De certo modo – disse o caçador –, de certo modo eu também vivo. Meu bote da morte errou o caminho, um giro em falso no timão, um

98 | Blumfeld, um solteirão de mais idade e outras histórias

momento de desatenção da parte do barqueiro, uma distração devida à minha pátria maravilhosa, não sei o que foi, só sei que fiquei na terra, e que meu bote desde então viaja por águas terrenas. Assim viajo eu, que apenas conseguia viver em minhas montanhas, em busca da minha morte por todos os países da terra.

– E o senhor não tem parte nenhuma no além? – perguntou o prefeito, de testa franzida.

– Estou sempre na grande escada que leva para cima – respondeu o caçador. – Nessa escada livre e infinitamente longa eu ando sem rumo, ora em cima, ora embaixo, ora à direita, ora à esquerda, sempre em movimento. O caçador se transformou em borboleta. O senhor não ria.

– Não estou rindo – protestou o prefeito.

– Muito sensato – disse o caçador. – Estou sempre em movimento. Mas quando tomo o grande impulso e já consigo ver o portão lá em cima, desperto em meu velho bote, enfiado em alguma erma água terrena. O erro fundamental da minha morte passada não cessa de sorrir debochado para mim em minha cabine. Julia, a mulher do barqueiro, bate e traz até a minha padiola a bebida matinal do país cuja costa estamos navegando no momento, eu estou deitado sobre um catre de madeira, visto – não é nenhum prazer me contemplar – uma mortalha suja, cabelos e barba, grisalhos e negra, se entrelaçam de modo indestrinçável, minhas pernas estão cobertas por um grande pano de seda feminino, floreado e de longas franjas. Próxima a minha cabeça, há uma vela de igreja que me ilumina. Na parede diante de mim, um pequeno quadro, ao que tudo indica um bosquímano, que mira sua lança em mim e busca cobertura da melhor maneira possível por trás de um escudo pintado de maneira grandiosa. Em navios muitas vezes se encontra um punhado de representações estúpidas, mas esta é uma das mais estúpidas. De resto, minha jaula de madeira está completamente vazia. Por uma escotilha na parede lateral, entra o ar quente da noite sulina, e eu ouço a água batendo na velha barca.

"Estou deitado aqui desde aquela época em que, ainda sendo o vivo caçador Graco, perseguia uma camurça na Floresta Negra, e caí

Graco, o caçador | **99**

do penhasco. Tudo seguiu sua ordem. Eu persegui, caí, sangrei em um desfiladeiro, morri, e essa barca deveria me levar para o além. Ainda me lembro de como me estiquei alegre aqui sobre o catre pela primeira vez. Jamais as montanhas ouviram de mim uma canção como ouviram essas quatro paredes, na época, ainda crepusculares.

"Eu gostava de viver e gostei de morrer, joguei feliz, antes de subir a bordo, a trouxa do rifle, da bolsa, da espingarda de caça, arrancando-a do meu corpo, ela que sempre carreguei orgulhoso, e entrei na mortalha como uma moça em seu vestido de casamento. Fiquei deitado aqui e esperei. Então aconteceu o infortúnio."

– Um destino terrível – disse o prefeito, de mão erguida, em sinal de defesa. – E o senhor não tem nenhuma culpa disso?

– Nenhuma – disse o caçador –, eu era caçador, por acaso isso é alguma culpa? Fui contratado como caçador na Floresta Negra, onde na época ainda havia lobos. Eu ficava à espreita, atirava, acertava, arrancava a pele, isso é alguma culpa? Meu trabalho era abençoado. "O grande caçador da Floresta Negra", era assim que me chamavam. Isso é alguma culpa?

– Não cabe a mim decidir – disse o prefeito –, mas também para mim parece não haver culpa nisso. Quem é o culpado, então?

– O barqueiro – disse o caçador. – Ninguém lerá o que escrevo aqui, ninguém virá para me ajudar; se fosse dada a tarefa de me ajudar, todas as portas de todas as casas permaneceriam trancadas, todas as janelas, trancadas, todos ficariam deitados em suas camas, os cobertores puxados sobre a cabeça, a terra inteira uma estalagem noturna. E isso faria sentido, pois ninguém sabe de mim e, se soubesse de mim, não saberia onde me encontro, e, se soubesse onde me encontro, não saberia me reter lá, portanto não saberia como me ajudar. A ideia de querer me ajudar é uma doença e precisa ser curada na cama. Disso eu sei e, portanto, não grito invocando ajuda, mesmo que em alguns momentos – incontido como sou, por exemplo, justo agora – pense bem doentiamente nisso. Mas, para afastar tais ideias, parece bastar que eu olhe em torno e me dê conta de onde estou e – isso eu por certo posso afirmar – onde moro há séculos.

100 | Blumfeld, um solteirão de mais idade e outras histórias

– Extraordinário – disse o prefeito –, extraordinário... E então, o senhor pretende ficar conosco em Riva agora?

– Não, eu não penso nisso – disse o caçador sorrindo, e depôs, para reparar a zombaria, a mão sobre o joelho do prefeito. – Estou aqui, mais do que isso não sei, mais não posso fazer. Meu bote está sem timão, ele anda ao sabor do vento, que sopra nas regiões mais baixas da morte.

Prometeu

Quatro sagas noticiam acerca de Prometeu: conforme a primeira, ele, uma vez que traíra os deuses revelando seus segredos aos homens, foi amarrado a um penhasco no Cáucaso, e os deuses mandaram águias que devoravam seu fígado, que, no entanto, sempre voltava a crescer.

Conforme a segunda, Prometeu, devido à dor causada pelos bicos a golpeá-lo, se enfiava cada vez mais fundo no rochedo, até se tornar uma só coisa com ele.

Conforme a terceira, sua traição foi esquecida depois de milênios, os deuses esqueceram, as águias esqueceram, ele mesmo esqueceu.

Conforme a quarta, todos se cansaram da história que já não tinha mais fundamento. Os deuses se cansaram, as águias se cansaram, a ferida se fechou, cansada.

Restou o rochedo inexplicável... A saga tenta explicar o inexplicável. Uma vez que ela se originou de um fundamento verdadeiro, precisa terminar de novo no inexplicável.

Posídon

Posídon estava sentado à sua mesa de trabalho e calculava. A administração de todas as águas lhe dava um trabalho infindo. Ele poderia ter auxiliares, tantos quantos quisesse, e também tinha muitos, mas uma vez que levava seu emprego bem a sério, calculava tudo de novo e assim os auxiliares lhe ajudavam pouco. Não se pode dizer que o trabalho o deixava alegre, ele, no fundo, apenas o encaminhava porque este lhe havia sido imposto; ele, inclusive, já se candidatara várias vezes a um trabalho mais alegre, conforme se expressava, mas, quando resolviam lhe fazer diversas sugestões, sempre acabava ficando claro que nada lhe agradava tanto quanto o cargo que desempenhava até agora. Também era bem difícil encontrar outra coisa para ele. Não se poderia, de modo nenhum, mandá-lo, por exemplo, a um determinado mar; descontado o fato de que também ali o trabalho de calcular não era menor, apenas mais medíocre, o grande Posídon também poderia receber sempre apenas um posto de domínio. E, quando lhe ofereciam um posto fora da água, já se sentia mal tão só em imaginar o que teria pela frente, sua respiração divina entrava em desordem, sua férrea caixa torácica titubeava. Aliás, no fundo não levavam a sério suas queixas; quando um poderoso tortura, é preciso tentar ceder aparentemente a ele, mesmo na situação mais desesperançada; em dispensar Posídon realmente de seu cargo, ninguém pensava, desde o princípio dos tempos ele havia sido destinado a deus dos mares, e assim continuaria sendo.

O que mais o incomodava – e sobretudo isso causava sua insatisfação com o emprego – era ouvir o que se pensava sobre ele, como ele, por exemplo, sempre andava de coche pelas ondas com seu tridente. Entretanto, ele ficava sentado ali, nas profundezas do oceano, e não parava de calcular, de quando em quando uma viagem a Júpiter era a única

104 | Blumfeld, um solteirão de mais idade e outras histórias

interrupção na monotonia; uma viagem, aliás, da qual ele na maior parte das vezes voltava furioso. De modo que ele mal chegara a ver os mares, apenas fugidiamente, durante a subida rápida ao Olimpo, e jamais os percorrera de fato. Ele costumava dizer que esperava por isso até o fim do mundo, aí certamente ainda restaria um momento de tranquilidade no qual ele, pouco antes de terminar de verificar a última conta, ainda haveria de poder dar uma voltinha bem rapidamente.

O silêncio das sereias

A prova de que também meios inadequados, e até mesmo infantis, podem servir para nos salvar:

Para se proteger das sereias, Ulisses enfiou cera nos ouvidos e mandou que o amarrassem ao mastro da embarcação. Coisa semelhante, naturalmente, poderiam ter feito desde sempre todos os viajantes, exceto aqueles que as sereias já atraíam de longe, mas era conhecido no mundo inteiro que isso jamais poderia ajudar. O canto das sereias atravessava tudo, e a paixão dos seduzidos teria arrebentado ainda mais do que correntes e mastro. Mas nisso Ulisses não pensou, ainda que talvez tivesse ouvido algo a respeito. Ele confiou cegamente na mão cheia de cera e no feixe de correntes e, na alegria inocente, com seus recursozinhos, navegou ao encontro das sereias.

Mas eis que então as sereias mostram ter uma arma ainda mais terrível do que o canto: a de seu silêncio. Embora não tenha acontecido, talvez possa ser imaginado que alguém se salvou de seu canto, mas de seu silêncio com certeza não. À sensação de tê-las vencido com suas próprias forças e à arrogância que tudo leva de arrasto resultante disso, nada há na terra que possa resistir.

E, de fato, assim que Ulisses chegou, as formidáveis cantoras não cantaram, fosse porque acreditassem que esse inimigo pudesse ser vencido apenas com o silêncio, fosse porque a visão da felicidade no rosto de Ulisses – que não pensava em nada a não ser em cera e correntes – fizera com que elas se esquecessem de todo o seu canto.

Ulisses, porém, para expressá-lo de modo simples, não ouviu o silêncio das sereias, achou que elas estivessem cantando e que ele apenas estava protegido de ouvi-las. Fugidiamente, viu primeiro os movimentos de seu pescoço, a respiração profunda, os olhos cheios de lágrimas, a

106 | Blumfeld, um solteirão de mais idade e outras histórias

boca semiaberta, mas achou que isso fazia parte das árias que se perdiam em torno dele sem ser ouvidas. Em pouco, porém, tudo deslizava em seus olhares dirigidos a distância, as sereias desapareceram literalmente diante de sua determinação, e, justo no momento em que ele estava mais próximo delas, já não sabia mais nada a respeito das sereias.

Elas, no entanto – mais belas do que nunca –, se esticaram e se contorceram, deixaram os cabelos terríveis balançar soltos ao vento e cravaram as unhas livremente no rochedo. Não queriam mais seduzir, mas apenas capturar o reflexo dos grandes olhos de Ulisses por tanto tempo quanto lhes fosse possível.

Se as sereias tivessem consciência, teriam sido aniquiladas, na época. Sendo como foi, no entanto, elas continuaram ali, apenas Ulisses lhes escapou.

Aliás, ainda existe um anexo à narrativa. Ulisses, diz-se, era tão astuto, uma tal raposa, que até mesmo a deusa do destino não conseguia penetrar em seu mais recôndito interior. Talvez ele, ainda que isso não possa mais ser captado por um entendimento meramente humano, tenha percebido de fato que as sereias silenciavam, e tenha oferecido, a elas e aos deuses, o procedimento aparente relatado acima, de certo modo, apenas como um escudo.

A verdade sobre Sancho Pança

S ancho Pança, que, aliás, jamais se gabou disso, conseguiu, ao longo dos anos, encomendando grande quantidade de romances de cavalaria e de bandidos, desviar de tal modo de si, às horas da noite e da madrugada, o seu demônio, ao qual mais tarde deu o nome de Dom Quixote, que este então passou a executar desabridamente seus atos mais loucos a ponto de, na falta de um objeto predeterminado, que deveria ter sido Sancho Pança, acabarem por não prejudicar ninguém. Sancho Pança, um homem livre, seguiu Dom Quixote em suas andanças de modo indiferente, talvez por um certo sentimento de responsabilidade, e encontrou nisso uma grande e útil diversão até chegar a seu fim.

O novo advogado

Nós temos um novo advogado, o dr. Bucéfalo. Em seu aspecto, pouca coisa lembra a época em que ele ainda era o cavalo de batalha de Alexandre da Macedônia. Quem, todavia, tem familiaridade com as circunstâncias percebe um bocado de coisas. Eu mesmo, há algum tempo, vi sobre a escadaria exterior um criado completamente simplório do tribunal admirar o advogado com o olhar especializado do pequeno apostador habitual das corridas quando este, erguendo as coxas bem alto, com o passo soando sobre o mármore, foi subindo degrau por degrau.

De um modo geral, a banca de advogados aceita a contratação de Bucéfalo. Com surpreendente compreensão, todos dizem a si mesmos que Bucéfalo está em situação difícil na ordem social de hoje, e que por isso, tanto quanto por causa de sua importância histórica mundial, ele, de qualquer modo, merece boa vontade. Hoje – isso ninguém pode negar – não existe mais nenhum grande Alexandre. Alguns até sabem matar; também não falta a habilidade de acertar o amigo com a lança por cima da mesa de banquete; e, para muitos, a Macedônia é estreita demais, de modo que amaldiçoam Filipe, o pai – mas ninguém, ninguém é capaz de conduzir à Índia. Já na época os portões da Índia eram inalcançáveis, mas sua direção era desenhada pela espada do rei. Hoje em dia, os portões estão em lugar bem diferente, e localizados bem mais distantes e mais altos; ninguém mostra a direção; muitos seguram espadas, mas apenas para brandi-las, e o olhar, que quer segui-los, acaba se perdendo.

Talvez por isso o melhor seja realmente, conforme fez Bucéfalo, mergulhar nos códigos jurídicos. Livre, os flancos não pressionados pelas coxas do cavaleiro, à luz tranquila da lâmpada, distante do fragor da Batalha de Alexandre, ele lê e folheia as páginas de nossos antigos livros.

A preocupação do pai de família

Alguns dizem que a palavra Odradek vem do eslavo, e em razão disso tentam provar seu processo de formação. Outros, por sua vez, acham que ela vem do alemão, e que teria sido apenas influenciada pelo eslavo. A incerteza de ambas as interpretações, no entanto, permite deduzir, com razão, disso tudo, que nenhuma delas é correta, na medida em que com nenhuma delas se consegue encontrar um sentido para a palavra.

É claro que ninguém se ocuparia de tais estudos se não tivesse existido de fato um ser que se chama Odradek. A princípio, ele se parece com um carretel de linha chato em forma de estrela, e de fato parece estar também coberto de linha; na verdade, devem ser apenas fragmentos de linha rasgados, velhos, atados com nós uns aos outros, e também fragmentos que se juntaram pelo mofo, todos dos mais diferentes tipos. Não é apenas um carretel, no entanto, uma vez que do meio da estrela se destaca um pequeno bastãozinho diagonal, e a esse bastãozinho se junta ainda um outro no ângulo direito. Com a ajuda deste último bastãozinho de um lado, e de um dos raios da estrela de outro lado, o todo pode se colocar em pé como se fosse sobre duas pernas.

Até seria tentador acreditar que esse conglomerado mostrava alguma forma utilitária no passado, e agora apenas estaria quebrado. Mas esse não parece ser o caso; pelo menos não podem ser encontrados sinais disso; em lugar nenhum podem ser vistas saliências ou partes quebradas que pudessem apontar para algo assim; embora o todo pareça sem sentido, é acabado a seu modo. Mais do que isso, aliás, não se pode dizer, uma vez que Odradek é extraordinariamente móvel e não pode ser pego.

Ele permanece, mudando sempre de lugar, no sótão, nas escadarias, nos corredores e no saguão. Às vezes, não pode ser visto durante meses; é

112 | Blumfeld, um solteirão de mais idade e outras histórias

quando por certo se mudou para outras casas; mas depois acaba voltando inescapavelmente à nossa casa. Às vezes, quando saímos pela porta e ele se encontra apoiado ao corrimão, lá embaixo, até temos vontade de dirigir a palavra a ele. É claro que não fazemos nenhuma pergunta complicada a ele, mas o tratamos – e já seu tamanho diminuto seduz a isso – como uma criança.

– Como é que tu te chamas? – pergunta-se a ele.

– Odradek – diz ele.

– E onde tu moras?

– Moradia indeterminada – diz ele e ri; mas é apenas uma gargalhada conforme se pode produzi-la sem ter pulmões. Soa mais ou menos como o farfalhar de folhas caídas. E, com isso, na maior parte das vezes, a conversa chega ao fim. Aliás, até mesmo essas respostas não podem ser sempre conseguidas; com frequência, ele fica mudo por muito tempo, como o pedaço de madeira que ele parece ser.

Em vão eu me pergunto o que acontecerá com ele. Por acaso ele pode morrer? Tudo que morre teve antes uma espécie de objetivo, um tipo de atividade, e nela se esfalfou; isso não é correto em relação a Odradek. Será que, portanto, ele um dia ainda haverá de ficar rolando escada abaixo, arrastando fios de linha atrás de si, diante dos pés dos meus filhos e dos filhos de meus filhos? Ao que tudo indica, ele não prejudica ninguém; mas a ideia de que ainda sobreviverá a mim é para mim uma ideia quase dolorosa.

Uma mulher baixinha

É uma mulher baixinha; bem esguia de nascença, mesmo assim seu corpete é fortemente amarrado; eu a vejo sempre no mesmo vestido, ele é de tecido cinzento-amarelado, de certo modo um tom de madeira, e é um pouco provido de borlas ou apliques em forma de botão que são da mesma cor; ela está sempre sem chapéu, seus cabelos louro-embotados são lisos e não exatamente desajeitados, mas mantidos bem soltos. Embora tenha o corpete sempre bem amarrado, ela se movimenta com desenvoltura, e inclusive exagera nessa mobilidade, gosta de botar as mãos à cintura e mover o tronco para o lado com um meneio de modo surpreendentemente rápido. Sou capaz de reproduzir a impressão que sua mão causa em mim apenas se digo que jamais vi uma mão na qual os dedos estivessem separados uns dos outros de maneira tão aguda como estão na dela; ainda assim, sua mão não apresenta qualquer estranheza anatômica, é uma mão completamente normal.

Eis que essa mulher baixinha está muito insatisfeita comigo, sempre tem algo a reclamar de mim, sempre lhe acontece uma injustiça por minha causa, eu a incomodo sem parar; caso se pudesse julgar a vida em suas partes mais mínimas e cada um desses pedacinhos separadamente, com certeza cada um dos pedacinhos da minha vida seria uma amolação para ela. Pensei muitas vezes sobre o porquê de eu a amolar tanto assim; pode ser que tudo em mim se contraponha a seu senso de beleza, sua noção de justiça, seus hábitos, suas tradições, suas esperanças; existem naturezas contraditórias como a minha e a dela, mas por que ela sofre tanto por causa disso? Na verdade, nem sequer existe uma relação entre nós que a obrigue a me suportar. Ela precisaria apenas se decidir a me ver como um completo estranho, que, no fundo, também sou, de modo que nem me defenderia contra uma decisão dessas, mas inclusive a saudaria; ela só precisaria se

114 | Blumfeld, um solteirão de mais idade e outras histórias

decidir a esquecer da minha existência, que eu, aliás, jamais a obriguei e de modo algum a obrigaria a perceber – e, ao que tudo indica, esse sofrimento todo teria passado. Nisso, inclusive, não dou a mínima para mim mesmo e para o fato de que o comportamento dela naturalmente também me é embaraçoso, não dou bola porque no fundo reconheço muito bem que todo esse embaraço não é nada em comparação com o sofrimento dela. Ainda que eu, de qualquer modo, tenha absoluta consciência de que não se trata de um sofrimento cheio de amor; ela não se importa absolutamente nem um pouco em me melhorar de verdade, na medida em que também tudo o que ela reclama de mim não apresenta uma estrutura a partir da qual meu progresso profissional pudesse ser perturbado. Mas meu progresso profissional também não importa a ela, o que lhe importa é apenas seu interesse pessoal, ou seja, vingar a tortura que eu lhe causo e impedir a tortura vinda de mim que ainda a ameaçará no futuro. Eu já tentei mostrar-lhe uma vez como se poderia botar um fim, da melhor maneira possível, nesse incômodo permanente, mas justamente com isso a deixei em uma irritação tamanha que não mais voltarei a repetir a tentativa.

Também pesa, caso se queira assim, uma certa responsabilidade sobre mim, pois, por mais estranha que a mulher baixinha me pareça, e por mais que a única relação que existe entre nós dois seja o incômodo que eu lhe causo, ou, muito antes, o incômodo que ela permite que eu lhe cause, não deveria ser indiferente para mim como ela sofre de modo visível, inclusive fisicamente, por causa desse incômodo. Daqui e dali, e isso tem aumentado nos últimos tempos, chegam até mim notícias de que ela mais uma vez se mostrou pálida, tresnoitada, torturada por dores de cabeça e quase incapaz para o trabalho pela manhã; ela causa preocupações a seus parentes com isso, de quando em quando tentam descobrir os motivos de seu estado, e até agora ainda não os encontraram. Só eu os conheço, é o velho e sempre novo incômodo. Mas nem por isso compartilho as preocupações de seus parentes; ela é forte e rija; quem consegue se incomodar assim, provavelmente também consegue superar as consequências do incômodo; inclusive alimento a suspeita de que ela – pelo menos em parte – apenas se apresenta sofrida para desse modo conduzir as suspeitas do mundo a mim. Mas, para

Uma mulher baixinha | 115

dizer de maneira aberta como eu a incomodo com minha existência, ela, por sua vez, é orgulhosa demais; ela tomaria como uma humilhação de si mesma apelar a outros por minha causa; apenas por aversão ela se ocupa comigo; discutir essa questão imunda diante da opinião pública seria demais para a sua vergonha. Porém, deixando a questão completamente à parte, também é demasiada a pressão ininterrupta sob a qual ela se encontra. E assim ela tenta um caminho intermediário em sua esperteza feminina; em silêncio, apenas mostrando os sinais externos de um sofrimento secreto, ela quer levar o caso ao tribunal da opinião pública. Talvez ela inclusive espere que, caso a opinião pública volte seu olhar intenso para mim, um incômodo geral e público contra a minha pessoa acabe por surgir e, com seus grandes meios de poder, me condene com muito mais força e mais rapidez à inapelabilidade mais completa do que seu incômodo privado – comparativamente mais fraco – seria capaz de conseguir, ao fim e ao cabo; então ela por certo se recolherá, suspirará aliviada e voltará as costas para mim. Pois bem, caso sejam essas, de fato, as suas esperanças, ela se engana. A opinião pública não assumirá o papel dela; a opinião pública jamais terá como reclamar de mim por tantas e tão infinitas coisas, mesmo que me coloque sob a lente de sua lupa mais potente. Eu não sou um homem assim tão inútil quanto ela acredita; não quero me vangloriar, e, sobretudo, não nesse contexto, mas mesmo que eu não me caracterize exatamente por ser útil de modo especial, com certeza também não dou na vista pelo aspecto contrário; só para ela, para seus olhos quase radiantemente brancos, é que eu sou assim, e ela não conseguirá convencer mais ninguém disso. De modo que eu poderia me mostrar completamente tranquilo no que diz respeito a isso? Não, de jeito nenhum; pois se de fato todo mundo ficar sabendo que eu chego a adoecê-la com meu comportamento, e alguns vigilantes, justamente os mais diligentes em levar notícias adiante, já estão perto de descobrir tudo, ou pelo menos se comportam como se o tivessem descoberto, o mundo haverá de chegar e me perguntar por que eu torturo a pobre mulher baixinha com minha incorrigibilidade, se eu tenho a intenção de talvez levá-la à morte, e quando enfim terei o juízo e a simples compaixão humana para parar com isso – se o mundo me perguntar isso, será difícil de

116 | Blumfeld, um solteirão de mais idade e outras histórias

responder a ele. Será que deverei confessar, então, que não acredito muito naqueles sinais de doença, e com isso despertar a impressão desagradável de que eu, para me livrar de uma culpa, culpo a outros, e de um modo tão pouco refinado? E se eu pudesse, inclusive, dizer abertamente que, mesmo que acreditasse em uma doença real, eu não teria a menor compaixão, uma vez que a mulher me é de todo estranha e a relação que existe entre nós foi estabelecida apenas por ela, e existe, portanto, apenas da parte dela? Não quero dizer que não acreditariam em mim; muito antes, não acreditariam nem deixariam de acreditar em mim; nem sequer iriam tão longe a ponto de se poder falar disso; simplesmente registrariam a resposta que dei a respeito de uma mulher fraca e doente, e isso seria bem pouco favorável a mim. Nisso, como em qualquer outra resposta, por certo se colocará com obstinação em meu caminho a incapacidade do mundo em não deixar que surja, em um caso como esse, a suspeita de uma relação amorosa, ainda que esteja claro ao extremo que uma relação assim não existe e que, se existisse, ela partiria antes de mim, que de fato seria capaz, pelo menos, de admirar a mulher baixinha no vigor de seu juízo e na infatigabilidade de suas conclusões, se eu não fosse punido logo e sempre justamente pelas preferências dela. Da parte dela, em todo caso, não existe o menor sinal de uma relação amistosa comigo; nesse ponto ela é correta e verdadeira; e é também aí que repousa minha última esperança; nem se fosse adequado a seu plano de guerra fazer acreditar que existe uma relação assim comigo, ela se esqueceria de tudo a ponto de fazer algo semelhante. Mas a opinião pública, completamente embotada nesse sentido, permanecerá com sua opinião e sempre se decidirá contra mim.

De modo que, afinal de contas, apenas restaria a mim mudar a tempo, antes que o mundo intervenha e, na medida em que não pudesse eliminar o incômodo da mulher baixinha, o que é impensável, em todo caso, pelo menos, amenizá-lo um pouco. E de fato já me perguntei várias vezes se por acaso minha situação presente me satisfaz de modo a fazer com que eu não queira mudá-la, e se talvez não seria possível encaminhar certas mudanças em mim, ainda que não o fizesse por estar convencido de sua necessidade, mas apenas para acalmar a mulher. E realmente tentei

Uma mulher baixinha | **117**

fazê-lo de modo honesto, não sem cansaço e com todo o cuidado, isso, inclusive, me parecia adequado, quase chegou a me divertir; mudanças isoladas acabaram ocorrendo, chegaram a se tornar até bem visíveis, eu não precisava chamar a atenção da mulher para elas, pois ela percebe coisas assim bem mais cedo do que eu mesmo, percebe até a expressão da intenção em meu ser; mas, ainda assim, não fui contemplado com o sucesso. E como ele também poderia se tornar possível? A insatisfação dela comigo é, conforme agora já vejo, uma insatisfação fundamental; nada pode eliminá-la, nem sequer a eliminação de mim mesmo o faria; seus ataques de fúria, por exemplo à notícia de meu suicídio, seriam ilimitados. Não posso sequer imaginar que ela, essa mulher arguta, não perceba isso tão bem quanto eu, e me refiro tanto à desesperança de seus esforços quanto à minha inocência, minha incapacidade de, mesmo com a melhor das vontades, corresponder a suas exigências. É claro que ela o percebe, mas, em sua condição de natureza combativa, ela o esquece em meio à paixão do combate, e meu jeito infeliz, que eu, no entanto, não posso escolher que seja diferente, pois ele me foi dado assim – o que se pode fazer? –, consiste em querer sussurrar uma última advertência a alguém que perdeu todas as estribeiras. Desse modo, nós naturalmente jamais vamos nos entender. Sempre de novo haverei de, na felicidade das primeiras horas da manhã, sair de casa e ver esse rosto amargurado por minha causa, os lábios entreabertos denotando aborrecimento, o olhar examinador e já conhecedor do resultado antes mesmo do exame, que passeia por mim e ao qual, mesmo à maior fugacidade, nada pode escapar, o sorriso amargo que se encrava nas faces de menina, o levantar queixoso dos olhos para o céu, as mãos levadas à cintura para se arvorar segura, e em seguida a palidez e o tremor da indignação.

Há pouco, fiz, aliás pela primeira vez, conforme confessei surpreso comigo mesmo na oportunidade, algumas insinuações sobre o caso a um bom amigo, apenas de passagem, com toda a leveza, limitando-me a algumas palavras, e reduzi o significado do todo, por menor que ele no fundo seja para mim, no que diz respeito ao exterior, ainda um pouco abaixo da verdade dos fatos. O estranho é que esse amigo ainda assim

118 | Blumfeld, um solteirão de mais idade e outras histórias

não deixou de prestar atenção, e até mesmo concedeu de modo próprio um significado maior à questão, não deixou se distrair e insistiu nela. Mais estranho ainda, contudo, foi o fato de ele, apesar disso, subestimar a questão em um ponto decisivo, pois me aconselhou seriamente a viajar um pouco. Nenhum conselho poderia ser mais incompreensível do que esse; embora as coisas se mostrem simples, de modo que qualquer um pode compreendê-las ao se aproximar um pouco, tão simples assim elas, no fundo, não são, a ponto de, com minha partida, tudo ou até mesmo apenas o mais importante voltar à ordem. Pelo contrário, eu preciso, muito antes, me proteger de uma partida; e, se é que devo seguir algum plano, então por certo que é o de manter a questão nos limites em que esteve até agora, estreitos, e sem que o mundo exterior ainda esteja envolvido, portanto, me manter tranquilo e ficar onde estou e não permitir grandes mudanças, causadas por essa questão, que poderiam dar na vista, do que aliás também faz parte não falar com ninguém a respeito; mas tudo isso não porque se trate de algum segredo perigoso, e sim porque é uma questão pequena e meramente pessoal e, como tal, pelo menos fácil de ser conduzida, e inclusive porque é assim que ela deve permanecer. Nisso, aliás, as observações desse amigo acabaram por se mostrar úteis, elas não me ensinaram nada de novo, mas me fortaleceram em meu ponto de vista básico.

De um modo geral, aliás, fica claro, assim que se reflete com mais exatidão, que as mudanças que o estado das coisas parece ter assumido no decorrer do tempo não são mudanças da coisa em si, mas sim apenas a evolução do meu ponto de vista sobre ela, inclusive na medida em que esse ponto de vista em parte mais tranquilo, mais másculo, mais próximo do cerne, em parte, contudo, também sob a influência impossível de ser superada dos abalos constantes, por mais leves que estes sejam, começa a assumir um certo nervosismo.

Fico mais tranquilo em relação ao caso quando acredito reconhecer que uma decisão, por mais próxima que pareça estar às vezes, ao fim e ao cabo terminará por não chegar tão logo assim; nós nos sentimos inclinados, principalmente nos anos da juventude, a superestimar a

Uma mulher baixinha | **119**

velocidade com que as decisões chegam; se algum dia minha juíza baixinha, enfraquecida por meu olhar, desabasse de lado no assento, segurando-se com uma das mãos no encosto traseiro e mexendo com a outra nas amarras de seu corpete, enquanto lágrimas de ira e de desespero corressem por suas faces abaixo, eu saberia que a decisão havia chegado e que logo eu seria chamado a me responsabilizar. Mas nada de decisão, nada de responsabilização, mulheres se sentem mal com facilidade, o mundo não tem tempo de cuidar de todos os casos. E o que aconteceu, então, ao longo de todos esses anos? Nada, a não ser que tais casos se repetiram, ora mais fortes ora mais fracos, e que seu número total, portanto, se tornou maior. E o fato de pessoas se encontrarem nas proximidades, pessoas que gostariam de intervir caso encontrassem uma possibilidade para tanto; mas elas não encontram nenhuma, por enquanto elas confiam apenas em seu faro, e o faro sozinho, embora baste para ocupar seu dono à farta, não se mostra proveitoso para qualquer outra coisa. Porém, foi assim desde sempre, no fundo; desde sempre existiram esses inúteis vagabundos de esquina e meros respiradores de ar, que sem cessar desculpavam sua proximidade de algum modo bem espertinho, de preferência alegando parentesco; eles sempre vigiaram, sempre encontraram o que farejar com seus narizes, mas o resultado de tudo isso é apenas que continuam parados por aí. A diferença toda está no fato de que eu aos poucos os reconheci, sei distinguir seus rostos; no passado, eu acreditava que eles viriam lentamente de todas as partes e se juntariam, as medidas do caso aumentariam, portanto, e obrigariam por si mesmas à decisão; hoje em dia acredito saber que isso tudo esteve desde sempre aí, e tem bem pouco ou até mesmo nada a ver com a chegada da decisão. E a decisão em si, por que eu a menciono com uma palavra tão grandiosa? Se alguma vez – e com certeza não será amanhã ou depois de amanhã, e provavelmente não será jamais – se chegar ao ponto de a opinião pública, apesar de tudo, se ocupar da questão que, conforme jamais deixarei de repetir, não é de sua competência, embora eu por certo não saia da investigação sem danos, com certeza se levará em consideração que não sou desconhecido da opinião pública, que

120 | Blumfeld, um solteirão de mais idade e outras histórias

desde sempre vivo bem às claras debaixo de sua luz, cheio de confiança e merecendo confiança, e que por isso essa mulher baixinha e sofredora que se manifestou retroativamente, e que, para mencionar de passagem, um outro que não eu talvez há tempo já tivesse reconhecido como um carrapicho que não larga da gente, amassando-o debaixo de sua bota sem fazer qualquer ruído diante da opinião pública; que essa mulher, afinal de contas e no pior dos casos, apenas poderia acrescentar um pequeno floreio horrível ao diploma com o qual a opinião pública há muito já me esclareceu como seu membro digno de atenção. Este é o estado atual das coisas, que, portanto, se mostra pouco adequado para me deixar intranquilo.

Que eu, com os anos, no entanto, tenha me tornado um pouco intranquilo não tem absolutamente nada a ver com a importância da questão; simplesmente não se consegue suportar o fato de incomodar alguém de forma ininterrupta, mesmo quando por certo se reconhece o caráter infundado desse incômodo; fica-se intranquilo, começa-se, de certo modo apenas em termos físicos, a ficar à espreita de decisões, mesmo que com razão não se acredite muito em sua chegada. Em parte, no entanto, também se trata apenas de uma consequência da idade; a juventude concede roupas belas a tudo; detalhes feios se perdem na inesgotável fonte de vigores da juventude; alguém pode até ter tido um olhar um tanto à espreita, mas ele com certeza não foi levado a mal, talvez nem sequer tenha sido percebido, nem sequer por ele mesmo, mas o que sobra com a idade são restos, e cada um deles é necessário, nenhum é renovado, cada um deles se encontra sob observação, e o olhar à espreita de um homem que envelhece é um olhar que está completa e nitidamente à espreita, e não é difícil de constatá-lo. Mas também aqui isso não representa uma piora objetiva e real.

Por onde quer, pois, que eu a veja, sempre de novo fica claro, e insisto nisso, que se encubro com a mão, ainda que bem de leve, essa pequena questão, eu mesmo assim poderei levar com tranquilidade e por muito tempo adiante, sem ser incomodado pelo mundo, a vida que tenho levado até agora, apesar de todo o espernear da mulher.

O pião

Um filósofo andava sempre pelos lugares em que crianças brincavam. E, mal via um garoto que tinha um pião, já começava a espiar. Mal o pião começava a girar, o filósofo o seguia para pegá-lo. O fato de as crianças gritarem e tentarem afastá-lo do brinquedo não lhe importava e, quando conseguia pegar o pião enquanto ainda girava, o filósofo ficava feliz, mas apenas por um instante, e logo o jogava ao chão e ia embora. É que ele acreditava que conhecer cada uma das ninharias, por exemplo também as de um pião que girava, bastava para conhecer o todo. E até por isso ele não se ocupava dos grandes problemas, lhe parecia antieconômico. Quando a menor das ninharias era reconhecida, tudo estava conhecido, por isso o filósofo se ocupava apenas do pião que girava. E sempre que eram encaminhados os preparativos para que o pião girasse, ele tinha esperanças de enfim conseguir, e, quando o pião girava, ele corria sem fôlego atrás dele sentindo em si que a esperança virava certeza, mas quando segurava o estúpido pedaço de madeira na mão, se sentia mal e a gritaria das crianças, que ele até então não tinha escutado, e que de repente lhe chegava aos ouvidos, o acossava para longe, e ele cambaleava como um pião sob os golpes de um chicote desajeitado.

O cavaleiro do balde

Todo o carvão consumido; vazia a tina; sem sentido a pá; respirando frio o fogão; o quarto cheio dos sopros da friagem gelada; diante da janela, árvores rígidas na geada; o céu, um escudo prateado voltado contra aquele que quer a ajuda dele. Preciso de carvão; afinal de contas não posso morrer congelado; atrás de mim a lareira inclemente, diante de mim o céu igual, em razão disso preciso cavalgar vigorosamente entre eles e buscar no meio dos dois a ajuda do comerciante de carvão. Ele, no entanto, já está embotado diante de meus pedidos usuais; eu preciso lhe mostrar com toda a exatidão que não tenho mais um único grãozinho de pó de carvão. Preciso chegar como o mendigo que, estertorando de fome, está prestes a morrer à míngua na soleira da porta, e ao qual, por isso, a cozinheira do senhorio se decide por pingar em sua boca a borra do último café; do mesmo jeito, o comerciante será obrigado a arremessar, furioso, mas sob o raio do mandamento, "Não matarás!", uma pá cheia de carvão em meu balde.

Já minha subida tem de decidir tudo; por isso, eu cavalgo no balde até lá. Como cavaleiro do balde, a mão em cima, na alça, a mais simples das rédeas, eu me viro com dificuldade descendo a escada; lá embaixo, porém, meu balde se levanta, suntuoso, suntuoso; camelos, deitados junto do chão, não sobem mais bonito, se sacudindo sob a vara do guia. Pela ruela paralisada pelo gelo, todos seguem em trote regular; muitas vezes sou levantado até a altura do primeiro andar; jamais afundo até a porta do prédio. E pairo extraordinariamente alto diante da abóbada do porão do comerciante, na qual ele se agacha fundo, lá embaixo, junto à sua mesinha, e escreve; para permitir que o calor excessivo saia, ele abriu a porta.

124 | Blumfeld, um solteirão de mais idade e outras histórias

– Vendedor de carvão! – eu chamo com o oco da voz queimada de tanto frio, envolvida nas nuvens de fumaça da respiração. – Por favor, comerciante de carvão, me dá um pouco de carvão. Meu balde já está tão vazio que posso cavalgar sobre ele. Tenha a bondade. Assim que eu puder, pagarei por ele.

O comerciante bota a mão no ouvido.

– Estou ouvindo bem? – ele pergunta por sobre os ombros à mulher, que tricota no banco da lareira. – Estou ouvindo bem? Um cliente.

– Eu não ouço absolutamente nada – diz a mulher, inspirando e expirando com tranquilidade sobre a agulha de tricô, aquecida agradavelmente às costas.

– Oh, sim – eu estou chamando –, sou eu, um antigo cliente, sempre fiel, apenas sem meios no momento.

– Mulher – diz o comerciante –, há alguém, sim; afinal de contas não posso me enganar tanto assim; deve ser um cliente antigo, bem antigo, para conseguir me falar tanto assim ao coração.

– O que tu tens, homem? – diz a mulher e aperta, descansando por um momento, o trabalho manual junto ao peito. – Não é ninguém, a ruela está vazia, toda a nossa clientela está abastecida; podemos fechar o negócio por vários dias e descansar.

– Mas eu estou sentado aqui, sobre o balde – eu chamo, e as lágrimas insensíveis do frio me nublam os olhos. Por favor, olhem para cima; se o fizerem, logo me descobrirão; estou pedindo uma pá cheia e, se me derem duas, me farão extremamente feliz. Ora, toda a clientela restante já foi abastecida. Ah, se eu já ouvisse o estrépito do carvão no balde!

– Estou indo – diz o comerciante e, de pernas curtas, quer subir a escada do porão, mas a mulher já está junto dele, segura-o pelo braço e diz:

– Tu ficas. Se não abrires mão de tua teimosia, eu mesma vou subir. Lembra-te da tua tosse pesada hoje à noite. Mas por um negócio, e ainda que seja apenas imaginado, tu esqueces mulher e filho e sacrificas teus pulmões. Eu vou.

– Nesse caso, menciona a ele todos os tipos que temos em estoque; os preços eu mesmo gritarei para ti.

O cavaleiro do balde | **125**

– Muito bem – diz a mulher, e sobe até a ruela. Naturalmente ela me vê logo.

– Senhora comerciante de carvão – eu grito –, minha mais cordial saudação; só uma pá de carvão; logo aqui, no balde; eu mesmo o levarei para casa; uma pá do pior. Eu naturalmente vou pagar o preço todo, mas não logo, não logo. – Que som de sino é o das duas palavras "não logo"! E como elas se misturam, confundindo os sentidos, com as batidas do anoitecer, que justo agora podem ser ouvidas da torre da igreja próxima!

– Mas o que ele quer, afinal de contas? – grita o comerciante.

– Nada – grita a mulher de volta –, não é nada; não vejo nada, não ouço nada; é apenas o sino das 6 horas que está tocando, e nós fecharemos. O frio é monstruoso; amanhã provavelmente ainda teremos muito trabalho.

Ela não vê nada e não ouve nada; mas mesmo assim solta a amarra do avental e tenta me rechaçar abanando-o. Lamentavelmente consegue. Meu balde tem todas as vantagens de uma boa montaria; não tem força para resistir; é leve demais; um avental de mulher lhe arranca as patas do chão.

– Mulher cruel – eu ainda grito de volta, enquanto ela, se voltando para a loja, meio desprezando, meio satisfeita, golpeia o ar com a mão.

– Mulher cruel! Implorei apenas por uma pá do pior e tu não a deste a mim. – E com isso subo para a região das montanhas geladas e me perco para nunca mais ser visto.

Para a reflexão de cavaleiros amadores

Nada, quando se pensa a fundo a respeito, pode atrair a vontade de ser o primeiro numa corrida. A fama de ser reconhecido como o melhor cavaleiro de um país alegra em demasia ao primeiro estardalhaço da orquestra, para que na manhã seguinte o arrependimento ainda possa ser evitado. A inveja dos oponentes, pessoas astutas e bastante influentes, tem de nos doer na fileira estreita que precisamos atravessar cavalgando em busca daquela planície que ainda há pouco estava vazia diante de nós, não contados alguns cavaleiros sobre os quais superamos em uma volta e que cavalgam minúsculos em direção à borda do horizonte.

Muitos de nossos amigos se apressam em remediar a vitória, e apenas sobre os ombros gritam das bilheterias distantes o seu hurra para nós; os melhores amigos, porém, nem sequer apostaram em nosso cavalo, uma vez que temem que, caso sejamos derrotados, tenham de sentir raiva de nós; mas, agora que nosso cavalo foi o primeiro e eles não ganharam nada, simplesmente se viram quando passamos e preferem olhar para as tribunas.

Os concorrentes que vêm atrás, firmes na sela, tentam vislumbrar o infortúnio que os atingiu, e a injustiça que de algum modo lhes é impingida; eles assumem um aspecto renovado, como se uma nova corrida tivesse de começar, e uma corrida mais séria depois dessa brincadeira de criança.

Para muitas senhoras, o vencedor parece ridículo, porque estufa o peito e mesmo assim não sabe o que fazer diante dos eternos apertos de mão, saudações, mesuras e reverências à distância, enquanto os vencidos mantêm a boca fechada e dão batidinhas nos pescoços de seus cavalos, na maior parte das vezes relinchantes.

Enfim, inclusive, do céu, que se tornou sombrio, começa a cair a chuva.

Conversa com o devoto

Houve um tempo em que eu ia à igreja todos os dias, pois uma moça pela qual eu havia me apaixonado rezava por lá de joelhos durante meia hora ao anoitecer, e eu podia aproveitar para contemplá-la em silêncio.

Certa vez, quando a moça não veio e eu olhava, incomodado, para os que rezavam, chamou minha atenção um rapaz magro que havia se jogado ao chão. De tempos em tempos, ele movia o crânio com toda a força de seu corpo e o lançava, suspirando, às palmas de suas mãos, que jaziam sobre as pedras.

Na igreja, havia apenas algumas mulheres idosas, que viravam com frequência suas cabecinhas enroladas em panos e inclinadas para o lado para olhar para aquele que rezava. Essa atenção parecia deixá-lo feliz, pois, antes de cada uma de suas explosões devotas, ele olhava em volta para ver se o número de espectadores era grande. Eu achei isso inconveniente, e decidi lhe dirigir a palavra assim que ele saísse da igreja e lhe perguntar por que ele rezava desse modo. Sim, eu estava incomodado porque minha moça não viera.

Mas ele se levantou apenas depois de uma hora, fez um sinal da cruz deveras cuidadoso e andou aos trancos até a pia da água benta. Eu me coloquei no caminho entre a pia e a porta, e sabia que não o deixaria passar se ele não me desse uma explicação. Contorci minha boca, conforme sempre faço quando me preparo para falar com determinação. Avancei a perna direita e me apoiei sobre ela, enquanto mantinha a esquerda descontraidamente apoiada sobre a ponta do pé; também isso me concede segurança.

É até possível que aquele homem já olhasse de esguelha para mim ao borrifar a água benta em seu rosto; talvez também já tivesse me per-

130 | Blumfeld, um solteirão de mais idade e outras histórias

cebido anteriormente com alguma preocupação, pois então, de modo inesperado, ele saiu correndo pela porta afora. A porta de vidro bateu, se fechando. E, quando saí, logo em seguida, não o vi mais, pois lá fora havia algumas ruelas estreitas e o trânsito estava bem movimentado. Nos dias seguintes, o rapaz não apareceu, mas minha moça veio. Ela usava o vestido negro que tinha tiras transparentes sobre os ombros – a meia-lua da borda do corpete ficava debaixo delas –, das quais a extremidade inferior acabava em uma gola bem-cortada e bem-delineada. E, uma vez que a moça veio, esqueci o rapaz, e não me preocupei com ele nem mesmo quando voltou a aparecer com regularidade mais tarde e, conforme seu costume, rezava. Mas ele sempre passava por mim a toda pressa, de rosto voltado para o outro lado. Talvez isso se devesse ao fato de eu sempre imaginá-lo apenas em movimento, de modo que ele, mesmo quando estava parado sem se mexer, parecia a mim que se esgueirava.

Certa vez, acabei me atrasando em meu quarto. Mesmo assim, ainda fui à igreja. Não encontrei mais a moça por lá e quis voltar para casa. E então eis que vi de novo o rapaz deitado no lugar de sempre. O que acontecera outrora voltou a me ocorrer, e me deixou curioso.

Deslizei até o corredor de entrada sobre a ponta dos pés, dei uma moeda ao mendigo cego que por lá se sentava e me recostei ao lado dele, atrás da asa da porta aberta; e lá fiquei sentado por uma hora, talvez até mesmo fazendo cara de esperto. Me sentia bem naquele lugar, e decidi ir até ele com mais frequência. Na segunda hora, achei absurdo continuar sentado ali por causa do devoto. E ainda assim permiti, já furioso, que uma terceira hora se passasse, com as aranhas já andando sobre as minhas roupas, enquanto as últimas pessoas, respirando alto, saíam do escuro da igreja.

E foi então que também ele veio. Andava com cautela, e seus pés tateavam o chão de leve antes de pisar com firmeza.

Eu me levantei, dei um passo largo e direto e agarrei o rapaz.

– Boa noite – disse eu e o empurrei, minha mão segurando seu colarinho, pelas escadarias abaixo até a praça iluminada.

Quando chegamos ali embaixo ele disse, com uma voz completamente insegura:

– Boa noite, meu senhor, meu caro senhor, não fique irritado comigo, seu mais dedicado servidor.

– Sim – disse eu –, quero lhe perguntar algumas coisas, meu senhor; na última vez conseguiu fugir de mim, mas isso hoje será bem difícil.

– O senhor é compassivo, e me deixará ir para casa, meu senhor. Sou digno de pena, esta é que é a verdade.

– Não – gritei em meio ao barulho do bonde que passava. – Não vou deixar o senhor ir. São justamente histórias assim que me agradam. O senhor é um peixão e tanto. Dou os parabéns a mim mesmo.

Então ele disse:

– Oh, Deus, o senhor tem um coração vivaz e uma cabeça feita de pedra. Chama a mim de peixão, e como deve ser feliz por causa disso! Pois minha infelicidade é uma infelicidade oscilante, uma infelicidade que oscila sobre uma ponta das mais estreitas e, quando é tocada, cai sobre aquele que pergunta. Boa noite, meu senhor.

– Pois bem – disse eu, e segurei sua mão direita com firmeza –, se o senhor não me responder, começarei a chamar todo mundo aqui na rua. E todas as moças das lojas, que agora estão saindo, após o final do expediente, e inclusive seus amantes, que se alegram com elas, vão se juntar aqui, pois irão acreditar que um cavalo de tílburi caiu ou algo do tipo aconteceu. E então eu vou mostrar o senhor para todas as pessoas.

Nesse instante, ele beijou ambas as minhas mãos, uma após a outra.

– Eu vou dizer ao senhor o que o senhor quer saber, mas, por favor, é melhor irmos para a ruela ali do lado. – Eu assenti, e nós fomos até lá.

Mas ele não se contentou com a escuridão da ruela, na qual havia postes de luz amarelada apenas a grande distância uns dos outros, mas me conduziu até a entrada baixa de uma casa antiga, sob um lampiãozinho pendurado, a pingar, diante de uma escada de madeira.

Lá, ele tirou, com ares de importância, seu lenço do bolso, e disse, estendendo-o sobre um dos degraus:

– É melhor que o senhor se sente, aí poderá perguntar melhor, meu caro senhor. Eu ficarei em pé, assim conseguirei responder melhor. Mas, por favor, não me torture.

132 | Blumfeld, um solteirão de mais idade e outras histórias

Então eu me sentei e disse, levantando os olhos aguçados para ele:

– O senhor é um louco que deu certo, isso é o que o senhor é! Como o senhor se comporta na igreja! Como isso é incômodo e desagradável para os que lá estão! Como alguém pode se mostrar devoto, se precisa ficar olhando para o senhor?

Ele havia pressionado seu corpo contra a parede, apenas a cabeça se movia com liberdade no ar:

– Não se incomode... Por que o senhor deveria se incomodar com coisas que não lhe dizem respeito? Eu me incomodo quando me comporto de modo desastroso; mas se é um outro que se comporta mal, eu apenas me alegro. Não se incomode, portanto, se eu digo que o objetivo da minha vida é ser olhado pelas pessoas.

– O que o senhor está dizendo aí – eu exclamei em voz demasiado alta para o corredor estreito, mas em seguida temi baixar a voz e continuei no mesmo tom. – De fato, o que o senhor está dizendo aí? Sim, já imagino muito bem, exatamente, já o imaginava muito bem desde que o vi pela primeira vez, em que estado o senhor está. Tenho experiência e não quero parecer doloroso quando digo que é como se fosse um enjoo marítimo em terra firme. A essência de sua doença está no fato de o senhor ter esquecido o nome verdadeiro das coisas e agora, em sua imensa pressa, apenas derrama sobre elas nomes casuais. Importa apenas ser rápido, ser rápido! Mas, mal o senhor fugiu dessas coisas, já esqueceu seus nomes de novo. O choupo nos campos, que o senhor chamou de "Torre de Babel", pois o senhor não sabia ou não queria saber que era um choupo, se embala outra vez, sem nome, e o senhor precisa chamá-lo então de "Noé, quando estava bêbado".

Fiquei um pouco consternado quando ele disse:

– Fico feliz com o fato de não ter entendido aquilo que o senhor diz.

Irritado e sem perder tempo, eu disse:

– Ao se mostrar feliz com isso, o senhor apenas deixa claro que entendeu tudo.

– Na verdade, eu posso tê-lo mostrado, honorável senhor, mas também o senhor falou de modo estranho.

Deitei minhas mãos sobre um degrau mais acima, recostei-me um pouco e, nessa postura quase intocável, que é a última salvação dos lutadores no ringue, perguntei:

– O senhor tem um jeito divertido de se salvar, ao pressupor seu próprio estado no outro.

A isso ele se mostrou encorajado. Juntou as mãos para dar unidade a seu corpo e disse, demostrando uma leve resistência:

– Não, não faço isso contra todos, nem mesmo contra o senhor, por exemplo, porque não o consigo. Mas eu ficaria feliz se o conseguisse, pois nesse caso a atenção das pessoas na igreja não seria mais necessária para mim. O senhor sabe por que tenho necessidade dela?

Essa pergunta me deixou desamparado. É claro que eu não sabia, e acreditava, inclusive, que não queria saber. Eu também não quisera ir até ali, conforme dissera comigo mesmo já antes, mas o homem me obrigara a ouvi-lo. De modo que eu agora precisava apenas sacudir minha cabeça para lhe mostrar que não sabia, mas eu não conseguia botar minha cabeça em movimento.

O homem que se encontrava parado diante de mim sorria. Em seguida, ele se encolheu, caindo de joelhos, e contou, mostrando uma careta sonolenta:

– Jamais houve um tempo no qual eu estivesse convencido de minha vida apenas comigo mesmo. É que eu me ocupo das coisas somente em noções tão precárias que sempre acredito que as coisas em algum momento estiveram vivas, e agora apenas naufragaram. Sempre, meu caro senhor, sinto uma vontade de ver as coisas conforme gostaria de mostrá-las antes de elas se mostrarem para mim. Elas por certo se mostram belas e tranquilas assim. Tem de ser assim, pois com frequência ouço pessoas falarem delas desse modo.

Uma vez que eu permanecia em silêncio, e apenas nas contrações involuntárias do meu rosto mostrava como me sentia desconfortável, ele disse:

– O senhor não acredita que as pessoas falam assim?

Eu achava que deveria assentir, mas não consegui.

134 | Blumfeld, um solteirão de mais idade e outras histórias

– Realmente, o senhor não acredita nisso. Mas ouça só. Quando, ainda criança, abri os olhos certo dia, depois de uma breve sesta, ouvi, ainda completamente tomado pelo sono, minha mãe perguntar da sacada em tom bem natural: "O que está fazendo, minha querida? Está tão quente." Uma mulher respondeu do jardim: "Estou merendando em meio ao verde." Elas o diziam sem pensar e de modo não muito nítido, como se todos tivessem de esperar por isso.

Achei que ele aguardava minha resposta, por isso botei a mão no bolso traseiro da minha calça e fiz de conta que procurava alguma coisa por lá. Mas eu não procurava nada, queria apenas mudar meu aspecto para demonstrar que participava da conversa. E nisso eu disse que aquele incidente era tão estranho e que eu de modo algum o compreendia. Ainda acrescentei que não acreditava na verdade dele, e que o incidente devia ter sido inventado com algum objetivo que eu agora não conseguia perceber qual era. Em seguida fechei os olhos, pois eles me doíam.

– Oh, mas é muito bom que o senhor seja da minha opinião, e foi desinteressadamente que o senhor me reteve para dizer isso a mim. Não é verdade, porque eu deveria me envergonhar – ou então, porque nós deveríamos nos envergonhar – com o fato de eu não andar empertigado e pesadamente, não bater a bengala sobre o piso e não tocar as roupas das pessoas que passam fazendo barulho. Por acaso eu não deveria, com muito mais razão, me queixar teimosamente que eu, na condição de sombra de ombros angulosos, salto ao longo das casas, por vezes desaparecendo atrás do vidro das vitrines? Que dias são esses que eu passo! Por que tudo é construído tão mal a ponto de prédios altos desabarem de quando em quando sem que para tanto se pudesse encontrar um motivo externo? Eu subo então pelos montes de entulho e pergunto a todos que encontro: "Como foi que isso pôde acontecer? Em nossa cidade – um prédio novo – hoje já é o quinto, imagine só." E ninguém sabe o que me responder. Muitas vezes pessoas caem no meio da rua e ficam deitadas, mortas. Então todos os homens de negócios abrem suas portas cobertas de mercadorias, se aproximam, ágeis, arrastam o morto para dentro de casa, em seguida, voltam a sair, um sorriso nos lábios e nos olhos, e falam: "Bom dia... O céu está pálido... Eu estou vendo muitos panos nas cabeças... Sim, a guerra." Eu salto para dentro do lugar e, depois de levantar temerosamente várias vezes a mão com o dedo dobrado, bato, enfim, na janelinha do zelador. "Caro senhor", digo amistosamente, "um homem morto foi trazido até aqui. O senhor pode mostrá-lo a mim? Eu lhe imploro." E, quando ele sacode a cabeça como se estivesse indeciso, eu digo com firmeza: "Caro senhor. Sou da polícia secreta. Mostre-me o morto logo de uma vez." "Um morto?", ele pergunta então, e se mostra quase ofendido. "Não, não temos nenhum morto aqui. Este é um prédio decente." Eu o saúdo e vou embora. Mas então, quando acabo de atravessar uma grande praça, esqueço de tudo. A dificuldade dessa empresa me deixa confuso, e eu penso comigo muitas vezes: "Caso se construam praças tão grandes assim apenas por petulância, por que não se constrói também um parapeito de pedra que poderia atravessar a praça? Hoje o vento sudoeste está soprando. O ar na praça está excitado. A ponta da torre da prefeitura descreve pequenos círculos. Por que não se fica em silêncio no meio do empurra-empurra? Todas as vidraças das janelas são barulhentas, e os postes da iluminação pública se dobram como bambus. O manto da Virgem Maria se enfuna sobre o pedestal, e o vento tempestuoso lhe dá arrancos. Por acaso ninguém vê isso? Os senhores e senhoras que deveriam caminhar sobre as pedras pairam. Quando o vento volta a respirar, eles ficam parados, dizem algumas palavras uns aos outros e fazem reverências, se saudando, mas quando o vento volta a se mostrar tempestuoso, eles não conseguem resistir a ele, e todos erguem seus pés ao mesmo tempo. Embora tenham de segurar seus chapéus com firmeza, seus olhos estão divertidos como se o tempo estivesse agradável. Só eu é que sinto medo."

Maltratado como eu estava, disse:

– Essa história que o senhor contou anteriormente, da senhora sua mãe e da senhora no jardim, eu nem sequer acho estranha. Não apenas porque já ouvi e vivenciei muitas histórias semelhantes, mas inclusive por ter participado de algumas delas. Isso, aliás, é uma coisa completamente natural. O senhor acha que, se eu estivesse na sacada, não poderia dizer

136 | Blumfeld, um solteirão de mais idade e outras histórias

a mesma coisa e poderia responder também a mesma coisa se estivesse no jardim? Uma coisa das mais simples.

Quando terminei de dizer isso, ele pareceu muito feliz. Disse que eu estava bem-vestido, e que minha gravata lhe agradava muito. Que pele delicada que eu teria, aliás... E confissões se tornavam tanto mais claras, segundo ele, quando eram negadas em seguida.

Conversa com o bêbado

Quando saí pelo portão de casa em passo curto, fui atacado pela grande abóbada do céu com lua e estrelas e pela praça do anel viário com prefeitura, pedestal de Santa Maria e igreja.

Saí calmamente da sombra para a luz da lua, desabotoei o sobretudo e me aqueci; então fiz o sibilar da noite se calar, erguendo as mãos, e comecei a refletir:

"O que é isso que vocês fazem como se fossem de fato? Querem me fazer acreditar que sou irreal, parado estranhamente sobre o calçamento verde? Mas já faz muito tempo que tu eras real, tu, céu, e tu, praça do anel viário, jamais foste real.

"É verdade, vocês ainda são superiores a mim, mas nesse caso apenas quando eu deixo vocês em paz.

"Graças a Deus, lua, tu não és mais lua, mas talvez seja negligente da minha parte ainda te chamar de lua, tu, que és chamada de lua. Por que não és mais tão atrevida quando eu te chamo de 'lanterna de papel esquecida e de cor estranha'? E por que tu quase te recolhes quando eu te chamo de 'pedestal de Santa Maria' e não reconheço mais tua postura ameaçadora, pedestal de Santa Maria, quando te chamo de 'lua que lança luz amarelada'?

"Agora me parece realmente que não lhes faz bem quando se reflete a respeito de vocês; a coragem e a saúde de vocês diminuem.

"Deus, como deve ser favorável quando o pensador aprende do bêbado!

"Por que tudo ficou em silêncio? Eu acho que não há mais vento. E as casinhas, que muitas vezes rolam pela praça como se estivessem sobre rodinhas, estão completamente pisoteadas... tranquilas... tranquilas...

138 | Blumfeld, um solteirão de mais idade e outras histórias

nem sequer se vê o traço estreito e escuro que normalmente as separa do chão."

E eu me pus a correr. Corri sem obstáculos três vezes em torno da grande praça e, já que não encontrei nenhum bêbado, corri sem interromper nem diminuir a velocidade, e sem mesmo notar que fazia esforço, em direção à viela Carlos. Minha sombra muitas vezes corria menor do que eu ao meu lado, na parede, como em um caminho oco entre muro e chão da rua.

Quando passei pela casa do corpo de bombeiros, ouvi, vindo do pequeno anel viário, um barulho, e, quando dobrei para lá, vi um bêbado em pé junto às grades da fonte, com os braços erguidos na horizontal e sapateando o chão com os pés enfiados em sapatos de madeira.

Primeiro, fiquei parado para permitir que minha respiração ficasse mais tranquila, depois, fui até ele, tirei a cartola da cabeça e me apresentei:

– Boa noite, homem nobre e delicado, tenho 23 anos de idade, mas ainda não possuo um nome. O senhor, no entanto, com certeza vem com um nome surpreendente, e até mesmo cantável, dessa grande cidade de Paris. O cheiro bem pouco natural da deslizante corte da França envolve o senhor.

"O senhor com certeza viu com seus olhos pintados aquelas damas altas, que já estão em pé no terraço grande e iluminado, girando ironicamente em seus talhes estreitos, enquanto as caudas pintadas de seus vestidos, que ainda se espalhavam nos degraus da escada, agora jazem sobre a areia do jardim... Não é verdade, em longas hastes, distribuídos por toda parte, sobem criados de fraque que exibem cortes de tecido despeitados e calças brancas, as pernas colocadas em torno da haste, mas o tronco muitas vezes torcido para trás e para o lado, pois eles têm de erguer do chão lençóis de linho cinzentos e gigantescos pendurados a cordas e estendê-los no alto, porque a grande dama deseja uma manhã nebulosa?"

Uma vez que ele arrotou, eu disse, quase assustado:

– Realmente, é verdade, o senhor vem da nossa Paris, da Paris intempestiva, ah, dessa tempestade de granizo delirante? – Quando ele arrotou

Conversa com o bêbado | 139

outra vez, eu continuei, confuso: – Sei muito bem que me é concedida uma grande honra.

E abotoei meu sobretudo com dedos rápidos, depois falei com fervor e timidez:

– Sei que o senhor não me considera digno de uma resposta, mas eu teria de levar uma vida chorosa se hoje não lhe perguntasse.

"Por isso lhe peço, senhor tão engalanado, é verdade o que me contaram? Existem em Paris pessoas feitas apenas de roupas enfeitadas, e há por lá casas que têm apenas portais e é verdade que nos dias de verão o céu sobre a cidade é evasivamente azul, embelezado apenas por nuvenzinhas brancas espremidas nele, que têm todas a forma de corações? E há lá um panóptico muito visitado, no qual existem apenas árvores com os nomes dos mais famosos heróis, criminosos e apaixonados, inscritos em pequenas placas penduradas a elas?

"E então ainda essa notícia! Essa notícia obviamente mentirosa!

"Não é verdade que essas estradas de Paris se bifurcam de repente; elas são inquietas, não é verdade? Nem sempre está tudo em ordem, e, também, como poderia ser assim?! Uma hora acontece um acidente, as pessoas se juntam, vindas das ruas transversais com seu passo cosmopolita, que apenas toca de leve o calçamento; embora todas estejam curiosas, também temem a decepção; elas respiram com rapidez e esticam suas pequenas cabeças para a frente. Mas quando se tocam umas às outras, fazem reverências profundas e pedem desculpas: 'Lamento muito... Não tive a intenção... O empurra-empurra é grande, peço desculpas, eu não quis... Foi muito desajeitado da minha parte... Eu o admito. Meu nome é... Meu nome é Jerome Faroche, sou merceeiro de especiarias na Rue du Cabotin... Permita que convide o senhor para almoçar amanhã... Também a minha esposa se alegraria muito.' É desse jeito que eles falam, enquanto, mesmo assim, a ruela está anestesiada e a fumaça das chaminés cai entre os prédios. É isso mesmo, ora. E se fosse possível que pelo menos uma vez em um bulevar movimentado de um bairro elegante dois coches parassem... Criados abrem, sérios, as portas. Oito nobres cães siberianos dançam, saindo de dentro deles,

140 | Blumfeld, um solteirão de mais idade e outras histórias

e correm, latindo, pela pista, aos saltos. E então se diz que são jovens dândis parisienses disfarçados."

Os olhos dele estavam quase cerrados. Quando fiquei em silêncio, ele enfiou ambas as mãos na boca e puxou seu maxilar inferior com violência. Suas roupas estavam completamente sujas. Talvez o tivessem jogado para fora de uma taverna de vinho, e ele ainda não tivesse muita clareza acerca do que acontecia.

Talvez tenha sido essa pequena e completamente silenciosa pausa entre o dia e a noite, na qual a cabeça, sem que esperemos, nos pende sobre a nuca, e na qual tudo, sem que o percebamos, fica parado, uma vez que nada observamos, e em seguida desaparece. Enquanto ficamos sozinhos, de corpo curvado, e depois olhamos em torno, mas não vemos mais nada, nem sentimos mais nenhuma resistência no ar, mas por dentro nos mantemos firmes na recordação de que a uma certa distância de nós há prédios com telhados e, felizmente, chaminés angulosas através das quais a escuridão flui para dentro dos prédios, passando pelos sótãos aos mais diferentes recintos. E é uma sorte que amanhã será um dia em que, por mais inacreditável que pareça, se poderá ver tudo.

Então o bêbado ergueu suas sobrancelhas bruscamente, de modo que entre elas e os olhos surgiu um brilho, e explicou em parágrafos:

– Isso é assim, na verdade... Eu, na verdade, estou com sono, por isso vou dormir... Na verdade, tenho um cunhado na praça Wenzel... Vou para lá, pois é lá que eu moro, é lá que eu tenho minha cama... Eu estou indo... Na verdade, apenas não sei como ele se chama e onde ele mora... Me parece que esqueci de tudo isso... Mas não faz mal, pois nem mesmo sei se eu realmente tenho um cunhado... Mas agora eu vou, na verdade... O senhor acha que eu vou encontrá-lo?

A isso eu respondi, sem refletir:

– Isso é certo. Mas o senhor vem do estrangeiro, e sua criadagem casualmente não está com o senhor. Permita que eu o conduza.

Ele não respondeu. Então eu lhe estendi meu braço para que ele se segurasse em mim.

Desejo de ser índio

C aso se fosse índio apesar de tudo, logo pronto e ao lombo do cavalo em disparada, inclinado no ar, sempre estremecendo brevemente sobre o chão a estremecer, até deixar de lado as esporas, pois não existiam esporas, até jogar fora as rédeas, pois não existiam rédeas, e, mal se visse a terra à sua frente como charneca cortada rente, já estaria sem pescoço de cavalo e cabeça de cavalo.

As árvores

P ois nós somos os troncos das árvores na neve. Aparentemente, eles jazem lisos uns sobre os outros, e com um pequeno impulso se deveria poder empurrá-los para longe. Mas não, isso não se consegue, porque eles estão presos firmemente ao solo. Mas, veja só, até mesmo isso é apenas aparente.

O foguista

Quando Karl Roßmann, 16 anos, que havia sido mandado aos Estados Unidos por seus pais pobres porque uma criada o seduziu e teve um filho seu, adentrou o porto de Nova York no navio que já ficava mais vagaroso, vislumbrou a já há algum bom tempo por ele contemplada Estátua da Liberdade como se ela estivesse sob uma luz solar que repentinamente ficou mais forte. O braço com a espada era levado ao alto como se fosse levantado de novo, e em torno das feições bafejavam os ares livres.

"Tão alta!", disse ele consigo mesmo e foi, uma vez que sequer pensava em sair dali, empurrado aos poucos até a balaustrada do navio pela multidão dos carregadores de bagagem que passava por ele e aumentava cada vez mais.

Um rapaz, que ele conhecera fugidiamente durante a viagem, disse ao passar:

– Por acaso o senhor ainda não está sentindo vontade de desembarcar?

– Ora, mas já estou pronto – disse Karl, sorrindo para ele, e, para demonstrar sua boa disposição e porque era um rapaz forte, jogou sua mala ao ombro. Porém, assim que voltou os olhos a seu conhecido, que já se afastava com os outros, sacudindo um pouco sua bengala, percebeu consternado que havia esquecido seu próprio guarda-chuva na parte de baixo do navio. Pediu às pressas ao conhecido, que não pareceu muito feliz com isso, se ele não teria a bondade de esperar por um momento junto à sua mala, avaliou a situação para conseguir achar o caminho na volta em seguida e se foi, correndo. Já embaixo, lamentou-se ao encontrar trancado pela primeira vez um corredor que teria encurtado muito seu caminho, o que provavelmente tinha a ver com o fato de todos os passageiros estarem sendo desembarcados, de modo que teve de buscar

146 | Blumfeld, um solteirão de mais idade e outras histórias

com esforço seu caminho entre inúmeros cubículos, escadas curtas que sempre se seguiam umas às outras, através de corredores que não paravam de dobrar, por um quarto vazio com uma escrivaninha abandonada, até que de fato, uma vez que havia percorrido aquele caminho apenas uma ou duas vezes e sempre na companhia de grupos maiores, havia se perdido completamente. Em seu desamparo, e na medida em que não encontrou pessoa alguma e apenas ouvia sem parar o rascar de mil pés humanos acima de si, sendo que percebia à distância, como se fosse um hausto, a derradeira atividade das máquinas já desligadas, começou, sem refletir, a bater a uma pequena porta qualquer diante da qual estacou de repente enquanto perambulava por lá.

– Ora, mas está aberto – chamaram de dentro, e Karl abriu a porta com um honesto suspiro de alívio. – Por que o senhor bate assim à porta, como se estivesse louco? – perguntou um homem gigantesco, mal havia voltado os olhos para Karl. Por alguma lucarna no alto entrava uma luz turva, gasta já há tempo, na parte superior do navio, iluminando a cabine precária na qual uma cama, um armário, um assento e o homem se encontravam bem próximos, lado a lado, como se estivessem armazenados.

– Eu me perdi – disse Karl –, durante a viagem nem sequer cheguei a perceber, mas este é um navio terrivelmente grande.

– Sim, nisso o senhor tem razão – disse o homem com algum orgulho, enquanto não parava de mexer na tranca de uma maleta, que a cada instante voltava a fechar, usando ambas as mãos para ouvir o estalo da tranca. – Ora, mas entre! – disse o homem em seguida. – O senhor não vai querer ficar parado aí fora!

– Não estou incomodando? – perguntou Karl.

– Ah, mas como o senhor irá incomodar?!

– O senhor é alemão? – ainda tentou se garantir Karl, uma vez que ouvira muito sobre os perigos, vindos, sobretudo, da parte de irlandeses, que ameaçam os recém-chegados à América.

– Sou sim, sou sim – disse o homem. Karl ainda hesitava. Então, inesperadamente, o homem agarrou o trinco e, junto com a porta, que

O foguista | **147**

trancou às pressas, puxou Karl para dentro, até perto de si. – Não suporto quando olham para mim do corredor – disse o homem, que voltou a trabalhar em sua mala. – Todo mundo passa por aí e olha para dentro, não há santo que aguente algo assim!

– Mas o corredor está completamente vazio – disse Karl, que se encontrava parado ali desconfortavelmente, esmagado contra um dos pilares da cama.

– Sim, agora – disse o homem.

– Mas é de agora que se trata – pensou Karl. – É difícil falar com esse homem.

– Ora, mas deite na cama, ali o senhor vai ter mais lugar – disse o homem. Karl rastejou, tão bem quanto pôde, para a cama, e ao mesmo tempo riu alto da primeira tentativa malograda de tomar impulso e saltar sobre ela. Mal estava na cama, porém, exclamou:

– Pelo amor de Deus, mas eu esqueci completamente da minha mala!

– E onde ela está?

– Lá em cima, no convés. Um conhecido está cuidando dela. Como é mesmo que ele se chama? – E puxou um cartão de visita de um bolso secreto que sua mãe havia costurado para ele, especialmente para a viagem, no forro do casaco. – Butterbaum, Franz Butterbaum.

– O senhor precisa muito da mala?

– Mas é claro.

– Sim, e por que a deixou, então, com uma pessoa desconhecida?

– Esqueci meu guarda-chuva aqui embaixo e corri para buscá-lo, não queria arrastar a mala comigo. E depois me perdi, ainda por cima.

– O senhor está sozinho? Sem companhia?

– Sim, sozinho.

– Eu talvez tivesse de me agarrar a esse homem – passou pela cabeça de Karl. – Onde eu poderia encontrar assim tão rápido um amigo melhor?

– E agora o senhor ainda perdeu a mala. Do guarda-chuva não vou nem falar. – E o homem tomou lugar no assento, como se naquele momento a questão de Karl tivesse ganho algum interesse para ele.

– Mas eu acredito que a mala ainda não está perdida.

148 | Blumfeld, um solteirão de mais idade e outras histórias

– Acreditar nos torna venturosos – disse o homem, e coçou com força seus cabelos escuros, curtos e densos. – No navio, os hábitos também mudam com os portos. Em Hamburgo, seu amigo Butterbaum talvez tivesse cuidado da mala, aqui é bem provável que não exista mais sequer um rastro dos dois.

– Mas então preciso ir dar uma olhada lá em cima logo – disse Karl, e olhou em torno, tentando descobrir como poderia chegar lá em cima.

– Ora, pode ficar aqui – disse o homem, e bateu com uma das mãos no peito de Karl de um modo até rude, empurrando-o de volta para a cama.

– Mas por quê? – perguntou Karl, incomodado.

– Porque não faz sentido – disse o homem. – Em um instantinho eu também vou, e então poderemos ir juntos. Ou a mala foi roubada, e nesse caso não há mais solução, ou então a pessoa continua cuidando dela, e nesse caso ele é um imbecil; que fique, portanto, vigiando mais um pouco, ou é apenas uma pessoa honrada e deixou a mala onde está e nós a encontraremos com facilidade tanto maior quando o navio estiver completamente vazio. E o mesmo vale para o seu guarda-chuva.

– O senhor conhece bem o navio? – perguntou Karl, desconfiado, e lhe pareceu que na ideia aparentemente persuasiva de que no navio já vazio suas coisas poderiam ser encontradas com mais facilidade havia um problema oculto.

– Ora, mas eu sou o foguista do navio – disse o homem.

– O senhor é o foguista do navio! – exclamou Karl, alegre, como se isso superasse todas as suas expectativas, e contemplou, o cotovelo apoiado à cama, o homem mais de perto. – Justamente diante da câmara onde eu dormi com os eslovacos havia uma escotilha através da qual se podia ver a casa das máquinas.

– Sim, era lá que eu trabalhava – disse o foguista.

– Sempre me interessei muito pela técnica – disse Karl, que ficou preso a uma ideia determinada –, e com certeza teria me tornado engenheiro mais tarde se não tivesse de me mudar para a América.

– Mas e por que é que teve de se mudar, então?

– Ora, ora! – disse Karl, e lançou a história toda para longe com a mão. Nisso, contemplava o foguista, sorrindo, como se pedisse desculpas a ele por aquilo que não confessava, implorando, ao mesmo tempo, que as aceitasse.

– Haverá de existir um motivo – disse o foguista, e não se sabia ao certo se com isso queria instigar ou bloquear a narrativa desse motivo.

– Agora eu também poderia me tornar foguista – disse Karl –, para meus pais, agora é completamente indiferente o que eu vou ser.

– Meu posto ficará livre – disse o foguista, e, completamente consciente do que fazia, enfiou as mãos nos bolsos e lançou as pernas, enfiadas em calças cheias de dobras, com aparência de serem de couro e cinzentas como o ferro, sobre a cama, para se esticar. Karl teve de recuar mais para a parede.

– O senhor vai deixar o navio?

– Exatamente, hoje mesmo vamos dar o fora.

– Mas e por quê? O senhor não gosta daqui?

– Sim, o problema são as circunstâncias, não é sempre que a decisão depende do que a gente gosta ou não. Aliás, o senhor tem razão, também não gosto daqui. O senhor provavelmente não pense a sério em se tornar foguista, mas é justo nesse caso que se pode sê-lo com mais facilidade. Eu lhe aconselho terminantemente, portanto, a desistir disso. Se o senhor quis estudar na Europa, por que não quereria fazê-lo aqui? As universidades americanas são incomparavelmente melhores do que as europeias.

– É até possível – disse Karl –, mas quase não tenho dinheiro para estudar. Embora eu tenha lido a respeito de alguém que de dia trabalhava em uma loja e à noite estudava até se tornar doutor e, pelo que me lembro, até mesmo prefeito em seguida, é preciso um bocado de resistência para isso, não? E eu temo que ela me falte. Além disso, eu não era um aluno especialmente bom, a despedida da escola realmente não foi difícil para mim. E as escolas por aqui talvez sejam ainda mais severas. Quase não sei nada de inglês. Aliás, acho que os estrangeiros de um modo geral não são bem-vindos por aqui.

– O senhor também já experimentou isso? Ora, mas nesse caso está bem. Nesse caso o senhor é o meu homem. Veja bem, nós estamos em

150 | Blumfeld, um solteirão de mais idade e outras histórias

um navio alemão, ele pertence à linha Hamburgo-América, por que não somos apenas alemães aqui? Por que o chefe dos foguistas é um romeno? Ele se chama Schubal. Não dá pra acreditar nisso. E esse cachorro sarnento nos arranca o couro, a nós, alemães, num navio alemão. O senhor não acredite que – seu fôlego acabou, ele abanou a mão –, que eu esteja me queixando apenas por me queixar. Eu sei que o senhor não tem a menor influência e também não passa de um pobre rapazola. Mas isso incomoda demais! – E ele bateu diversas vezes sobre a mesa com o punho e não tirou os olhos dela enquanto batia. – Já trabalhei em tantos navios. – E ele mencionou vinte nomes, um após o outro, como se fossem uma só palavra, Karl ficou completamente confuso. – E sempre me destaquei, fui elogiado, era um trabalhador exatamente conforme o gosto de meus capitães, e inclusive fiquei no mesmo veleiro de comércio por alguns anos. – Ele se levantou como se isso tivesse sido o ápice de sua vida. – E aqui, nesse caixote, onde tudo anda tão na linha, onde não se exige nem sequer o mínimo de espírito, aqui eu não presto, aqui fico sempre no caminho desse Schubal, sou um preguiçoso, mereço ser posto para fora e recebo meu pagamento apenas por pena. O senhor é capaz de compreender isso? Eu não.

– Mas o senhor não pode aceitar isso – disse Karl, nervoso. Ele tinha perdido a sensação de que estava no piso inseguro de um navio, junto à costa de uma parte desconhecida da crosta terrestre, tão familiar lhe parecia estar ali na cama do foguista. – O senhor já esteve com o capitão? Já foi reclamar seus direitos com ele?

– Ah, é melhor que o senhor se vá, que vá embora daqui. Não quero tê-lo aqui. O senhor não ouve o que eu digo e me dá conselhos. Como eu poderia ir até o capitão?! – E, cansado, o foguista voltou a sentar-se e deitou o rosto entre as mãos.

– Não posso lhe dar um conselho melhor do que esse – disse Karl consigo mesmo. E ele, aliás, já pensava que seria melhor buscar sua mala logo de uma vez em lugar de ficar dando conselhos, que ainda por cima eram considerados apenas estúpidos por ali. Quando o pai lhe entregou a mala para sempre, ainda perguntara em tom de brincadeira: "Por quanto tempo tu ficarás com ela?", e agora aquela mala cara talvez já tivesse sido, de fato, perdida. O único consolo era que o pai mal poderia ficar sabendo de sua situação atual, mesmo que tentasse investigar. A companhia marítima poderia dizer apenas que ele havia chegado com o navio até Nova York. Mas Karl lamentava que mal chegara a usar as coisas que estavam na mala, mesmo que há tempo já tivesse se mostrado necessário, por exemplo, trocar a camisa. Nesse caso, pois, ele economizara no lugar errado; agora que ele justamente precisaria, no princípio de sua carreira, se apresentar em roupas limpas, seria obrigado a aparecer de camisa suja. Do contrário, a perda da mala nem teria sido assim tão incômoda, pois o terno que ele estava usando, inclusive, era melhor do que o da mala, que no fundo era apenas um terno de emergência, que a mãe ainda precisara remendar pouco antes da partida. Agora ele também se lembrava de que na mala ainda havia um pedaço de salame veronense, que a mãe havia embrulhado para ele como presente especial, do qual, no entanto, apenas conseguiu comer a menor parte, uma vez que durante a viagem estivera completamente sem apetite e a sopa que era distribuída no convés intermediário lhe havia bastado, inclusive, à farta. Agora, porém, ele gostaria de ter a linguiça à mão, para honrar o foguista com ela. Pois pessoas assim podem ser ganhas com facilidade quando se lhes dá alguma coisinha qualquer, disso Karl sabia ainda por seu pai, que ganhava todos os funcionários mais baixos com os quais tinha de lidar em seus negócios distribuindo charutos entre eles. Agora Karl ainda possuía apenas, para presentear, seu dinheiro, e este ele por enquanto não queria tocar, até porque talvez pudesse ter perdido a mala. E outra vez seus pensamentos se voltaram para a mala, e eis que realmente não conseguia mais entender por que durante a viagem cuidara da mala com tanta atenção, a ponto de a guarda insistente quase ter lhe custado o sono, se agora se deixara tomar com tanta facilidade aquela mesma mala. Ele se lembrou das cinco noites durante as quais suspeitou o tempo inteiro que um eslovaco baixinho, que deitava dois lugares à esquerda dele, estava de olho em sua mala. Esse eslovaco esperava apenas que Karl, enfim, tomado pelo cansaço, caísse no sono por um

152 | Blumfeld, um solteirão de mais idade e outras histórias

momento, para poder puxar a mala para junto de si com uma vara longa com a qual sempre brincava ou treinava durante o dia. De dia, aliás, esse eslovaco parecia inocente o bastante, porém, mal a noite chegava, levantava-se de tempos em tempos de seu catre e olhava tristemente para a mala de Karl. Ele conseguia perceber isso com nitidez, pois aqui e ali alguém, sentindo a inquietude do emigrante, acabava acendendo uma luzinha, embora isso fosse proibido pelo regulamento do navio, e tentava decifrar os prospectos incompreensíveis das agências de emigração. Quando uma dessas luzes estava nas proximidades, Karl conseguia encobri-la um pouco, mas quando se encontrava à distância, ou estava escuro, era obrigado a manter os olhos abertos. Esse esforço o esgotara bastante, e agora ele talvez estivesse se mostrando completamente vão. Aquele Butterbaum, se ele o encontrasse de novo em algum lugar!

Nesse instante ecoaram lá fora, à longa distância, em meio à tranquilidade completa que reinava até então, batidas breves e baixinhas, como se fossem as de pés de crianças, elas se aproximavam com um som cada vez mais forte, e agora já eram como a marcha tranquila de homens. Eles, ao que tudo indica, seguiam, conforme, aliás, era natural naquele corredor estreito, em fila, e logo se ouvia um tilintar semelhante ao de armas. Karl, que já estava prestes a se esticar na cama em um sono livre de todas as preocupações anteriores com a mala e o eslovaco, ergueu-se assustado e cutucou o foguista para enfim chamar sua atenção, já que a parte dianteira do cortejo parecia ter acabado de alcançar a porta.

– É a banda musical do navio – disse o foguista. – Eles tocaram lá em cima e agora vão fazer suas malas. Agora tudo está pronto e nós podemos ir. Venha! – Ele pegou Karl pela mão, no último instante ainda levou consigo uma imagem emoldurada de Nossa Senhora pendurada na parede sobre a cama, enfiou-a no bolso junto a seu peito, pegou sua mala e deixou a cabine às pressas, acompanhado de Karl.

– Agora eu vou ao escritório dizer o que penso àqueles senhores. Não há mais nenhum passageiro por aqui, não será necessária nenhuma consideração. – O foguista repetiu o que disse de modo diferente e quis esmagar com chutes de lado uma ratazana que cruzou o caminho, mas

O foguista | **153**

conseguiu apenas fazer com que ela desaparecesse com rapidez tanto maior em seu buraco, alcançado ainda a tempo. Ele, de um modo geral, era vagaroso em seus movimentos, pois, embora tivesse pernas longas, elas acabavam se mostrando pesadas demais.

Eles atravessaram um compartimento da cozinha, onde algumas moças de avental sujo – elas os borrifavam intencionalmente – lavavam louça em grandes tonéis. O foguista chamou uma certa Line até ele, deitou o braço em torno de suas ancas e a conduziu por um trecho consigo; ela, que o tempo todo ficava se apertando de modo coquete a seu braço.

– É hora do pagamento, queres ir comigo? – perguntou ele.

–Por que eu deveria me esforçar? É melhor que tu tragas o dinheiro logo até aqui – respondeu ela, esgueirou-se, desvencilhando-se de seu braço, e desapareceu correndo. – Onde foi que arranjaste esse belo rapaz? – ela ainda gritou, mas não quis mais ouvir a resposta. Ouviu-se a risada de todas as moças, que haviam interrompido seu trabalho.

Mas eles seguiram adiante e chegaram até uma porta que na parte superior tinha um pequeno espigão sobressalente, tomado por pequenas cariátides douradas. Para a mobília de um navio, isso parecia um desperdício e tanto. Karl, conforme agora percebia, jamais chegara até aquele lugar, que durante a viagem é bem provável que ficasse reservado aos passageiros da primeira e da segunda classe, e no qual agora, antes da limpeza geral do navio, se havia erguido a porta de separação. Eles de fato já haviam encontrado alguns homens que carregavam vassouras ao ombro e cumprimentaram o foguista. Karl se surpreendeu com o grande movimento, em sua entreponte ele mal chegara a perceber algo dele. Ao longo dos corredores, também se esticavam arames de cabos elétricos e um pequeno sino podia ser ouvido a cada momento.

O foguista bateu à porta cheio de respeito e instou Karl, quando gritaram "entre", a entrar sem temor, fazendo um movimento de mão. E Karl de fato entrou, mas ficou parado à porta. Diante das três janelas do ambiente, ele olhava as ondas do mar e, na contemplação daquele movimento alegre, seu coração bateu como se não tivesse visto ininterruptamente o mar durante cinco dias seguidos. Navios grandes cruzavam

154 | Blumfeld, um solteirão de mais idade e outras histórias

os caminhos uns dos outros e apenas cediam à quebra das ondas na medida em que seu peso o permitia. Quando se comprimiam os olhos, esses navios pareciam soçobrar apenas devido ao peso. Em seus mastros, eles levavam bandeiras estreitas, mas longas, que embora tivessem sido distendidas pela viagem, ainda assim tremulavam de um lado a outro. Provavelmente de navios de guerra eram disparados tiros de saudação, os canos dos canhões de um navio assim, que passava não muito longe, refulgindo com o reflexo de sua cobertura de aço, eram como que acariciados pela esteira segura, lisa e ainda assim não completamente horizontal. Os pequenos navios e botes podiam ser observados, pelo menos ali da porta, apenas à distância, e adentravam aos montes nas aberturas entre os grandes navios. Por trás de tudo, no entanto, estava Nova York, e contemplava Karl com as centenas de milhares de janelas de seus arranha-céus. Sim, naqueles recintos se sabia onde se estava.

A uma mesa redonda estavam sentados três senhores, um deles, um oficial de navio vestindo um uniforme de navio azul e os outros dois, funcionários da repartição portuária, em uniformes americanos de tecido preto. Sobre a mesa havia, empilhados a boa altura, diversos documentos que o oficial repassou às pressas com a pena na mão para em seguida estendê-los aos dois outros, que ora liam, ora marcavam alguns trechos, ora enfiavam em suas pastas, quando um deles, que quase ininterruptamente fazia um leve ruído com os dentes, ditava algo para que seu colega botasse no protocolo.

Junto à janela, sentado a uma escrivaninha, as costas voltadas para a porta, estava um homem mais baixinho, que lidava com livros de grande formato, enfileirados sobre uma estante robusta, à altura da cabeça, diante dele. Ao lado dele havia um caixa aberto e, pelo menos à primeira vista, vazio.

A segunda janela estava livre e proporcionava a melhor vista. Nas proximidades da terceira havia dois homens conversando à meia voz. Um deles se apoiava ao lado dela, usava também o uniforme do navio e brincava com o cabo de sua espada. Aquele com quem ele falava estava voltado para a janela, e aqui e ali acabava revelando, com um de seus

O foguista | **155**

movimentos, parte da sequência de honrarias no peito do outro. Ele estava em roupas civis e tinha uma fina bengala de bambu que, uma vez que ele mantinha as mãos à cintura, também parecia uma espada junto a seu corpo.

Karl não teve muito tempo para ver tudo, pois logo um criado chegou até eles e perguntou ao foguista com um olhar, como se não fosse aquele o seu lugar, o que ele pretendia ali. O foguista respondeu, em voz tão baixa quanto a voz em que foi perguntado, que queria falar com o senhor chefe do caixa. O criado, de sua parte, rechaçou esse pedido com um movimento de mão, mas mesmo assim se pôs na ponta dos pés, desviando da mesa redonda ao descrever um grande arco e indo até o homem com os livros de grande formato. Esse homem – isso se pôde ver nitidamente – literalmente ficou paralisado às palavras do criado, mas por fim se virou para aquele que desejava falar com ele, e então brandiu, em severo movimento de defesa, as mãos contra o foguista, e, por segurança, também contra o criado. Este voltou em seguida até o foguista e lhe disse em um tom que fazia parecer que lhe segredava algo:

– Te manda daqui imediatamente!

O foguista olhou para Karl depois dessa resposta como se este fosse seu coração, ao qual ele lamentava, mudo, a sua desgraça. Sem pensar mais em nada, Karl se soltou, atravessou o recinto, chegou até mesmo a tocar de leve a poltrona do oficial, o criado correu curvado de braços abertos e prontos a agarrar como se perseguisse um inseto daninho, mas Karl foi o primeiro a chegar à mesa do chefe do caixa, onde se segurou, para o caso de o criado tentar puxá-lo para longe dali.

É claro que o recinto inteiro adquiriu vida em seguida. O oficial do navio junto à mesa levantara de um salto, os homens da repartição portuária contemplavam tudo tranquilamente, mas com atenção, os dois homens junto à janela ficaram lado a lado, o criado, que acreditava já não estar mais em seu devido lugar quando os altos senhores passavam a mostrar interesse, apenas recuou. O foguista junto à porta esperou, tenso, pelo instante em que sua ajuda se mostrasse necessária. O chefe do caixa por fim fez um amplo movimento à direita em sua poltrona com encosto.

156 | Blumfeld, um solteirão de mais idade e outras histórias

Karl revirou seu bolso secreto, que ele não receava abrir aos olhos daquelas pessoas, e tirou de dentro dele seu passaporte, deitando-o aberto sobre a mesa em vez de continuar as apresentações. O chefe do caixa pareceu considerar o passaporte secundário, pois lhe deu um piparote, afastando-o de lado, ao que Karl, como se essa formalidade tivesse sido encaminhada satisfatoriamente, voltou a guardar o passaporte.

– Permito-me dizer – principiou Karl em seguida – que, conforme minha opinião, foi cometida uma injustiça contra o senhor foguista. Há aqui um certo Schubal, que o perturba sem parar. Ele mesmo já serviu em vários navios, que ele pode mencionar ao senhor um a um, e sempre de modo completamente satisfatório; é trabalhador, se dedica ao que faz, e realmente não se pode admitir nem entender por que justamente neste navio, onde o serviço não é tão pesado como, por exemplo, nos veleiros de comércio, ele não poderia dar conta dele. Por isso pode ser apenas calúnia o que o impede de progredir e chegar ao reconhecimento que de resto com certeza não lhe faltaria. Eu disse apenas o mais óbvio sobre a questão, ele mesmo encaminhará suas queixas especiais ao senhor.

Karl se voltara a todos os homens com aquele discurso, porque de fato o conjunto deles o ouvia, e parecia bem mais provável que entre todos os que ali estavam reunidos se encontrasse alguém que fosse mais justo do que este justo devesse ser propriamente o chefe do caixa. Por esperteza, Karl também não revelara, além disso, que conhecera o foguista apenas há bem pouco tempo. E, além disso, ele teria discursado ainda muito melhor se não tivesse sido confundido pelo rosto rubro do homem com a bengalinha de bambu, que ele via pela primeira vez do lugar onde agora estava.

– Tudo está correto, palavra por palavra – disse o foguista, antes que alguém mais lhe perguntasse, e, inclusive, antes mesmo que alguém tivesse voltado os olhos para ele. Essa precipitação do foguista teria sido um grande erro se o homem com as honrarias que, conforme Karl agora percebia, com certeza era o capitão, ao que tudo indica, não tivesse chegado a um acordo consigo mesmo que o faria ouvir o foguista. Ele logo esticou a mão e gritou então para o foguista:

O foguista | **157**

– Venha até aqui! – Uma voz firme como uma martelada. Agora tudo dependia do comportamento do foguista, pois no que dizia respeito à justiça de sua questão, Karl nem de longe duvidava dela.

Felizmente ficou claro nessa oportunidade que o foguista já havia andado um bocado pelo mundo. Com uma tranquilidade exemplar, ele tirou um pacotinho de papéis, assim como um caderno de notas, de sua maleta, mostrando muita habilidade, e com eles se dirigiu, como se isso fosse a coisa mais natural do mundo e deixando o chefe do caixa completamente de lado, até o capitão e estendeu seus objetos de prova sobre o parapeito da janela. Ao chefe do caixa não restou outra coisa a não ser se esforçar em se dirigir ele mesmo até lá.

– O homem é um conhecido querelante – disse ele para explicar –, e se mostra mais junto ao caixa do que na casa de máquinas. Ele levou Schubal, que é um homem calmo, ao mais completo desespero. Ouça uma coisa! – E ele se voltou ao foguista: – O senhor agora, de fato, vai um pouco longe demais com sua intromissão. Quantas vezes já foi posto para fora das salas de pagamento, conforme o senhor, aliás, merece, com suas exigências completa e absolutamente injustificadas! Quantas vezes o senhor já veio correndo de lá até o caixa principal! Quantas vezes já se disse ao senhor por bem que Schubal é seu chefe imediato, e que é com ele e apenas com ele que o senhor deve se entender na condição de subordinado! E agora, ainda por cima, ousa vir até aqui quando o senhor capitão se encontra no recinto, o senhor não se envergonha de incomodar inclusive a ele, e nem se preocupa em se revelar estúpido trazendo consigo como porta-voz amestrado de suas acusações desprovidas de gosto esse pequeno, que eu, aliás, vejo pela primeira vez no navio!

Karl apenas à força se conteve de avançar de um salto. Mas o capitão também já se aproximava, dizendo:

– Ora, mas ouça o que esse homem quer dizer. De qualquer modo, esse Schubal com o tempo está se tornando um pouco autônomo demais para o meu gosto, com o que, no entanto, não estou dizendo nada a favor do senhor.

158 | Blumfeld, um solteirão de mais idade e outras histórias

A última coisa se referia ao foguista, e era mais do que natural que ele não podia defender sua causa logo de cara, mas tudo parecia caminhar na direção certa. O foguista começou com suas explicações, e já no princípio conseguiu se superar e acabou chamando Schubal de "senhor", denotando o maior respeito. E como Karl se alegrou na escrivaninha abandonada do chefe do caixa, onde de tempos em tempos apertava uma balança de correspondências de tanto prazer... O senhor Schubal é injusto! O senhor Schubal privilegia os estrangeiros! O senhor Schubal expulsou o foguista da casa de máquinas, mandando-o para a limpeza dos toaletes, o que com certeza não era coisa do foguista!... Em dado momento, a capacidade do senhor Schubal inclusive foi posta em dúvida, ela, que por certo se encontrava à disposição mais em aparência do que de fato. Nesse momento, Karl fixou os olhos no capitão com toda a insistência, confiante, como se ele fosse seu colega, apenas para que este não se deixasse influenciar pelo modo de expressão um pouco inábil do foguista, pensando de forma desfavorável a seu respeito. De qualquer modo, não se ficava sabendo de nada essencial a partir das muitas coisas que eram ditas, e, ainda que o capitão continuasse fitando o ar à sua frente, nos olhos já manifestava a decisão de pelo menos dessa vez ouvir o foguista até o fim, ao passo que os outros homens já se mostravam impacientes, e a voz do foguista em pouco não imperava mais com exclusividade no ambiente, o que deixava um bocado de coisas a temer. O primeiro a mostrar sua insatisfação foi o homem em trajes civis, que pôs sua bengalinha de bambu em movimento e batia, ainda que apenas de leve, no piso. Os outros homens, naturalmente, de quando em vez voltavam os olhos, os senhores da repartição portuária, que ao que tudo indica estavam com pressa, voltaram a pegar suas pastas e começaram, ainda que um tanto distraídos, a revisá-las; o oficial do navio tornou a se aproximar de sua mesa, e o chefe do caixa, que acreditava ter vencido a parada, suspirou de ironia. Apenas o criado parecia livre da distração geral que se manifestava, e indicava estar se compadecendo um pouco com os sofrimentos do pobre homem submetido aos grandes, assentindo com seriedade a Karl, como se com isso quisesse explicar alguma coisa.

O foguista | **159**

Entrementes, a vida portuária seguia adiante além das janelas; um navio de carga achatado, carregado com uma montanha de barris, que devia estar acondicionada maravilhosamente bem para não começar a rolar, passou por perto, e deixou o ambiente quase na escuridão; pequenos botes a motor, que Karl agora poderia ver com mais atenção caso tivesse tempo, passavam voando em linha reta, seguindo as contrações das mãos de um homem em pé junto ao timão; objetos peculiares surgiam boiando aqui e ali, como se brotassem de modo autônomo das águas inquietas, e logo eram envolvidos pela água de novo, desaparecendo ao olhar surpreso; os botes dos vapores marítimos eram tangidos adiante pelos remos de marinheiros que trabalhavam no calor do esforço, e estavam cheios de passageiros, que se encontravam sentados, tranquilos e cheios de esperança, dentro deles, exatamente como haviam sido amontoados ali, ainda que alguns não pudessem deixar de virar as cabeças para o cenário que não parava de mudar. Um movimento sem fim, uma inquietude, transmitida do elemento inquieto às pessoas desamparadas e suas obras!

Porém, tudo advertia à pressa, à precisão, à representação exata, mas e o que fazia o foguista! De todo modo ele falava até suar, já não conseguia mais segurar os papéis no parapeito da janela com suas mãos trêmulas havia tempo, de todos os pontos cardeais brotavam para ele queixas contra Schubal, das quais, conforme sua opinião, qualquer uma teria bastado para enterrar completamente aquele Schubal, mas o que ele podia apresentar ao capitão era apenas uma confusão bem triste de todas elas em conjunto. Há um bom tempo já o homem com a bengalinha de bambu assoviava olhando para o teto, os senhores da repartição portuária já retinham o oficial junto a sua mesa e não faziam menção de voltar a liberá-lo, o chefe do caixa visivelmente era contido na vontade de se intrometer apenas pela tranquilidade do capitão, o criado esperava para, a qualquer momento, em postura atenta, uma ordem de seu capitão relativa ao foguista.

Então Karl não conseguiu mais ficar sem fazer nada. Ele se dirigiu, pois, com toda a lentidão até o grupo e, ao andar, pensou tanto mais

160 | Blumfeld, um solteirão de mais idade e outras histórias

rapidamente em como poderia intervir na questão do modo mais hábil possível. Era de fato hora, mais um instantinho e os dois poderiam ser expulsos do escritório sem mais nem menos. O capitão até podia ser um homem bondoso e, além disso, conforme pareceu a Karl, ter algum motivo especial, naquele exato instante, para se mostrar um líder justo, mas afinal de contas ele não era um instrumento que se podia usar ao bel-prazer – e era exatamente assim que o foguista o tratava, de todo modo a partir de seu interior indignado além de qualquer medida.

Karl disse, portanto, ao foguista:

– O senhor precisa contar isso com mais simplicidade, mais clareza, o senhor capitão não consegue apreciá-lo do jeito que o senhor o conta a ele. Por acaso ele conhece todos os maquinistas e garotos de recados pelo sobrenome ou mesmo pelo nome, a ponto de logo saber, quando o senhor pronuncia o referido nome, de quem se trata? Organize, por favor, as suas queixas, mencione as mais importantes primeiro e em seguida as outras, em ordem decrescente, talvez então nem sequer seja mais necessário mencionar a maior parte delas. Para mim o senhor sempre explicou tudo de modo tão claro! – Já que se pode roubar malas na América, se pode também mentir aqui e ali, Karl pensou para se desculpar.

Mas se isso pelo menos tivesse ajudado! Será que também já não era tarde demais? Embora o foguista tenha se interrompido no mesmo instante ao ouvir a voz conhecida, com seus olhos, que estavam totalmente encobertos pelas lágrimas da honra ofendida de homem, das recordações terríveis, da necessidade extrema pela qual passava no presente, ele nem sequer conseguia mais reconhecer muito bem a Karl. E como ele também poderia – Karl por certo o percebeu em silêncio diante do agora também silencioso homem – e como ele até poderia, pois, mudar seu modo de falar de repente, agora que lhe parecia, ademais, que ele já havia apresentado tudo que deveria ser dito sem merecer por isso o menor reconhecimento, e como se, por outro lado, não tivesse dito nada ainda, e não pudesse esperar que aqueles homens se mostrassem dispostos a ouvir tudo mais uma vez. E em um momento desses ainda vinha Karl, seu único aliado, querendo lhe dar boas lições e lhe mostrando, em vez disso, que tudo, tudo mesmo, estava perdido.

O foguista | **161**

"Se eu ao menos tivesse chegado mais cedo, em vez de ficar olhando pela janela", disse Karl consigo mesmo, baixou o rosto diante do foguista e bateu as mãos na costura das calças, sinalizando o fim de qualquer esperança.

Mas o foguista interpretou mal o gesto e deve ter farejado no rapaz alguma censura secreta contra si próprio e, na boa intenção de convencê-lo de que não era assim, começou então, para coroar suas ações, a discutir com Karl. Logo agora que os homens junto à mesa redonda há tempo já estavam indignados com toda aquela barulheira inútil que perturbava seus trabalhos importantes, que o chefe do caixa aos poucos começava a achar incompreensível a paciência do capitão e se inclinava a surtar de uma hora para outra, que o criado, totalmente de volta à esfera de seus senhores, media o foguista com olhar selvagem, e que, por fim, o homem com a bengalinha de bambu, para o qual, inclusive, o capitão voltava os olhos de modo amistoso aqui e ali, já completamente embotado em relação ao foguista, até mesmo enojado dele, puxou um pequeno caderno de notas e, ao que tudo indica, completamente ocupado com outras questões, deixou seu olhar passear de um lado a outro entre o caderno de notas e Karl.

– Eu sei muito bem, sei muito bem – disse Karl, que tinha dificuldades em rechaçar a torrente de palavras que o foguista agora voltava contra ele, mas mesmo assim ainda era capaz de lhe reservar um sorriso amistoso no meio da discussão toda. – O senhor tem razão, sim, tem razão, jamais duvidei disso. – Por medo de levar alguma pancada, ele teria gostado de lhe segurar as mãos que se mexiam sem parar, mas preferiria ainda mais empurrá-lo a um canto para lhe sussurrar algumas palavras de tranquilidade em voz baixa, que ninguém mais precisaria ouvir. Mas o foguista estava completamente fora de si. Karl começou então a buscar uma espécie de consolo até mesmo em suas ideias, imaginando que o foguista em caso de necessidade conseguiria dominar todos os sete homens presentes com a força de seu desespero. De qualquer modo, havia sobre a escrivaninha, conforme ficou claro depois de um olhar, um tabuleiro com um número demasiado grande de botões que con-

162 | Blumfeld, um solteirão de mais idade e outras histórias

trolavam a corrente elétrica e uma mão, simplesmente apertada sobre eles, poderia levar o navio inteiro, com todos seus corredores repletos de homens hostis, à rebelião.

Então eis que o homem assim tão desinteressado com sua bengalinha de bambu acabou por se aproximar de Karl e perguntou, em uma voz que não era alta a ponto de parecer exagerada, mas estava nitidamente acima de toda a gritaria do foguista:

– Como é mesmo o nome do senhor? – Nesse momento, como se alguém apenas esperasse por essa expressão do homem atrás da porta, bateram. O criado olhou para o capitão, este assentiu. Em seguida, o criado foi até a porta e abriu-a. Lá fora estava, vestindo uma casaca velha, um homem de proporções medianas, em seu aspecto nem um pouco adequado ao trabalho nas máquinas, e, mesmo assim, se tratava de... Schubal. Se Karl não tivesse reconhecido nos olhos de todos, que expressavam uma certa satisfação, da qual nem mesmo o capitão estava livre, ele teria de tê-lo percebido para seu próprio susto no foguista, que dispôs os braços e cerrou os punhos de tal modo que esse cerrar parecia a coisa mais importante, a única à qual ele estava disposto a sacrificar tudo que ainda lhe restava em termos de vida. Ali se reuniam todas as suas forças, inclusive aquelas que ainda o mantinham em pé.

E ali estava, pois, o inimigo, livre e fresco em seus trajes festivos, debaixo do braço, um livro de negócios, provavelmente as listas de pagamento e documentos de trabalho do foguista, e olhava nos olhos de todos em sequência, com a concessão destemida de quem pretendia, antes de tudo, constatar a atmosfera em que se encontravam todos os presentes de modo individual. Os sete também já se mostravam todos seus amigos, pois, ainda que o capitão anteriormente tivesse manifestado certas objeções em relação a ele ou talvez apenas as tivesse fingido, depois do sofrimento que o foguista havia lhe causado, parecia não ter mais o mínimo a reparar em Schubal. Contra um homem como o foguista não se podia proceder de modo suficientemente severo jamais, e, se havia algo a censurar em Schubal, era a circunstância de ele não ter sido capaz de acabar com a indisciplina do foguista no decorrer do

O foguista | **163**

tempo, pelo menos não a ponto de este ainda hoje ter ousado aparecer diante do capitão.

Eis que agora talvez se pudesse admitir que o confronto entre o foguista e Schubal acabaria resultando no mesmo efeito que teria diante de um fórum mais elevado, pois mesmo que Schubal conseguisse fingir muito bem, não haveria de conseguir por certo aguentar aquilo até o fim. Um breve relampejar de sua maldade seria o bastante para que ela se tornasse visível àqueles senhores, e Karl pretendia providenciar para que assim fosse. Ele já conhecia de passagem a perspicácia, as fraquezas, os caprichos de cada um dos homens, e desse ponto de vista o tempo passado ali até então não seria perdido. Se apenas o foguista estivesse melhor em seu posto, mas ele parecia estar completamente incapaz de qualquer luta. Se tivessem lhe estendido Schubal inerte, ele por certo poderia espancar seu crânio odioso com os punhos. Mas para tão somente vencer os poucos passos até ele, o foguista por certo mal estava em condições. Por que então Karl não fora capaz de prever aquilo que seria tão fácil de ser previsto, que Schubal em algum momento teria de aparecer, se não por vontade própria, chamado pelo capitão? Por que no caminho com o foguista até ali ele não discutira um plano de guerra mais detalhado, em vez de, conforme eles de fato haviam feito, simplesmente entrar, completamente despreparados, à primeira porta que se apresentou? Será que o foguista pelo menos ainda conseguia falar, dizer sim e não, conforme seria necessário no interrogatório, que, no entanto, aconteceria apenas no mais favorável dos casos? Ele estava parado ali, as pernas abertas, os joelhos um pouco dobrados, a cabeça um tanto erguida, e o ar circulava por sua boca aberta como se dentro dele não existissem mais pulmões que o processassem.

Karl, no entanto, se sentia tão forte e lúcido conforme talvez jamais tivesse se sentido em casa. Se seus pais pelo menos pudessem vê-lo, como ele, em um país estrangeiro, diante de personalidades distintas, defendia o bem, e, se ainda não havia conseguido a vitória, se mostrava completamente pronto à derradeira conquista! Será que eles mudariam a opinião a seu respeito? Será que o deixariam sentar entre eles e o elogiariam?

164 | Blumfeld, um solteirão de mais idade e outras histórias

Olhariam uma vez, uma única vez para seus olhos tão devotados a eles? Perguntas inseguras, e o mais inadequado dos momentos para fazê-las! – Venho porque acredito que o foguista esteja me acusando de alguma desonestidade. Uma moça da cozinha me disse que o viu a caminho daqui. Senhor capitão e demais senhores, todos, estou pronto a refutar cada acusação, apresentando o que trago aqui por escrito, e, em caso de necessidade, através de declarações de testemunhas imparciais e não influenciadas por nada, que já se encontram à porta. – Assim falou Schubal. Este era, no entanto, o discurso óbvio de um homem, e, depois das mudanças nas feições dos ouvintes, se poderia acreditar que eles voltavam a ouvir sons humanos pela primeira vez após muito tempo. Eles na verdade estavam longe de perceber que até mesmo esse belo discurso estava cheio de lacunas. Por que a primeira palavra objetiva que lhe ocorreu foi "desonestidade"? Será que a acusação não deveria partir daí, em vez de se deter em suas parcialidades nacionais? Uma moça da cozinha teria visto o foguista a caminho do escritório, e Schubal imediatamente compreendera tudo? Não era a consciência de culpa que lhe aguçara a compreensão? E ele logo trouxera testemunhas consigo, e, além disso, dissera que eram imparciais e não influenciadas por nada? Patifaria, nada mais do que patifaria! E os homens toleravam aquilo e ainda o reconheciam como um comportamento correto? Por que ele sem dúvida alguma deixara passar tanto tempo entre o anúncio da moça da cozinha e sua chegada ali? Com certeza por nenhum outro motivo a não ser o de fazer o foguista cansar tanto os homens a ponto de aos poucos perderem sua capacidade de julgar com clareza, que era o que Schubal mais tinha a temer? Será que ele, que já devia estar parado atrás da porta por muito tempo, não batera apenas no instante em que, devido à pergunta sem importância daquele senhor, poderia esperar que o foguista estivesse acabado?

Tudo estava claro, e inclusive foi apresentado assim por Schubal contra sua vontade, mas àqueles senhores era preciso demonstrá-lo de modo diferente, ainda mais palpável. Eles precisavam ser sacudidos. Portanto, Karl, rápido, pelo menos aproveite o tempo que resta antes de as testemunhas aparecerem e inundarem tudo!

O foguista | **165**

Eis que, no entanto, o capitão fazia um aceno dispensando Schubal, que a isso, de imediato – pois seu caso pareceu adiado por um momentinho –, se pôs de lado e começou a palestrar em voz baixa com o criado, que logo havia se aliado a ele, conversa na qual, aliás, não faltaram olhares de lado ao foguista e a Karl, bem como movimentos de mão dos mais convincentes. Schubal parecia treinar assim seu próximo grande discurso.

– O senhor não queria perguntar alguma coisa ao rapaz, senhor Jakob? – perguntou o capitão em meio ao silêncio geral, dirigindo-se ao homem com a bengalinha de bambu.

– Com certeza – disse este, fazendo uma breve reverência e agradecendo pela atenção. E em seguida perguntou a Karl mais uma vez: – Como é mesmo o nome do senhor?

Karl, que acreditava estar no interesse da grande causa principal resolver logo esse incidente do perguntador obstinado, respondeu de modo breve, conforme era seu hábito, apresentando-se ao exibir seu passaporte, que ainda teve de procurar antes disso:

– Karl Roßmann.

– Mas – disse aquele que havia sido referido como Jakob, e primeiramente recuou sorrindo de modo quase incrédulo. Também o capitão, o chefe do caixa, o oficial do navio, e até mesmo o criado mostraram nitidamente uma surpresa exagerada por causa do nome de Karl. Só os homens da repartição portuária e Schubal se mantiveram indiferentes.

– Mas – repetiu o senhor Jakob, e voltou a se aproximar de Karl com o passo um tanto rijo, "nesse caso eu sou o teu tio Jakob, e tu és o meu sobrinho querido. E olha que eu suspeitei disso o tempo todo! – disse ele, olhando para o capitão, antes de abraçar e beijar Karl, que permitiu que tudo acontecesse, mudo.

– Como o senhor se chama? – perguntou Karl, depois de se sentir livre de novo, e, embora de modo bem cortês, completamente impassível, se esforçou para vislumbrar as consequências que esse novo acontecimento poderia ter para o foguista. Por enquanto nada apontava para o fato de Schubal conseguir auferir vantagens disso.

166 | Blumfeld, um solteirão de mais idade e outras histórias

– Entenda, por favor, a sua sorte, meu rapaz – disse o capitão, que acreditava ver a dignidade da pessoa do senhor Jakob ferida pela pergunta de Karl, enquanto o referido senhor ia até a janela, ao que tudo indica, para não precisar mostrar aos outros seu rosto nervoso, que ele, além disso, tocava com um lenço, secando-o. – Trata-se do senador Edward Jakob, que se deu a conhecer como seu tio. Eis que agora espera pelo senhor, e, ao que parece, contra todas as suas expectativas anteriores, uma carreira brilhante. Tente compreender isso, tanto quanto for possível no primeiro momento, e contenha-se!

– Eu tenho, sim, um tio Jakob nos Estados Unidos – disse Karl, voltado ao capitão –, mas, se compreendi direito, Jakob é apenas o sobrenome do senhor senador.

– Exatamente – disse o capitão, cheio de esperanças.

– Pois bem, meu tio Jakob, que é irmão de minha mãe, se chama Jakob pelo nome de batismo, ao passo que seu sobrenome naturalmente teria de ser igual ao de minha mãe, cujo sobrenome de batismo é Bendelmayer.

– Meus senhores! – exclamou o senador, que voltou animado de seu posto de descanso junto à janela, referindo-se à explicação de Karl. Todos, com exceção dos funcionários do porto, rebentaram em gargalhadas, alguns como que tocados, outros, impenetráveis.

"Tão ridículo assim o que eu disse não foi, com certeza", pensou Karl.

– Meus senhores – repetiu o senador –, os senhores estão participando, contra a minha e contra a sua vontade, de uma pequena cena familiar, e por isso não posso deixar de lhes dar uma explicação a respeito, já que, conforme acredito, apenas o senhor capitão – essa menção teve uma mesura mútua por consequência – está completamente informado.

"Agora eu preciso realmente prestar atenção em cada palavra", disse Karl consigo mesmo, e se alegrou quando percebeu, ao olhar de lado, que a vida começava a voltar à figura do foguista.

– Eu vivo, em todos esses longos anos de minha estada americana – embora a palavra estada seja pouco adequada aqui para o cidadão americano que eu sou de toda a minha alma –, em todos esses longos anos eu vivo, pois, completamente separado de meus parentes europeus, por

O foguista | **167**

motivos que, em primeiro lugar, não têm a ver com a questão e que, em segundo lugar, exigiriam realmente demais de mim se fossem contados. Eu, inclusive, temo o momento em que eu talvez me veja obrigado a contá-los a meu querido sobrinho, no que lamentavelmente não poderão ser evitadas palavras claras acerca de seus pais e demais parentes.

"É meu tio, sem dúvida alguma", disse Karl consigo mesmo e prosseguiu ouvindo, "é provável que ele tenha mudado seu nome."

– Eis que meu querido sobrinho – vamos usar apenas as palavras que de fato descrevem a situação – simplesmente foi deixado de lado e afastado por seus pais, exatamente como se bota um gato para fora da porta quando ele está incomodando. Não pretendo de forma alguma suavizar o que meu sobrinho fez para ser punido dessa forma, mas sua culpa é de tal jaez que tão só sua simples menção já contém uma desculpa suficiente.

"Isso é bom de se ouvir", pensou Karl, "mas não quero que ele conte o que aconteceu a todo mundo. Aliás, ele nem sequer pode saber das coisas. De onde poderia sabê-lo?"

– Na verdade, ele foi – prosseguiu o tio, e se apoiava com pequenas reverências sobre a bengalinha de bambu fincada à sua frente, com o que de fato ele conseguia arrancar da questão a solenidade desnecessária, que de resto ela teria de modo inescapável –, na verdade, ele foi seduzido por uma criada, Johanna Brummer, uma pessoa de mais ou menos 35 anos. Não quero ofender meu sobrinho com a palavra "seduzido", mas é bem difícil encontrar outra, que seja igualmente adequada.

Karl, que já havia se aproximado bastante do tio, voltou-se nesse instante para tentar ler no rosto dos presentes a impressão causada pela história. Nenhum deles ria, todos ouviam com paciência e seriedade. Afinal de contas, também não se ria do sobrinho de um senador assim no mais à primeira oportunidade que se oferecia. Antes, já se poderia dizer que o foguista, ainda que de modo bem sutil, sorria para Karl, o que, no entanto, em primeiro lugar, alegrava como novo sinal de vida, e, em segundo lugar, era desculpável, uma vez que Karl pretendera fazer dessa questão, que agora se tornava tão pública, um segredo especial.

168 | Blumfeld, um solteirão de mais idade e outras histórias

– E essa Brummer – prosseguiu o tio – agora teve um filho do meu sobrinho, um garoto saudável, que ao ser batizado recebeu o nome de Jakob, sem dúvida alguma em homenagem à minha insignificância, que, mesmo nas menções com certeza bem superficiais do meu sobrinho, deve ter causado grande impressão na moça. Por sorte, digo eu. Pois uma vez que os pais, para evitar o pagamento de pensão e coisas do tipo, que, aliás, pudessem fazer o escândalo chegar até eles – não conheço, conforme sou obrigado a frisar, nem as leis locais nem as demais circunstâncias em que os pais se encontram –, uma vez que eles, pois, para evitar o pagamento de pensão e o escândalo, tiveram de mandar transportar seu filho, meu querido sobrinho, aos Estados Unidos, de forma bem irresponsável e insuficientemente equipado, conforme se vê, o rapaz ficaria, sem os sinais vivos e milagres que pelo menos ainda podem ser percebidos na América, abandonado a si mesmo, e com certeza logo já teria se degradado em uma das ruelas do porto de Nova York, se aquela criada não tivesse, em carta a mim dirigida, que depois de muito errar por aí chegou em meu poder no dia de anteontem, me comunicado a história toda, fazendo, inclusive, uma descrição física do meu sobrinho, mencionando de modo razoável até mesmo o nome do navio em que ele chegaria. Se meu objetivo fosse divertir aos senhores, eu por certo poderia ler algumas passagens da referida carta. – Ele puxou do bolso duas folhas gigantescas de carta, cobertas de uma escrita bem juntinha, e as abanou diante deles. – Aqui mesmo, diante dos senhores. Ela com certeza causaria efeito, uma vez que foi escrita com uma esperteza um tanto simples, ainda que sempre bem-intencionada, e com muito amor pelo pai da criança. Mas eu não quero nem divertir os senhores mais do que o necessário para explicar tudo, nem talvez ferir sentimentos do meu sobrinho que porventura ainda existam, e ele poderá, caso queira, ler a carta no silêncio do quarto que já espera por ele, se fizer gosto de fato em saber de tudo e se instruir a respeito.

Mas Karl não tinha sentimento nenhum por aquela moça. Na confusão de um passado cada vez mais distante, ela se encontrava sentada

O foguista | **169**

em sua cozinha, ao lado do armário, sobre cujo tampo apoiava seus cotovelos. Ela olhava para ele, quando ele entrava na cozinha de quando em quando para pegar um copo d'água para seu pai ou encaminhar uma tarefa dada pela mãe. Às vezes, ela escrevia uma carta na posição complicada em que estava, de lado junto ao armário da cozinha, e buscava suas inspirações no rosto de Karl. Outras vezes, ela mantinha os olhos encobertos com a mão, e então as palavras que lhe eram dirigidas não chegavam até ela. Às vezes ainda ficava ajoelhada em seu pequeno quarto ao lado da cozinha e rezava a uma cruz de madeira; Karl então a observava através da fresta da porta um pouco aberta apenas com timidez ao passar. Às vezes, ela corria pela cozinha, e recuava rindo como uma bruxa quando o rapaz se punha em seu caminho. Às vezes, ela trancava as portas da cozinha quando Karl havia entrado, e ficava com o trinco na mão por tanto tempo até que ele implorava para ir embora. Às vezes, ela pegava coisas que ele nem sequer queria e as enfiava, em silêncio, nas mãos dele. Certa vez, no entanto, ela disse "Karl" e o conduziu, ele que ainda se mostrava surpreso com o fato de ela lhe dirigir inesperadamente a palavra, a seu quartinho fazendo caretas, trancando a porta em seguida. Sufocando-o, ela abraçou o pescoço dele enquanto lhe pedia que a desnudasse, desnudando a ele, na verdade, e deitando-o em sua cama, como se de então em diante não quisesse mais deixá-lo para ninguém, acariciando-o e cuidando dele até o fim do mundo. "Karl, oh, meu Karl!", ela exclamava, como se o visse e confirmasse assim sua posse, enquanto ele não via nada e se sentia desconfortável em meio àquelas muitas e quentes roupas de cama, que ela pareceu ter amontoado apenas para ele. Então também ela se deitou junto dele e quis saber de seus segredos, mas ele não pôde revelar nenhum, e ela se incomodou com isso, brincando e a sério, sacudiu-o, colou o ouvido a seu coração, ofereceu seu seio para que ele também a ouvisse, mas sem conseguir que Karl o fizesse, apertou sua barriga nua ao corpo dele, tentou pegar entre as pernas de Karl, e de um modo tão asqueroso que Karl sacudiu a cabeça e o pescoço fugindo do travesseiro, golpeando em seguida seu ventre uma série de vezes contra o corpo dele, e para ele era como se

170 | Blumfeld, um solteirão de mais idade e outras histórias

ela fosse uma parte dele mesmo e talvez por esse motivo um terrível desamparo tenha tomado conta dele. Chorando, ele enfim conseguiu chegar à sua própria cama, depois de vários desejos manifestos de voltar a vê-lo da parte dela. Isso havia sido tudo, e mesmo assim o tio conseguia fazer dessa uma grande história. E a cozinheira havia pensado, pois, também nele, e comunicado ao tio sua chegada. Isso havia sido de fato muito bem encaminhado por ela, e ele com certeza ainda haveria de lhe retribuir por tudo alguma vez.

– E agora – exclamou o senador – quero ouvir abertamente de ti se sou seu tio ou não.

– Tu és o meu tio – disse Karl e beijou sua mão, sendo beijado na testa em retribuição. – Estou muito contente por ter te encontrado, mas tu te enganas se acreditas que meus pais só falam mal de ti. No entanto, mesmo deixando isso de lado, em teu discurso houve alguns erros, quero dizer, acho que na realidade não foi assim que tudo aconteceu. Mas de fato tu não podes julgar as coisas com tanta precisão aqui de tão longe, e eu acredito, além disso, que não causará nenhum dano especial se os senhores tiverem sido informados um pouco incorretamente acerca dos detalhes de uma questão à qual por certo não podem dar muita importância.

– Muito bem dito – disse o senador, conduziu Karl até diante do capitão visivelmente participativo e perguntou: – Não tenho um sobrinho maravilhoso?

– Estou feliz – disse o capitão, fazendo uma mesura, conforme apenas pessoas que foram escolarizadas militarmente conseguem fazê-la – por ter conhecido seu sobrinho, senhor senador. É uma honra especial para meu navio poder servir de local para um encontro como esse. Mas a viagem no convés intermediário por certo foi bem difícil, sim, no entanto, quem pode saber sobre quem leva consigo em um navio assim. Pois bem, fazemos de tudo para aliviar o mais possível a viagem para as pessoas que vão no convés intermediário, muito mais, por exemplo, do que os navios de linha americanos, porém fazer de uma viagem dessas um prazer, de qualquer modo, nós ainda não conseguimos.

– Não me prejudicou em nada – disse Karl.

– Não o prejudicou em nada! – repetiu o senador, rindo alto.

– Só temo ter perdido minha mala... – E com isso ele se lembrou de tudo que havia acontecido e do que ainda restava a fazer, olhou em torno e vislumbrou todos os presentes, mudos de atenção e surpresa, em seus lugares anteriores, os olhos dirigidos a ele. Só nos funcionários do porto se podia ver, na medida em que seus rostos severos e autossatisfeitos o permitiam, o lamento por ter chegado em hora tão imprópria, e o relógio de bolso que eles agora tinham à sua frente provavelmente lhes fosse mais importante do que tudo o que se passava e talvez ainda pudesse acontecer naquele recinto.

O primeiro a expressar seu interesse, depois do capitão, estranhamente foi o foguista.

– Meus parabéns, cordialmente – disse ele e sacudiu a mão de Karl, com o que também queria expressar algo como reconhecimento. Quando ele quis se voltar com as mesmas palavras também para o senador, este recuou, como se o foguista com isso estivesse indo além de seus direitos; o foguista também logo desistiu.

Os demais, no entanto, agora percebiam o que devia ser feito, e logo formaram uma confusão em torno de Karl e do senador. Assim, aconteceu que Karl recebeu congratulações até de Schubal, aceitou-as e agradeceu por elas. Por último, chegaram até ele, na tranquilidade que voltou a surgir, os funcionários do porto, e disseram duas palavras em inglês, o que causou uma impressão ridícula.

O senador estava em um humor que lhe permitia degustar de modo pleno o prazer que sentia, trazer à sua e à recordação dos outros momentos menos importantes, o que naturalmente não apenas foi tolerado, mas inclusive aceito com muito interesse. Assim ele chamou a atenção para o fato de ter registrado os sinais mais visíveis que caracterizavam Karl, mencionados na carta da cozinheira, em seu bloco de notas, para o caso de talvez se tornarem necessários. E eis que durante a fala insuportável do foguista, por nenhum outro motivo a não ser o de buscar distração, ele puxara o bloco de notas e, por brincadeira, tentara comparar as obser-

172 | Blumfeld, um solteirão de mais idade e outras histórias

vações, que naturalmente nada tinham de precisão detetivesca, feitas pela cozinheira, com o verdadeiro aspecto de Karl.

– E assim se encontra seu sobrinho! – concluiu ele em um tom que parecia demonstrar que queria ser congratulado mais uma vez.

– O que acontecerá com o foguista agora? – perguntou Karl, sem dar atenção à última narrativa do tio. Ele acreditava que podia, na nova posição em que se encontrava, dizer tudo o que pensava.

– Ao foguista acontecerá o que ele merece – disse o senador –, e o que o senhor capitão considerar que seja bom que lhe aconteça. Acho que já tivemos do foguista o suficiente e mais do que o suficiente, no que certamente cada um dos presentes concordará comigo.

– Não é isso que importa em uma questão de justiça – disse Karl. Ele se encontrava entre o tio e o capitão, e acreditava, talvez influenciado por essa posição, ter a decisão em suas mãos.

E mesmo assim o foguista não parecia esperar mais nada para si. Ele mantinha as mãos meio enfiadas no cinto das calças, que por causa de seus movimentos nervosos havia aparecido junto com as listras de uma camisa estampada. Isso não o incomodou o mínimo que fosse, tinha dado queixas de todo o seu sofrimento, que os outros agora vissem também os poucos farrapos que ele carregava no corpo e em seguida o carregassem embora. Ele imaginava que o criado e Schubal, os dois mais baixos na hierarquia, deveriam demonstrar com ele essa derradeira bondade. Schubal então passaria a ter paz e não precisaria mais se desesperar, conforme a expressão do chefe do caixa. O capitão poderia contratar apenas romenos, em toda parte se falaria romeno, e talvez tudo realmente andasse melhor a partir de então. Nenhum foguista se apresentaria mais à chefia do caixa falando pelos cotovelos, e só de sua última fala é que restaria uma lembrança bastante amistosa, uma vez que, conforme o senador explicara de forma expressa, ela havia proporcionado o motivo mediato para o reconhecimento do sobrinho. Esse sobrinho, aliás, tentara ajudá-lo várias vezes antes e inclusive já lhe concedera antecipadamente um agradecimento bem maior do que o necessário pelos serviços que o foguista prestara durante o processo de

O foguista | **173**

reconhecimento; ao foguista nem sequer ocorria lhe pedir mais alguma coisa. De resto, ainda que ele fosse o sobrinho do senador, um capitão ele ainda não era nem de longe, mas da boca do capitão é que por fim viria a palavra fatídica... Bem de acordo com o que dizia, o foguista também não tentava olhar para Karl, mas lamentavelmente não houve outro lugar em que seus olhos pudessem descansar naquele recinto tomado de inimigos.

– Não entenda mal as circunstâncias – disse o senador a Karl –, trata-se talvez de uma questão de justiça, mas ao mesmo tempo de uma questão de disciplina. As duas, e sobretudo a última, estão submetidas aqui ao julgamento do senhor capitão.

– Assim é – murmurou o foguista. Quem o percebeu e compreendeu, sorriu, estranhando.

– Nós, além disso, já perturbamos tanto o senhor capitão nos negócios de seu cargo, que com certeza se acumulam de modo inacreditável justamente durante a chegada a Nova York, que já está mais do que na hora de deixarmos o navio para não piorarmos ainda mais as coisas e transformarmos essa briguinha insignificante de dois maquinistas em um acontecimento, através de alguma intromissão absolutamente desnecessária. Aliás, compreendo do princípio ao fim teu modo de agir, querido sobrinho, mas é justamente isso que me dá razão de te conduzir para longe daqui o mais rápido possível.

– Eu vou mandar preparar o bote para o senhor imediatamente – disse o capitão, sem manifestar a menor objeção, para surpresa de Karl, às palavras do tio, que sem dúvida alguma também poderiam ser vistas como uma auto-humilhação da parte do tio. O chefe do caixa correu de forma precipitada até a escrivaninha e telefonou transmitindo a ordem do capitão ao mestre responsável pelos botes.

– O tempo já urge – disse Karl consigo mesmo –, mas não posso fazer nada sem que com isso ofenda a todos. Não posso abandonar meu tio agora que ele acabou de me reencontrar. Embora o capitão seja cortês, isso também é tudo. À hora da disciplina, sua cortesia acaba, e meu tio certamente o tocou na alma com o que disse. Não quero falar com

174 | Blumfeld, um solteirão de mais idade e outras histórias

Schubal, inclusive lamento ter lhe estendido a mão. E todas as outras pessoas aqui não passam de joio.

E, pensando nisso, ele caminhou vagarosamente até o foguista, puxou sua mão direita do cinto e a manteve na sua, de modo brincalhão.

– Por que tu não dizes nada? – ele perguntou. – Por que tu aceitas tudo isso?

O foguista apenas franziu a testa, como se buscasse a expressão para aquilo que pretendia dizer. De resto, baixava os olhos para a sua e para a mão de Karl.

– Foi cometida contra ti uma injustiça como a nenhum outro no navio, disso eu sei muito bem. – E Karl repuxou seus dedos de um lado a outro entre os dedos do foguista, que olhava em torno com os olhos brilhantes, como se acontecesse com ele um deleite que ninguém deveria levar a mal.

– Mas tu precisas te defender, dizer sim e não, do contrário as pessoas não terão noção da verdade. Tu precisas me prometer que vais me seguir, pois eu mesmo, isso eu temo por bons motivos, não poderei mais te ajudar. – E agora Karl chorava, enquanto beijava a mão do foguista e pegava essa mão gretada, quase sem vida, e a apertava contra suas faces, como um tesouro que se será obrigado a abandonar... Mas então o tio senador já se encontrava a seu lado e o puxava, ainda que com a mais leve das coações, para levá-lo embora.

– O foguista parece ter te enfeitiçado – disse ele, e olhou manifestando compreensão por cima da cabeça de Karl até onde estava o capitão. – Tu te sentiste abandonado, então encontraste o foguista e agora lhe é grato, o que é completamente digno de louvor. Mas, nem que seja por amor a mim, não leva isso longe demais e aprende a entender a posição em que tu te encontras.

Diante da porta começou uma barulheira, ouviam-se gritos e até parecia que alguém era jogado brutalmente contra a mesma porta. Um marinheiro entrou, um tanto selvagem, e tinha um avental de mulher atado em torno do corpo.

– Há pessoas lá fora – ele gritou e golpeou em torno com o cotovelo, como se ainda estivesse no meio da confusão. Por fim, conseguiu voltar

O foguista | **175**

a si e quis saudar o capitão, e, percebendo então o avental de mulher, arrancou-o, jogou-o ao chão e exclamou: – Mas é asqueroso, não é que eles ataram um avental de mulher em torno do meu corpo. – Mas em seguida bateu os calcanhares e saudou.

Alguém tentou rir, mas o capitão disse com severidade:

– É isso que eu chamo de bom humor. Mas quem está aí fora?

– São minhas testemunhas – disse Schubal se antecipando –, peço desculpas humildemente por seu comportamento inadequado. Quando as pessoas acabam de deixar uma viagem marítima para trás, às vezes ficam como loucas.

– Chame-as imediatamente para dentro! – ordenou o capitão e, voltando-se logo em seguida para o senador, disse afável, mas firmemente:

– O senhor, honorável senhor senador, agora tenha a bondade de seguir esse marinheiro com seu sobrinho, ele o levará até o bote. Por certo não serei obrigado a dizer quanto prazer e quanta honra me proporcionou conhecer o senhor pessoalmente, senhor senador. Desejo apenas ter em breve a oportunidade de poder voltar a ter com o senhor, senhor senador, a conversa interrompida sobre a situação da frota americana, e então talvez ser interrompido de novo de modo tão agradável quanto hoje.

– Por enquanto me basta esse único sobrinho – disse o tio, rindo. – E agora aceite meus melhores agradecimentos por sua amabilidade, adeus e fique bem. Aliás, não seria nem de longe impossível que nós – e ele apertou Karl cordialmente junto a si –, em nossa próxima viagem à Europa, talvez pudéssemos nos juntar ao senhor por um tempo maior.

– Isso me alegraria muito – disse o capitão. Os dois homens se deram as mãos, Karl ainda conseguiu estender sua mão muda e fugidiamente ao capitão, pois este já se encontrava ocupado pelas talvez 15 pessoas que, sob a orientação de Schubal, entraram até um tanto comovidos, mas fazendo muito barulho. O marinheiro pediu ao senador para seguir na frente e assim dividiu a multidão para que ele e Karl passassem, o que conseguiram com facilidade entre as pessoas todas que lhes faziam mesuras. Parecia que aquelas pessoas de resto bondosas encaravam a briga de Schubal com o foguista como uma brincadeira, cujo caráter

176 | Blumfeld, um solteirão de mais idade e outras histórias

ridículo não cessava nem mesmo diante do capitão. Karl percebeu entre eles também a criada de cozinha Line, que, acenando para ele divertidamente, atou em torno de seu corpo o avental jogado ao chão pelo marinheiro, pois era o dela.

Seguindo o marinheiro, eles deixaram o escritório e dobraram em um pequeno corredor, que depois de alguns passos os levou até uma portinhola, de onde uma escada curta conduzia até o bote, que já estava preparado para eles. Os marinheiros no bote, para dentro do qual o condutor logo pulou dando um único salto, se levantaram e saudaram. O senador acabava de fazer a Karl um alerta para que descesse com cuidado quando Karl, ainda no degrau mais alto da escada, rebentou em um choro convulsivo. O senador botou a mão direita debaixo do queixo de Karl, segurou-o com firmeza junto de si e o acariciou com a mão esquerda. Assim os dois desceram vagarosamente, degrau a degrau, e entraram bem juntinhos e unidos no bote, onde o senador escolheu um bom lugar para Karl, bem à sua frente. A um sinal do senador, os marinheiros afastaram o bote do navio e logo já trabalhavam a todo vapor. Mal haviam se afastado alguns metros do navio, Karl fez a descoberta inesperada de que eles se encontravam justamente daquele lado do navio para o qual davam as janelas do caixa principal. Todas as três janelas estavam ocupadas por testemunhas de Schubal, que saudavam e acenavam da maneira mais amável, até mesmo o tio agradeceu, e um marujo executou a façanha, sem nem mesmo interromper as remadas harmônicas, de mandar um beijo de mão. Era realmente como se não existisse mais um foguista. Karl olhou com maior atenção para o tio, cujos joelhos os seus quase tocavam, e teve dúvidas se aquele homem poderia algum dia substituir o foguista para ele. E também o tio se desviou de seu olhar e fixou as ondas em torno, pelas quais seu bote era embalado.

Investigações de um cão

Como a minha vida mudou e como, ainda assim, ela não mudou nada, no fundo! Quando penso retroativamente e invoco os tempos em que eu ainda vivia em meio à comunidade canina, participando de tudo o que lhe importava, cão entre cães, considero que, olhando as coisas mais de perto, desde sempre havia algo que não andava bem, uma pequena ruptura à espreita, um leve mal-estar em meio aos mais veneráveis e populares eventos tomava conta de mim, sim, e até mesmo quando estava em círculos dos mais íntimos, às vezes, não, não apenas às vezes, mas de fato em muitas ocasiões, quando a simples visão de um cãopanheiro que me era querido, sua simples visão, de algum modo um novo olhar, acabava me constrangendo, me assustava, desamparando-me e até fazendo-me desesperar. Eu procurava ficar pelo menos um pouco sossegado; amigos aos quais eu confessava minha situação me ajudavam, e tempos mais tranquilos voltavam a imperar – tempos em que, embora não faltassem aquelas surpresas, elas eram encaradas de forma mais impassível, e inclusive inseridas no andar da vida de forma mais impassível, talvez me deixando triste e cansado, mas de resto permitindo que eu continuasse existindo como um cão que, embora um tanto frio, contido, amedrontado, calculista, ao fim e ao cabo era um autêntico cão. Como, também, eu poderia alcançar a idade sem as pausas de descanso com as quais agora me alegro, como eu poderia avançar em direção à tranquilidade com que contemplo os sustos da minha juventude e suporto os sustos da idade, como eu poderia chegar a tirar as conclusões de minha predisposição infeliz, conforme admito, ou pelo menos, para me expressar com um pouco mais de cautela, não muito feliz, e viver quase completamente de acordo com elas? Reservado,

178 | Blumfeld, um solteirão de mais idade e outras histórias

solitário, ocupado apenas com minhas pequenas investigações desesperançadas, mas ainda assim indispensáveis para mim, desse modo eu vivo, contudo sem jamais perder meu povo de vista; apesar da distância, muitas vezes chegam até mim notícias e também eu permito que se ouça algo de mim aqui e ali. Tratam-me com atenção; não compreendem meu modo de vida, mas nem por isso o levam a mal, e, mesmo cães jovens, que eu vejo passar correndo aqui e ali à distância, uma nova geração, de cuja infância eu mal me recordo obscuramente, não deixam de me cumprimentar com respeito e dignidade.

Não se pode deixar de considerar, por certo, que eu, apesar de minhas esquisitices, que jazem claras à luz do dia, nem de longe degenerei de todo. Aliás, se penso com cuidado – e para fazê-lo tenho tempo, vontade e capacidade –, as coisas correm maravilhosamente bem em relação à comunidade canina. Além de nós, os cães, há todo tipo de espécies de criaturas à nossa volta, seres pobres, miseráveis, mudos, limitados a certos gritos; muitos entre nós, os cães, os estudam, lhes deram nomes, tentam ajudá-los, educá-los, enobrecê-los e coisas assim. Para mim, eles são, quando não tentam, por exemplo, me perturbar, indiferentes, eu os confundo, eu os ignoro. Uma coisa, no entanto, dá na vista por demais para poder me escapar, ou seja, quão pouco eles, os dessas outras espécies, se comparados a nós, os cães, se mantêm unidos, como eles passam uns pelos outros como se fossem estranhos, mudos, e até com uma certa hostilidade, como apenas o interesse mais vil é capaz de uni-los um pouco exteriormente, e como o que muitas vezes resulta, até mesmo desse interesse, é apenas ódio e briga. Nós, os cães, ao contrário! Por certo se pode dizer que nós literalmente vivemos todos em um só monte, todos, por mais diferentes que de um modo geral sejamos devido às incontáveis e profundas diferenciações que acabaram se evidenciando no decorrer dos tempos. Todos em um bando! Nós somos compelidos a ficar juntos, e nada pode nos impedir de satisfazer essa compulsão, todas as nossas leis e instituições, as poucas que ainda conheço e as incontáveis que acabei esquecendo, são o resultado da nostalgia dessa grande ventura da qual somos capazes, da reunião calorosa. Mas eis,

Investigações de um cão | **179**

agora, o oposto disso. Nenhuma criatura, segundo sei, vive de modo tão esparso quanto nós, os cães, nenhuma tem tantas – e isso a ponto de, inclusive, se as perder de vista – diferenciações de classe, de espécies, de ocupações. Nós, que queremos nos manter unidos, e apesar de tudo sempre de novo o conseguimos em instantes de exaltação, justamente nós vivemos bem separados uns dos outros, em profissões peculiares, muitas vezes já incompreensíveis para o cão nosso próximo, presos a prescrições que não são as da comunidade canina; sim, antes mesmo se voltando contra elas. Que coisas complicadas são essas, coisas nas quais é melhor nem tocar – também compreendo esse ponto de vista, compreendo-o, inclusive, melhor do que o meu próprio –, e, ainda assim, coisas às quais me encontro entregue de cabo a rabo. Não sei por que não faço como os outros cães, vivo em concórdia com meu povo e aceito em silêncio aquilo que perturba essa mesma concórdia, desprezo-o como um pequeno erro no grande acerto de contas, e fico sempre voltado para aquilo que une de maneira venturosa, e não àquilo que na verdade sempre se mostra irresistível outra vez e nos arrasta para fora do círculo do povo.

Eu me recordo de um incidente de minha juventude, na época eu me encontrava em uma daquelas excitações venturosas, inexplicáveis, conforme por certo qualquer um as vivencia quando criança, eu ainda era um cão bem jovem, tudo me agradava, tudo dizia respeito a mim, eu acreditava que em torno de mim sucediam coisas grandiosas, cujo comandante era eu, às quais eu precisava emprestar minha voz, coisas que necessariamente feneceriam, jogadas ao chão de forma lamentável, se eu não corresse por elas, brandisse meu corpo por elas, pois bem, fantasias de criança que com os anos vão se diluindo. Mas na época elas eram fortes, eu estava completamente na esteira delas, e então por certo acontecia também algo extraordinário, que parecia dar razão a essas esperanças selvagens. Não se tratava de nada extraordinário em si, mais tarde vi por suficientes vezes coisas semelhantes, e até mais estranhas, mas na época, o que vi me atingiu causando aquela impressão forte, primeira, inapagável, determinante da direção para várias outras que

180 | Blumfeld, um solteirão de mais idade e outras histórias

se seguem depois. Encontrei, na verdade, uma pequena comunidade de cães, ou melhor, não a encontrei, ela veio até mim. Na época, eu perambulara por muito tempo pela escuridão, pressentindo coisas grandiosas – um pressentimento que na verdade me iludia com facilidade, pois eu o tinha sempre –, perambulara, pois, por muito tempo pela escuridão, de um lado a outro, cego e surdo para tudo, conduzido por nada a não ser por aquela nostalgia indeterminada, quando estaquei de repente com a sensação de que ali eu estava no lugar certo, ergui os olhos e o dia estava para lá de claro, apenas um pouco enevoado, tudo completamente embaralhado em meio a odores ondulantes e extasiantes, eu saudei a manhã emitindo sons confusos, e então – como se eu os tivesse invocado –, surgindo de alguma escuridão em meio a uma barulheira terrível, como eu jamais a ouvira, sete cães surgiram à luz. Se eu não tivesse visto com nitidez que se tratava de cães, e que eram eles mesmos que traziam consigo aquele barulho, ainda que eu não pudesse reconhecer como eles o produziam, eu teria corrido para longe sem perder tempo; mas sendo como era, fiquei. Na época, eu ainda não sabia quase nada da musicalidade emprestada apenas à raça canina, ela naturalmente havia escapado à minha capacidade de observação, que até então se desenvolvera só de forma vagarosa, já que a música me envolvia desde os meus tempos de bebê como um elemento de vida natural e indispensável, elemento que nada me obrigava a destacar de minha vida restante, e apenas em insinuações, adequadas a uma compreensão infantil, é que haviam tentado chamar minha atenção para ela, de modo que aqueles sete grandes artistas da música foram para mim algo tanto mais surpreendente, até mesmo acachapante. Eles não falavam, eles não cantavam, eles silenciavam de um modo geral quase com uma tenacidade imensa, mas faziam a música surgir magicamente do espaço vazio. Tudo era música, o erguer e apoiar das patas, determinados movimentos de cabeça, sua corrida e seu descanso, as posições que eles assumiam uns em relação aos demais, as ligações que os vinculavam uns aos outros e lembravam as de uma dança de roda, nas quais, por exemplo, um apoiava as patas dianteiras às costas do outro, e eles se organizavam

Investigações de um cão | **181**

então de tal modo que o primeiro carregava ereto o peso de todos os restantes, ou então formando com seus corpos, que se esgueiravam próximos do chão, figuras enlaçadas que, no entanto, não os faziam se perder jamais; nem mesmo o último, que ainda se mostrava um tanto inseguro, e nem sempre encontrava logo o contato com os outros, e de certo modo às vezes cambaleava ao princípio da melodia, se mostrava inseguro apenas em comparação com a segurança grandiosa dos outros e, mesmo que demonstrasse uma insegurança bem maior, até mesmo completa, não poderia estragar nada, já que os outros, grandes mestres, mantinham o ritmo de modo inabalável. Mas eles mal podiam ser vistos, todos eles mal podiam ser vistos. Eles haviam aparecido, foram cumprimentados interiormente como cães, e, embora todos se mostrassem confusos por causa do barulho que os acompanhava, afinal de contas eram cães, cães como eu e tu, e nós os contemplávamos, de acordo com o hábito, como cães que se encontra pelo caminho, todos queriam se aproximar deles, trocar saudações, e eles também estavam muito próximos, cães que, embora fossem bem mais velhos do que eu e não da minha espécie de pelos longos e lanosos, ainda assim não eram estranhos demais em seu tamanho e feição, muito antes, bem familiares, eu conhecia muitos daquela espécie ou de espécie semelhante, porém enquanto ainda fazíamos tais reflexões, a música aos poucos começava a dominar tudo, literalmente agarrava a gente, arrastando para longe desses cães reais e pequenos e, mesmo que completamente contra a vontade, resistindo com todas as forças, uivando, como se estivesse sendo causada na gente uma dor imensa, não era possível se ocupar de qualquer outra coisa a não ser daquela música que vinha de todos os lados, do alto, das profundezas, de toda parte, que tomava conta do ouvinte no meio do círculo, avassaladora, esmagadora, e, mesmo passando por cima de sua aniquilação, ainda tão próxima que na verdade já estava distante, mal audível e ainda assim soprando fanfarras. E mais uma vez se era abandonado, porque já se estava esgotado demais, aniquilado demais, fraco demais para continuar ouvindo, e se era abandonado e ainda assim se viam os sete pequenos cães executarem suas

182 | Blumfeld, um solteirão de mais idade e outras histórias

procissões, darem seus saltos, e se queria, por mais que eles parecessem se recusar a fazê-lo, chamá-los, pedir ensinamentos, perguntar-lhes o que estavam fazendo ali – eu era uma criança e acreditava poder perguntar sempre e a quem quer que fosse –, porém, mal eu fazia menção de começar, mal eu sentia o vínculo benfazejo, familiar, canino com os sete, a música voltava, me deixava sem sentidos, me levava a girar em círculo, como se eu mesmo fosse um dos músicos, quando na verdade era apenas uma de suas vítimas, me jogava aqui e acolá, por mais que eu implorasse por piedade, e por fim me redimia de sua própria violência ao me tanger entre um emaranhado de madeira que se erguia naquele lugar, sem que até então o tivesse percebido, e então me envolvia com firmeza, pressionava minha cabeça para baixo e me dava, mesmo que a música ainda trovejasse ao ar livre, a possibilidade de respirar um pouco. Realmente, mais do que a arte dos sete cães – ela era incompreensível, e ao mesmo tempo sem referência alguma além das minhas capacidades –, o que me deixava admirado era sua coragem de se entregar completa e abertamente àquilo que faziam, e sua força de suportá-lo com tranquilidade sem que isso quebrasse sua espinha. Na verdade, eu então também reconhecia, do esconderijo onde estava, ao observar com mais atenção, que não se tratava tanto assim de tranquilidade, mas, antes, de tensão extrema, e que era com ela que eles trabalhavam, essas pernas aparentemente tão seguras tremiam a cada passo em contrações ininterruptas e amedrontadas, e, rígido como se estivesse desesperado, cada um deles olhava para o outro, e a língua, sempre de novo controlada, logo voltava a pender frouxa para fora de suas bocas. Não podia ser medo de não dar certo o que os deixava assim tão nervosos; quem ousava algo assim, conseguia fazer algo assim, não podia mais sentir medo... E medo de quê? Quem os obrigava a fazer o que faziam ali? E eu não conseguia mais me conter, sobretudo porque eles agora me pareciam tão incompreensivelmente desamparados, de modo que eu gritava, em meio a toda a barulheira, as minhas perguntas em voz alta e exigente. Eles, porém – incompreensível! incompreensível! –, eles não respondiam, faziam de conta que eu não me encontrava ali. Cães que nem sequer respondem ao chamado de um cão, um crime contra os bons costumes, que não é perdoado jamais, sejam quais forem as circunstâncias, e tanto ao menor quanto ao maior dos cães. Será que, afinal de contas, eles não eram cães? Mas como não seriam cães, se eu agora, ao ouvir mais detidamente, inclusive percebia chamados baixos, com os quais eles animavam uns aos outros, chamavam a atenção para dificuldades, alertavam para erros, era possível ver até o último e menor dos cães, ao qual a maior parte dos chamados dos outros era dirigida, fixar os olhos esbugalhados várias vezes onde eu estava, como se tivesse muita vontade de me responder, mas se continha, porque não podia ser assim. Mas por que não podia ser assim, por que aquilo que nossas leis sempre exigiam de forma incondicional dessa vez não devia ser seguido? Isso me deixou indignado aos poucos, quase cheguei a esquecer da música. Aqueles cães burlavam a lei. Por maior que fosse sua capacidade de deixar encantados os que os ouviam, a lei valia também para eles, isso eu já compreendia muito bem, mesmo sendo criança. E então comecei a perceber ainda outras coisas. Eles realmente tinham motivo para silenciar, pressupondo-se o fato de que se calavam por um sentimento de culpa. Pois, de tanta música, eu não havia percebido até então como eles se comportavam; haviam jogado para bem longe toda a vergonha, os miseráveis faziam o que era ao mesmo tempo a coisa mais ridícula e mais indecente, caminhavam eretos sobre as patas traseiras. Coisa nojenta, com os diabos! Eles se desnudavam e expunham sua nudez com toda a ostentação: sentiam orgulho disso e, de quando em vez, por um instante, davam ouvidos ao bom instinto, e baixavam as patas dianteiras, mas logo literalmente se assustavam, como se isso fosse um erro, como se a natureza fosse um erro, e voltavam a erguer as patas com rapidez, e seu olhar parecia pedir perdão pelo fato de terem sido obrigados a estacar um pouco em seu caráter pecaminoso. O mundo estava errado? Onde estava eu? O que havia acontecido, afinal de contas? Ali onde estava, pela minha própria sobrevivência, eu não podia mais hesitar, e me livrei do emaranhado de madeira que me envolvia, me adiantei com um salto apenas e quis ir até os cães, eu, pequeno

184 | Blumfeld, um solteirão de mais idade e outras histórias

aluno, precisava me tornar professor, precisava lhes mostrar o que estavam fazendo, precisava evitar que eles cometessem novos pecados. "Assim, velhos cães, assim, velhos cães!", eu repetia comigo mesmo sem parar. Porém, logo que eu estava livre e apenas dois ou três saltos ainda me separavam dos cães, foi mais uma vez o barulho que recuperou seu poder sobre mim. Talvez, em meu fervor, eu tivesse conseguido resistir a ele, pois eu, afinal de contas, já o conhecia, se um tom imutável que vinha literalmente de bem longe, com toda a sua inteireza, um tom que era terrível, mas talvez ainda pudesse ser vencido, um tom claro, severo, sempre igual, talvez a melodia verdadeira em meio ao barulho, não tivesse soado e me obrigado a cair de joelhos. Ah, que música sedutora que aqueles cães faziam! Eu não consegui seguir adiante, eu não queria mais lhes ensinar nada, que eles, pois, continuassem se esticando sobre suas patas, cometendo pecados e atraindo outros ao pecado de contemplar silenciosamente, eu era um cão tão pequeno, quem poderia exigir algo tão complicado de mim? Eu me fiz ainda menor do que era, gani, e, se os cães tivessem me perguntado por minha opinião depois disso, eu talvez tivesse lhes dado razão. Aliás, não demorou muito e eles desapareceram com todo o barulho e toda a luz em meio à escuridão da qual haviam vindo.

Conforme eu já disse: todo esse incidente não tinha nada de extraordinário, no decorrer de uma vida longa todo mundo se depara com coisas que, tiradas do contexto e vistas com os olhos de uma criança, seriam ainda mais surpreendentes. Além disso, naturalmente se pode – conforme a expressão certeira – "desconversar" a respeito, assim como acontece com tudo, e então logo poderá ficar claro que ali haviam se juntado sete músicos para fazer música no silêncio da manhã, que um cão pequeno havia se perdido e se confundido por causa disso, um ouvinte incômodo que eles lamentavelmente tentaram expulsar em vão através de uma música especialmente terrível ou sublime. Ele os perturbou com perguntas, por acaso eles, que já se viram perturbados de modo suficiente pela mera presença do estranho, deveriam ter aceitado também aquele incômodo e, ademais, o aumentado, respondendo a ele? E, ainda que

Investigações de um cão | **185**

a lei ordenasse responder a todos, um cão assim tão minúsculo, vindo sei lá de onde, por acaso é alguém digno de menção? E talvez eles nem sequer o entendessem, uma vez que ele por certo latia suas perguntas de forma bem incompreensível. Ou talvez eles o entendessem muito bem e respondessem se autossacrificando, mas ele, o pequeno, desabituado da música, talvez não tenha conseguido destacar a resposta no meio daquela música toda. E, no que diz respeito às patas traseiras, talvez eles de fato se pusessem excepcionalmente sobre elas, e isso é um pecado, por certo! Mas eles estavam sós, sete amigos entre amigos, em comunhão familiar, de certo modo entre as próprias quatro paredes, de certo modo completamente sozinhos, pois amigos não configuram um espaço público e, onde não há espaço público, não é um pequeno e curioso vira-lata que o produzirá. Nesse caso, porém: não é como se nada tivesse acontecido? Não é exatamente assim, mas quase assim, e os pais deveriam ensinar melhor as coisas a seus pequenos e fazer com que perambulassem menos por aí, e, de preferência, a se calar, respeitando os mais velhos.

Chegando-se a esse ponto, o caso estará resolvido. Tudo bem, mas o que está resolvido para os grandes ainda não está resolvido para os pequenos. Eu corri por aí, contei e perguntei, acusei e investiguei e quis puxar todo mundo para o lugar em que as coisas haviam acontecido, e quis mostrar a todo mundo onde eu estava parado e onde estiveram os sete e onde e como eles dançaram e fizeram música e, se alguém tivesse vindo comigo, em vez de me rechaçar e rir de mim como todos fizeram, eu por certo teria sacrificado minha ausência de pecados e tentaria ficar em pé sobre as pernas traseiras para explicar tudo com exatidão. Mas a uma criança se leva a mal por tudo que ela faz, embora ao final das contas também se lhe perdoe tudo. Eu, no entanto, mantive essa essência infantil, e me tornei um cão idoso sem abandoná-la. Do mesmo jeito, aliás, que na época não parei de discutir em voz alta aquele incidente, que hoje avalio com rigor bem menor, contudo, desmontando-o em todas as suas peças, e medindo-o de acordo com os presentes, sem considerações à companhia na qual me encontrava, sempre ocupado

186 | Blumfeld, um solteirão de mais idade e outras histórias

pura e exclusivamente com a questão que eu considerava incômoda como qualquer outro a consideraria, mas que eu – essa era a diferença – pretendia justamente por isso solucionar de modo definitivo através da investigação, a fim de ter o olhar livre de novo para a vida comum, tranquila e feliz do dia a dia. Exatamente como na época, ainda que com meios menos infantis – embora a diferença não chegue a ser muito grande –, eu continuei trabalhando na época seguinte, e mesmo hoje ainda não procedo de modo diferente.

Mas foi com aquele concerto que tudo começou. Não me queixo disso, é minha essência inata que atua nesses momentos, e que, com certeza, se não tivesse havido o concerto, teria procurado outra oportunidade para se manifestar. Só o fato de isso ter acontecido tão cedo é que às vezes me doía no passado, pois acabou com boa parte da minha infância, e a vida venturosa dos jovens cães, que muitos são capazes de estender para si mesmos por muitos anos, para mim durou apenas alguns breves meses. Que seja. Há coisas mais importantes do que a infância. E, talvez, com a idade, alcançada às duras penas de uma vida trabalhosa, me acene um pouco mais de felicidade infantil, que uma criança de verdade talvez nem tivesse forças de suportar, mas que passarei a ter então.

Comecei minhas investigações na época com as coisas mais simples, não faltava material e, lamentavelmente, é o excesso que me deixa desesperado nas horas obscuras. Comecei a investigar do que a comunidade canina se alimenta. Esta naturalmente não é, caso assim se queira, uma pergunta simples, ela nos ocupa desde tempos imemoriais, é o objeto principal de nossas reflexões, incontáveis são as observações e experiências e pontos de vista neste âmbito, o assunto chegou a se tornar uma ciência que, em suas dimensões monstruosas, não apenas abrange a capacidade de compreensão do indivíduo, mas inclusive a de todos aqueles eruditos juntos e não pode ser suportada exclusivamente por ninguém a não ser pelo conjunto da comunidade canina, e, mesmo por esta, apenas debaixo de suspiros e não de modo completo, sempre de novo se fragmentando em antigas e há tempo dominadas posses que precisam ser reorganizadas com novos esforços, e isso para não

Investigações de um cão | 187

falar das dificuldades e exigências da minha investigação, que já desde o princípio mal poderiam ser cumpridas por quem quer que fosse. Que não se use, no entanto, tudo o que digo para me fazer objeções, pois dessas coisas eu tenho conhecimento. Sendo apenas um cão mediano, não me ocorre me imiscuir na verdadeira ciência, tenho para com ela todo o respeito que ela merece, mas para aumentar sua abrangência me faltam conhecimento e diligência e tranquilidade e – ainda por cima, sobretudo há alguns anos – também apetite. Eu engulo a comida e ela nem sequer me parece digna da menor das contemplações habituais, costumeiras e típicas no âmbito da agricultura. Para mim basta, nesse sentido, o extrato de toda a ciência, a pequena regra através da qual as mães tiram os pequenos de seus seios, lançando-os à vida: "Molha tudo tanto quanto puderes." E não está realmente quase tudo contido nisso? O que a pesquisa, a começar por nossos ancestrais, tem a acrescentar de decisivamente essencial em relação a isso? Detalhes, detalhes, e como tudo é incerto. Essa regra, no entanto, haverá de continuar vigorando enquanto formos cães. Ela diz respeito a nosso alimento principal. É claro que ainda temos outros recursos, mas, em caso de necessidade e quando os anos não se mostram difíceis demais, nós poderíamos viver desse alimento principal, esse alimento principal que encontramos na terra, mas a terra precisa de nossa água, alimenta-se dela, e apenas por esse preço ela nos dá nosso alimento, cujo surgimento, de qualquer modo, e isso também não pode ser esquecido, pode ser acelerado através de determinadas sentenças, canções e movimentos. Mas isso é tudo, segundo minha opinião me assegura; por este lado, não há nada mais de fundamental a ser dito sobre essa questão. Nisso eu também estou de acordo com a grande maioria da comunidade canina, e me distancio com severidade de todos os pontos de vista hereges nesse sentido. Realmente, não se trata para mim de peculiaridades, de ter razão, eu sou feliz quando consigo concordar com meus camaradas do povo, e nesse caso isso acontece. Meus próprios esforços, no entanto, vão em outra direção. As aparências me ensinam que a terra, quando é aberta e trabalhada conforme as regras da ciência, produz o alimento, e isso

188 | Blumfeld, um solteirão de mais idade e outras histórias

em tal qualidade, em tal quantidade, de tal modo, em tais lugares, em tais horas, conforme, aliás, também é exigido, e do mesmo jeito, pelas leis total ou parcialmente sancionadas pela ciência. Isso eu até admito, mas minha pergunta é: "De onde a terra tira esse alimento?" Uma pergunta que de um modo geral não se dá a entender que nem sequer é compreendida, e à qual no melhor dos casos me respondem: "Se tu não tens o suficiente de comer, vamos te dar do nosso." Preste-se atenção nessa resposta. Eu sei: não está entre as preferências da comunidade canina dividir comidas que em dado momento alcançamos. A vida é difícil, a terra, frágil, a ciência, rica em conhecimentos, mas pobre, bem pobre, em sucessos práticos; quem tem alimentos fica com eles; isso não é egoísmo, mas sim o contrário, é lei canina, é decisão unânime do povo, surgida da superação do egoísmo, pois os que são donos de alguma coisa estão sempre em minoria. E por isso essa resposta: "Se tu não tens o suficiente de comer, vamos te dar do nosso" não passa de um modo de falar permanentemente em voga, de uma brincadeira, de uma gozação. Eu não esqueci disso. Porém, de tão maior importância foi para mim que tenham deixado a zombaria para comigo de lado na época em que perambulei pelo mundo com minhas perguntas, embora continuassem não me dando nada de comer – de onde, também, se deveria pegar a comida assim tão logo? –, e, quando, por acaso, tinham a comida, naturalmente se esqueciam de qualquer consideração na loucura da fome, mas a oferta era feita a sério, e aqui e ali eu acabava recebendo alguma migalha, quando me mostrava suficientemente rápido para me apossar dela. Como foi que chegaram a se comportar de modo tão peculiar em relação a mim, poupando-me, concedendo-me privilégios? Porque eu era um cão magro, fraco, mal alimentado e demasiado despreocupado com o alimento? Mas há muitos cães mal alimentados perambulando por aí, e lhes arrancam até o mais miserável dos alimentos à boca quando conseguem, muitas vezes não por cobiça, mas na maior parte delas por princípio. Não – se é que me privilegiavam –, eu não podia constatá-lo tanto assim com detalhes, mas antes tinha apenas uma determinada impressão de que era assim. Eram, portanto, minhas perguntas, com as

Investigações de um cão | **189**

quais tanto se alegravam, que eram vistas como especialmente inteligentes? Não, não se alegravam com elas e consideravam-nas todas idiotas. E ainda assim podiam ser apenas as perguntas que conquistavam a atenção para mim. Era como se quisessem dar preferência a fazer a monstruosidade de encher minha boca de comida – não o faziam, mas queriam fazê-lo – a suportar minhas perguntas. Mas então teria sido melhor me expulsar logo de uma vez, e proibir o contato com minhas perguntas. Não, mas isso ninguém queria; embora não quisessem ouvir minhas perguntas, era justamente por causa dessas minhas perguntas que não queriam me expulsar. Na verdade, por mais que rissem de mim e me tratassem como animal estúpido e insignificante, empurrado para cá e para lá, na época do meu maior prestígio, jamais em algum momento mais tarde algo semelhante se repetiu, eu tinha acesso a qualquer lugar, nada me era recusado, e, com a desculpa do tratamento rude, aproveitavam para me lisonjear. E tudo, afinal de contas, apenas por causa das minhas perguntas, por causa da minha impaciência, por causa do meu desejo de investigar. Porventura queriam me acalmar com isso, sem violência, e me afastar, quase com carinho, do caminho errado, de um caminho cujo caráter errado, no entanto, não estava assim tão fora de dúvida que teria permitido o uso da violência?

Também uma certa atenção e o temor não permitiram que a violência fosse usada. Já na época eu suspeitava de algo semelhante, hoje sei disso com certeza, com uma exatidão bem maior do que aqueles que na época fizeram de tudo para me bloquear, é verdade, querendo me atrair para longe de meu caminho. Não deu certo, o que eles conseguiram foi o contrário, minha atenção se aguçou ainda mais. Inclusive, logo ficou claro que era eu que pretendia atrair os outros para longe de seu caminho, e que, de certo modo, de fato consegui lograr êxito com essa atração até um certo ponto. Apenas com a ajuda da comunidade canina comecei a compreender, eu mesmo, as minhas perguntas. Quando eu, por exemplo, perguntava de onde a terra tira esse alimento, eu por acaso me preocupava, conforme até poderia parecer, com a terra, eu me ocupava das preocupações da terra? Nem o mínimo que fosse; isso

190 | Blumfeld, um solteirão de mais idade e outras histórias

estava, conforme em pouco reconheci, distante de mim ao extremo, eu me preocupava apenas com os cães e com ninguém, absolutamente ninguém mais. Pois o que há, além dos cães? Quem se pode invocar mais no mundo distante e vazio? Todo o saber, o conjunto de todas as perguntas e de todas as respostas está contido nos cães. Se fosse possível apenas tornar efetivo esse saber, se fosse possível trazê-lo para a luz clara do dia, se os cães não soubessem tão infinitamente mais do que admitem, do que admitem inclusive consigo mesmos. Mesmo o mais falador entre os cães é mais fechado do que costumam ser os lugares onde estão as melhores comidas. Cerca-se, esgueirando-se, o cãopanheiro, espuma-se de desejo, espanca-se a si mesmo com o próprio rabo, pergunta-se, implora-se, uiva-se, morde-se e alcança-se... e alcança-se aquilo que também se alcançaria sem o menor dos esforços: ouvidos amáveis, toques amistosos, farejadas cheias de dignidade, abraços íntimos, meu e teu uivar se misturam em um só uivar, tudo se dirige a isso, um encanto, um esquecimento, um encontro, mas a única coisa que se queria alcançar antes de qualquer outra era: confissão do saber, e isso acaba falhando. A esse pedido, seja feito de forma muda ou em alto e bom som, respondem, no melhor dos casos, quando se levou a atração às últimas consequências, apenas feições embotadas, olhares atravessados, olhos encobertos, opacos. Não é muito diferente do que era na época, quando eu, ainda criança, chamei os cães músicos e eles se calaram.

Eis que se poderia dizer: "Tu te queixas de teus cãopanheiros, de seu silêncio no que diz respeito às coisas decisivas, tu afirmas que eles saberiam mais do que admitem, mais do que querem permitir que se saiba que sabem na vida, e esse silêncio, cuja razão e segredo eles naturalmente também silenciam, envenenaria a vida, tornaria essa mesma vida insuportável para ti, tu serias obrigado a mudá-la ou a deixá-la, pode até ser, mas tu mesmo és, em última instância, um cão, e também tens o saber canino; declara-o, pois, não apenas em forma de perguntas, mas como resposta. Se tu o declarares, quem resistirá a ti? O grande coro da comunidade canina virá abaixo como se tivesse esperado por isso. Então terás verdade, clareza, confissão, e tanto quanto quiseres. O

Investigações de um cão | **191**

telhado dessa vida baixa, da qual falas tão mal, se abrirá, e todos nós, cão por cão, subiremos para a alta liberdade. E, se a última coisa não fosse possível, se as circunstâncias se tornassem piores do que são até agora, se a verdade toda se mostrasse mais insuportável do que a meia verdade, caso se confirmasse que os silenciosos têm razão como mantenedores da vida, se dessa leve esperança, que agora ainda possuímos, surgisse uma desesperança completa, tão só a tentativa faria a palavra valer a pena, uma vez que tu não queres viver como te é permitido viver. Por que, pois, censuras os outros pelo silêncio e silencias tu mesmo?" Resposta fácil: "Porque sou um cão. Na essência, exatamente tão fechado quanto os outros, resistindo às próprias perguntas, duro por medo. Por acaso, então, para sermos mais exatos e pelo menos desde que sou adulto, faço perguntas à comunidade canina para que ela me responda? Será que tenho esperanças tão estúpidas? Vejo os fundamentos de nossa vida, imagino sua profundidade, vejo os trabalhadores na construção, em sua obra sombria, e ainda por cima espero sempre que só por causa das minhas perguntas tudo isso termine, seja destruído e abandonado? Não, realmente não espero mais isso. Eu os compreendo, sou sangue de seu sangue, sangue de seu sangue pobre, sempre de novo jovem, sempre de novo a exigir. Mas não é apenas o sangue que temos em comum, e sim também o saber, e não apenas o saber, como, inclusive, as chaves que levam a ele. Eu não o possuo sem os outros, não consigo possuí-lo sem a ajuda deles... De ossos férreos, que contêm o mais nobre dos tutanos, apenas se consegue dar conta fazendo todos os dentes de todos os cães morderem juntos. Isso, naturalmente, é apenas uma metáfora, e exagerada; caso todos os dentes estivessem prontos não precisariam mais morder, o osso se abriria e o tutano se revelaria, inclusive, ao ataque do mais fraco dos cãezinhos. Para ficar nessa mesma metáfora, minha intenção, minhas perguntas, minhas investigações de qualquer modo buscam algo monstruoso. Eu quero alcançar à força essa reunião de todos os cães, quero fazer com que o osso se abra ao aperto da prontidão canina, quero então liberar todos os cães para que vivam suas vidas, vidas que lhes são tão queridas, e então sorver sozinho, sem ninguém à

192 | Blumfeld, um solteirão de mais idade e outras histórias

minha volta, o tutano. Isso soa terrível, é quase como se eu não quisesse me alimentar do tutano de um osso, mas sim do tutano da comunidade canina. Mas se trata apenas de uma metáfora. O tutano ao qual me refiro aqui não é um alimento, é o contrário, é veneno.

Com minhas perguntas, eu ainda consigo acossar apenas a mim mesmo, quero me animar através do silêncio, que é o único a ainda responder em torno de mim. Por quanto tempo aguentarás que a comunidade canina, conforme adquires consciência cada vez maior através de tuas investigações, se cale e continue se calando para todo o sempre? Por quanto tempo ainda suportarás, é essa a minha pergunta vital, acima de todas as perguntas isoladas: ela é feita apenas a mim e não incomoda a ninguém mais. Lamentavelmente eu consigo respondê-la com mais facilidade do que as perguntas isoladas: eu, ao que tudo indica, aguentarei até o meu fim natural, a quietude da idade resiste cada vez mais às perguntas inquietas. É provável que eu morra em silêncio, cercado de silêncio por todos os lados, de modo quase pacífico, e caminho tranquilo ao encontro disso. Um coração admiravelmente vigoroso, um pulmão que não se desgastará antes do tempo são dados a nós, os cães, como uma dádiva da maldade; nós resistimos a todas as perguntas, inclusive às próprias; baluartes do silêncio é o que somos.

Cada vez mais, nos últimos tempos, reflito sobre a minha vida, procuro descobrir o erro decisivo, responsável por tudo, que eu talvez tenha cometido, e não consigo encontrá-lo. E eu devo tê-lo cometido, pois se não o tivesse cometido, e mesmo assim não tivesse alcançado o que queria através do trabalho sério de uma vida inteira, estaria provado que aquilo que eu queria era impossível, e o resultado disso seria uma desesperança absoluta. Vê a obra de tua vida! Primeiro, as investigações relativas à questão: de onde a terra tira o alimento para nós? Quando era um cão jovem, por princípio e naturalmente sedento de vida, eu abri mão de todos os prazeres, passei longe de todos os divertimentos, enterrei a cabeça entre as pernas diante de quaisquer tentações, e me pus a trabalhar. Não era um trabalho de erudito, tanto no que dizia respeito à erudição em si quanto ao método ou ainda à intenção. Esses

Investigações de um cão | **193**

por certo foram erros, mas não podem ter sido decisivos. Aprendi pouco, pois me afastei de minha mãe bem cedo, me acostumei a me virar sozinho, levei uma vida livre, e a autonomia demasiado precoce é inimiga do aprendizado sistemático. Mas eu vi e ouvi muita coisa, e falei com diversos cães dos mais variados tipos e profissões, e não compreendi mal, conforme acredito, aquilo que vi e ouvi, e também não juntei de modo errado as observações individuais; isso substituiu um pouco a erudição, mas, além disso, a autonomia é, por mais que talvez seja uma desvantagem para o aprendizado, uma certa vantagem para a investigação própria. No meu caso, ela foi tanto mais necessária, uma vez que eu não podia seguir o verdadeiro método da ciência, qual seja o de usar os trabalhos de meus antecessores e me aliar aos pesquisadores contemporâneos. Eu estava completamente entregue a mim mesmo, comecei bem no começo, e com a consciência, venturosa para a juventude, mas em seguida avassaladora ao extremo para a idade, de que a conclusão causal à qual eu chegarei também é necessariamente a definitiva. Será que estive de fato tão sozinho com minhas investigações, agora e desde sempre? Sim e não. É impossível que sempre, e também hoje, cães isolados, aqui e ali, não tivessem estado em minha situação, e inclusive ainda estejam. Tão mal as coisas certamente não estão para mim. Não me situo nem um fio de cabelo fora da essência canina. Qualquer cão tem, assim como eu, a vontade de perguntar, e eu tenho de calar essa vontade como qualquer outro cão. Todo mundo tem vontade de perguntar. Se de resto eu fosse capaz de alcançar ainda que o mais leve dos abalos com minhas perguntas, o que, aliás, me foi dado vislumbrar muitas vezes com encanto, um encanto em todo caso exagerado, por acaso eu não teria de, se as coisas não fossem assim para mim, obrigatoriamente alcançar muito mais? E minha vontade de me calar, lamentavelmente, não precisa de uma prova especial. Eu não sou, pois, diferente de qualquer outro cão na essência, e por isso, apesar de todas as diferenças de opinião e antipatias, no fundo todo mundo me reconhecerá, e eu não o farei de modo diferente com qualquer outro cão. Só a mistura dos elementos é diferente, uma diferença que do ponto de vista

194 | Blumfeld, um solteirão de mais idade e outras histórias

pessoal é muito grande, contudo é insignificante em termos de povo. E eis que a mistura desses elementos sempre à disposição no interior do passado e do presente jamais deveria se mostrar parecida com a dos meus e, caso se queira chamar minha mistura de infeliz, ela não seria ainda muito mais infeliz? Isso se colocaria em oposição a toda e qualquer experiência restante. Nós, os cães, nos ocupamos das profissões mais maravilhosas. Profissões nas quais nem sequer se acreditaria, caso não se tivesse as notícias mais dignas de confiança a respeito. O exemplo no qual mais gosto de pensar, no caso, é o dos cães aéreos. Quando ouvi pela primeira vez a respeito de um deles, dei risada, não acreditei de jeito nenhum no que era dito. Como? Então existiria um cão da espécie mais reduzida, não muito maior do que minha cabeça, e, mesmo em idade avançada, não tão grande assim, e esse cão, é claro que fraco, aparentemente uma formação artificial, imatura, penteado com cuidados exagerados, incapaz de dar um salto honesto, esse cão, conforme contavam, na maior parte das vezes conseguiria se movimentar bem alto no ar, e isso sem ter qualquer trabalho visível, apenas descansando? Não, querer me convencer de coisas assim era abusar demais do estar à vontade de um jovem cão, foi o que pensei. Mas logo depois ouvi contar de outro cão aéreo, em outro lugar. Por acaso haviam se unido para me ludibriar? Mas então vi os cães cantores, e, desde aquela época, considerei tudo possível, nenhum preconceito limitou mais a minha capacidade de compreender as coisas, eu investiguei os boatos mais absurdos, segui atrás deles indo tão longe quanto podia; o mais absurdo, inclusive, me parecia mais provável nesta vida absurda do que o sensato, e, aliás, bastante produtivo para a minha pesquisa. Assim foi também com os cães aéreos. Fiquei sabendo de muita coisa sobre eles, e, embora até hoje não tenha conseguido ver um, estou completamente convencido de sua existência há muito tempo, tanto que em minha imagem de mundo eles ocupam um lugar importante. Como na maior parte das circunstâncias, também aqui, naturalmente, não é a arte que me deixa pensativo diante das coisas. É maravilhoso, e quem pode negar que esses cães são capazes de pairar no ar; aliás, estou de acordo com a co-

Investigações de um cão | **195**

munidade canina no pasmo diante disso. Mas muito mais maravilhoso é, para a minha sensação, o absurdo, o absurdo silencioso dessas existências. De um modo geral, esse absurdo nem sequer é fundamentado, eles pairam no ar e fica nisso, a vida segue seu caminho, aqui e ali se fala em arte e artistas, e isso é tudo. Mas por que, é o que pergunto à comunidade canina fundamentalmente bondosa, por que, então, os cães pairam? Qual o sentido de sua profissão? Por que não se pode receber deles uma palavra de explicação que seja? Por que eles pairam lá em cima, deixam que suas patas, o orgulho de qualquer cão, fiquem atrofiadas, estão separados da terra que alimenta, não semeiam e mesmo assim colhem, e, inclusive, são supostamente alimentados de modo especialmente generoso às custas da comunidade canina. Eu posso me orgulhar de ter conseguido mexer um pouco com essas coisas através de minhas perguntas. Começam a tentar fundamentar, a desenrolar uma espécie de justificativa, começam, mas de qualquer modo não irão além desse mero começar. Mas isso já é alguma coisa. E, embora a verdade não fique clara – jamais se chegará tão longe –, algo da confusão profunda da mentira acaba sendo revelado. Todos os fenômenos absurdos de nossa vida, e os mais absurdos de modo especial, podem ser muito bem-fundamentados. Não completamente, é claro – essa é a piada demoníaca –, mas pelo menos para se proteger de perguntas embaraçosas é o suficiente. Tomando os cães aéreos como exemplo mais uma vez: eles não são presunçosos como se poderia acreditar no princípio, mas dependem, muito antes, de modo especial de seus cãopanheiros, e, quando alguém tenta se colocar em sua situação, acaba compreendendo tudo. Eles precisam, já que não podem fazer isso de forma aberta – isso seria uma violação à obrigação de silenciar –, tentar encontrar de alguma maneira uma desculpa para seu modo de vida, ou pelo menos desviar a atenção dele, fazer com que ele seja esquecido – eles o fazem, conforme me contam, através de uma conversalhada quase insuportável. Eles sempre têm o que contar, seja de suas reflexões filosóficas, com as quais podem se ocupar de forma ininterrupta, uma vez que abriram mão do esforço físico completamente, seja das observações

196 | Blumfeld, um solteirão de mais idade e outras histórias

que fazem de seu ponto de vista mais elevado. E, ainda que eles, o que é natural em uma vida dissoluta como essa, não se distingam de modo especial pelo vigor de espírito, sua filosofia é tão desprovida de valor quanto suas observações, e a ciência mal consegue usar alguma coisa dela e ademais não depende de fontes tão lamentáveis, e, ainda assim, quando se pergunta o que os cães aéreos querem, afinal de contas, sempre se receberá por resposta que eles contribuem muito para a ciência. "Isso é correto", diz-se em seguida, "mas suas contribuições são desprovidas de valor e incômodas." A resposta seguinte é um dar de ombros, uma manobra de desvio, raiva ou riso, e, em um instantinho apenas, quando se pergunta outra vez, fica-se sabendo novamente que eles contribuem para a ciência, e por fim, quando se acaba sendo perguntado em seguida e não se consegue conter muito bem, acaba-se respondendo a mesma coisa. E talvez também seja bom não ser intransigente demais e ceder, não exatamente reconhecer o direito à vida dos cães aéreos que já existem, isso seria impossível, mas ainda assim tolerá-los. Porém mais não se pode exigir, a exigência iria demasiado longe, e mesmo assim se o exige. Exige-se que novos cães aéreos, que se apresentam em número cada vez maior, sejam tolerados. Nem sequer se sabe ao certo de onde eles vêm. Será que eles aumentam seu número através da reprodução? Será que ainda têm força para isso, uma vez que não são muito mais do que uma pele bonita, e o que poderia se reproduzir, sendo apenas uma pele bonita? Mesmo que o improvável fosse possível, quando isso aconteceria? Sempre são vistos sozinhos, autossuficientes lá em cima, no ar, e, quando eles se rebaixam para correr por aí outra vez, isso acontece apenas por um breve instantinho, alguns passos enfeitados, e logo estão de novo rigorosamente sozinhos e perdidos em supostos pensamentos, dos quais eles, mesmo que façam esforço, não conseguem se libertar, pelo menos é o que eles próprios afirmam. Mas se eles não se reproduzem, seria de se imaginar que encontram cães que abrem mão da vida na face da Terra livremente, que se tornam cães aéreos livremente, e pelo preço do conforto e de uma certa habilidade artística escolhem essa vida vazia sobre os travesseiros, lá em cima? Mas

Investigações de um cão | **197**

isso é inconcebível, nem a reprodução, nem a adesão voluntária é concebível. A realidade mostra, no entanto, que o número dos cães aéreos aumenta; disso se deduz que, ainda que os obstáculos de nosso entendimento pareçam insuperáveis, uma espécie canina que passa a existir, por mais estranha que seja, acaba não se extinguindo, pelo menos não com facilidade, pelo menos não sem que em cada uma das espécies haja algo capaz de se defender com sucesso.

Por acaso não devo também admitir para a minha espécie isso que vale para uma espécie tão peculiar, absurda, extrema e absolutamente esquisita, incapaz, inclusive, para a vida, como a dos cães aéreos? E por meu aspecto exterior, nem sequer sou estranho, um tipo mediano e comum, que pelo menos aqui na região pode ser encontrado com frequência, que não se destaca por nada especial, e também não se mostra desprezível por nada especial, tanto que em minha juventude, e inclusive ainda na idade adulta, enquanto não havia me abandonado ao desleixo e me movimentava, era um cão até bem bonito. Sobretudo a minha vista frontal era elogiada, as pernas esguias, a bela postura da cabeça, mas também a minha pele cinzenta, branca e amarela, que se encaracolava só nas pontas dos pelos, era muito apreciada, e tudo isso nada tem de estranho; estranha é apenas minha essência, mas também esta, conforme jamais posso deixar de lembrar, por certo está fundada na essência canina geral. E se até mesmo o cão aéreo não fica sozinho, aqui e ali no grande mundo canino acaba encontrando um ou outro e buscando sucessores a toda hora e, inclusive, do nada; também eu, portanto, posso viver confiante de que não estou perdido. Na verdade, meus camaradas de espécie têm de ter um destino especial, e sua existência jamais me ajudará de modo visível, até mesmo porque eu mal chegarei a reconhecê-los algum dia. Nós somos aqueles que o silêncio oprime, e queremos vencê-lo literalmente por fome de ar, os outros parecem se sentir bem em silêncio, embora seja assim apenas em aparência, como no caso dos cães músicos, que faziam sua música com toda a calma, mas na realidade se mostravam muito tensos, mas essa aparência é forte, tenta-se entrar em acordo com ela e ela zomba de qualquer ataque. Como

198 | Blumfeld, um solteirão de mais idade e outras histórias

é que conseguem se virar, pois, os meus camaradas de espécie? Como são suas tentativas de viver, apesar de tudo? Isso pode até ser diferente. Eu tentei com minhas perguntas, enquanto ainda era jovem. Eu poderia, pois, me apoiar talvez àqueles que perguntam muito, e assim teria meus camaradas de espécie. E foi o que tentei fazer, inclusive, buscando superar a mim mesmo por algum tempo, buscando superar a mim mesmo pois o que me importa são sobretudo aqueles que devem responder; aqueles que sempre se intrometem com perguntas que eu na maior parte das vezes não consigo responder me causam asco. E, depois, quem não gosta de perguntar enquanto é jovem, e como eu poderia selecionar entre tantas perguntas justo aquelas que são corretas? Uma pergunta soa como a outra, o que importa é a intenção, mas esta sempre jaz escondida, com frequência até mesmo para aquele que pergunta. E, ademais, perguntar é uma peculiaridade da comunidade canina, todos perguntam sem parar e de forma confusa, é como se com isso devesse ser apagado o rastro das perguntas corretas. Não, não é entre os que perguntam, jovens, que encontro meus camaradas de espécie, e entre os que silenciam, os velhos, aos quais agora pertenço, também não. Mas o que pretendem, então, as perguntas; eu fracassei com elas, afinal de contas, e é provável que meus camaradas sejam bem mais inteligentes do que eu e façam uso de meios completamente diferentes e primorosos para questionar essa vida, meios que na verdade, conforme acrescento por experiência própria, talvez os ajudem na necessidade, os acalmem, os façam dormir, atuem transformando sua espécie, mas de modo geral acabam sendo tão impotentes quanto os meus, pois, por mais que eu procure, não vejo nenhum sucesso. Temo poder reconhecer meus camaradas de espécie em qualquer outra coisa que, no entanto, não seja o sucesso. Mas onde estão meus camaradas de espécie? Sim, essa é a queixa, essa mesma. Onde estão eles? Por toda parte e em lugar nenhum. Talvez meu camarada de espécie seja o meu vizinho, três saltos distante de mim, nós nos chamamos mutuamente com frequência, ele, inclusive, vem até mim, mas eu não vou até ele. Será que ele é, pois, um camarada da minha espécie? Não sei, embora eu não reconheça nada disso nele, não deixa de ser possível. Sim, é até possível, mas nada é tão improvável. Quando ele está distante, por brincadeira e com a ajuda de toda a minha fantasia, consigo encontrar nele algumas coisas que me parecem suspeitosamente familiares, no entanto, assim que ele se encontra diante de mim, todas essas minhas invenções são dignas de riso. Ele é um cão velho, ainda um pouco menor do que eu, que mal chego a ter tamanho mediano, marrom, de pelo curto, cabeça cansada e pendente, passo titubeante, sem contar que, além disso, arrasta um pouco a pata traseira esquerda devido a uma doença. Tão próximo quanto me encontro dele já não me encontro há muito tempo de mais ninguém, estou contente pelo fato de ainda o suportar com algum esforço, e, quando ele vai embora, grito as coisas mais amáveis atrás dele, obviamente não por amor, mas sim por ódio a mim mesmo, porque eu, quando vou atrás dele, acabo apenas achando que é completamente desprezível o modo como ele se esgueira para ir embora, com a pata que leva de arrasto e a parte traseira baixa demais. Às vezes, me parece que estou querendo zombar de mim mesmo quando o chamo de meu camarada em pensamentos. Também em nossas conversas ele não revela nada a respeito de alguma camaradagem, e, embora seja inteligente, e, para nossas circunstâncias, suficientemente instruído e eu pudesse aprender muito com ele, por acaso estou procurando inteligência e instrução? Nós costumamos conversar sobre questões locais e, quando isso acontece, eu me surpreendo ao me constatar capaz de ver com uma clareza bem maior devido à minha solidão nesse sentido, quanto espírito é necessário, mesmo para um cão dos mais comuns, mesmo sendo suas relações apenas medianas e nem de longe muito desfavoráveis, para dar conta de sua vida e se proteger dos maiores e mais usuais entre os perigos. A ciência até dá as regras; mas compreendê-las, ainda que a distância e em seus traços mais básicos e rudimentares, não é nem um pouco fácil, e quando se as compreendeu é que vem o que é verdadeiramente difícil, ou seja, aplicá-las às circunstâncias locais, e nisso mal alguém pode ajudar, quase a toda hora há novas tarefas, e cada pedacinho da terra as tem de um modo diferente; e por certo ninguém pode afirmar que está tudo arranjado

200 | Blumfeld, um solteirão de mais idade e outras histórias

de modo duradouro em algum lugar, e sua vida de certo modo corre com tranquilidade e sem que ele precise intervir, nem mesmo eu, cujas necessidades literalmente diminuem dia a dia, posso fazê-lo. E todos esses esforços infinitos, por que motivo? Apenas para continuar se enterrando a si mesmo no silêncio cada vez mais, a ponto de jamais poder ser retirado de dentro dele de novo por quem quer que seja.

Muitas vezes se louva o progresso geral da comunidade canina através dos tempos, e com isso por certo se pretende referir, sobretudo, o progresso da ciência. É claro que a ciência progride, isso é inevitável, ela, inclusive, progride aumentando a velocidade, que se mostra cada vez mais vertiginosa, mas o que há de elogioso nisso? É como se alguém quisesse elogiar outro alguém por se tornar mais velho com os anos, e em consequência disso se aproximar cada vez mais rápido da morte. Este é um processo natural, e, além disso, horrível, no qual não encontro nada a elogiar. Vejo apenas decadência, com o que não quero dizer que gerações anteriores eram essencialmente melhores, elas eram apenas mais jovens, essa era sua maior vantagem, sua memória ainda não estava tão sobrecarregada quanto a de hoje, ainda era mais fácil levá-las a falar, e, ainda que ninguém tenha conseguido isso, a possibilidade era maior, e é essa possibilidade maior que nos excita tanto ao ouvir aquelas histórias antigas, mas no fundo tão ingênuas. Aqui e ali ouvimos uma palavra insinuante e quase gostaríamos de levantar de um salto, não sentíssemos o peso dos séculos sobre nós. Não, por mais coisas que eu também tenha a objetar à minha época, as gerações anteriores não eram melhores do que as novas, em certo sentido, inclusive, eram bem piores e mais fracas. Os milagres, naquelas épocas, por certo também não andavam livres nas ruas para serem agarrados por quem bem quisesse, mas os cães ainda não eram, eu não sei expressá-lo de modo diferente, tão caninos quanto hoje, a estrutura da comunidade canina ainda era mais solta, a palavra verdadeira ainda poderia intervir, determinar a construção, alterá-la, mudá-la de acordo com qualquer desejo, transformá-la em seu contrário, e aquela palavra estava sempre à mão, pelo menos próxima, pairava na ponta da língua. Todo mundo podia conhecê-la;

onde foi que ela chegou hoje em dia não se sabe, hoje em dia até seria possível se tocar, inclusive, uma dobra mais recôndita do peritoneu e não se a encontraria. Nossa geração talvez esteja perdida, mas ela é mais inocente do que as de antes. Sou capaz de compreender as hesitações da minha geração, no fundo nem sequer se trata mais de hesitação, é o esquecimento de um sonho sonhado há mil noites e cerca de mil vezes, quem haveria de querer nos incomodar justo por causa do milésimo esquecimento? Mas julgo também compreender a hesitação de nossos ancestrais, é provável que não tivéssemos agido de modo diferente, eu quase diria: felizes de nós, por não termos sido nós que precisamos carregar a culpa sobre nossas costas pelo fato de podermos muito antes correr ao encontro da morte em um mundo já escurecido por outros e em um silêncio quase inocente. Quando nossos ancestrais se perderam no caminho, por certo mal chegaram a pensar que errariam sem fim, eles literalmente ainda enxergavam o cruzamento, era fácil voltar assim que quisessem, e, se eles hesitavam em voltar, era apenas porque queriam se alegrar algum tempo mais com a vida de cão, ainda não se tratava nem sequer de uma vida característica de cão, e mesmo assim ela já lhes parecia extasiantemente bonita, como então ela haveria de se mostrar mais tarde, pelo menos um pequeno instantinho mais tarde, de modo que eles simplesmente erravam adiante. Eles não sabiam o que somos capazes de imaginar ante a contemplação do devir histórico, que a alma muda antes da vida e que eles, quando começaram a se alegrar com a vida de cão, já deviam ter uma alma canina bem antiga, e já não estavam mais tão próximos do ponto de partida quanto lhes parecia, ou então seu olho, que se refestelava em todas as alegrias caninas, queria lhes fazer acreditar que estavam... Quem ainda pode falar em juventude hoje em dia? Eles eram, na verdade, os cães jovens, mas sua única ambição lamentavelmente era a de se tornarem cães velhos, algo em que, no fundo, não poderiam fracassar, conforme todas as gerações seguintes provaram, e a nossa, a última, mais do que qualquer outra.

Eu naturalmente não falo sobre todas essas coisas com meu vizinho, mas sou obrigado a pensar nelas com frequência quando estou sentado

202 | Blumfeld, um solteirão de mais idade e outras histórias

diante dele, esse cão típico e velho, ou então enterro o focinho em seu pelo, que já tem um resquício daquele odor que têm as peles arrancadas. Não faria sentido falar com ele sobre essas coisas, e nem mesmo com qualquer outro. Sei como a conversa correria. Ele teria algumas pequenas objeções aqui e ali, mas por fim concordaria – concordar é sempre a melhor arma –, e a questão estaria enterrada, por que, então, se esforçar em arrancá-la de sua cova? E, apesar de tudo, talvez exista uma concordância mais profunda, que vai além de meras palavras, com meu vizinho. Não consigo parar de afirmá-lo, ainda que não tenha nenhuma prova disso e talvez esteja apenas submetido a uma simples ilusão no que diz respeito a isso, porque ele é justamente o único com quem circulo há muito tempo e, portanto, preciso me manter firme e seguro perto dele. "Será que no fundo não és mesmo meu camarada, do teu modo? E te envergonhas, por que tudo deu errado para ti? Vê bem, comigo também aconteceu assim. Quando estou sozinho, choro por causa disso. Vem, a dois tudo é mais doce", é o que penso às vezes, e então olho para ele com firmeza. Nesses momentos, ele não baixa seu olhar, mas também não se pode arrancar nada dele, uma vez que apenas me olha de modo embotado e se admira com o fato de eu silenciar, e assim interromper nossa conversa. Mas talvez seja justamente esse olhar a sua maneira de perguntar, e eu o desiluda, assim como ele me desilude. Em minha juventude, eu talvez lhe tivesse perguntado em voz alta se na época outras questões não fossem mais importantes para mim, e eu também não tivesse me bastado à farta sozinho comigo mesmo, e assim talvez recebesse um consentimento pálido, portanto ainda menos do que hoje, quando ele simplesmente se cala. Mas todos não se calam do mesmo jeito? O que me impede de acreditar que todos são meus camaradas, que eu não tive apenas um colega de pesquisas aqui e ali, que se afundou com seus minúsculos resultados e hoje foi esquecido, e ao qual de modo algum ainda posso chegar através da escuridão dos tempos ou da confusão do presente, que eu muito antes tenho camaradas em tudo e desde sempre, e camaradas que se esforçam, todos, a seu modo, e todos sem sucesso a seu modo, todos silenciando ou jogando conversa

Investigações de um cão | **203**

fora na maior esperteza e também a seu modo, conforme, aliás, pode ser verificado com a pesquisa desesperançada. Mas nesse caso eu nem sequer teria precisado me isolar, poderia permanecer com tranquilidade entre os outros, precisaria apenas me safar como uma criança mal-educada através das fileiras dos adultos, que, aliás, querem sair exatamente como eu, e nos quais apenas me engana o seu juízo, que lhes diz que ninguém consegue sair, e que toda a tentativa de forçar a saída é estúpida.

Tais pensamentos, de qualquer modo, são nitidamente o efeito de meu vizinho, ele me confunde, me deixa melancólico; e, consigo mesmo, até que ele é bem alegre, pelo menos o ouço, quando está em seu ambiente, gritar e cantar a ponto de me incomodar. Seria bom abrir mão também dessa última relação, não ceder a sonhos vagos, conforme eles são produzidos de forma inevitável por qualquer relação canina, por mais que alguém se acredite calejado, e utilizar o pouco tempo que me resta exclusivamente para as minhas pesquisas. Quando ele vier da próxima vez, vou me recolher e fingir que estou dormindo, e repetir isso por tantas vezes até que ele desista de vir.

Minhas pesquisas também estão em desordem, eu estou cedendo, cansando, apenas troto por aí mecanicamente onde um dia corri entusiasmado. Penso na época em que comecei a investigar a pergunta: "De onde a terra tira nosso alimento?" É verdade que na época eu vivia em meio ao povo, insistia em chegar aos lugares em que ele se mostrava mais denso, queria transformar todos em testemunhas de meus trabalhos, esse caráter testemunhal, inclusive, me era mais importante do que o trabalho em si; uma vez que eu ainda esperava algum efeito geral, é claro que recebi grandes estímulos, estímulos que agora se acabaram para mim, na condição de solitário que sou. Na época eu era tão forte que fiz algo que é incrível, contradiz todos os nossos princípios, e que com certeza cada uma das testemunhas da referida época se recorda como sendo algo sinistro. Encontrei na ciência, que em geral busca a especialização sem limites, uma estranha simplificação, em certo sentido. Ela ensina que na questão principal a terra produz nosso alimento para em seguida indicar, depois de ter encaminhado esse pressuposto, os métodos através

204 | Blumfeld, um solteirão de mais idade e outras histórias

dos quais as diferentes comidas podem ser alcançadas da melhor maneira e na maior quantidade. Pois bem, é certo que a terra produz o alimento, disso não se pode ter dúvidas, mas as coisas não se mostram tão fáceis como comumente são apresentadas, aliás excluindo toda e qualquer investigação posterior. Tome-se, por exemplo, os incidentes mais primitivos, que se repetem dia a dia. Se fôssemos completamente inativos, conforme eu agora quase já sou, e depois de trabalhar bem rapidamente a terra nos embolássemos todos juntos e esperássemos o que vem, ainda assim com certeza acabaríamos encontrando, pressupondo-se o fato de que alguma coisa resultasse disso, o alimento na terra. Mas isso ainda não configura a regra geral. Quem conseguiu manter pelo menos um pouco de independência diante da ciência – e são realmente poucos os que conseguiram isso, pois os círculos atraídos pela ciência se tornam cada vez maiores –, reconhecerá com facilidade, mesmo que não parta de observações de caráter especial, que a parte principal do alimento que jaz então sobre a terra vem de cima, e nós, aliás, conforme nossa habilidade e nossa avidez, inclusive apanhamos a maior parte antes mesmo de o alimento tocar a terra. Com isso, ainda não estou dizendo nada contra a ciência, a terra também produz esse alimento de forma natural. Se ela arranca um de dentro de si ou invoca o outro do alto, isso talvez nem sequer represente uma diferença essencial, e a ciência, que constatou que em ambos os casos o trabalho do solo é necessário, talvez não necessite se ocupar dessas diferenciações, uma vez que se diz: "Se tens a ração na boca, resolveste por ora todas as questões." Apenas me parece que a ciência se ocupa, ainda que de forma oculta, pelo menos em parte dessas coisas, uma vez que, afinal de contas, conhece dois métodos principais para a aquisição de alimentos, que são o de trabalhar o solo em si, e, além disso, o trabalho de organização e refinamento na forma de sentenças, danças e cantos. Encontro nisso uma divisão que corresponde à minha diferenciação, e, ainda que essa divisão não se mostre definitiva, é suficientemente nítida. O trabalho do sol serve, segundo minha opinião, para alcançar ambos os alimentos, e permanecerá para sempre indispensável; sentenças, danças e cantos, no entanto, dizem respeito

Investigações de um cão | **205**

menos ao alimento do solo em sentido estrito, mas servem, sobretudo, para trazer o alimento que vem de cima. A tradição dá sustentação a meu ponto de vista. Nisso, o povo parece corrigir a ciência, mesmo sem saber e sem que a ciência ouse se defender. Se, conforme quer a ciência, aquelas cerimônias deveriam servir apenas ao solo, por exemplo, para lhe dar a força de trazer o alimento de cima, as mesmas cerimônias em consequência disso deveriam ser encaminhadas pura e exclusivamente no solo, tudo deveria ser sussurrado ao solo, cantado e dançado para ele. A ciência por certo também não exige, segundo sei, outra coisa. E agora o mais estranho: o povo se dirige, com todas as suas cerimônias, ao alto. Isso não é uma violação à ciência, ela não o proíbe, deixa ao agricultor a liberdade em tudo, pensa, em seus ensinamentos, apenas no solo, e, se o agricultor executa seus ensinamentos relativos ao solo, ela fica satisfeita, mas seu modo de pensar, segundo minha opinião, deveria exigir mais. E eu, que jamais fui iniciado na ciência mais profundamente, nem sequer consigo imaginar como os eruditos são capazes de tolerar que nosso povo, apaixonado como sempre foi, grite suas sentenças mágicas para o alto, lance as queixas de nossas antigas canções populares ao alto e execute danças cheias de saltos como se quisesse levantar voo ao alto para sempre, esquecendo-se do solo. Foi da ênfase nessas contradições que eu parti, e sempre me limitei, quando, conforme os ensinamentos da ciência, a época da colheita se aproximava, completamente ao solo; eu o escarvava ao dançar, revirava a cabeça apenas para estar o mais próximo possível do solo. Mais tarde, fiz uma cova para meu focinho, e assim cantava e declamava, de modo que apenas o solo o ouvisse, e ninguém mais ao meu lado ou acima de mim.

Os resultados da investigação foram irrisórios. Às vezes eu não recebia a comida e já queria me regozijar com minha descoberta, mas então a comida acabava voltando mesmo assim, como se no princípio se estivesse confuso por causa do meu comportamento estranho, mas logo se reconhecesse a vantagem que ele trazia e, portanto, acabasse se abrindo mão com gosto de meus gritos e saltos. Muitas vezes a comida inclusive chegava em maior abundância do que antes, mas depois vol-

206 | Blumfeld, um solteirão de mais idade e outras histórias

tava a desaparecer de todo. Eu fiz, com uma diligência que até então era desconhecida em cães jovens, listas exatas de todas as minhas tentativas, já acreditava encontrar um rastro que poderia me levar adiante aqui e ali, mas ele logo voltava a levar de novo para o desconhecido e indeterminado. É indiscutível que, nesse aspecto, também a minha insuficiente preparação científica acabava se postando de través no meu caminho. De onde eu tinha a garantia de que, por exemplo, o fato de a comida não aparecer tenha sido causado não pelo meu experimento, mas sim pelo trabalho não científico do solo, e, caso isso fosse correto, todas as minhas deduções finais acabariam se mostrando inconsistentes. Em determinadas condições, eu poderia ter alcançado um experimento quase preciso do princípio ao fim – por um lado, conseguir que a comida baixasse apenas através da cerimônia direcionada ao alto, por outro, conseguir que a comida não aparecesse através de uma cerimônia voltada com exclusividade para o solo. Eu também tentei coisas assim, mas sem acreditar firmemente nelas e sem respeitar de modo devido as condições necessárias à experiência, pois, de acordo com minha opinião inabalável, sempre é necessário pelo menos um certo trabalho do solo e, mesmo que os hereges, que não acreditam nisso, tivessem razão, isso não poderia ser provado, uma vez que a irrigação do solo ocorre sob uma determinada pressão, e, inclusive, nem sequer pode ser evitada em certo limite. Um outro experimento, por assim dizer um tanto à parte, deu mais certo e causou alguma sensação. Depois de aparar, como sempre, o alimento vindo do alto, acabei decidindo, embora permitisse que o alimento continuasse caindo, não apanhá-lo mais no ar. Com esse objetivo, sempre que o alimento vinha, eu dava um pequeno salto no ar, que, no entanto, era calculado de tal modo a não ser suficiente; na maior parte das vezes, o alimento acabava caindo mesmo assim de modo embotado e indiferente ao solo, e eu me lançava furioso sobre ele, não sentindo a fúria apenas da fome, mas também a da decepção. Em casos isolados, contudo, acontecia algo diferente, algo no fundo maravilhoso, a comida não caía, mas me seguia, pairando no ar, o alimento perseguia o faminto. Isso não acontecia por muito tempo, apenas por um breve

Investigações de um cão | **207**

trecho, então ele acabava caindo ou desaparecia sem deixar rastros, ou então – o caso mais frequente – minha avidez botava um fim prematuro à experiência e eu devorava a coisa. De qualquer modo, eu era feliz na época, meu entorno era percorrido por um sussurro ininterrupto, todo mundo havia ficado intranquilo e prestava atenção, eu encontrava meus conhecidos mais acessíveis a minhas perguntas, em seus olhos eu via uma luz qualquer que procurava por ajuda, e, ainda que isso fosse apenas o reflexo de meus próprios olhares, eu não queria outra coisa, estava satisfeito. Até que fiquei sabendo enfim – e os outros ficaram sabendo comigo – que esse experimento já está descrito na ciência há muito, e inclusive já deu certo de modo bem mais grandioso do que no meu caso, e que, embora não pudesse ser feito já havia muito tempo devido à dificuldade do autodomínio que exige, em razão de sua suposta falta de importância científica ele também não precisava ser repetido. Ele provaria apenas o que já se sabia, que o solo não só toma o alimento caindo verticalmente do alto, mas também na diagonal, e inclusive em forma espiral. Ali estava eu, pois, mas mesmo assim não me senti desencorajado, para isso eu ainda era jovem demais, pelo contrário, eu até fui animado por isso a alcançar talvez a maior realização da minha vida. Eu não acreditava na falta de valor científico da minha experiência, mas a crença de nada ajuda nisso, apenas a prova é decisiva, e eu queria providenciá-la, e assim expor essa experiência, orginalmente um tanto à parte, à luz geral, botá-la no centro das pesquisas e investigações. Eu queria provar que se eu me desviava do alimento, não era o solo que o puxava para baixo na diagonal, mas sim eu que o atraía a me seguir. Não consegui, contudo, estender essa experiência, pois ver a comida à sua frente e fazer experimentos científicos enquanto isso não é coisa à qual se resiste por muito tempo. Mas eu queria fazer outra coisa, eu queria, enquanto aguentava, ficar em completo jejum, mas de um jeito ou de outro evitando também, durante o processo todo, a visão de qualquer alimento, de qualquer tentação. Quando eu me recolhia assim, e ficava deitado de olhos cerrados, dia e noite, sem me ocupar nem em armazenar, nem em apanhar alimento, e, conforme não ousava afirmar, mas

208 | Blumfeld, um solteirão de mais idade e outras histórias

acreditava em silêncio, sem qualquer outra medida, apenas através da irrigação irracional e inevitável do solo e da menção silenciosa das sentenças e canções (a dança eu pretendia evitar, para não me enfraquecer), que o alimento descesse por si mesmo vindo de cima e, sem se preocupar com o solo, batesse à minha dentição pedindo para entrar; se isso acontecesse, embora a ciência não fosse com isso refutada, pois ela mostra elasticidade suficiente para admitir exceções e casos isolados, o que diria o povo, que felizmente não demonstra nem de longe tanta elasticidade? Pois com certeza também não se trataria de um caso excepcional do tipo que a história costuma transmitir, qual seja, o de alguém que por fraqueza física ou melancolia se nega a preparar o alimento, a procurar por ele e comê-lo, fazendo assim com que a comunidade canina se una em fórmulas de evocação, e dessa forma alcance que o alimento saia de seu caminho habitual, entrando diretamente na boca do enfermo. Eu, ao contrário, estava no auge de todas as minhas forças e de minha saúde, meu apetite era tão portentoso que por dias me impedia de pensar em outra coisa a não ser nele, e eu me submeti, quer se acredite quer não, voluntariamente ao jejum, fui capaz, inclusive, de providenciar para que o alimento descesse, e quis que fosse assim, mas também não precisei de nenhuma ajuda da parte da comunidade canina, e inclusive me proibi de buscá-la do modo mais categórico.

Procurei um lugar adequado em uma moita distante, onde não ouviria conversas sobre comida, os barulhos da ingestão de alimento e estalos de ossos, enchi o pandulho ainda uma vez e em seguida me deitei. Eu pretendia, na medida do possível, passar o tempo inteiro de olhos cerrados; enquanto não viesse comida, seria noite ininterrupta para mim, ainda que isso durasse dias e semanas. Mas eu de todo modo pretendia, e isso representava uma dificuldade maior, dormir pouco, ou de preferência nada, pois eu precisava não apenas invocar o alimento para que descesse, como também estar atento para não perder a chegada do alimento enquanto dormia; por outro lado, no entanto, o sono seria bem-vindo, pois dormindo eu poderia jejuar por muito mais tempo do que acordado. Por esse motivo, decidi dividir meu tempo com

Investigações de um cão | **209**

cautela e dormir muito, mas sempre apenas por bem pouco tempo. Consegui isso apoiando a cabeça, quando adormecia, sempre a um galho fraco, que logo se dobrava, e com isso me despertava. Assim eu ficava deitado, dormia ou vigiava, sonhava ou cantava em silêncio comigo mesmo. Os primeiros tempos se passaram sem que nada acontecesse, talvez de algum modo ainda não se tivesse percebido, lá no lugar de onde o alimento vem, que eu me voltava por aqui contra o andar normal das coisas, e assim tudo ficou em silêncio. O que me incomodava um pouco em meu esforço era o temor de que os cães sentissem minha falta, logo me encontrariam e acabariam fazendo algo contra mim. Um segundo temor era o de que a mera irrigação do solo, ainda que segundo a ciência se tratasse de um solo improdutivo, acabasse fornecendo a assim chamada alimentação casual e seu cheiro me seduziria. Mas nada disso aconteceu, e eu pude continuar jejuando. Não contados esses temores, eu no princípio estava tranquilo como jamais havia percebido estar. Ainda que eu trabalhasse na revogação da ciência, me sentia tomado pelo bem-estar, e quase até pela tranquilidade literal do trabalhador científico. Em meus sonhos, eu alcançava o perdão da ciência, pois nela também podia ser encontrado um espaço para as minhas investigações, e soava cheio de consolo em meus ouvidos que eu, por mais que minhas investigações fossem bem-sucedidas, e sobretudo nesse caso, de modo algum estaria perdido para a vida canina; a ciência se inclinava amistosamente em relação a mim, ela mesma assumiria a interpretação dos meus resultados e essa promessa já significava o cumprimento de tudo em si, eu seria, por mais que até agora me sentisse marginalizado no mais profundo do meu ser e acossasse os muros do meu povo como um selvagem, recebido com grandes honrarias, a almejada calidez dos corpos caninos reunidos me envolveria como uma torrente, e eu seria lançado aos ombros do meu povo e embalado por ele. Efeito estranho da primeira fome. Meu desempenho me pareceu tão grandioso que comecei a chorar, comovido e penalizado comigo mesmo, ali naquela moita silenciosa, o que de qualquer modo não era de todo compreensível, pois se eu esperava o pagamento merecido, por

210 | Blumfeld, um solteirão de mais idade e outras histórias

que então estava chorando? Por certo era apenas por conforto. Sempre e apenas quando me sentia confortável, o que acontecia bem raras vezes, eu chorava. Depois tudo acabava passando até bem rápido. As belas imagens se dissolviam aos poucos com a seriedade cada vez maior da fome, não demorava muito e eu, depois de me despedir às pressas de toda a fantasia e de toda a comoção, ficava completamente sozinho com a fome, que me queimava nas entranhas. "Isso é a fome", eu dizia comigo incontáveis vezes na época, como se quisesse fazer acreditar a mim mesmo que a fome e eu continuávamos sendo duas coisas diferentes, e eu poderia me livrar dela como de uma amante incômoda; mas na realidade nós éramos apenas uma única coisa de um modo altamente doloroso e, quando eu explicava a mim mesmo, "Isso é a fome", era na verdade a fome que falava, e ainda por cima se divertia às minhas custas. Uma época má, bem má! Estremeço quando penso nela, com certeza não apenas devido ao sofrimento que vivenciei então, mas sobretudo porque na época não consegui terminar o que pretendia fazer, porque terei de encarar outra vez esse sofrimento caso queira alcançar alguma coisa, pois até hoje considero passar fome o derradeiro e mais forte meio da minha investigação. O caminho passa pela fome, o mais alto pode ser alcançado apenas através de um desempenho que também chegue ao nível mais alto, caso seja alcançável, e esse desempenho no nível mais alto é, entre nós, passar fome voluntariamente. Quando reviso aqueles tempos em meu pensamento, pois – e como eu gosto de chafurdar neles –, penso também nos tempos que me ameaçam. Parece que é necessário deixar passar quase uma vida inteira até que seja possível se restabelecer de uma tentativa dessas; toda a minha vida adulta de homem me separa daquela fome, mas ainda assim não estou restabelecido. Quando começar o jejum daqui a algum tempo, talvez me mostre mais decidido do que no passado, em razão de minha maior experiência e melhor compreensão da necessidade da experiência, mas minhas forças estão menores, ainda em razão do que passei na época, pelo menos já fico esgotado tão só ao esperar pelos conhecidos sustos. Meu apetite mais fraco não me ajudará, ele apenas desvaloriza um pouco

Investigações de um cão | **211**

a tentativa, e é provável, ainda, que me obrigue a jejuar por mais tempo do que teria sido necessário na época. Sobre este e outros pressupostos, eu acredito ter esclarecido tudo comigo mesmo, ademais, não faltaram tentativas prévias em todo esse longo entretempo, não foram poucas as vezes em que literalmente mordisquei a fome, mas ainda não estava forte o suficiente para o extremo, e a vontade de atacar ao bel-prazer, típica da juventude, naturalmente é coisa do passado. Ela diminuiu já na época, em meio à fome. Algumas das minhas ponderações me torturavam. Ameaçadores, os ancestrais apareciam diante de mim. Embora eu os considere, ainda que não ouse dizê-lo em público, culpados de tudo, eles endividaram a nossa vida de cão e eu podia, portanto, responder a suas ameaças com contra-ameaças, mas me curvo diante de seu saber, ele vinha de fontes que nós não conhecemos, e por isso eu também, por mais que me sinta tangido a lutar contra eles, jamais seria capaz de simplesmente desrespeitar suas leis, e apenas me aproveito das lacunas dessa lei, que eu, aliás, tenho um dom especial em farejar. No que diz respeito ao jejum, invoco a célebre conversa no decorrer da qual um de nossos sábios expressou a intenção de proibi-lo, ideia rechaçada por outro, que a desaconselhou com a pergunta: "Quem haverá de querer jejuar algum dia?", ao que o primeiro se deixou convencer e abriu mão da proibição. Mas eis que agora surge de novo a pergunta: "Será que jejuar, no fundo, não é proibido mesmo assim?" A grande maioria dos comentadores responde a pergunta negativamente, vê o jejum como livre, coloca-se ao lado do segundo sábio, e por isso não teme consequências ruins, mesmo de um comentário errôneo. Inclusive, garanti que era assim antes de começar a jejuar. Mas, depois que estava me retorcendo de fome, e já um pouco confuso mentalmente, não parava de buscar salvação me apoiando às patas traseiras, lambendo-as em desespero, mastigando-as, sugando-as, chegando até o ânus, a interpretação geral daquela conversa me parecia completamente errada, eu amaldiçoei a ciência e seus comentadores, amaldiçoei a mim mesmo, que me deixei induzir ao erro por ela, afinal de contas, a conversa continha, conforme até mesmo uma criança seria capaz de reconhecer, bem mais do que

212 | Blumfeld, um solteirão de mais idade e outras histórias

simplesmente uma única proibição do jejum, o primeiro sábio queria proibir o jejum, e o que um sábio quer já aconteceu, o jejum estava, pois, proibido, e o segundo sábio não apenas concordou com ele, mas inclusive considerou o jejum impossível, ou seja, juntou à primeira proibição ainda uma segunda, a proibição da própria natureza canina, e o primeiro reconheceu isso e acabou abrindo mão da proibição expressa, quer dizer, ordenou aos cães, depois de tudo isso ter sido explicado, que se exercitassem no autoconhecimento e proibissem a si mesmos o jejum. Portanto, uma proibição tripla ao invés da usual proibição única, e eu a havia burlado. Mas eis que pelo menos eu prestara atenção, ainda que de modo atrasado, e poderia parar de jejuar, mas, em meio à dor, havia também uma tentação de continuar jejuando, e eu a segui cheio de luxúria como se fosse um cão desconhecido. Não conseguia parar, talvez também eu já estivesse fraco demais para me levantar e me salvar buscando regiões habitadas. Eu rolava de um lado a outro sobre as folhas da floresta, não conseguia mais dormir, ouvia barulho por toda a parte, o mundo adormecido que jamais se manifestara na vida até então parecia ter sido despertado por meu jejum, comecei a imaginar que jamais conseguiria voltar a comer de novo, pois com isso teria de silenciar outra vez o mundo barulhento que deixara, e eu não seria capaz disso, embora o maior barulho que ouvia viesse de minha própria barriga; eu muitas vezes encostava o ouvido a ela e devo ter ficado de olhos bem aterrorizados, pois mal conseguia acreditar no que ouvia. E, uma vez que as coisas se tornaram difíceis demais, a vertigem parecia tomar conta também da minha natureza, ela fazia tentativas absurdas de me salvar, eu comecei a sentir o cheiro de comidas, comidas selecionadas, que eu há muito não ingerira mais, alegrias da minha infância – sim, eu senti o cheiro dos seios de minha mãe –, esqueci minha decisão de querer resistir aos cheiros, ou melhor, não a esqueci; com a decisão, como se fosse uma decisão que fazia parte de tudo, eu me arrastei para todos os lados, sempre e apenas alguns passos, e então farejava, como se quisesse ver onde estava a comida apenas para me proteger dela. O fato de não encontrar nada não me decepcionava,

Investigações de um cão | **213**

as comidas estavam por perto, só que alguns passos distantes demais, eu sentia que minhas pernas se dobravam antes de chegar a elas. Ao mesmo tempo, contudo, eu sabia que não havia nada ali, que apenas fazia os pequenos movimentos por medo de chegar ao colapso definitivo em um lugar que não deixaria mais. As últimas esperanças desapareceram, as últimas tentações, eu morreria à míngua ali mesmo, que importavam minhas investigações, tentativas infantis de uma época infantilmente mais feliz, aqui e agora a coisa era séria, aqui a ciência poderia provar seu valor, mas onde estava ela? Aqui, no caso, havia apenas um cão desamparado que abocanhava o vazio, um cão que embora ainda regasse o solo de modo convulsivamente rápido sem o saber, não conseguia mais buscar em sua memória, na confusão das sentenças mágicas, a mínima coisa que fosse, nem mesmo o versinho que os recém-nascidos dizem ao se encolher debaixo de suas mães. Era para mim como se ali eu não estivesse separado dos irmãos por uma pequena corrida, mas infinitamente longe de tudo, e como se no fundo nem sequer estivesse morrendo de fome, mas apenas devido a meu abandono. Era bem visível que ninguém se preocupava comigo, ninguém debaixo da terra, ninguém acima dela, ninguém no alto, eu sucumbia à indiferença de todos, e essa indiferença dizia: ele morrerá, e seria isso mesmo que aconteceria. E eu por acaso não concordara com tudo? Não dizia a mesma coisa? Não quis esse abandono? Por certo, caros cães, mas não para morrer desse jeito, aqui, e sim para chegar à verdade acerca de tudo, sair desse mundo da mentira, onde não se encontra ninguém de quem se possa saber a verdade, nem mesmo de mim se pode sabê-la, eu, que sou um inato cidadão da mentira. Talvez a verdade não estivesse muito longe e eu, portanto, não me encontrasse tão abandonado quanto pensava, não abandonado pelos outros, pelo menos, apenas por mim mesmo, eu, que fracassava e morria.

Mas não morria tão rápido quanto um cão nervoso acredita que se morre. Eu apenas desmaiei e, quando acordei e levantei os olhos, um cão desconhecido se encontrava à minha frente. Eu não sentia mais fome, estava bem forte, minhas juntas pareciam molas, ainda que eu sequer

214 | Blumfeld, um solteirão de mais idade e outras histórias

fizesse a tentativa de testá-las me levantando. No entanto, eu não via mais do que costumava ver, um cão belo, mas não demasiado incomum, se encontrava à minha frente, isso eu via, nada mais, e mesmo assim acreditava ver mais nele do que via de costume. Debaixo de mim havia sangue, no primeiro momento pensei que fosse alimento, mas logo percebi que era sangue, que eu havia vomitado. Desviei os olhos dele e me voltei para o cão desconhecido. Ele era magro, de pernas longas, marrom, aqui e ali uma mancha branca e tinha um olhar belo, vigoroso e investigativo.

– O que tu estás fazendo aqui? – ele perguntou. – Tu precisas ir embora daqui.

– Não posso ir embora por enquanto – disse eu, sem mais explicações, pois como poderia lhe explicar tudo, se ele ainda por cima parecia estar com pressa.

– Por favor, vá embora – disse ele, e, inquieto, erguia uma perna após a outra.

– Me deixa em paz – disse eu –, vai e não te preocupes comigo, os outros também não se preocupam comigo.

– Mas eu te peço apenas para poder te ajudar – disse ele.

– Podes me pedir pela razão que quiser – disse eu. – Eu não poderia ir, mesmo que eu quisesse.

– Razões não faltam – disse ele sorrindo. – Pode ir. Justamente por parecer estar fraco, eu te peço que te afastes devagar, se hesitares, terás de correr mais tarde.

– Deixa que eu me preocupe com isso – disse eu.

– Mas eu também me preocupo – disse ele, triste por causa da minha teimosia, e parecia já estar querendo me deixar ali por enquanto, porém aproveitando a oportunidade para se aproximar amorosamente de mim. Em outros tempos, eu teria tolerado isso com prazer da parte do belo, mas na época, não sei por que, fui tomado de pavor.

– Fora daqui! – gritei, e tanto mais alto por não poder me defender de outro modo.

– Mas já estou te deixando – disse ele, recuando vagarosamente. – Tu és maravilhoso. Por acaso não te agrado?

Investigações de um cão | **215**

– Tu me agradarás se fores embora e me deixares em paz – disse eu, mas já não tinha mais tanta certeza de que as coisas eram de fato como queria fazer com que ele acreditasse que fossem. Com meus sentidos aguçados pela fome, vi ou ouvi nele alguma coisa, alguma coisa que estava apenas principiando, e crescia, se aproximava, e eu já sabia, aquele cão de qualquer modo tem o poder de te expulsar, ainda que agora não sejas capaz de imaginar como algum dia poderás conseguir te levantar de novo. E eu olhei para ele, que apenas sacudira a cabeça levemente à minha resposta rude, com um desejo cada vez maior.

– Quem és tu? – perguntei eu.

– Sou um caçador – disse ele.

– E por que não queres permitir que eu fique aqui? – perguntei eu.

– Tu me incomodas – disse ele –, não consigo caçar quando estás por aqui.

– Tenta – disse eu –, talvez ainda consigas caçar.

– Não – disse ele –, lamento muito, mas tu precisas ir embora.

– Deixa a caça de lado por hoje! – implorei eu.

– Não – disse ele –, eu preciso caçar.

– Eu preciso ir embora, tu precisas caçar – disse eu –, só precisões. Compreende ao menos por que precisamos?

– Não – disse ele –, e também não há o que compreender nisso, são coisas naturais, evidentes.

– Nem tanto – disse eu –, tu inclusive lamentas ter de me expulsar, e mesmo assim o faz.

– Isso mesmo – disse ele.

– Isso mesmo – repeti eu, incomodado –, o que não chega a ser uma resposta. Ao que seria mais fácil renunciar pra ti, renunciar à caça ou me expulsar daqui?

– Renunciar à caça – disse ele sem hesitar.

– Pois bem – disse eu –, nisso há uma contradição.

– Que contradição? – perguntou ele. – Meu querido e pequeno cão, não entendes realmente que eu preciso fazer o que faço? Não é capaz de entender nem o que é o mais evidente?

216 | Blumfeld, um solteirão de mais idade e outras histórias

Eu nada mais respondi, pois percebi – e vida nova percorreu meu corpo, essa vida que o susto costuma conceder –, sim, percebi em detalhes inacreditáveis, que talvez ninguém a não ser eu jamais teria podido perceber, que o cão entabulava uma canção nas profundezas do peito.

– Tu vais cantar – disse eu.

– Sim – disse ele com seriedade –, eu vou cantar logo, mas ainda não.

– Mas já estás começando – disse eu.

– Não – disse ele –, ainda não. Mas podes ir te preparando.

– Já estou ouvindo tudo, ainda que tu o negues – disse eu, tremendo.

Ele ficou em silêncio. E eu acreditei, na época, que estava reconhecendo algo que nenhum cão antes de mim presenciou, pelo menos não se encontra nas crônicas nem a mais fugidia menção a algo do tipo, e mergulhei às pressas o rosto na poça de sangue à minha frente, sentindo uma vergonha e um medo infinitos. Na verdade, eu acreditava reconhecer que o cão já cantava, sem mesmo ainda saber que era assim, e inclusive mais do que isso, que a melodia, apartada dele, pairava no ar seguindo suas próprias leis e sem que ele próprio se desse conta, como se ele não fizesse parte disso, apenas tentando chegar a mim, apenas a mim...

Hoje em dia, naturalmente renego todo esse tipo de conclusões e as credito à minha hipersensibilidade de então, mas, ainda que tenha sido um engano, esse engano tem uma certa grandiosidade; é a única, ainda que apenas aparente, realidade, que consegui salvar e trazer da época da fome para este mundo, e ela mostra, pelo menos, a que ponto se pode chegar quando se está completamente fora de si. E eu estava de fato completamente fora de mim. Em circunstâncias normais, eu teria estado gravemente enfermo, incapaz de me mexer, mas não consegui resistir à melodia que o cão logo pareceu assumir como sendo a sua. Ela ficava cada vez mais forte: seu crescimento talvez não tivesse limites, e já agora quase estourava meus ouvidos. Mas a pior coisa era que ela parecia se encontrar à disposição apenas por minha causa, essa voz, diante de cuja sublimidade a floresta emudecia, apenas por minha causa; quem era eu, que continuava ousando ficar ali e ainda me escarrapachava

Investigações de um cão | **217**

em minha sujeira e meu sangue? Trêmulo, me levantei, e olhei pelo meu corpo abaixo; algo assim não conseguirá andar, eu ainda pensei, mas já voava, acossado pela melodia, dando os mais maravilhosos dos saltos e sumindo. Nada contei a meus amigos, logo à minha chegada eu provavelmente tivesse contado tudo, mas na hora estava fraco demais, e mais tarde, por outro lado, tudo já me parecia impossível de ser transmitido. Insinuações, que não consegui me obrigar a reprimir, se perderam nas conversas sem deixar rastros. Em termos físicos, aliás, eu me recuperei em poucas horas, ao passo que mentalmente ainda hoje sinto as consequências.

Ampliei minhas investigações, no entanto, levando-as à música dos cães. A ciência com certeza não se mostrava inativa também nisso, e a ciência da música é, se é que estou bem informado, talvez ainda mais ampla do que a do alimento, e de qualquer modo bem mais fundamentada. Isso deve ser explicado pelo fato de que neste terreno se pode trabalhar com mais paixão do que naquele, e de que aqui se trata mais de meras observações e sistematizações, ao passo que lá são, sobretudo, conclusões práticas. A isso também se deve o fato de que o respeito pela ciência da música é maior do que o respeito pela ciência do alimento, embora a primeira jamais tenha conseguido penetrar tão profundamente no âmbito do povo quanto a segunda. Também eu achava a ciência da música mais estranha do que qualquer outra, antes de ouvir a voz na floresta. Embora a experiência com os cães cantores já tenha chamado minha atenção para ela, eu era jovem demais na época. Também não é fácil nem mesmo se aproximar dessa ciência, ela é tida como especialmente difícil e se fecha, distinta, ao conhecimento da massa. E, ainda que a música naqueles cães fosse a coisa que a princípio chamava mais a atenção, mais importante do que a música em si me pareceram suas essências caninas caladas, e, para sua música terrível, eu talvez não encontrasse nenhuma semelhança em qualquer outro lugar, ou seja, eu podia negligenciá-la com mais facilidade, mas sua essência desde então se me apresentou em todos os cães e por toda parte. Para penetrar na essência dos cães, contudo, as investigações acerca do alimento me

218 | Blumfeld, um solteirão de mais idade e outras histórias

pareceram as mais adequadas, as que levavam ao objetivo sem qualquer desvio. Talvez eu não tivesse razão nisso. De qualquer modo, uma região limítrofe de ambas as ciências já na época atraiu minhas suspeitas. É a doutrina do canto que chama o alimento para baixo. Mais uma vez é bastante incômodo para mim o fato de eu jamais ter mergulhado seriamente também na ciência da música, e nesse sentido não poder nem de longe me incluir sequer entre os semi-instruídos que sempre são desprezados de modo especial pela ciência. Tenho de estar sempre consciente disso. Diante de um erudito, e lamentavelmente tenho provas disso, eu me daria bem mal, inclusive no exame científico mais fácil. É claro que isso tem seu motivo, não contadas as já mencionadas circunstâncias de vida, primeiro na incapacidade científica, na imaginação precária, na memória ruim, e, sobretudo, na incapacidade de manter sempre o objetivo científico diante dos olhos. Tudo isso eu admito comigo mesmo de forma aberta, inclusive com uma certa alegria. Pois o motivo mais profundo da minha incapacidade científica me parece ser um certo instinto, e um instinto que de fato não é nem de longe assim tão ruim. Se eu quisesse fanfarronar, poderia dizer que justo esse instinto destruiu minhas capacidades científicas, pois haveria de ser um fenômeno no mínimo estranho se eu, que nas coisas mais habituais e cotidianas da vida, que por certo não são as mais simples, mostro um juízo tolerável, e, sobretudo, compreendo muito bem, ainda que não à ciência, pelo menos aos eruditos, o que pode ser comprovado nos resultados que alcancei, deveria ter me mostrado incapaz de antemão de levantar a pata ainda que fosse ao primeiro degrau da ciência. Foi o instinto, que talvez justamente por causa da ciência, mas uma ciência diferente da que é praticada hoje, uma ciência derradeira, que permitiu que eu valorizasse a liberdade mais do que qualquer outra coisa. A liberdade! Realmente, a liberdade, conforme ela hoje se mostra possível, é uma planta frágil. Mas ainda assim liberdade, ainda assim algo que se tem...

Um artista da fome

Nas últimas décadas, o interesse por artistas da fome diminuiu muito. Enquanto no passado era bem lucrativo organizar grandes apresentações desse tipo por conta própria, hoje em dia isso é completamente impossível. Eram outros tempos. Na época, a cidade inteira se ocupava do artista da fome; de dia de fome a dia de fome, um após outro, aumentava a participação; todo mundo queria ver o artista da fome pelo menos uma vez por dia; nos últimos, havia espectadores que ficavam sentados durante dias em frente à pequena jaula de grades; também à noite aconteciam visitas, para aumentar o efeito à luz das tochas; nos dias bonitos a jaula era levada ao ar livre, e então era sobretudo às crianças que o artista da fome era mostrado; enquanto para os adultos ele não passava de uma diversão, da qual eles participavam apenas porque isso estava na moda, as crianças ficavam sentadas, olhando admiradas, de boca aberta, segurando por segurança as mãos umas das outras, como ele, pálido, de camiseta preta, as costelas formidavelmente salientes, desprezando até mesmo um assento, ficava sentado sobre a palha espalhada no chão, assentindo com cortesia, respondendo às perguntas com um sorriso forçado, também estendendo o braço através das grades para permitir que sua magreza pudesse ser tateada, para em seguida, completamente mergulhado em si mesmo de novo, não dar mais atenção a ninguém, nem mesmo à para ele tão importante batida do relógio, que era a única peça de mobiliário da jaula, e sim apenas olhando o vazio à sua frente de olhos quase cerrados, e aqui e ali bebericando de uma minúscula garrafinha para umedecer seus lábios.

Além dos espectadores em número crescente, havia ainda guardas, escolhidos pelo público, estranhamente açougueiros na maior parte das

220 | Blumfeld, um solteirão de mais idade e outras histórias

vezes, que, sempre três ao mesmo tempo, ficavam encarregados da tarefa de observar o artista da fome dia e noite, a fim de que ele não tomasse algum alimento de modo furtivo e sem que ninguém percebesse. Mas se tratava meramente de uma formalidade, introduzida para acalmar as massas, pois os iniciados sabiam muito bem que o artista da fome jamais e em quaisquer circunstâncias, mesmo se fosse obrigado, teria comido o mínimo que fosse durante o tempo da fome; a honra de sua arte o proibia de fazê-lo. De fato, nem todos os guardas conseguiam entender isso, às vezes havia grupos noturnos de guarda que encaminhavam sua tarefa de modo bem relaxado, se sentavam voluntariosamente em um canto distante e lá mergulhavam no jogo de cartas, na visível intenção de permitir um pequeno refresco ao artista da fome, que, conforme a opinião deles, poderia providenciar em algum estoque secreto. Nada era mais torturante para o artista da fome do que guardas que se comportavam assim; eles o deixavam melancólico; tornavam o fato de passar fome terrivelmente difícil para ele; às vezes, ele superava sua fraqueza e, durante esses períodos de guarda, cantava por tanto tempo quanto aguentava, a fim de mostrar às pessoas como elas eram injustas ao desconfiar dele. Isso ajudava pouco, porém; as pessoas se admiravam apenas com sua habilidade de não comer, mesmo enquanto estava cantando. Ele gostava muito mais dos guardas que se sentavam bem próximos das grades, que não se satisfaziam com a iluminação opaca da noite, mas lançavam sobre ele o clarão das lâmpadas elétricas de bolso, que o empresário havia colocado à disposição deles. A luz ofuscante nem sequer incomodava o artista da fome, dormir de verdade ele não conseguia mesmo, e dormitar um pouco ele conseguia sempre, a qualquer luz e a qualquer hora, mesmo quando a sala estava lotada e barulhenta. Ele fazia gosto em passar a noite com esses guardas, sem dormir nada; se mostrava pronto a brincar com eles e lhes contar histórias de sua vida de peregrino, e, por outro lado, ouvir as histórias deles, tudo apenas para mantê-los despertos, a fim de poder lhes mostrar a cada pouco que não tinha nada comestível na jaula e que passava fome como nenhum deles seria capaz de passar. Mais feliz ele ficava, contudo, quando a manhã

Um artista da fome | **221**

chegava e era trazido para os guardas um desjejum riquíssimo às custas dele, sobre o qual eles se lançavam com o apetite de homens saudáveis depois de uma noite cansativa em que passaram acordados. Embora houvesse pessoas que pretendiam ver naquele desjejum uma tentativa de influência inadequada sobre os guardas, isso ia um pouco longe demais, mas, quando se perguntava a elas se queriam assumir a guarda noturna apenas pela coisa em si e sem o desjejum, elas desapareciam, mas continuavam firmes em suas suspeitas mesmo assim.

Isso, contudo, já fazia parte das suspeitas que nem sequer podiam ser isoladas do ato de passar fome. É que ninguém era capaz de passar todos os dias e noites sem interrupções no papel de guarda junto ao artista da fome, ninguém, portanto, podia saber a partir de sua própria observação se de fato ele passara fome de modo ininterrupto e sem qualquer erro; apenas o artista da fome, ele mesmo, podia saber disso, só ele é que podia ser ao mesmo tempo o espectador completamente satisfeito de seu ato de passar fome. Mas ele, por sua vez, jamais ficava satisfeito por outro motivo; talvez nem sequer tivesse emagrecido tanto por passar fome, a ponto de fazer inclusive com que alguns lamentassem ter de ficar distantes de suas apresentações porque não suportavam olhar para ele, mas emagrecera, sim, apenas por insatisfação consigo mesmo. É que apenas ele sabia, nem mesmo um outro iniciado qualquer o sabia, como era fácil passar fome. Era a coisa mais fácil do mundo. Ele também não o escondia, mas ninguém acreditava nele, no melhor dos casos consideravam-no humilde, na maior parte das vezes, porém, achavam que ele era viciado em propaganda, ou até mesmo um vigarista para o qual passar fome era coisa das mais fáceis porque ele sabia torná-la fácil para si, e que ainda tinha a cara de pau de confessá-lo em alguma medida. Tudo isso o artista da fome era obrigado a aceitar, e também já se acostumara a fazê-lo no decorrer dos anos, mas essa insatisfação não parava de roê-lo por dentro, e jamais depois de qualquer um dos períodos de fome – esse certificado tinha de lhe ser dado – ele havia abandonado voluntariamente a jaula. O empresário havia estipulado quarenta dias como o período máximo para passar fome, além deles ele jamais permitia que a fome continuasse,

222 | Blumfeld, um solteirão de mais idade e outras histórias

mesmo nas metrópoles, e isso por um bom motivo. Durante mais ou menos quarenta dias, conforme a experiência, se podia, através de uma propaganda que ia aumentando aos poucos, instigar cada vez mais o interesse de uma cidade, mas em seguida o público começava a falhar, podia ser constatada uma diminuição essencial do apoio; naturalmente havia pequenas diferenças no que dizia respeito a isso entre as cidades e os países, mas, de um modo geral, o tempo máximo era de quarenta dias. Então, no quadragésimo dia, a porta da jaula enfeitada de flores era aberta, um público entusiasmado enchia o anfiteatro, uma banda militar tocava, dois médicos adentravam a jaula para fazer as aferições necessárias no artista da fome, os resultados eram anunciados à sala por um megafone, e por fim chegavam duas jovens senhoras, felizes com o fato de justamente elas terem sido as sorteadas, e se dispunham a conduzir o artista da fome para fora da jaula por alguns degraus, até um lugar em que, sobre uma pequena mesinha, havia uma refeição de enfermo cuidadosamente selecionada. E, nesse instante, o artista da fome sempre oferecia resistência. Embora ainda deitasse seus braços ossudos nas mãos estendidas e prontas a ajudar das senhoras curvadas em sua direção, ele se recusava a se levantar. Por que parar justamente agora, depois de quarenta dias? Ele ainda teria aguentado por muito mais tempo, por um tempo ilimitadamente longo; por que parar justamente agora que ele estava na melhor, na verdade, ainda nem sequer estava na melhor das fases da fome? Por que queriam lhe roubar a fama de continuar passando fome, não apenas de se tornar o maior artista da fome de todos os tempos, que ele provavelmente já fosse, mas também superar a si mesmo até o inconcebível, pois ele não sentia limites para sua capacidade de passar fome? Por que essa multidão, que manifestava admirá-lo tanto, tinha tão pouca paciência com ele; se ele aguentava continuar passando fome, por que ela não queria aguentar? Ele também estava cansado, se sentia bem, sentado na palha, e agora deveria se levantar e se esticar e ir até a comida, que tão só de imaginar já lhe causava mal-estar, o que ele, sentindo muita dificuldade, não demonstrava apenas em consideração às senhoras. E ele levantava os olhos para os olhos das aparentemente tão amáveis, mas na realidade tão cruéis senhoras, e sacudia a cabeça pesada ao extremo sobre o pescoço fraco. Mas então acontecia o que sempre acontecia. O empresário vinha, erguia, mudo – a música tornava a conversa impossível –, os braços sobre o artista da fome como se estivesse convidando o céu a ver sua obra ali, sobre a palha, aquele mártir digno de pena que o artista da fome em todo caso era, mas em um sentido completamente diferente; pegava o artista da fome pela cintura fina, e, com uma cautela exagerada, queria tornar crível o fato de estar lidando ali com uma coisa das mais frágeis; e o entregava – não sem o sacudir um pouco às escondidas, de modo que o artista da fome oscilava descontroladamente com as pernas e o tronco de um lado a outro – às senhoras que entrementes já estavam pálidas como a morte. O artista da fome apenas suportava tudo; a cabeça estava caída sobre seu peito, era como se ela tivesse rolado até ali e lá se mantivesse de modo inexplicável; o corpo se mostrava desfigurado; as pernas se juntavam firmemente nos joelhos, respondendo ao instinto de conservação, e mesmo assim esgaravatavam o chão, como se não fosse aquele o chão real, pois o real elas ainda estavam procurando; e todo o peso, de qualquer modo, bem leve, do corpo, jazia sobre uma das senhoras que, buscando ajuda, a respiração ofegante – não era assim que ela havia imaginado aquele cargo honorífico –, esticava primeiro o pescoço tanto quanto podia para pelo menos preservar o rosto do contato com o artista da fome, mas então, uma vez que não tinha sucesso nisso e sua acompanhante mais feliz não vinha lhe ajudar, mas se satisfazia em carregar à sua frente, e mesmo assim tremendo, a mão do artista da fome, esse pequeno feixe de ossos, debaixo das gargalhadas deliciadas da sala, ela rompia em choro e precisava ser substituída por um servo que já há muito se encontrava à disposição. Então vinha a comida, da qual o empresário já dera um pouco ao artista da fome durante um leve sono semelhante a um desmaio, debaixo de aplausos divertidos, destinados a desviar a atenção do estado em que se encontrava o artista da fome; depois, ainda era feito um brinde à saúde do público, que supostamente havia sido sussurrado ao empresário pelo artista da fome; a orquestra

224 | Blumfeld, um solteirão de mais idade e outras histórias

reforçava tudo com uma grande fanfarra, todo mundo se dispersava e ninguém tinha o direito de se mostrar insatisfeito com o que vira, ninguém, a não ser o artista da fome, sempre e apenas ele.

Assim ele viveu por muitos anos, com pequenas e regulares pausas para descansar, em meio ao brilho aparente, admirado pelo mundo, mas apesar de tudo isso quase sempre em meio a um humor sombrio, que se tornava ainda mais sombrio pelo fato de que ninguém sabia levar esse humor a sério. Mas com o que, também, se poderia consolá-lo? O que lhe restava a desejar? E, quando se encontrava alguém de boa índole, que sentia pena dele e queria lhe explicar que sua tristeza provavelmente vinha da fome, podia acontecer, sobretudo quando o artista da fome já estava passando fome em uma fase adiantada, que este respondesse com uma explosão de cólera e, para susto de todo mundo, começasse a sacudir as grades como um animal. Mas o empresário tinha uma punição sempre pronta em tais situações, e gostava de fazer uso dela. Pedia desculpas pelo artista da fome diante do público reunido, admitia que apenas a irritabilidade causada pelo fato de passar fome, aliás, bem compreensível para pessoas que viviam satisfeitas, é que poderia tornar perdoável o comportamento do artista da fome; e, em relação a isso, passava a comentar a afirmação do artista da fome, que também preci-sava ser explicada, de que ele poderia passar fome por bem mais tempo do que passava; elogiava os altos intuitos, a boa vontade, a grandiosa abnegação, que com certeza também estariam contidas nessa afirmação; porém em seguida simplesmente procurava refutar a afirmação apenas mostrando fotografias, que ao mesmo tempo eram vendidas, pois nas imagens se via o artista da fome em um dos quadragésimos dias de fome, na cama, quase apagado de tanta falta de força. Embora bem conhecida do artista da fome, essa falsificação da verdade o irritava sempre que era mostrada de novo, lhe parecia excessiva. O que na verdade era a consequência do fim prematuro da fome era apresentado ali como seu motivo! Lutar contra essa insensatez, contra esse mundo de insensatez, era impossível. Ele sempre de novo voltava ainda a ouvir, curioso e de boa-fé, junto às grades, o que o empresário dizia, porém, ao surgimento das fotografias, ele a cada vez soltava as grades, caía para trás, sobre a palha, com um suspiro, e o público acalmado podia voltar a aparecer e contemplá-lo.

Quando as testemunhas de cenas como essa voltavam a pensar nelas vários anos mais tarde, elas muitas vezes não compreendiam mais nem a si mesmas. Pois entrementes havia ocorrido aquela já mencionada mudança; ela acontecera quase que de repente; e poderia até ter motivos mais profundos, mas quem haveria de fazer questão de encontrá-los; de qualquer modo, o amimalhado artista da fome se viu certo dia abandonado pela multidão viciada em divertimentos, que preferia correr para outros espetáculos. Mais uma vez o empresário percorria com ele metade da Europa a fim de ver se aqui e ali não poderia ser reencontrado o antigo interesse; tudo em vão; como se em um acordo secreto, por toda a parte havia se formado até uma aversão ao espetáculo da fome. É claro que isso na realidade não podia ter vindo de repente, e todos se lembravam agora retroativamente de alguns prenúncios aos quais não se prestou suficiente atenção nem se reprimiu o bastante no êxtase dos sucessos; mas, para fazer algo contra isso, agora já era tarde demais. Embora fosse certo que mesmo para a fome haveria de voltar a época propícia, para os vivos isso não era nenhum consolo. O que o artista da fome poderia fazer enquanto isso? Ele, que havia sido ovacionado por milhares, não podia se mostrar em quiosques de pequenas feiras anuais, e, para recomeçar em outra profissão, o artista da fome não apenas estava velho demais como sobretudo entregue de um modo demasiado fanático ao ato de passar fome. De modo que ele acabou por despedir o empresário, o companheiro de uma carreira sem igual, e foi trabalhar em um grande circo; para poupar sua sensibilidade, ele nem sequer deu atenção às condições do contrato.

Um grande circo com seus inúmeros profissionais e animais e aparelhos, que sempre se compensam e se suprem uns aos outros, pode aproveitar qualquer um e a qualquer hora, até mesmo um artista da fome, sendo humildes suas exigências, é claro, e, além disso, nesse caso especial não se tratava apenas do artista da fome que era empregado, mas

226 | Blumfeld, um solteirão de mais idade e outras histórias

também de seu antigo e afamado nome, sim, pois diante da peculiaridade dessa arte que não diminuía com o aumento da idade, nem sequer se poderia dizer que um artista desgastado, que não se encontrava mais no auge de suas capacidades, pretendia se esconder em um posto tranquilo de circo; pelo contrário, o artista da fome garantia que ele, o que, aliás, era digno de crença, poderia passar fome tão bem quanto no passado, e inclusive afirmava que, caso lhe permitissem fazer sua vontade, e isso lhe foi prometido sem mais problemas, na verdade apenas agora faria com que o mundo se surpreendesse de modo justificado, uma afirmação que, em todo caso, considerado o ambiente da época, e o artista da fome o esquecia com facilidade em seu excesso de zelo, apenas fazia com que os especialistas sorrissem.

No fundo, entretanto, também o artista da fome não perdeu o faro para a realidade das circunstâncias e aceitou como natural que não o apresentassem com sua jaula, por exemplo, como o número principal, mas sim o deixassem do lado de fora, em um lugar bem acessível de resto, na proximidade dos estábulos. Inscrições em letras grandes e bem coloridas bordejavam a jaula e anunciavam o que podia ser visto ali. Se o público se acotovelava em busca dos estábulos durante as pausas da apresentação para ver os animais, era quase inevitável que passasse pelo artista da fome e parasse algum tempo por lá, talvez até ficasse mais tempo junto dele se, no corredor estreito, os que chegavam se aco- tovelando por trás, e que não compreendiam essa parada no caminho aos estábulos almejados, não tornassem impossível uma contemplação mais longa e tranquila. Esse era também o motivo pelo qual o artista da fome voltava a tremer diante desses horários de visita, cuja chegada ele naturalmente desejava como seu objetivo de vida. Nos primeiros tempos, ele mal conseguira esperar pelas pausas na apresentação; olhara encantado ao encontro da multidão que rolava lentamente se aproxi- mando, até se dar conta, e ainda bem cedo – também o autoengano mais obstinado e quase consciente não resistia às experiências –, de que na maior parte dos casos, pelo menos no que dizia respeito à intenção, constantemente e sem exceção se tratava de pessoas que apenas queriam visitar os estábulos. E essa visão à distância continuava desde sempre sendo a mais bonita. Pois quando elas haviam se aproximado dele, ele logo era envolvido por berreiros e descomposturas dos grupos que não paravam de se posicionar, o primeiro formado por aqueles que – para o artista da fome ele em pouco já era o mais melindroso – se dispunham a contemplá-lo mais confortavelmente, não por certo por compreendê-lo, mas apenas por capricho e teimosia, e o segundo que exigia apenas chegar aos estábulos. Quando o grosso da multidão havia passado, chegavam os retardatários, e estes, que de qualquer modo já não eram mais impedidos de ficar parados por tanto tempo quanto tivessem vontade, se apressavam em longas passadas, quase sem se dignar a olhar de lado sequer quando cruzavam por ele, a fim de chegar a tempo aos animais. E não eram nem um pouco frequentes os casos felizes em que um pai de família chegava com seus filhos, apontava com o dedo para o artista da fome, explicava em detalhes do que se tratava, contava de anos passados, nos quais estivera em apresentações semelhantes, mas incomparavelmente mais grandiosas, e então as crianças, devido à sua formação defeituosa da parte da escola e da vida, continuavam sem nada entender – o que significava passar fome para elas? –, mas mesmo assim revelavam no brilho de seus olhos investigativos algo dos tempos novos e mais misericordiosos que ainda viriam. Quem sabe, dizia o artista da fome então consigo mesmo algumas vezes, se tudo não acabaria por melhorar um pouco algum dia, se pelo menos o seu posto não ficasse assim tão próximo dos estábulos. Com isso, a escolha das pessoas era tornada fácil demais, para não falar das exalações dos estábulos, da inquietude dos animais durante a noite, dos pedaços de carne crua carregados de passagem para os animais de rapina, dos gritos dados durante o tratamento, que o magoavam e o atormentavam sem parar. Mas apresentar um protesto junto à direção do circo ele também não ousava; de qualquer modo, devia aos animais a multidão de visitantes, entre os quais aqui e ali também se poderia encontrar algum destinado a ele, e quem sabe onde haveriam de escondê-lo se ele quisesse fazer com que se lembrassem de sua existência e com isso também que ele, de

228 | Blumfeld, um solteirão de mais idade e outras histórias

um ponto de vista mais rigoroso, era apenas um obstáculo no caminho aos estábulos.

Um pequeno obstáculo, contudo, um obstáculo que se tornava cada vez menor. Todo mundo se acostumava ao fato dado e acabado de ser estranho querer exigir atenção para um artista da fome nos tempos de hoje, e assim o veredicto acerca dele já estava proferido. Ele poderia passar fome tão bem quanto pudesse, e ele o fazia, mas nada mais poderia salvá-lo, simplesmente passavam por ele. Tente-se explicar a arte da fome a alguém! A quem não a sente não se pode explicá-la. As belas inscrições ficaram sujas e ilegíveis, depois foram arrancadas, e a ninguém ocorreu trocá-las; a plaquinha com o número dos dias de fome que já haviam se passado, que nos primeiros tempos havia sido trocada diariamente com todo o cuidado, já há tempos continuava sempre a mesma, pois depois das primeiras semanas os empregados começaram a se aborrecer inclusive com esse pequeno trabalho; e assim o artista da fome continuava passando fome, como no passado teria sonhado em fazer, e o conseguia sem dificuldades, exatamente como havia previsto que conseguiria na época, mas ninguém contava os dias, ninguém, nem mesmo o próprio artista da fome sabia a grandiosidade de seu desempenho, e seu coração se fez pesado. E quando, em algum momento naquele tempo todo, um caminhante ocioso ficava parado, zombava da antiga cifra e falava em trapaça, isso não deixava de ser, nesse sentido, a mais estúpida das mentiras que a indiferença e a maldade inata poderiam inventar, pois não era o artista da fome que enganava, ele trabalhava dignamente, e sim o mundo que o enganava, não reconhecendo o que ele merecia.

Mas outra vez se passaram vários dias, e também isso chegou ao fim. Certa vez a jaula chamou a atenção de um guarda, e ele perguntou ao servo por que deixavam parada ali, sem usar, aquela jaula cheia de palha apodrecida da qual se podia fazer tão bom uso; ninguém sabia, até que alguém se lembrou do artista da fome com a ajuda da placa dos números. Reviraram a palha com barras de ferro e encontraram o artista da fome ali dentro.

Um artista da fome | **229**

– Tu continuas passando fome? – perguntou o guarda. – Quando enfim vais parar?

– Perdoem-me, todos vocês – sussurrou o artista da fome; apenas o guarda, que mantinha o ouvido junto às grades, o entendeu.

– Com certeza – disse o guarda, e botou um dedo na testa, insinuando assim o estado do artista da fome aos empregados. – Nós te perdoamos.

– Jamais deixei de querer que vocês admirassem minha capacidade de passar fome – disse o artista da fome.

– E nós também a admiramos – disse o guarda, mostrando estar de acordo.

– Mas vocês não deviam admirá-la – disse o artista da fome.

– Pois bem, então não a admiraremos – disse o guarda –, mas por que não devemos admirá-la?

– Porque eu preciso passar fome, porque não consigo agir de outro modo – disse o artista da fome.

– Mas olha só – disse o guarda –, e por que tu não consegues agir de outro modo?

– Porque eu – disse o artista da fome, levantou a cabecinha um pouco e falou de lábios estreitados, como se prontos para beijar o ouvido do guarda, a fim de que nada se perdesse –, porque eu não consegui encontrar a comida que me agrada. Se eu a tivesse encontrado, acredita em mim, eu não teria causado sensação e comeria até me encher como tu e todos os outros.

Essas foram suas últimas palavras, mas ainda em seus olhos vidrados podia ser vista a firme, ainda que já não mais orgulhosa, convicção, de que ele continuava passando fome.

– Mas agora botem tudo em ordem – disse o guarda, e enterraram o artista da fome junto com a palha. Na jaula, contudo, puseram uma jovem pantera. Era um alívio até mesmo para o mais embotado dos sentidos ver naquela jaula por tanto tempo erma aquele animal selvagem se jogando de um lado a outro. Não lhe faltava nada. A comida, que lhe agradava, os guardas traziam sem refletir muito; nem mesmo da liberdade a pantera parecia sentir falta; aquele corpo nobre, provido de

230 | Blumfeld, um solteirão de mais idade e outras histórias

tudo que era necessário até estar prestes a arrebentar, parecia carregar consigo também a liberdade; esta parecia estar cravada em algum lugar de seus dentes; e a alegria de viver saía de seu focinho com um fervor tão grande que não era fácil para os espectadores resistir a ela. Mas eles se superavam, acotovelavam-se em torno da jaula e não queriam mais tirar os pés dali.

Josefine, a cantora, ou
O povo dos camundongos

Nossa cantora se chama Josefine. Quem não a ouviu não conhece os poderes da canção. Não há ninguém que não seja levado de arrasto por seu canto, o que deve ser tanto mais valorizado pelo fato de a nossa espécie de um modo geral nem sequer gostar de música. A música mais querida para nós é a paz silenciosa; nossa vida é difícil, nós não conseguimos, mesmo quando em algum momento tentamos nos livrar de todas as preocupações do cotidiano, nos elevar a coisas que de resto são tão distantes de nossa vida habitual como a música. Mas nós não o lamentamos muito; nem sequer a isso conseguimos chegar; uma certa esperteza prática, da qual por certo também necessitamos de modo urgente e extremo, é o que consideramos nossa maior vantagem, e, com o sorriso dessa esperteza, costumamos nos consolar acerca de tudo, ainda que algum dia – o que, no entanto, não acontece – sintamos nostalgia da felicidade que talvez venha da música. Apenas Josefine configura uma exceção; ela ama a música e, além disso, sabe como transmiti-la; ela é a única; com seu falecimento, a música haverá – e quem pode saber por quanto tempo – de desaparecer das nossas vidas.

Pensei muitas vezes sobre como são as coisas com essa música. No fundo, somos completamente insensíveis à música; como pode que compreendamos o canto de Josefine ou então, já que Josefine nega que o compreendamos, pelo menos acreditemos que o compreendemos? A resposta mais simples seria que a beleza desse canto é tão grande que também o senso mais embotado não consegue resistir a ele, mas essa resposta não é satisfatória. Se de fato fosse assim, para começar teria de se manifestar, diante desse canto, sempre a sensação do extraordinário, a sensação de que dessa garganta soa algo que jamais ouvimos antes e que sequer temos a capacidade de ouvir, algo que apenas Josefine, que é uma e única, e ninguém mais, nos capacita a ouvir. Mas justamente isso não é correto, segundo minha opinião; eu não o sinto e também não percebi coisa parecida nos outros. No círculo familiar, nós confessamos abertamente um ao outro que o canto de Josefine não representa nada de extraordinário na condição de canto.

Mas será, inclusive, que ele pode ser considerado canto? Apesar de nossa falta de musicalidade, algumas canções foram transmitidas a nós; nos tempos antigos de nosso povo o canto existia; sagas contam a respeito dele, e até mesmo restaram canções que na verdade ninguém mais sabe cantar. Uma noção do que seja canto, portanto, nós temos, e essa noção no fundo não corresponde nem um pouco à arte de Josefine. Mas será, inclusive, que ele pode ser considerado canto? Será que na realidade não é apenas um assoviar? E assoviar, por certo, todos nós sabemos, é a habilidade artística típica do nosso povo, ou, muito antes, sequer uma habilidade, mas uma expressão vital característica. Todos nós assoviamos, mas ninguém pensa de fato em considerar isso uma arte, nós assoviamos sem prestar atenção, sim, sem nem mesmo percebê-lo, e inclusive há muitos entre nós que sequer sabem que assoviar faz parte de nossas peculiaridades. Se, portanto, fosse verdade que Josefine não canta, mas apenas assovia, e talvez até mesmo, conforme ao menos me parece, mal chegue a ultrapassar as fronteiras do assovio comum – sim, talvez sua força nem sequer seja de todo suficiente para esse assoviar comum, ao passo que um prosaico trabalhador da terra consegue levá--lo a cabo sem esforço durante o dia inteiro durante o seu trabalho –, se tudo isso fosse verdade, e, embora os supostos dotes artísticos de Josefine tivessem sido refutados, seria ainda mais complicado solucionar o mistério de seu poderoso efeito.

Mas obviamente não é apenas um assovio o que ela produz. Quando nos posicionamos bem longe dela e ouvimos, ou, ainda melhor, permitimos que seja feito um exame nesse sentido, e Josefine canta, por exemplo, entre outras vozes, e se estabelece a tarefa de reconhecer sua

Josefine, a cantora, ou O povo dos camundongos | **233**

voz, é certo que não se ouvirá nada a não ser um assovio comum, que no máximo chama um pouco a atenção por sua suavidade ou sua fraqueza. Mas quando se está diante dela, não se trata nem remotamente apenas de um assovio; é necessário, para a compreensão de sua arte, não apenas ouvi-la, mas também a ver. Mesmo que se tratasse apenas do nosso assoviar cotidiano, ainda assim, desde logo se faz notar nele a peculiaridade de que alguém se posiciona solenemente para não fazer outra coisa que não seja a usual. Quebrar uma noz de fato não é uma arte, por isso mesmo ninguém jamais ousará juntar um público para, diante dele e no intuito de distraí-lo, quebrar nozes. Se esse alguém ainda assim o fizer, e sua intenção se mostrar acertada, é porque não se pode tratar apenas de um mero quebrar de nozes. Ou então se trata de quebrar nozes, mas logo fica claro que não percebemos as peculiaridades dessa arte simplesmente porque a dominamos com facilidade, e é apenas esse novo quebra-nozes que nos mostra sua verdadeira essência, sendo que, nesse sentido, até poderia ser útil ao efeito que ele fosse um pouco menos capaz na atividade de quebrar nozes do que a maioria de nós.

Talvez suceda algo parecido com o canto de Josefine; nós admiramos nela o que estamos longe de admirar em nós mesmos; no que diz respeito a isso, aliás, ela concorda inteiramente conosco. Eu certa vez estive presente quando, conforme naturalmente acontece com frequência, alguém chamou a atenção dela para o assovio geral do povo, e isso de um modo bem humilde, mas para Josefine já pareceu demais. Um sorriso tão maldoso e arrogante como o que ela mostrou na época, eu jamais havia visto; ela, que exteriormente é a perfeita suavidade, suave a ponto de dar na vista até mesmo em meio ao nosso povo, rico em tais figuras femininas, na época pareceu apenas vil; ela, aliás, logo quis senti-lo, ela mesma, em sua grande sensibilidade, e se conteve. De todo modo, Josefine nega qualquer vínculo entre sua arte e o assovio. Para aqueles que defendem opinião contrária, ela apenas manifesta desprezo, e provavelmente um ódio que não chega a admitir. Não se trata de vaidade comum, pois essa oposição, da qual eu em termos também faço parte, com certeza não a admira menos do que a multidão, mas Josefine não

234 | Blumfeld, um solteirão de mais idade e outras histórias

quer apenas ser admirada, e sim admirada exatamente do jeito que ela mesma determinar, a admiração em si não tem a menor importância para ela. E, quando se está sentado diante dela, logo se compreende sua situação; a oposição é exercida apenas à distância; quando se está sentado diante dela logo se sabe: o que ela assovia ali não é um simples assovio.

Uma vez que assoviar faz parte de nossos hábitos mais distraídos, até se poderia pensar que também no auditório de Josefine se assovia; nós nos sentimos bem diante da arte dela e, quando nós nos sentimos bem, assoviamos; mas o auditório de Josefine não assovia, ele é silencioso como um camundongo; como se estivéssemos fazendo parte da paz há tanto almejada, da qual pelo menos nosso próprio assoviar nos mantém longe, nós ficamos calados. Será o canto dela que nos encanta, ou então, muito antes, o silêncio solene que envolve aquela vozinha fraca? Certa vez aconteceu que uma coisinha estúpida qualquer começou a assoviar também, em toda sua inocência, durante o canto de Josefine. Ora, era exatamente o mesmo que também ouvíamos de Josefine; lá, na frente, o assovio ainda tímido, apesar de toda a experiência, e aqui, em meio ao público, aquele assoviar infantil distraído; caracterizar a diferença teria sido impossível; mas ainda assim logo silvamos e assoviamos sufocando a perturbadora, embora isso nem sequer tivesse sido necessário, pois ela com certeza logo teria se encolhido de medo e vergonha, enquanto Josefine entabulava seu assovio triunfal e se mostrava completamente fora de si com seus braços abertos e seu pescoço esticado ao alto a não poder mais.

Assim, aliás, Josefine é sempre, e ela considera qualquer insignificância, qualquer acaso, qualquer atitude renitente – um estalo do piso, um rilhar de dentes, um problema na iluminação –, adequados para elevar o efeito de seu canto; segundo sua opinião, aliás, ela canta diante de ouvidos surdos; não faltam aplausos e entusiasmo, mas, da verdadeira compreensão, conforme a entende, ela já aprendeu a abrir mão há muito tempo. Nesse sentido, pois, todas as perturbações são oportunas para ela; tudo aquilo que, vindo de fora, se opõe à pureza de seu canto, e é vencido em luta ligeira, até mesmo sem luta, apenas através do confronto,

Josefine, a cantora, ou O povo dos camundongos | **235**

pode contribuir para despertar a multidão e lhe ensinar, embora não a compreensão, pelo menos um respeito receoso.

Mas se o que é pequeno já lhe serve tanto assim, imagine-se como lhe serve o grande. Nossa vida é bem inquieta, cada dia traz surpresas, medos, esperanças e sustos, de modo que o indivíduo não poderia de forma alguma suportar isso tudo caso não contasse a qualquer hora, de dia e à noite, com o apoio dos camaradas; mas mesmo assim muitas vezes se torna bem difícil; de quando em quando, até mil ombros tremem sob a carga que no fundo foi destinada a apenas um. Então Josefine considera que chegou seu tempo. E eis que já ela está parada ali, esse ser cheio de suavidade, vibrando amedrontada sobretudo abaixo do peito, e é como se ela tivesse juntado toda a sua força no canto, como se tudo nela, que não servisse de modo direto ao canto, estivesse desprovido de toda e qualquer força, até mesmo de quase toda e qualquer possibilidade de vida, como se ela estivesse desnuda, entregue, abandonada apenas à proteção de bons espíritos, como se ela, enquanto está assim, completamente fora de si, morando apenas em seu canto, pudesse ser morta por um hausto frio que apenas a tocasse ao passar por ela. Mas justamente diante de uma visão dessas, nós, os supostos opositores, costumamos nos dizer: "Ela não sabe nem mesmo assoviar; precisa se esforçar de modo tão horrível para arrancar de si não o canto – não falemos de canto –, mas sim esse assoviar tão comum entre nós e de um jeito, aliás, precário." De modo que é isso que nos parece, mas, conforme já foi mencionado, se trata apenas de uma impressão que, embora seja inevitável, é fugidia e logo acaba passando. E, de resto, nós já mergulhamos na sensação das massas, que ouvem, cálidas, corpo a corpo, e respirando timidamente.

Para reunir em torno de si essas massas de nosso povo quase sempre em movimento, disparando para cá e para lá por motivos que muitas vezes não chegam a ser bem claros, Josefine na maior parte das vezes não precisa fazer outra coisa a não ser jogar a cabecinha para trás, entreabrir a boca e voltar os olhos para o alto, assumindo aquela posição que insinua a intenção de cantar. Ela pode fazê-lo onde quiser, não é necessário nem que se trate de um lugar visível à distância; um

236 | Blumfeld, um solteirão de mais idade e outras histórias

cantinho escondido qualquer, que ela escolhe por acaso e, seguindo um capricho do momento, é igualmente utilizável. A notícia de que ela pretende cantar logo se espalha, e em pouco todos se deslocam em procissões até ela. Mas eis que às vezes aparecem obstáculos, Josefine prefere cantar justamente em tempos de confusão, preocupações e necessidades diversas que nos obrigam então a buscar vários caminhos; não conseguimos, mesmo com a melhor das vontades, nos juntar tão rápido quanto Josefine deseja, de modo que ela talvez fique por algum tempo em sua postura grandiosa sem um número suficiente de ouvintes – e então ela por certo se mostra furiosa, bate os pés no chão, pragueja em um tom bem pouco feminino, e inclusive chega a morder. Mas mesmo um comportamento desses não prejudica sua fama; em vez de reduzir um pouco suas exigências exageradas, todos se esforçam para corresponder a elas; são enviados mensageiros para trazer ouvintes; e tudo fica em segredo, ninguém conta a ela que isso está acontecendo; e então se veem guardas dispostos nos caminhos mais próximos, que acenam chamando os que por ali passam para que se apressem; e isso por tanto tempo até que enfim acaba se juntando um número aceitável de espectadores.

O que leva o povo a se esforçar tanto por Josefine? Essa é uma pergunta que não é mais fácil de responder do que aquela sobre o canto de Josefine, à qual, aliás, também se encontra vinculada. Até se poderia riscá-la de todo e juntá-la à segunda pergunta, se por exemplo pudesse ser afirmado que o povo se entrega de modo incondicional por causa do canto de Josefine. Mas este não é, justamente, o caso; o nosso povo mal chega a conhecer o que é entrega incondicional; esse povo que, sobre todas as coisas, ama a esperteza sem dúvida inofensiva, o sibilar infantil, a fofoca por certo inocente que apenas mexe os lábios, um povo assim, de qualquer modo, não consegue se entregar incondicionalmente, e é provável que Josefine também perceba isso, e é isso que ela combate com todos os esforços de sua garganta fraca.

Só que não se deve ir longe demais com juízos generalizantes como esse, o povo, afinal de contas, se mostra entregue a Josefine, apenas não de modo incondicional. Ele, por exemplo, não seria capaz de rir de Josefine. Até se pode confessar consigo mesmo: há em Josefine algumas coisas que obrigam ao riso; e o riso como tal sempre está bem próximo de nós; apesar de todas as queixas de nossa vida, um riso leve de certa forma sempre nos é familiar; mas de Josefine nós não rimos. Às vezes, tenho a impressão de que o povo assume sua relação com Josefine de tal modo que ela, essa criatura frágil, necessitada de resguardo, e em alguma medida, distinta, e segundo sua opinião distinta por seu canto, lhe pareça familiar, e o povo precise cuidar dela; ninguém tem clareza acerca do motivo disso, apenas o fato parece estar definido. Mas sobre aquilo que é familiar a alguém não se ri; rir disso seria uma violação das obrigações; é o que há de mais extremo em maldade, o que os piores entre nós causam a Josefine quando às vezes dizem: "O riso nos foge quando vemos Josefine."

Assim, pois, o povo cuida de Josefine como se fosse um pai que se ocupa de um filho, que estende sua mãozinha – não se sabe ao certo se pedindo ou se exigindo – em sua direção. Até se deveria pensar que nosso povo não é apto a cumprir tais obrigações paternais, mas na realidade ele as cumpre, pelo menos nesse caso, de modo exemplar; ninguém isoladamente conseguiria fazer o que o povo como um todo é capaz de realizar, nesse sentido. De fato, a diferença de forças entre o povo e o indivíduo é tão monstruosa que basta puxar a protegida para o calor de sua proximidade, que ela já terá proteção suficiente. Para Josefine, contudo, ninguém se atreve a falar de tais coisas. "Estou pouco ligando para a proteção de vocês e respondo a ela com um simples assovio", diz ela nesses casos. "Sim, sim, tu apenas assovias, claro, não estás nem aí", pensamos nós. E, além disso, ela se encontra longe de refutar quando se mostra rebelde, muito antes é esse o modo como agem as crianças, até para mostrar sua gratidão, e o papel do pai é não se importar com isso.

Mas eis que comparecem outras coisas mais difíceis de esclarecer nessa relação entre o povo e Josefine. A opinião de Josefine, aliás, é bem contrária, e ela acredita que é ela que protege o povo. E seu canto de fato nos salva de uma situação ruim, política ou economicamente, sim, até isso

238 | Blumfeld, um solteirão de mais idade e outras histórias

ele consegue fazer, e, quando não afasta o infortúnio, pelo menos nos dá forças para suportá-lo. Ela não o expressa assim, e nem mesmo de outro modo; ela inclusive fala bem pouco, é taciturna entre os fofoqueiros, mas isso refulge de seus olhos, pode ser lido em sua boca fechada, e são bem poucos os que conseguem manter a boca fechada entre nós, mas ela consegue. A cada notícia ruim – e há dias em que elas se sucedem umas às outras, falsas e apenas meio verdadeiras entre elas –, Josefine se ergue imediatamente, quando normalmente seria arrastada para o chão, cansada, ela se ergue, pois, e estica o pescoço e procura vislumbrar o rebanho inteiro como faz o pastor prestes a encarar a tempestade. É claro que também crianças fazem exigências semelhantes em seu modo selvagem e incontido, mas no caso de Josefine essas exigências, de todo modo, não são tão infundadas como entre as crianças. Por certo ela não nos salva e não nos dá forças, é fácil se arvorar salvador deste povo que, acostumado ao sofrimento, sem jamais se poupar, rápido nas decisões, conhecedor da possibilidade da morte, apenas aparentemente medroso em meio à atmosfera de ousadia alucinada na qual vive constantemen-te, e além disso tão produtivo quanto ousado, sim, é fácil, conforme digo, se arvorar retroativamente como salvador deste povo, que desde sempre de algum modo se salvou sozinho, mesmo que fazendo vários sacrifícios, sobre os quais o pesquisador da história – de um modo geral, nós deixamos a pesquisa histórica completamente de lado – fica paralisado de susto. E, ainda assim, é verdade que justamente em situa-ções de necessidade nós ouvimos a voz de Josefine melhor do que em outros momentos. As ameaças que pairam sobre nós nos tornam mais silenciosos, mais humildes, mais suscetíveis aos caprichos do mando de Josefine; gostamos de nos juntar, de nos acotovelar, sobretudo porque isso acontece devido a uma circunstância que pode ser situada bem além da questão principal que nos tortura; é como se ainda bebêssemos juntos e rapidamente – sim, a pressa é necessária, e isso Josefine esquece por vezes demais – de uma caneca da paz antes de começar a batalha. Não é tanto uma apresentação de canto quanto, muito antes, uma reunião do povo, e uma reunião na qual, não contado o leve assovio na parte da

Josefine, a cantora, ou O povo dos camundongos | 239

frente, tudo fica no mais completo silêncio; a hora é séria demais para ser perdida em conversas vãs.

Uma relação assim por certo não poderia deixar Josefine satisfeita. Apesar de todo o mal-estar nervoso que, devido à sua postura jamais completamente esclarecida, demonstra, Josefine acaba não vendo algumas coisas, ofuscada por sua autoconfiança, e pode ser levada, sem que para isso seja necessário muito esforço, a deixar de ver muitas outras coisas; e, nesse sentido, na verdade, em um sentido geral e comum, um enxame de aduladores se mostra sempre ativo – mas para cantar apenas de passagem, sem chamar a atenção, no cantinho de uma reunião do povo –, e para isso, ela, ainda que no fundo isso nem sequer seja assim tão pouco, com certeza não sacrificaria seu canto.

Ela nem precisa fazê-lo, no entanto, pois sua arte sempre acaba chamando a atenção. Embora no fundo estejamos ocupados com coisas bem diferentes e o silêncio nem de longe impere apenas por amor ao canto, e alguns sequer levantem os olhos, mas, antes, apertem o rosto no gorro de peles do vizinho, e Josefine pareça se esfalfar em vão lá em cima, algo de seu assovio – isso não pode ser negado – acaba chegando inapelavelmente também até nós. Esse assoviar que se eleva onde todos os outros são obrigados ao silêncio chega quase como uma mensagem do povo ao indivíduo; o assovio ralo de Josefine em meio às decisões difíceis é quase como a existência miserável do nosso povo em meio ao tumulto do mundo hostil. Josefine acaba se afirmando, esse nada de voz, esse nada em desempenho acaba se afirmando e abre seu caminho até nós, e como faz bem pensar nisso. Um verdadeiro artista do canto, caso algum dia venha a se encontrar um entre nós, com certeza não o conseguiríamos suportar num tempo assim, e rechaçaríamos de forma unânime o absurdo de uma apresentação semelhante. Que Josefine fique preservada de saber que o fato de a ouvirmos é uma prova contra seu canto. Ela por certo tem uma vaga ideia de que seja assim, do contrário, por que ela negaria de modo tão apaixonado que nós a ouvimos, para sempre de novo voltar a cantar, assoviando para demonstrar que ignora essa mesma ideia?

240 | Blumfeld, um solteirão de mais idade e outras histórias

Mas de resto continuaria existindo um consolo para ela: e de certo modo realmente a ouvimos como é provável que se ouça um artista do canto; ela alcança efeitos que um artista do canto em vão buscaria alcançar entre nós, e que são concedidos apenas aos meios insuficientes dela. Isso provavelmente tenha a ver sobretudo com nosso modo de vida.

Em nosso povo não se conhece juventude, e mal se chega a conhecer uma insignificante época de infância. Embora regularmente sejam renovadas exigências de que se conceda às crianças uma liberdade especial, um resguardo especial, que se reconheça seu direito a alguma despreocupação, a algum perambular sem sentido por aí, a alguma brincadeira, e que esse direito por favor seja oficializado, fazendo-se tudo para que seja realizado, tais exigências aparecem; e quase todo mundo as considera justas, aliás, não existe nada que poderia ser considerado mais justo, mas também não existe nada que na realidade de nossa vida pudesse ser admitido com menos razão; aceitam-se as exigências, fazem-se algumas tentativas para que sejam atendidas, mas em pouco tudo volta a ser como era antes. Nossa vida é organizada de tal modo que uma criança, assim que começa a andar um pouco e consegue distinguir algumas das coisas em seu entorno, é obrigada a cuidar de si mesma como um adulto; os âmbitos em que, por considerações econômicas, somos obrigados a viver dispersos são grandes demais, o número de nossos inimigos é demasiado amplo, os perigos aos quais estamos submetidos em toda parte são imprevisíveis por demais, de modo que não podemos manter as crianças distantes da luta pela existência; se o fizéssemos, seria seu fim prematuro. A esses motivos tristes na verdade acaba se juntando também um outro, elevado: a fertilidade de nossa estirpe. Uma geração – e todas são numerosas – atropela a outra, as crianças não têm tempo de ser crianças. Em outros povos, as crianças até podem ser tratadas com todo o cuidado, podem até ser construídas escolas para os pequenos, e eles podem sair diariamente aos borbotões dessas escolas, eles, o futuro do povo; no entanto, serão sempre e por muito tempo, dia a dia, as mesmas crianças que sairão de lá. Nós não temos escolas, mas de nosso povo jorram aos borbotões, em espaços

Josefine, a cantora, ou O povo dos camundongos | **241**

dos mais mínimos, os bandos mais desmedidos de nossas crianças, sibilando e guinchando alegres enquanto ainda não aprenderam a assoviar, rolando e se movendo adiante por força da pressão enquanto ainda não aprenderam a andar, levando tudo de arrasto consigo estupidamente através de suas massas enquanto ainda não conseguem ver, as nossas crianças! E, não como naquelas escolas, não, não se trata das mesmas crianças, são sempre, sempre de novo, outras, sem fim, sem interrupção; mal aparece uma criança, ela já não é mais criança, mas atrás dela se acotovelam novos rostos de criança, indistinguíveis em sua multidão e pressa, rosadas de felicidade. De fato, por mais bonito que isso seja, e por mais que outros com razão nos invejem por causa disso, não podemos dar um verdadeiro tempo de criança a nossas crianças. E isso tem suas consequências. Uma certa infantilidade imortal, impossível de ser eliminada, toma conta de nosso povo; em contradição direta com nosso melhor, que é o juízo prático que jamais nos engana, às vezes agimos de modo rematadamente estúpido, do mesmo jeito como crianças agem estupidamente, absurdamente, perdulariamente, generosamente, levianamente, e isso muitas vezes apenas por amor a uma simples brincadeira. E mesmo que nossa alegria, com isso, o que, aliás, é bem natural, não possa mais ter o vigor absoluto da alegria de uma criança, algo dela com certeza ainda permanece. E Josefine desde sempre se aproveitou dessa infantilidade de nosso povo.

Mas nosso povo não é apenas infantil, ele de certo modo também envelhece prematuramente, infância e velhice se apresentam entre nós de um modo diferente. Não temos juventude, logo somos adultos, e então permanecemos adultos por tempo demais, um certo cansaço e uma certa desesperança perpassa a partir de então com um rastro largo a essência de resto tão rija e esperançosa de nosso povo. E com certeza nossa carência de musicalidade também tem a ver com isso; somos velhos demais para a música, sua excitação, sua expansão não combinam com nossa gravidade, e, cansados, a dispensamos; nós nos recolhemos e nos restringimos ao assovio; assoviar um pouco aqui e ali, isso é o certo para nós. Quem sabe não existem talentos musicais entre nós; mas, se

242 | Blumfeld, um solteirão de mais idade e outras histórias

eles existissem, o caráter dos camaradas do povo por certo os reprimiria, impedindo que se desenvolvessem. Josefine, no entanto, pode assoviar ou cantar – ou como quer que ela o chame – o quanto quiser, isso não nos incomoda, isso nos parece adequado, podemos por certo suportá- -lo; caso haja algo de música nisso, ela está reduzida à maior nulidade possível; uma certa tradição musical sempre foi mantida, mas sem que isso nos incomodasse o mínimo que fosse.

Mas Josefine traz ainda mais coisas a esse povo assim disposto. Em seus concertos, sobretudo em tempos mais sérios, apenas os mais jovens continuam demonstrando interesse pela cantora em si, apenas eles olham com admiração como ela contorce seus lábios, expelindo o ar entre os charmosos dentes frontais, entusiasmados com os sons que ela apresenta, para depois sucumbir e ainda aproveitar essa queda para se animar a uma nova atuação para ela cada vez mais incompreensível; mas a multidão de fato – isso pode ser reconhecido com nitidez – se recolheu consigo mesma. Ali, nas pausas precárias entre as lutas, o povo sonha, é como se os membros se soltassem do indivíduo, como se o inquieto pelo menos uma vez pudesse se alongar e esticar à vontade na cama grande e quente do povo. E, em meio a esses sonhos, soa aqui e ali o assoviar de Josefine; ela diz que ele borbulha fazendo cócegas, nós dizemos que ele golpeia; mas, de qualquer modo, aqui ele está em seu lugar como em nenhum outro, como a música algum dia mal conseguiu encontrar o momento que espera por ela. Há nisso algo da infância pobre e breve, algo da felicidade perdida e que jamais poderá ser reencontrada, mas também algo da vida ativa de hoje, de sua vitalidade concisa, incompreensível e ainda assim existente e impossível de ser aniquilada. E tudo isso não é dito verdadeiramente em alto e bom som, mas sim de leve, em sussurros, num tom familiar, às vezes em voz um pouco rouca. É claro que é um assoviar. E como poderia não ser? O assovio é a língua do nosso povo, só que alguns assoviam a vida inteira sem se dar conta disso; no caso, porém, o assovio se libertou das cadeias da vida cotidiana e também nos liberta por um breve momento. É claro que não gostaríamos de abrir mão dessas apresentações.

Josefine, a cantora, ou O povo dos camundongos | **243**

Mas daí à afirmação de Josefine, de que em tempos como esse ela nos daria novas forças e assim por diante, ainda há um caminho bem longo. Para pessoas comuns, todavia, e não para os aduladores de Josefine. "Como poderia ser diferente" – eles dizem com um atrevimento bem à vontade –, "como se poderia explicar o grande número de interessados, sobretudo diante de um perigo tão premente e imediato, que por vezes, inclusive, chegou a impedir a defesa satisfatória e oportuna diante desse mesmo perigo?" Pois é, o último dado lamentavelmente é verdadeiro, mas não está entre os honrosos títulos conquistados de Josefine, sobretudo na medida em que se acrescentar que quando tais reuniões foram bombardeadas pelo inimigo de forma inesperada, e alguns dos nossos tiveram de pagar com sua vida por causa disso, Josefine, que é a culpada de tudo, sim, e que através de seu assovio talvez, inclusive, tenha atraído o inimigo, sempre ficou em posse do lugarzinho mais seguro, sendo a primeira a desaparecer tranquila e com toda a rapidez sob a proteção de seu séquito. Mas também disso todo mundo sabe, no fundo, e ainda assim todos sempre se apressam para ir ao encontro de Josefine quando ela, seguindo um de seus caprichos, volta a entoar seu canto em algum lugar. Disso se poderia concluir que Josefine quase se encontra além do alcance da lei, que ela pode fazer o que bem entender, mesmo pondo a coletividade em perigo, e que tudo lhe é perdoado. Se fosse assim, as exigências de Josefine também seriam completamente compreensíveis, sim, até certo ponto se poderia ver nessa liberdade que o povo lhe daria, nesse presente extraordinário, que não é dado a ninguém mais e inclusive burla a lei, uma confirmação de que o povo de fato não compreende Josefine, conforme ela, aliás, afirma, e sim admira sua arte de modo impotente, não se sentindo digno dela, e tenta compensar esse sofrimento que causa a Josefine através de uma ação que só pode ser caracterizada como desesperada e, assim como sua arte está além da capacidade de compreensão do povo, também a pessoa dela e seus desejos se localizam além do poder e das ordens desse mesmo povo. Pois bem, isso, no entanto, está longe de ser correto, talvez o povo, tomado individualmente, capitule rápido demais diante de Josefine; mas, assim

244 | Blumfeld, um solteirão de mais idade e outras histórias

como ele não capitula de modo incondicional diante de ninguém, também não capitula diante dela.

Já há muito tempo, talvez, inclusive, desde o princípio de sua carreira artística, Josefine luta para que, em consideração a seu canto, seja libertada de todo e qualquer trabalho; o que se deveria fazer, portanto, seria tirar dela a preocupação com o pão cotidiano e tudo que de resto está vinculado à nossa luta pela sobrevivência e – provavelmente – jogá-lo às costas do povo como um todo. Alguém que não perdeu tempo em se entusiasmar – também havia os desse tipo – já poderia, tão só devido ao aspecto peculiar dessa exigência e a partir do estado mental que é capaz de imaginar uma exigência dessas, concluir que ela é internamente justa. Nosso povo, no entanto, tira outras conclusões e rechaça a exigência com tranquilidade. Ele também não se esforça muito para refutar a fundamentação do pedido. Josefine diz, por exemplo, que o esforço no trabalho prejudica sua voz, que embora o esforço no trabalho seja pequeno em comparação ao do canto, ele acaba arrancando dela a possibilidade de descansar o suficiente após o canto e assim recuperar as forças para o próximo canto, pois, sendo essas as circunstâncias e, embora se esgotando de todo, ela não conseguiria alcançar jamais seu melhor desempenho. O povo ouve o que ela diz e acaba não dando importância. Esse povo que se comove com tanta facilidade às vezes não pode ser comovido de jeito nenhum. A rejeição de quando em quando é tão dura que até mesmo Josefine fica pasma, ela parece concordar, trabalha como deve ser, canta tão bem quanto pode, mas isso tudo apenas por um momento, depois ela logo volta à luta com novas forças, e parece tê-las em quantidade ilimitada para tanto.

De qualquer modo, está claro que Josefine, no fundo, não busca aquilo que pede, pelo menos não de modo literal. Ela é razoável, não foge ao trabalho, como, aliás, entre nós não se conhece a fuga ao trabalho; mesmo depois de atendida sua exigência, ela por certo não viveria de modo diferente daquele que vivia antes, o trabalho não seria um obstáculo no caminho de seu canto, e o canto ainda assim ficaria mais belo – o que ela busca é, portanto, o reconhecimento público e indiscutível de sua arte, um reconhecimento que supera a passagem do tempo e se eleva bem acima de tudo que até agora ficou conhecido. Enquanto todo o resto lhe parece alcançável, no entanto, isso lhe é recusado de forma obstinada. Talvez ela desde o princípio tivesse de dirigir seu ataque a uma outra direção, talvez ela mesma agora perceba seu erro, mas eis que já não pode voltar atrás, uma volta significaria ser infiel consigo mesma, e ela precisa, pois, ficar em pé ou tombar com a exigência que fez.

Se Josefine de fato tivesse inimigos conforme diz, eles poderiam contemplar, divertidos, essa luta, sem mexer, eles mesmos, um dedo sequer. Mas ela não tem inimigos, e mesmo que alguém aqui e ali manifeste objeções contra ela, essa luta não diverte ninguém. Até porque nesses casos o povo se mostra em sua postura fria e judicial, conforme de resto apenas raramente se a vê entre nós. E, ainda que alguém possa aprovar essa postura no caso em questão, a mera noção de que o povo algum dia pudesse se comportar assim contra si mesmo já excluiria de antemão toda e qualquer alegria. Tanto no caso da rejeição quanto, de modo semelhante, no caso da exigência, não se trata da questão em si, mas sim do fato de o povo poder se fechar de modo tão impermeável contra um de seus camaradas, e, aliás, tanto mais impermeavelmente na medida em que de resto cuida com toda a humildade deste mesmo camarada, de modo paternal e, inclusive, mais do que paternal.

Se no lugar do povo estivesse um indivíduo, até se poderia acreditar que esse homem, durante o tempo todo, teria cedido a Josefine apenas para botar um fim às exigências constantes e ardentes para que cedessem a ela; ele teria, aliás, cedido sobre-humanamente, na crença segura de que o ato de ceder mesmo assim encontraria seu limite correto; sim, ele teria cedido mais do que o necessário apenas para acelerar a questão, apenas para mimar Josefine e tangê-la a desejos sempre novos, até que ela então de fato levantasse essa última exigência; nesse caso, ele teria apresentado sua rejeição definitiva, e isso com toda a rapidez, porque já estaria preparada há tempo. Pois bem, é certo que as coisas não se dão assim, no entanto, e o povo não precisa de tais listas; além disso, sua admiração por Josefine é sincera e testada, mas a exigência de Josefine,

246 | Blumfeld, um solteirão de mais idade e outras histórias

de qualquer modo, é tão forte que qualquer criança um pouco mais à vontade seria capaz de prever o final; mesmo assim, pode ser que, na concepção que Josefine tem da questão, tais suposições também tenham seu papel, acrescentando um amargor a mais à dor da criatura já rejeitada e rechaçada.

Mesmo que Josefine possa alimentar tais suposições, contudo, nem por isso ela se deixa amedrontar em sua luta. Nos últimos tempos, a luta, inclusive, se torna mais aguda; se ela até agora a conduziu apenas com sua voz, já começa a utilizar outros meios que, conforme sua opinião, são mais efetivos, e em nossa opinião, mais perigosos, inclusive para ela.

Alguns acreditam que é por isso que Josefine se torna tão insistente, porque ela começa a sentir que envelhece, sua voz mostraria fraquezas, e, por isso, lhe pareceria que está mais do que na hora de encaminhar a derradeira luta para ser reconhecida. Eu não acredito nisso. Josefine não seria Josefine se isso fosse verdade. Para ela não existe o envelhecer, nem fraquezas para sua voz. Se ela exige alguma coisa, é levada a isso não por fatores externos, mas sim por seu comportamento interiormente coerente. Ela busca sempre a coroa mais alta não porque no momento a coroa se encontra pendurada um pouco mais abaixo, mas sim porque é a mais alta; se estivesse em seu poder, ela a penduraria ainda mais alto.

Essa desatenção a dificuldades externas, no entanto, não a impede de utilizar os meios mais indignos. Ela não tem dúvidas quanto a seu direito; de que importa, pois, como ela o alcança; sobretudo porque neste mundo, conforme ela o imagina, os meios dignos são justamente aqueles que acabam fracassando. Talvez tenha sido inclusive por isso que ela deslocou a luta por seu direito do âmbito do canto para um outro, que lhe é menos caro. Seu séquito fez com que circulassem declarações da parte dela, segundo as quais ela se sente até bem capaz de cantar de modo a fazer com que o povo, em todas as suas castas e inclusive até a mais recôndita das oposições, sentisse verdadeiro prazer, verdadeiro prazer não no sentido que o povo lhe dá, até porque o povo afirma sentir desde sempre esse prazer ante o canto de Josefine, mas prazer no sentido que lhe dão as ânsias de Josefine. Porém, conforme ela acrescenta, uma

Josefine, a cantora, ou O povo dos camundongos | **247**

vez que ela não é capaz de falsificar o que é elevado nem adular o que é vulgar, tudo teria de ficar como sempre foi. As coisas correm de modo diferente com sua luta pela libertação do trabalho, no entanto; embora também se trate de uma luta por seu canto, aqui ela não luta de modo imediato com a arma valiosa de seu canto, e todos os meios que ela usa são, por isso, suficientemente bons para ela.

Assim, por exemplo, é espalhado o boato de que Josefine tem a intenção de, caso não lhe cedam, encurtar as coloraturas. Eu nada sei de coloraturas, jamais percebi algo de coloraturas em seu canto. Mas Josefine quer encurtar as coloraturas, não eliminá-las, pelo menos não por enquanto, mas sim encurtá-las. Supostamente, ela teria tornado sua ameaça verdadeira; eu, no entanto, não percebi nenhuma diferença em relação a suas apresentações anteriores. O povo como um todo lhe deu ouvidos do mesmo jeito de sempre, sem se expressar acerca das coloraturas, e também o trato com a exigência de Josefine não mudou. Aliás, Josefine inegavelmente tem, assim como o tem em sua figura, algo muito gracioso também em seu modo de pensar. Assim, por exemplo, depois daquela apresentação, como se sua decisão no que diz respeito às coloraturas tivesse sido dura ou repentina demais para com o povo, ela explicou que nas próximas vezes voltaria a cantar todas as coloraturas. Mas, depois do concerto seguinte, mudou de ideia mais uma vez, dizendo que agora as grandes coloraturas haviam chegado definitivamente ao fim e não mais voltariam antes de uma decisão favorável a ela. Pois bem, o povo não dá atenção a todas essas explicações, decisões e mudanças de decisão, do mesmo jeito que um adulto não dá atenção, em seus pensamentos, às bobagens ditas por uma criança, mostrando-se benevolente, mas inalcançável.

Josefine, porém, não cede. Assim, por exemplo, ela afirmou há algum tempo que havia machucado o pé durante o trabalho, o que tornaria complicado para ela ficar de pé durante o canto; mas, uma vez que só podia cantar de pé, ela agora precisaria, inclusive, encurtar as canções. Embora manquitole e se deixe apoiar por seu séquito, ninguém acredita que ela tenha se machucado de verdade. Mesmo admitida a sensibilidade

248 | Blumfeld, um solteirão de mais idade e outras histórias

particular de seu corpinho, nós, ao fim e ao cabo, somos um povo do trabalho, e também Josefine faz parte dele; mas se quiséssemos manquitolar por causa de cada escoriação na pele, nosso povo inteiro jamais pararia de manquitolar. Embora ela se deixe conduzir como uma aleijada, embora se mostre nesse estado lamentável com mais frequência do que de costume, o povo ouve seu canto, agradecido e encantado como antes, e nem chega a fazer muito escarcéu por causa dos cortes na apresentação.

Uma vez que não pode manquitolar sempre, ela inventa ainda outras coisas, finge cansaço, mau humor, fraqueza. Agora, além do concerto, temos também uma peça teatral. Vemos o séquito por trás de Josefine, como ele lhe pede e lhe implora para que ela cante. Ela gostaria, mas não pode. Consolam-na, adulam-na, quase a carregam para o lugar onde ela deverá cantar, e que já foi escolhido com cuidado antes. Por fim, ela cede com lágrimas inexplicáveis, mas, assim que pretende começar a cantar seguindo aquilo que parece ser sua última vontade, esgotada, os braços nem de longe abertos como de costume, mas sim pendendo sem vida junto ao corpo, o que, aliás, dá a impressão de que eles talvez sejam curtos demais – quando ela entoa a voz, pois, para começar, eis que isso não é possível, um movimento involuntário da cabeça o deixa claro, e ela desaba diante de nossos olhos. Então, contudo, ela volta a reunir suas forças e canta, eu acredito que não muito diferente de como canta de costume; talvez quem tenha ouvido para as nuances mais suaves seja capaz de ouvir um nervosismo bem pouco estranho, que, no entanto, só melhora a coisa toda. E, ao final, ela inclusive está menos cansada do que antes, o passo firme, na medida em que se pode chamar assim a seu passinho rápido, ela se afasta, recusando toda e qualquer ajuda de seu séquito e examinando com olhares frios a multidão cheia de veneração que lhe abre caminho.

Foi assim até bem pouco tempo, mas a novidade mais recente é que ela desapareceu justo em um tempo em que seu canto era esperado. Não apenas o séquito procura por ela, muitos se colocaram a serviço da busca, e tudo em vão: Josefine desapareceu, ela não quer cantar, não quer nem mesmo que lhe implorem por isso, dessa vez ela nos abandonou de modo definitivo.

Josefine, a cantora, ou O povo dos camundongos | **249**

Estranho como ela calcula mal, ela, a inteligente, tão mal que se poderia até acreditar que ela nem sequer calcula, mas apenas é tangida adiante por seu destino, que no nosso mundo pode ser apenas um destino bem triste. Ela mesma se recusa ao canto, ela mesma destrói o poder que conquistou sobre as mentes. Como ela pode conquistar esse poder, se ela conhece tão pouco essas mentes? Ela se esconde e não canta, mas o povo, tranquilo, sem mostrar decepção visível, soberano, uma massa descansando em si mesma, que literalmente, ainda que as aparências deponham contra isso, apenas pode dar, jamais receber presentes, nem mesmo de Josefine, esse povo segue em seu caminho.

Mas, no que diz respeito a Josefine, as coisas obrigatoriamente pioram. Em pouco, terá chegado o tempo em que seu último assovio ecoará e emudecerá. Ela é um pequeno episódio na história eterna de nosso povo, e o povo superará a perda. Fáceis, as coisas certamente não ficarão para nós; como as reuniões se tornarão possíveis em completa mudez? Será que, na verdade, elas já não eram mudas também com Josefine? Será que seu assovio real era mais alto e mais vivaz, a ponto de isso ser digno de menção, do que a recordação que dele restará? Será que nos tempos em que ela vivia, ele inclusive era mais do que uma mera recordação? Será que muito antes o povo, em sua sabedoria, não botou o canto de Josefine tão alto justamente por que desse modo ele se tornava imperdível?

Talvez, portanto, nós nem sequer precisemos abrir mão de muita coisa, e então Josefine, livre da praga terrena, à qual, no entanto, os eleitos estão consagrados segundo sua opinião, se perderá alegremente na multidão incontável dos heróis de nosso povo, e, em pouco, uma vez que não cultivamos a história, será esquecida em redenção sublime como todos os seus irmãos.

O grande nadador

"**O** grande nadador! O grande nadador!", exclamavam as pessoas. Eu vinha das olimpíadas em X, onde havia conquistado um recorde mundial em natação. Estava nas escadarias abertas da estação ferroviária de minha cidade natal – onde é mesmo que ela fica? – e lançava os olhos para a multidão indistinta à luz do crepúsculo. Uma moça, cuja face acariciei fugidiamente, pendurou com agilidade um cachecol em torno de mim, no qual estava escrito em língua estrangeira: "O campeão olímpico." Um automóvel apareceu, alguns senhores me empurraram para dentro, dois deles também entraram, o prefeito e mais alguém. Logo estávamos no salão de festas, nas galerias ao alto um coro cantava e, quando entrei, todos os convidados, eram centenas, levantaram-se e gritaram no mesmo ritmo uma sentença que não consegui compreender ao certo. À minha esquerda, estava sentado um ministro, e não sei por que a palavra me assustou tanto no momento da apresentação, eu o medi selvagemente com meus olhares, mas logo me contive, à direita, estava a mulher do prefeito, uma senhora opulenta, tudo nela, sobretudo à altura dos seios, parecia-me cheio de rosas e penas de pavão. À minha frente, estava sentado um homem gordo de rosto chamativamente branco, não consegui ouvir seu nome na apresentação, ele tinha os cotovelos fincados sobre a mesa – haviam arranjado um lugar especialmente amplo para ele –, estava de cabeça baixa e em silêncio, à direita e à esquerda dele se encontravam duas belas meninas louras, bem divertidas, que não cessavam de ter algo a contar e eu olhava de uma para a outra. Mais adiante, apesar da generosa iluminação, eu não conseguia reconhecer os convidados com nitidez, talvez porque tudo estivesse em movimento, os criados corriam por aí, as comidas eram servidas, os copos, levantados,

252 | Blumfeld, um solteirão de mais idade e outras histórias

talvez tudo, inclusive, estivesse iluminado demais. Também havia uma certa desordem – a única, aliás – que consistia no fato de alguns convidados, sobretudo senhoras, estarem sentados de costas para a mesa e de tal modo que não o encosto da cadeira se postasse entre eles, mas as costas quase tocassem a mesa. Eu chamei a atenção das meninas à minha frente para o fato, mas como elas se mantinham tão dispostas a conversar, dessa vez nada disseram, e sim apenas sorriram para mim com longos olhares. A um sinal de sineta – os criados ficaram imóveis entre as fileiras de assentos –, o gordo à minha frente se levantou e fez um discurso. Por que será que o homem estava tão triste?! Durante o discurso, ele tocava o rosto de leve com o lenço, isso até seria tolerável e, inclusive, compreensível, tendo em vista sua gordura, o calor no salão, o esforço do discurso, mas eu percebi com nitidez que tudo aquilo era apenas astúcia disposta a esconder o fato de ele estar secando as lágrimas de seus olhos. Depois de ele ter concluído, naturalmente me levantei e também fiz um discurso. Senti, por assim dizer, a necessidade de falar, pois algumas coisas me pareceram exigir, aqui e provavelmente também alhures, uma explicação pública e aberta, por isso principiei:

"Prezados convidados! Sou dono, há que se admitir, de um recorde mundial, mas se os senhores me perguntassem como foi que o alcancei eu não saberia responder de modo satisfatório. Na verdade, nem sequer sei nadar. Desde sempre quis aprender, mas não consegui encontrar oportunidade para tanto. Mas como foi então que fui mandado por minha pátria às olimpíadas? Esta é justamente a questão que também me ocupa. Primeiramente, sou obrigado a constatar que não estou, aqui, em minha pátria, e, apesar de fazer muito esforço, não consigo compreender uma só palavra daquilo que está sendo dito. A coisa mais óbvia seria acreditar em um engano, mas não há engano, eu bati o recorde, voltei a meu país, meu nome é aquele que os senhores chamam, até este ponto está tudo certo, mas daí em diante nada mais está certo, eu não estou em meu país, não conheço e não compreendo os senhores. Mas, agora, ainda uma coisa que se contrapõe, mesmo que não de modo exato, à possibilidade de um engano: não me incomoda muito o fato de eu não compreender os senhores e aos senhores também parece não incomodar muito o fato de não me compreenderem. Do discurso do prezado senhor que me antecedeu, acredito saber apenas que foi inconsolavelmente triste, mas esse saber não apenas me basta, como já me é demasiado, inclusive. E o mesmo sucede com todas as conversas que tive desde que cheguei aqui. Mas voltemos para o meu recorde mundial..."

O guarda da cripta

drama

E scritório pequeno, janela alta, diante dela uma copa de árvore desnuda. Príncipe (à escrivaninha, recostado à cadeira, olhando pela janela), camareiro (barba branca e cheia, jovialmente enfiado em um casaco justo, na janela ao lado da porta central).

(Pausa.)

PRÍNCIPE *(Voltando-se da janela.)*: E então?
CAMAREIRO: Não posso recomendá-lo, alteza.
PRÍNCIPE: Por quê?
CAMAREIRO: No momento, não consigo formular minhas reservas com precisão. Nem de longe seria tudo o que eu pretendo dizer se eu mencionasse apenas a sentença humana que declara: deve-se deixar os mortos descansando.
PRÍNCIPE: É o que eu também penso.
CAMAREIRO: Nesse caso, não entendi direito.
PRÍNCIPE: É o que parece.

(Pausa.)

PRÍNCIPE: A única coisa que vos perturba na questão talvez seja apenas a estranheza de eu não ter dado a ordem sem mais nem menos, e sim vos tê-la anunciado antes.
CAMAREIRO: O anúncio, de qualquer modo, me dá uma responsabilidade maior, à qual preciso me esforçar em corresponder.
PRÍNCIPE: Nada de responsabilidade!

256 | Blumfeld, um solteirão de mais idade e outras histórias

(Pausa.)

Príncipe: Mais uma vez, então. Até agora a cripta no Parque Frederico era vigiada por um guarda que tem uma casinha na qual mora, à entrada do parque. Havia alguma coisa a reparar nisso tudo?

Camareiro: Com certeza não. A cripta tem mais de quatrocentos anos, e durante esse tempo todo também foi vigiada desse mesmo modo.

Príncipe: Poderia se tratar de um abuso. Por acaso não é um abuso?

Camareiro: É uma instituição necessária.

Príncipe: Quer dizer então que é uma instituição necessária. Agora já estou há tanto tempo aqui no castelo de campo, consigo vislumbrar detalhes que até o momento eram confiados a estranhos – eles se mostram eficazes só aos trancos e barrancos – e descobri: o guarda lá em cima no parque não basta, é necessário que um guarda vigie também na parte de baixo, junto à cripta. Talvez não se trate de um encargo agradável. Mas a experiência ensina que para qualquer posto se encontram pessoas dispostas e adequadas.

Camareiro: É claro que tudo que Vossa Alteza ordenar será executado, ainda que a necessidade da ordem não seja compreendida.

Príncipe *(Enfurecido.)*: Necessidade! Por acaso a guarda no portão do parque é necessária? O Parque Frederico é uma parte do parque do castelo, é completamente envolvido por ele, e o parque do castelo é vigiado à farta, inclusive militarmente. Por que, então, vigiar de modo especial o Parque Frederico? Isso não é uma simples formalidade? Um leito de morte amigável para o pobre ancião responsável pela guarda por lá?

Camareiro: É uma formalidade, mas uma formalidade necessária. Testemunha do respeito ante os grandes mortos.

Príncipe: E uma guarda na própria cripta?

Camareiro: Ela teria, segundo a minha opinião, um ressaibo policialesco, ela seria uma guarda real de coisas irreais e distantes do humano.

Príncipe: Essa cripta é, na minha família, a fronteira entre o humano e o resto, e eu quero estabelecer uma guarda nessa fronteira. Acerca

O guarda da cripta | **257**

da – conforme vós vos expressais – necessidade policialesca da mesma podemos interrogar o próprio guarda. Eu mandei que ele viesse. *(Faz soar a campainha.)*

CAMAREIRO: Trata-se, se é que posso me permitir a observação, de um ancião confuso, já completamente fora de si.

Príncipe: Se é assim, isso seria apenas mais uma prova da necessidade de um reforço da guarda em meu favor e no sentido que imagino.

(Criado.)

PRÍNCIPE: O guarda da cripta!

(O criado conduz o guarda para dentro, segura-o por baixo do braço, do contrário, ele desabaria. Uma libré solene e antiga, vermelha, balançando larga em torno dele, botões de prata lustrados, diferentes honrarias. Quepe na mão. Ele treme sob o olhar dos senhores.)

PRÍNCIPE: Para o leito de repouso!

(O criado o deita e sai. Pausa. Apenas o estertorar baixinho do guarda.)

PRÍNCIPE *(Mais uma vez na cadeira de braços.)*: Estás ouvindo?

GUARDA *(Se esforça em responder, mas não consegue, está esgotado demais, volta a desabar na cama.)*: ...

PRÍNCIPE: Tenta buscar forças. Nós esperaremos.

CAMAREIRO *(Curvado para o príncipe.)*: A respeito de que assunto este homem poderia dar informações, e de fato informações importantes ou dignas de crença? Seria melhor levá-lo o mais rápido possível para a cama.

GUARDA: Para a cama não... ainda tenho forças... relativamente... ainda sou um homem em plena forma.

PRÍNCIPE: Assim é que deveria ser. Tu tens apenas 60 anos. Mas, de qualquer modo, pareces estar bastante fraco.

GUARDA: Logo terei me restabelecido... logo.

PRÍNCIPE: Isso não foi uma censura. Apenas lamento que estejas tão mal. Tens algo do que te queixar?

GUARDA: Trabalho pesado... trabalho pesado... não me queixo... mas esgota muito... lutas no ringue todas as noites.

PRÍNCIPE: O que estás dizendo?

GUARDA: Trabalho pesado.

PRÍNCIPE: Mas disseste mais uma coisa.

GUARDA: Lutas no ringue.

PRÍNCIPE: Lutas no ringue? Que lutas são essas?

GUARDA: Com os antepassados saudosos.

PRÍNCIPE: Isso eu não entendo. Tens sonhos pesados?

GUARDA: Nada de sonhos... não durmo em noite alguma.

PRÍNCIPE: Mas então conte dessas... dessas lutas no ringue.

GUARDA *(Fica calado.)*: ...

PRÍNCIPE *(Ao camareiro.)*: Por que ele se cala?

CAMAREIRO *(Corre até o guarda.)*: Tudo pode chegar ao fim para ele a qualquer momento.

PRÍNCIPE *(Parado junto à mesa.)*:...

GUARDA *(Quando o camareiro o toca.)*: Fora, fora, fora! *(Luta com os dedos do camareiro, depois se joga na cama chorando.)*

PRÍNCIPE: Nós o estamos torturando.

CAMAREIRO: Com o quê?

PRÍNCIPE: Não sei.

CAMAREIRO: O caminho para o castelo, a apresentação, a vista de Vossa Alteza, as perguntas... a tudo isso ele não tem mais juízo suficiente para contrapor o que quer que seja.

PRÍNCIPE *(Não cessa de olhar para o guarda.)*: Não é isso. *(Vai para o leito de repouso, curva-se para o guarda, toma seu pequeno crânio entre as mãos.)* Não precisa chorar. Por que estás chorando? Nós queremos o teu bem. Eu mesmo não considero fácil o teu encargo. Com certeza alcançaste merecimentos servindo a minha casa. Portanto, não chora mais e conta.

O guarda da cripta | **259**

GUARDA: Mas se eu temo tanto aquele senhor ali... *(Olha para o camareiro de modo ameaçador, não amedrontado.)*

PRÍNCIPE *(Ao camareiro.)*: Vós precisais ir, caso ele deva contar.

CAMAREIRO: Mas vede, alteza, ele tem espuma na boca, está gravemente enfermo.

PRÍNCIPE *(Distraído.)*: Sim, ide, não demorará muito.

> *(O camareiro sai. O príncipe senta-se*
> *à beira do leito de repouso. Pausa.)*

PRÍNCIPE: Por que tu sentiste medo dele?

GUARDA *(Chamativamente contido.)*: Eu não senti medo. Sentir medo de um criado?

PRÍNCIPE: Ele não é criado. É um conde, livre e rico.

GUARDA: De qualquer modo, apenas um criado. Tu és o senhor.

PRÍNCIPE: Se fazes questão de que seja assim... Mas tu mesmo disseste que sentes medo dele.

GUARDA: Tenho coisas a contar dele que apenas tu deves saber. Será que eu já não falei demais na frente dele?

PRÍNCIPE: Quer dizer que somos íntimos, mesmo que eu tenha te visto hoje pela primeira vez.

GUARDA: Visto pela primeira vez, mas sabes desde sempre que eu *(Erguendo o indicador.)* tenho o mais importante dos cargos da corte. Tu mesmo o reconheceste publicamente ao me conceder a medalha Vermelho--Fogo. Aqui! *(Ergue a medalha presa à casaca.)*

PRÍNCIPE: Não, esta é uma medalha dada quando alguém atinge 25 anos de trabalho na corte. Foi meu avô que a concedeu a ti. Mas também eu vou te distinguir.

GUARDA: Faz o que achares bom e corresponda à importância dos meus serviços. Já sirvo há trinta anos como guarda da cripta.

PRÍNCIPE: Não a mim, meu governo mal dura um ano.

GUARDA *(Perdido em pensamentos.)*: Trinta anos.

260 | Blumfeld, um solteirão de mais idade e outras histórias

(Pausa.)

GUARDA *(Voltando mais ou menos à observação do príncipe.)*: As noites lá demoram anos.

PRÍNCIPE: Ainda não recebi nenhum relatório da tua repartição. Como é o trabalho?

GUARDA: Igual todas as noites. Todas as noites se chega perto de estourar a veia do pescoço.

PRÍNCIPE: E o trabalho é apenas noturno? Um trabalho noturno para ti, ancião?

GUARDA: Justamente isso, alteza. O trabalho é diurno. Um posto para preguiçosos. Fica-se sentado diante da porta de casa, a boca aberta ao clarão do sol. Às vezes, o cão de guarda bota as patas dianteiras sobre teus joelhos e depois volta a se deitar. Isso é tudo o que acontece.

PRÍNCIPE: Pois então.

GUARDA *(Assentindo.)*: Mas ele foi transformado em trabalho noturno.

PRÍNCIPE: E por quem?

GUARDA: Pelos senhores da cripta.

PRÍNCIPE: E tu os conheces?

GUARDA: Sim.

PRÍNCIPE: Eles se apresentam diante de ti?

GUARDA: Sim.

PRÍNCIPE: Inclusive ontem à noite.

GUARDA: Inclusive.

PRÍNCIPE: E como foi?

GUARDA *(Sentando ereto.)*: Como sempre.

PRÍNCIPE *(Levanta-se.)*: ...

GUARDA: Como sempre. Até a meia-noite fica tudo em paz. Fico deitado – peço perdão por isso – na cama, e fumo meu cachimbo. Na cama ao lado, dorme minha filha. À meia-noite, ouço a primeira batida na janela. Olho para o relógio. Sempre pontualmente. A batida se repete ainda duas vezes, mistura-se às batidas do relógio da torre e não é mais fraca. Não são os nós de dedos humanos. Mas conheço tudo isso e não me mexo. Então ouço um pigarrear lá fora, parece que se estranha o fato de eu não abrir a janela apesar dessas batidas. Que sua Alteza Real também se admire! O velho guarda continua a postos! *(Mostra o punho.)*

PRÍNCIPE: Estás me ameaçando?

GUARDA *(Não entende imediatamente.)*: Não a ti. A quem está diante da janela!

PRÍNCIPE: E quem é?

GUARDA: Logo ficará claro. De um só golpe, se abrem a janela e a persiana. Mal chego a ter tempo de jogar o cobertor sobre o rosto de minha filha. A tempestade sopra para dentro, e num instante apaga a luz. Duque Frederico! Seu rosto barbudo e seus cabelos tapam completamente minha pobre janela. Como ele mudou ao longo dos séculos. Quando abre a boca para falar, o vento lhe sopra a barba antiga entre os dentes e ele a morde.

PRÍNCIPE: Só um momento, dizes duque Frederico. Que Frederico?

GUARDA: O duque Frederico, apenas duque Frederico.

PRÍNCIPE: É assim que ele diz que é seu nome?

GUARDA *(Amedrontado.)*: Não, ele não diz seu nome.

PRÍNCIPE: E mesmo assim sabes... *(Interrompendo-se.)* Continue contando!

GUARDA: Devo continuar contando?

PRÍNCIPE: Mas é claro. Isso me interessa muito, há aqui um erro na distribuição do trabalho. Tu estavas sobrecarregado.

GUARDA *(Ajoelhando-se.)*: Não tome o posto de mim, alteza. Se vivi tanto tempo por ti, permite também que eu morra por ti! Não mande emparedar o túmulo que busco com tanto empenho. Gosto de servir e ainda tenho capacidade de fazê-lo. Uma audiência como a de hoje, um descanso junto ao senhor, me dá forças para dez anos.

PRÍNCIPE *(Volta a sentá-lo no leito de repouso.)*: Ninguém vai tomar teu posto. Como eu poderia abrir mão de tua experiência por lá? Mas vou determinar que um guarda te auxilie e tu te tornarás chefe da guarda.

262 | Blumfeld, um solteirão de mais idade e outras histórias

GUARDA: Não sou mais suficiente? Por acaso deixei passar alguém, algum dia?

PRÍNCIPE: Para dentro do Parque Frederico?

GUARDA: Não, para fora do parque. Por acaso alguém quer entrar? Se alguma vez alguém fica parado diante das grades, eu aceno com a mão da janela e ele sai correndo. Mas sair, todos querem sair. Depois da meia-noite, podes encontrar reunidas em torno da minha casa todas as vozes dos túmulos. Acredito que apenas por se acotovelarem tanto é que elas não entram todas, com tudo aquilo que são, pelo buraco estreito da minha janela. Mas quando as coisas ficam complicadas demais, pego o lampião debaixo da cama, agito-o bem alto e eles se separam, seres incompreensíveis, afastando-se uns dos outros com gargalhadas e lamentos; no entanto, até mesmo na última moita, na extremidade do parque, eu ainda os ouço farfalhando. Mas logo eles voltam a se juntar.

PRÍNCIPE: E eles fazem pedidos?

GUARDA: Primeiro dão ordens. O duque Frederico antes de todos os outros. Nenhum ser vivo é tão confiante. Há trinta anos, todas as noites, ele espera me encontrar combalido uma única vez.

PRÍNCIPE: Se ele aparece há trinta anos, não pode ser o duque Frederico, que morreu há apenas 15 anos. Mas ele também é o único com esse nome na cripta.

GUARDA *(Tocado demais pelo que foi contado.)*: Não sei nada disso, alteza, não estudei. Sei apenas como ele começa. "Cachorro velho", ele começa dizendo junto à janela, "os senhores batem e tu ficas deitado em tua cama suja". Eles, aliás, sempre têm ódio às camas. E então falamos todas as noites quase a mesma coisa. Ele lá fora, eu diante dele com as costas voltadas para a porta. Eu digo: "Trabalho apenas de dia." Ele, o senhor, volta-se e grita para o parque: "Ele trabalha apenas de dia." A resposta é uma gargalhada geral de toda a nobreza reunida. Então o duque volta a dizer, dirigindo-se a mim: "Mas é dia." Eu, logo depois: "O senhor se engana." O duque: "Dia ou noite, abre o portão!" Eu: "Isso é contra as regras do meu trabalho." E eu

aponto o bastão do cachimbo para uma folha na parede. O duque:
"Mas tu és o nosso guarda." Eu: "Vosso guarda, mas empregado pelo
príncipe regente." Ele: "Nosso guarda, e é isso que importa. Portanto
abre, e imediatamente." Eu: "Não." Ele: "Estúpido, vais perder teu
emprego. O duque Leo nos convidou hoje."

PRÍNCIPE *(Imediatamente.)*: Eu?

GUARDA: Tu.

(Pausa.)

GUARDA: Quando ouço teu nome, perco minha segurança. Por isso logo
me recosto com cautela à porta, que então passa a ser a responsável
quase única por me deixar ereto. Lá fora todos cantam teu nome.
"Onde está o convite?", eu pergunto baixinho. "Animal de cama",
grita ele, "tu duvidas de minha palavra de duque?". Eu digo: "Não
tenho nenhuma ordem nesse sentido, e por isso não vou abrir, não vou
abrir e não vou abrir." "Ele não vai abrir", grita o duque para fora,
"avante, portanto, todos, a dinastia inteira, contra o portão, vamos
abrir nós mesmos". E no momento está tudo vazio diante da minha
janela.

(Pausa.)

PRÍNCIPE: Isso é tudo?

GUARDA: Como assim? Só agora é que começa meu verdadeiro serviço.
Saio porta afora, ando em torno da casa e logo me choco com o duque e já balançamos em meio à luta. Ele, tão alto, eu, tão baixo, ele,
tão largo, eu, tão magro, eu luto apenas com seus pés, mas às vezes
ele me ergue e então eu luto também com a parte de cima do corpo.
Em torno de nós estão todos os seus camaradas, reunidos em círculo,
e riem de mim. Um, por exemplo, corta minhas calças na parte de
trás, e então todos também brincam com a ponta da minha camisa,
enquanto eu luto. Incompreensível por que eles riem, se até agora
sempre acabei vencendo.

264 | Blumfeld, um solteirão de mais idade e outras histórias

PRÍNCIPE: Mas como é possível que venças? Tens armas?

GUARDA: Só nos primeiros anos levei armas comigo. Mas em que elas poderiam me ajudar contra ele? Apenas eram um peso a mais. Nós lutamos somente com os punhos, ou, na verdade, apenas com a força da respiração. E tu sempre estás em meus pensamentos.

(Pausa.)

GUARDA: Mas jamais duvido da minha vitória. Só às vezes temo que o duque possa me perder entre seus dedos e não mais saber que está lutando.

PRÍNCIPE: E quando vences, enfim?

GUARDA: Quando amanhece. Então ele me joga ao chão e cospe em mim, e assim confessa sua derrota. Mas eu preciso ficar deitado ainda uma hora antes de conseguir respirar bem de novo.

(Pausa.)

PRÍNCIPE *(Levantando-se.)*: Mas me dize uma coisa, não sabes realmente o que eles querem?

GUARDA: Sair do parque.

PRÍNCIPE: Mas por quê?

GUARDA: Isso eu não sei.

PRÍNCIPE: Jamais perguntaste a eles?

GUARDA: Nunca.

PRÍNCIPE: Por quê?

GUARDA: Tenho vergonha. Mas, se quiseres, vou perguntar hoje.

PRÍNCIPE *(Assustando-se, em voz alta.)*: Hoje?

GUARDA *(Como um perito.)*: Sim, hoje.

PRÍNCIPE: E não tens a menor ideia do que eles querem?

GUARDA *(Pensativo.)*: Não.

(Pausa.)

O guarda da cripta | **265**

GUARDA: Às vezes, talvez eu ainda deva dizer isso, vem até mim, bem cedo, quando ainda estou caído no chão, sem fôlego – me sinto tão fraco nesses momentos até para abrir os olhos –, um ser suave, úmido e peludo, uma retardatária, a condessa Isabella. Ela me apalpa em vários lugares, segura minha barba, passa todo o seu comprimento pelo meu pescoço, por baixo do queixo, e costuma dizer: "Podes não deixar os outros passar, mas a mim, a mim, sim, deixa sair." Eu sacudo negativamente a cabeça tanto quanto posso. "Para ir até o príncipe Leo e lhe estender a mão." Eu não paro de sacudir a cabeça. "Só a mim, só a mim", eu ainda ouço, e então ela já se foi. E minha filha chega com cobertores, me envolve e espera perto de mim até que eu consiga caminhar sozinho. Uma menina extraordinariamente boa.

PRÍNCIPE: Um nome desconhecido, Isabella.

(Pausa.)

PRÍNCIPE: Estender-me a mão. *(Vai até a janela, olha para fora.)*

(O criado entra pela porta central.)

CRIADO: Vossa Alteza, a honorável senhora princesa pede para chamá-lo.

PRÍNCIPE *(Olha distraído para o criado – depois para o guarda.)*: Espere até que eu venha. *(Sai pela esquerda.)*

(Imediatamente chega o camareiro pela porta central, depois o preceptor-chefe – um homem jovem, uniforme de oficial.)

GUARDA *(Abaixa-se, escondendo-se atrás do leito de repouso como se visse fantasmas, e meneia as mãos como se lutasse.)*

PRECEPTOR-CHEFE: O príncipe saiu?

CAMAREIRO: Seguindo seu conselho, a senhora princesa mandou chamá-lo agora.

PRECEPTOR-CHEFE: Muito bem. *(Volta-se de repente, curva-se por trás do leito de repouso.)* E tu, fantasma miserável, ousas realmente vir até o castelo do príncipe? Não temes o pontapé formidável que te botará portão afora?

266 | Blumfeld, um solteirão de mais idade e outras histórias

GUARDA: Eu estou, eu estou...

PRECEPTOR-CHEFE: Silêncio, primeiro fique em silêncio, em completo silêncio... E sente-se aqui, no cantinho! *(Ao camareiro:)* Agradeço ao senhor as notícias acerca dos novos humores principescos.

CAMAREIRO: O senhor mandou me perguntar.

PRECEPTOR-CHEFE: Pelo menos isso. E agora uma palavra de confiança. Intencionalmente diante dessa coisa aí. O senhor, senhor conde, está flertando com o partido inimigo.

CAMAREIRO: Isso é uma acusação?

PRECEPTOR-CHEFE: Por enquanto, é uma acusação.

CAMAREIRO: Então posso responder. Eu não flerto com o partido inimigo, pois não o reconheço. Sinto as correntes políticas, mas não mergulho nelas. Ainda sou um produto da política aberta que valia sob o reinado do duque Frederico. À época, a única política no serviço da corte era servir ao príncipe. Uma vez que ele era um solteirão, isso ficou mais fácil, mas não deveria jamais ser difícil.

PRECEPTOR-CHEFE: Bem razoável. Só que o próprio nariz – por mais fiel que seja – jamais mostra o caminho certo de modo duradouro; este é apontado apenas pelo juízo. O juízo, no entanto, precisa se decidir. Dado o caso de que o príncipe esteja se desviando do caminho: servimo-lo se o acompanhamos para baixo ou se – com toda a obediência – o instamos a voltar? Sem dúvida, se o instamos a voltar.

CAMAREIRO: O senhor veio de uma corte estranha com a princesa, está há meio ano aqui e já quer logo conduzir os padrões que definem o que é bom e o que é mau nas complicadas relações da corte?

PRECEPTOR-CHEFE: Quem pisca vê apenas complicações. Quem mantém os olhos abertos vê, tanto na primeira hora como depois de cem anos, o que é eternamente claro. Aqui, contudo, vê o tristemente claro, mas que já nos próximos dias se aproximará de uma decisão que esperamos seja boa.

CAMAREIRO: Não posso acreditar que a decisão que o senhor quer encaminhar, da qual, aliás, conheço apenas o anúncio, será uma boa decisão. Temo que o senhor compreenda mal os nossos príncipes, a corte e tudo por aqui.

O guarda da cripta | **267**

PRECEPTOR-CHEFE: Se compreendo ou não compreendo, a situação atual é insustentável.

CAMAREIRO: Ela pode até ser insustentável, mas surge da essência das coisas por aqui, e nós teremos de sustentá-la até o fim.

PRECEPTOR-CHEFE: Mas não a princesa, nem eu, nem os que estão conosco.

CAMAREIRO: Onde, então, o senhor vê o aspecto insustentável?

PRECEPTOR-CHEFE: Justamente em face da decisão, quero falar com toda a clareza. O príncipe tem uma feição dupla. Uma delas se ocupa do governo e oscila distraída diante do povo, não observa os próprios direitos. A outra procura, é preciso reconhecer, de modo bem preciso, o reforço de seu fundamento. Procura-o no passado, e lá mergulha cada vez mais fundo. Que desconhecimento da situação! Um desconhecimento, que não é sem grandeza, que, no entanto, é maior em sua deficiência do que em sua visão. Como o senhor é capaz de não ver isso?

CAMAREIRO: Não me volto contra a descrição do problema, apenas contra o veredicto.

PRECEPTOR-CHEFE: Contra o veredicto? Mas, na esperança de contar com sua concordância, o veredicto ainda foi bem mais suave do que de fato deveria ser, segundo eu penso. E se ainda não mandei executar o mesmo veredicto, é apenas para poupar o senhor. Mas só uma coisa: o príncipe, na realidade, não necessita de nenhum reforço de seu fundamento. Que ele faça uso de todos os meios de poder de que dispõe no momento, e haverá de chegar à conclusão de que eles são suficientes para conseguir tudo o que a responsabilidade mais atilada pode exigir dele diante de Deus e dos homens. Mas ele se esquiva do equilíbrio da vida, e está a caminho de se tornar um tirano.

CAMAREIRO: E seu comportamento humilde!

PRECEPTOR-CHEFE: Humildade apenas de uma das feições, porque ele precisa de todas as forças para a segunda, que junta o fundamento que, por exemplo, deve ser suficiente para a Torre de Babel. Esse trabalho precisa ser impedido, e essa deveria ser a única política daqueles que se preocupam com sua existência pessoal, com o principado, com a princesa e quem sabe até mesmo com o príncipe.

268 | Blumfeld, um solteirão de mais idade e outras histórias

CAMAREIRO: "Quem sabe até mesmo"... O senhor está realmente sendo muito sincero. Sua sinceridade, para dizer a verdade, me faz tremer ante a decisão anunciada. E lamento, conforme, aliás, lamentei diversas vezes nos últimos tempos, ser fiel ao príncipe, mesmo que para tanto seja obrigado a deixar de defender a mim mesmo.

PRECEPTOR-CHEFE: Tudo está claro. O senhor não flerta com o partido inimigo, mas inclusive lhe estende uma mão. Apenas uma, no entanto, e isso é digno de louvor para um antigo funcionário da corte. Mas sua única esperança permanecerá sendo a de que nosso grande exemplo leve o senhor conosco.

CAMAREIRO: O que eu puder fazer contra isso farei.

PRECEPTOR-CHEFE: Não tenho mais medo disso. *(Apontando para o guarda.)* E tu, que só sabes ficar sentado aí, tão quietinho, entendeste tudo o que foi dito agora?

CAMAREIRO: O guarda da cripta?

PRECEPTOR-CHEFE: O guarda da cripta. É provável que se tenha de vir do estrangeiro para reconhecê-lo. Não é verdade, meu jovem, seu velho corujinha? O senhor deveria vê-lo voando uma vez à noite pela floresta, nenhum atirador consegue acertá-lo. Mas de dia se encolhe e se esconde em um canto qualquer.

CAMAREIRO: Não estou entendendo.

GUARDA *(Quase chorando.)*: O senhor briga comigo e eu não sei por quê. Permita que eu vá para casa. Não sou nada de ruim, apenas o guarda da cripta.

CAMAREIRO: O senhor desconfia dele.

PRECEPTOR-CHEFE: Desconfiar dele? Não, para isso ele é insignificante demais. Mas quero deitar minha mão sobre ele mesmo assim. Penso – e o senhor pode chamar a isso de capricho ou de crendice – que ele não é apenas um instrumento do mal, mas sim um trabalhador autônomo, aliás, muito honrado, em favor do mal.

CAMAREIRO: Ele já serve a corte há talvez trinta anos com toda a tranquilidade, sem provavelmente jamais ter estado no castelo.

O guarda da cripta | **269**

PRECEPTOR-CHEFE: Ah, toupeiras assim constroem longas tocas antes de aparecer. *(Voltando-se para o guarda de repente.)* Primeiro, fora com esse daí! *(Para o criado.)* Tu vais levá-lo ao Parque Frederico, ficarás com ele e não o deixarás sair mais até ordem em contrário.

GUARDA *(Com muito medo.)*: Mas eu devo esperar por Sua Alteza o príncipe.

PRECEPTOR-CHEFE: Engana-te... Vá embora daqui.

CAMAREIRO: Ele precisa ser poupado. É um homem velho e doente, e o príncipe de algum modo gosta dele.

GUARDA *(Curvando-se profundamente diante do camareiro.)*

PRECEPTOR-CHEFE: Como? *(Ao criado.)* Trate-o com cuidado, poupando-o, mas leve-o embora daqui de uma vez por todas! E rápido!

CRIADO *(Quer agarrar o guarda.)*: ...

CAMAREIRO *(Colocando-se no meio deles.)*: Não, é preciso trazer um carro.

PRECEPTOR-CHEFE: Esse é o ar da corte. Não consigo distinguir o gosto de um só grão de sal. Um carro, pois. Vais conduzir essa preciosidade em um carro. Mas saiam já do recinto, os dois. *(Ao camareiro.)* O comportamento do senhor me diz que...

*(O guarda desaba com um pequeno grito
no caminho até a porta.)*

PRECEPTOR-CHEFE *(Golpeando o chão com os pés.)*: É impossível se livrar dele. Carregue-o nos braços, então, caso não haja outro jeito. Entende de uma vez por todas o que se quer de ti.

CAMAREIRO: O príncipe!

CRIADO *(Abre a porta à esquerda.)*: ...

PRECEPTOR-CHEFE: Ah! *(Olha para o guarda.)* Eu deveria saber, fantasmas não podem ser transportados.

*(Entra o príncipe e, em passo rápido, atrás dele,
a princesa, mulher jovem e morena, dentes
cerrados, fica parada à porta.)*

270 | Blumfeld, um solteirão de mais idade e outras histórias

PRÍNCIPE: O que foi que aconteceu?

PRECEPTOR-CHEFE: O guarda se sentiu mal, eu queria mandar levá-lo embora daqui.

PRÍNCIPE: Deveriam ter me informado. Já buscaram um médico?

CAMAREIRO: Vou mandar chamá-lo. *(Sai às pressas pela porta central, volta logo depois.)*

PRÍNCIPE *(Enquanto se ajoelha junto ao guarda.)*: Preparem uma cama para ele. Busquem a maca! O médico já está vindo? Quanto tempo ainda ele vai demorar? O pulso está tão fraco. O coração não pode mais ser sentido. As miseráveis costelas à vista. Como tudo isso está gasto. *(Levanta-se de repente, pega um copo d'água, enquanto olha à sua volta.)* Todo mundo tão imóvel. *(Logo volta a se ajoelhar, umedece o rosto do guarda.)* Eis que já está respirando melhor. Não haverá de ser tão ruim, um tronco saudável, mesmo na pior das misérias, ele não falha. Mas o médico, onde está o médico? *(Enquanto o príncipe olha para a porta, o guarda ergue a mão e acaricia a face do soberano.)*

(A princesa desvia os olhos para a janela. O criado entra com a maca, o príncipe ajuda a botar o guarda sobre ela.)

PRÍNCIPE: Agarrem-no com suavidade. Ah, com vossas patas! Ergam um pouco a cabeça. Mais perto da maca. O travesseiro mais fundo, debaixo das costas. O braço! O braço! Vós sois péssimos enfermeiros, péssimos. Tomara que um dia vos sintais tão cansados como este sobre a maca... Assim... E agora, em passo bem lento. E, sobretudo, regular. Vou ficar atrás de vós. *(À porta, para a princesa.)* Este é, pois, o guarda da cripta.

(A princesa assente.)

PRÍNCIPE: Pensei em mostrá-lo a ti de modo diferente. *(Depois de mais um passo.)* Não queres vir junto?

PRINCESA: Estou tão cansada.

PRÍNCIPE: Assim que tiver falado com o médico, eu volto. E os senhores me darão notícias, esperem por mim. *(Sai.)*

O guarda da cripta | **271**

Preceptor-chefe *(À princesa.)*: Sua Alteza precisa de meus serviços?

Princesa: Sempre. Agradeço ao senhor sua vigilância. Não a abandone, ainda que ela hoje tenha sido em vão. Vale tudo. O senhor vê mais do que eu. Eu estou em meu quarto. Mas sei que tudo vai ficar cada vez mais sombrio. Dessa vez, o outono está mais triste do que nunca.

Índice das narrativas e suas origens

Blumfeld, um solteirão de mais idade
Em alemão, "Blumfeld, ein älterer Junggeselle", narrativa de 1915, publicada postumamente.

O infortúnio do solteirão
Em alemão, "Das Unglück des Junggesellen", esboço em prosa de 1912, publicado na coletânea *Contemplação (Betrachtung)*, primeiro livro de Kafka. Embora tenha sido lançada no final de 1912, a editora Rowohlt a publicou com a data de 1913.

O comerciante
Em alemão, "Der Kaufmann", narrativa publicada em 1913 na coletânea *Contemplação (Betrachtung)*.

O vizinho
Em alemão, "Der Nachbar", narrativa de 1917, publicada postumamente em 1931.

O casal
Em alemão, "Das Ehepaar", narrativa de 1922, publicada postumamente.

Um médico rural
Em alemão, "Ein Landarzt", narrativa de 1917, publicada em 1918; publicada em 1920 em coletânea de mesmo nome.

O professor da aldeia
Em alemão, "Der Dorfschullehrer", narrativa escrita entre dezembro de 1914 e janeiro de 1915, fragmentária e publicada postumamente. Max Brod lhe deu o título de "A toupeira gigante" ("Der Riesenmaulwurf").

274 | Blumfeld, um solteirão de mais idade e outras histórias

Crianças na estrada
Em alemão, "Kinder auf der Landstrasse", esboço de 1903, publicado em 1913 na coletânea *Contemplação* (*Betrachtung*).

Desmascaramento de um trapaceiro
Em alemão, "Entlarvung eines Bauernfängers", narrativa publicada na coletânea *Contemplação* (*Betrachtung*).

Os passantes
Em alemão, "Die Vorüberlaufenden", narrativa de 1907, publicada na coletânea *Contemplação* (*Betrachtung*).

O passageiro
Em alemão, "Der Fahrgast", narrativa publicada em 1913 na coletânea *Contemplação* (*Betrachtung*).

Onze filhos
Em alemão, "Elf Söhne", narrativa de 1916, publicada em 1920 na coletânea *Um médico rural* (*Ein Landarzt*).

Chacais e árabes
Em alemão, "Schakale und Araber", narrativa publicada pela primeira vez em 1917 na revista *Der Jude* [O judeu], editada por Martin Buber; seria republicada em 1920 na coletânea *Um médico rural* (*Ein Landarzt*).

O abutre
Em alemão, "Der Geier", narrativa de 1920.

O timoneiro
Em alemão, "Der Steuermann", narrativa de 1920.

Graco, o caçador
Em alemão, "Der Jäger Gracchus", narrativa de 1917, publicada postumamente.

Prometeu
Em alemão, "Prometheus", narrativa de 1918, publicada postumamente em 1931.

Índice das narrativas e suas origens | **275**

Posídon
Em alemão, "Poseidon", narrativa de 1920.

O silêncio das sereias
Em alemão, "Das Schweigen der Sirenen", narrativa de 1917, publicada postumamente em 1931. Na versão original, o título teria sido "As errâncias de Ulisses" ("Die Irrfahrten des Odysseus"); ele foi "alterado" por Max Brod.

A verdade sobre Sancho Pança
Em alemão, "Die Wahrheit über Sancho Pansa", escrito em 1917 e publicado pela primeira vez em 1931.

O novo advogado
Em alemão, "Der neue Advokat", o conto foi publicado em 1920 no volume *Um médico rural* (*Ein Landarzt*).

A preocupação do pai de família
Em alemão, "Die Sorge des Hausvaters", narrativa breve publicada em 1920 na coletânea *Um médico rural* (*Ein Landarzt*).

Uma mulher baixinha
Em alemão, "Eine kleine Frau", em geral traduzido pelo título menos preciso de "Uma pequena mulher" no Brasil, é uma das quatro narrativas publicadas por Franz Kafka em *Um artista da fome*, de 1924, dois meses após sua morte. *Um artista da fome* foi o último livro no qual Kafka trabalhou.

O pião
Em alemão, "Der Kreisel", narrativa breve escrita em 1920, intitulada e publicada postumamente por Max Brod.

O cavaleiro do balde
Em alemão, "Der Kübelreiter", narrativa de 1917, deveria fazer parte da coletânea *Um médico rural* (*Ein Landarzt*), de 1920; acabou sendo publicada separadamente em 1921 no jornal *Prager Presse*.

276 | Blumfeld, um solteirão de mais idade e outras histórias

Para a reflexão de cavaleiros amadores
Em alemão, "Zum Nachdenken für Herrenreiter", narrativa publicada em 1913 na coletânea *Contemplação (Betrachtung)*.

Conversa com o devoto
Em alemão, "Gespräch mit dem Beter" (*Beter* seria, mais diretamente, "rezador", palavra que, no entanto, não soa bem em português e ademais é pouco usada); narrativa publicada na revista *Hyperion* em 1909 por iniciativa de Max Brod e contra a vontade de Kafka. Também é parte da coletânea *Descrição de uma luta (Beschreibung eines Kampfes)*, publicada postumamente.

Conversa com o bêbado
Em alemão, "Gespräch mit dem Betrunkenen", narrativa publicada na revista *Hyperion* em 1909 por iniciativa de Max Brod e contra a vontade de Kafka. Também faz parte da coletânea *Descrição de uma luta (Beschreibung eines Kampfes)*, publicada postumamente.

Desejo de ser índio
Em alemão, "Wunsch, Indianer zu werden", breve esboço em prosa publicado em 1913 na coletânea *Contemplação (Betrachtung)*.

As árvores
Em alemão, "Die Bäume", breve esboço em prosa publicado em 1913 na coletânea *Contemplação (Betrachtung)*.

O foguista
Em alemão, "Der Heizer", publicado em 1913 na série de escritos *O dia do juízo final* pela Editora de Kurt Wolff. É, ao mesmo tempo, o primeiro capítulo do romance fragmentário *Amerika* (conforme o título de Max Brod), que segundo Kafka deveria se chamar *O desaparecido (Der Verschollene)* e costuma ser apresentado também com este título. Kafka liberou em vida apenas a publicação do primeiro capítulo, recusando-se a publicar o romance inteiro, que ele considerava insatisfatório.

Índice das narrativas e suas origens | **277**

Investigações de um cão
Em alemão, "Forschungen eines Hundes", narrativa escrita em 1922, publicada postumamente; o título lhe foi dado por Max Brod.

Um artista da fome
Em alemão, "Ein Hungerkünstler", narrativa de 1922, publicada no jornal *Die neue Rundschau*; ao mesmo tempo, é o título da coletânea de narrativas publicada em 1924.

Josefine, a cantora, ou O povo dos camundongos
Em alemão, "Josefine, die Sängerin oder das Volk der Mäuse", é a última obra de Franz Kafka e uma das quatro histórias publicadas na coletânea *Um artista da fome*, em 1924.

O grande nadador
Sem título em alemão, fragmento que principia com a dupla invocação "Der grosse Schwimmer!", título pelo qual é conhecido. Provavelmente tenha sido registrado no dia 28 de agosto de 1920 e se encontra no assim chamado "Convoluto 1920" ("Konvolut 1920"), que consiste em 51 páginas soltas.

O guarda da cripta
Em alemão, "Der Gruftwächter", o único drama escrito por Kafka. Foi escrito entre 1916 e 1917 e publicado apenas postumamente.

Cronologia resumida de Franz Kafka

1883 – Franz Kafka nasce em 3 de julho, filho mais velho do comerciante Hermann Kafka (1852-1931) e de sua esposa Julie, nascida Löwy (1855-1934), na cidade de Praga, na Boêmia, que então pertencia ao Império Austro-Húngaro e hoje é capital da República Tcheca. Kafka teve dois irmãos, falecidos pouco depois do nascimento, e três irmãs. São eles: Georg, nascido em 1885 e falecido 15 meses após o nascimento; Heinrich, nascido em 1887 e falecido seis meses após o nascimento; Gabriele, chamada Elli (1889-1941); Valerie, chamada Valli (1890-1942) e Ottilie, a preferida, chamada Ottla (1892-1943); todas sucumbiram ao holocausto.

1889 – Kafka frequenta uma escola alemã para meninos em sua cidade natal até o ano de 1893.

1893 – Inicia o ginásio, concluído no ano de 1901. Escreve algumas obras infantis que são destruídas logo depois.

1897 – Faz amizade com Rudolf Illowý; toma parte em debates socialistas.

1900 – Passa as férias de verão com seu tio Siegfried, médico rural, em Triesch.

1901 – Faz o exame final do curso secundário e passa suas férias, pela primeira vez sozinho, em Nordeney e Helgoland. No outono principia os estudos na Universidade Alemã de Praga; começa estudando Química e em seguida passa ao Direito. Faz também alguns seminários de História da Arte.

1902 – Viaja a Munique e pretende continuar lá seus estudos de Germanística, começados no verão do mesmo ano. No semestre de inverno decide prosseguir os estudos de Direito em Praga. Primeiro encontro com Max Brod.

1903 – Kafka tem a sua primeira relação sexual, com uma vendedora de loja. A experiência o marcaria – de insegurança – para a vida inteira. Faz a primeira de suas várias visitas a um sanatório, em Dresden.

280 | Blumfeld, um solteirão de mais idade e outras histórias

1904 – Lê Marco Aurélio e os diários de Hebbel, escritor alemão do século XIX. Inicia os trabalhos na obra *Descrição de uma luta (Beschreibung eines Kampfes)*.

1905 – Volta a visitar um sanatório, desta vez em Zuckmantel, onde vive uma relação com uma mulher bem mais velha, o primeiro amor de sua vida.

1906 – Faz trabalho voluntário num escritório de advocacia. Em 18 de junho conclui o doutorado, recebendo o título de *Doktor juris*. No outono faz seu estágio de um ano em dois tribunais. Escreve a obra *Preparativos de casamento no campo (Hochzeitsvorbereitung auf dem Lande)*.

1907 – Conhece Hedwig Weiler em Triesch e tenta conseguir-lhe um emprego em Praga. Trabalha na empresa de seguros Assicurazione Generali.

1908 – Primeira publicação. Oito fragmentos em prosa, na revista *Hyperion*, que posteriormente receberiam o título de *Consideração (Betrachtung)*. Em julho, passa a trabalhar no emprego que seria, ao mesmo tempo, martírio e motor de produção: a Companhia de Seguros de Acidentes de Trabalho de Praga.

1910 – Toma parte em vários eventos socialistas. Entra em contato íntimo com uma trupe de atores judaicos, liderada pelo seu amigo Jizchak Löwy, citado na *Carta ao pai*. Viaja com Max e Otto Brod a Paris. Continua suas várias viagens de trabalho.

1911 – Outra viagem de férias a Paris. Em março, participa de algumas das palestras de Karl Kraus. Com o dinheiro do pai, torna-se sócio (inativo) da fábrica de asbesto de seu cunhado Josef Pollak. Visto que Kafka se demonstrara incapaz de dirigir um negócio pessoalmente, tentou fazê-lo participando com o capital (do pai, seja dito). Continua as visitas à trupe de atores de Jizchak Löwy no Hotel Savoy e apaixona-se pela atriz Mania Tschissik.

1912 – O ano capital na vida de Kafka. Viaja com Max Brod a Weimar e conhece de perto o ambiente dos grandes clássicos, Goethe e Schiller. Na visita à casa de Goethe, apaixona-se pela filha do zelador. Os oito fragmentos de prosa publicados em revista no ano de 1908 são editados em livro. Nesse mesmo ano Kafka conhece Felice Bauer, com quem trocaria incontáveis cartas. Em setembro escreve *O veredicto (Das Urteil)*,

Cronologia resumida de Franz Kafka | **281**

sua primeira obra de importância. Em outubro, é tomado, conforme pode ser visto nos *Diários* iniciados quatro anos antes, por pensamentos suicidas. De 17 de novembro a 7 de dezembro escreve *A metamorfose (Die Verwandlung)*, a mais conhecida de suas obras.

1913 – Visita Felice Bauer três vezes em Berlim. É promovido a vice-secretário da Companhia de Seguros. Trabalha ferozmente em jardinagem na periferia de Praga para esquecer as atribulações do intelecto. Viaja a várias cidades, entre elas Trieste, Veneza e Verona. Em setembro e outubro tem uma curta relação com uma jovem suíça de 18 anos que está internada no sanatório de Riva. No final do ano conhece Grete Bloch, que viera a Praga para tratar do noivado de Kafka com Felice.

1914 – Continua a visitar Felice e esta vai a Praga. A correspondência com Grete Bloch torna-se cada vez mais íntima. Em 2 de junho acontece o noivado oficial com Felice em Berlim. Kafka mora na casa de suas duas irmãs, primeiro na de Valli, depois na de Elli.

1915 – Muda-se para um quarto e vive sozinho pela primeira vez na vida. Em abril, viaja à Hungria com Elli. Kafka recebe o conhecido Prêmio Fontane de literatura, mas suas obras estão longe de fazer sucesso. *A metamorfose* é publicada em livro pelo editor Kurt Wolff. Entre julho e agosto principia a escrever *O processo (Der Prozess)*, sua obra-prima.

1916 – Permanece dez dias com Felice em Marienbad. É publicada sua obra *O veredicto*. Faz leituras públicas de seu livro *Na colônia penal (In der Strafkolonie)* em Munique.

1917 – Começa seus estudos de hebraico. Noiva-se pela segunda vez com Felice, voltando a se separar em seguida. Adoece de tuberculose. Viaja a Zürau e vive uma vida rural na casa da irmã Ottla, sua preferida. Em dezembro, separa-se definitivamente de Felice Bauer, depois de vários conflitos interiores, medos, alertas alucinados feitos à moça e a seus pais em cartas. Kafka, na verdade, procurava afastar a moça de si havia anos.

1918 – Volta à Companhia de Seguros depois de vários meses de licença devido à doença. Já em Praga, acaba sendo vítima da gripe hispânica, que grassava pela cidade.

1919 – Conhece Julie Wohryzek na pensão Stüdl, em Schelesen, e vive mais uma de suas várias relações. Em abril, volta a Praga. Noiva-se com Julie

282 | Blumfeld, um solteirão de mais idade e outras histórias

Wohryzek, apesar de não alcançar a aprovação do pai. É publicada *Na colônia penal*. Escreve a *Carta ao pai* e enfim estabelece, de maneira concreta, os problemas de relação entre ele e seu pai, indiciados em toda a sua obra ficcional. Depois de curta temporada em Schelesen, onde desta vez conhece Minze Eisner, volta a Praga em dezembro.

1920 – É promovido a secretário da Companhia de Seguros e seu salário é aumentado. Troca intensa de cartas com sua tradutora para o tcheco, Milena Jesenská. Viaja a Viena, onde Milena reside e passa quatro dias com ela. Escreve várias narrativas curtas. Termina o noivado com Julie Wohryzek. Escreve um esboço para *O castelo (Das Schloss)*. Em dezembro, volta ao sanatório, dessa vez em Matliary (Hohe Tatra).

1921 – Continua em Matliary. Faz amizade com Robert Klopstock. No outono, volta a Praga. Entrega todos os seus diários a Milena.

1922 – Começa a escrever *O castelo*, a mais extensa e mais ambiciosa de suas obras. É promovido a secretário-geral da Companhia de Seguros. Escreve "Um artista da fome" ("Ein Hungerkünstler"). Aposenta-se devido à doença. Passa alguns meses com Ottla, sua irmã, numa residência de verão em Planá. Kafka avisa a Max Brod que depois de sua morte ele deve destruir todas as suas obras.

1923 – Volta a estudar hebraico. Faz planos de mudar-se para a Palestina. Conhece Dora Diamant. Volta a passar dois meses com sua irmã Ottla em Schelesen. Em final de setembro muda-se para Berlim, onde vive com Dora Diamant. Escreve *A construção (Der Bau)*.

1924 – Em março, volta a Praga. Escreve sua última narrativa curta, "Josefine, a cantora" ("Josefine, die Sängerin"). O pai de Dora Diamant não concorda com um noivado entre a filha e o escritor. A partir de abril vive com Dora e Robert Klopstock no sanatório Hoffmann em Kierling, onde Kafka vem a falecer no dia 3 de junho. É enterrado em Praga. No verão é publicado o volume *Um artista da fome*.

Posfácio

Marcelo Backes

"Ele apenas observa as deformidades que ainda não chegaram à nossa consciência. A arte é um espelho que 'adianta' como um relógio. Às vezes." A citação não caracteriza a obra de Franz Kafka (1883-1924), mas é sim uma frase de Kafka para caracterizar a obra de... Picasso. Quantas são as vezes, no entanto, em que acabamos falando de nós mesmos ao dizer algo acerca de outros? Mesmo quando Renoir pintava seu jardineiro, estava pintando na verdade a si mesmo.

Fábulas sombrias, alegorias fatais.

Günther Anders, o primeiro marido de Hannah Arendt e um dos estudiosos da obra de Kafka, chegou a dizer de modo absolutamente preciso a respeito do autor: "Ele é feito um homem que esquia no cascalho, para provar com cambalhotas e arranhões, àqueles que pretendem que o cascalho é neve, que não se trata, realmente, de outra coisa se não cascalho." A diversão da narrativa não salva, a adequação ao mundo não existe, o sofrimento não diminui, o sangue e as feridas – fatais – são visíveis.

Kafka é um dos maiores escritores de todos os tempos. Não há lista de romances universais em que não figure *O processo,* assim como não há lista de novelas em que não apareça *A metamorfose.* E o número de seus contos geniais e definitivos no sentido de interpretar as angústias do homem contemporâneo é particularmente significativo. "Um livro tem de ser o machado para o mar congelado do nosso interior." Kafka diria certa vez. Os contos aqui reunidos são um testemunho veemente do postulado.

No posfácio à primeira edição de *O processo,* Max Brod explica que se não seguiu as ordens de Kafka, queimando sua produção inédita

284 | Blumfeld, um solteirão de mais idade e outras histórias

foi também porque havia assegurado ao autor em uma conversa que, caso ele um dia viesse a pedir que o fizesse – mesmo em testamento –, não atenderia ao pedido. E, assim, a obra de Kafka veio a influenciar movimentos artísticos inteiros como o surrealismo, o existencialismo e o teatro do absurdo.

A vida

Embora tenha participado da comunidade judaica e até de manifestações socialistas, Franz Kafka foi sempre um solitário. Era um judeu ateu, um irreligioso obcecado pela religião; se viveu em conflito com seu judaísmo, também estudou hebraico e em 1923 chegou a fazer planos de se mudar para a Palestina.

Kafka sempre sofreu mais do que parecia sofrer, tanto que suas próprias lembranças fazem dele uma criança bem mais infeliz do que a criança que aparece no relato de seus amigos; é como se ele fosse capaz de abranger e dimensionar o medo, a angústia e a frustração apenas posteriormente, ao mergulhar no passado, e constatar que lá já se manifestava o estranhamento, a impossibilidade de adequação ao mundo absurdo que se erguia à sua volta, que ao correr dos anos apenas se tornou maior.

Apesar de quatro noivados, apesar de um punhado de amigos – um deles tão fiel que foi incapaz de cumprir seu derradeiro pedido: Max Brod a quem o mundo deve a publicação de *O processo* e de *O castelo* e de tantos dos contos da presente antologia –, Kafka foi avesso à convivência. Embora tenha morado boa parte da vida com sua família, o autor sempre viveu sozinho.

Kafka não era nada e era tudo ao mesmo tempo. Era judeu, escrevia em alemão, nasceu em Praga, na Boêmia, filho de pais judeus remediados, e devia submissão ao Império Austro-Húngaro. Sua infância e adolescência foram marcadas pela figura dominadora do pai, comerciante próspero, que sempre fez do sucesso material a tábua de valores para medir o mundo à sua volta, inclusive seu filho, um "fracassado" que veio a se tornar um dos maiores escritores do século XX.

Posfácio | **285**

De 1889 a 1893, Kafka frequentou uma escola alemã para meninos em sua cidade natal. Logo em seguida iniciou os estudos do ginásio, que concluiria em 1901; na época já teria escrito algumas obras infantis, destruídas logo em seguida. No outono do mesmo ano, principiou os estudos de Química na Universidade Alemã de Praga, passando ao Direito logo depois e fazendo alguns seminários de História da Arte. Já em seus primeiros anos adultos, Kafka visitou diversos sanatórios. Em 1906, recebeu o título de *Doktor juris* e escreveu "Preparativos de casamento no campo". 1908 é o ano de sua primeira publicação: oito fragmentos em prosa, na revista *Hyperion*, que posteriormente receberiam o título de *Contemplação (Betrachtung)*. Em julho passa a trabalhar no emprego que seria, ao mesmo tempo, martírio e motor de produção: a Companhia de Seguros de Acidentes de Trabalho de Praga. Em 1910, Kafka participa de vários eventos socialistas e entra em contato íntimo com uma trupe de atores judaicos, liderada pelo seu amigo Jizchak Löwy, citado na *Carta ao pai*. No mesmo ano, viaja a Paris com Otto e Max Brod.

O ano de 1912 é o mais decisivo na vida do autor. Kafka viaja com Max Brod a Weimar e conhece de perto o ambiente dos grandes clássicos Goethe e Schiller. Em 10 de setembro, às 10 horas da noite, Kafka começou a escrever *O veredicto*. Quando terminou, por volta das 6 horas da manhã do dia seguinte, totalmente esgotado, sem conseguir tirar as pernas de sob a escrivaninha, apontou em seu diário que havia descoberto "como tudo poderia ser dito"; que inclusive para as ideias mais estranhas havia um grande fogo pronto, no qual elas se consumiam para depois ressuscitarem. Dois meses depois viria *A metamorfose,* a mais conhecida, a mais citada, a mais estudada de suas obras. *A metamorfose* e *O veredicto* (cada uma com duas edições) viriam a ser duas das três únicas obras de Kafka reeditadas com o autor ainda vivo. O conto "O foguista", que depois passaria a integrar o romance *América*, teria três edições. Embora tenha descoberto seu caminho de escritor já em 1912, Kafka jamais chegou a alcançar fama enquanto vivo. Ainda que tivesse escritores do calibre de Robert Musil entre os apreciadores e incentivadores de sua obra, e mesmo tendo recebido, em 1915, o Prêmio Fontane de

286 | Blumfeld, um solteirão de mais idade e outras histórias

Literatura Alemã – um dos mais importantes da época –, Kafka morreu sem saber que seria eterno.

Apesar da competência profissional – foi promovido diversas vezes, até chegar a secretário geral – e da consideração que os colegas de trabalho lhe dispensavam, Kafka sempre sentiu que o emprego o impedia de se dedicar totalmente à atividade literária. "Tudo o que não é literatura me aborrece, e eu odeio até mesmo as conversações sobre literatura", chegou a dizer. Muitas vezes esgotado, Kafka se ocupou de jardinagem na periferia de Praga para esquecer as atribulações do intelecto. Viajou muito, estudou hebraico, ficou noivo e desatou o noivado com Felice Bauer duas vezes. Ficou noivo de Julie Wohryzek ainda uma terceira vez, em 1919, e escreveu a *Carta ao pai* estabelecendo enfim, de maneira concreta, os problemas de relação entre ele e seu pai, indiciados em toda a sua obra ficcional. Logo em seguida conheceu Milena Jesenská, sua tradutora para o tcheco, e terminou o noivado com Julie mais tarde. Depois de vários casos de menos vulto, Dora Diamant seria a última grande mulher de sua vida.

A vida emocional de Kafka foi conturbada, coisa que acentuou o sentimento de solidão e desamparo, que jamais o abandonaria e manifestou-se desde cedo nos fragmentos de *Descrição de uma luta*, obra de 1909; o livro seria publicado na íntegra apenas em 1936. Nessa inquietante e perturbadora narração (da qual aqui são apresentados "Conversa com o devoto" e "Conversa com o bêbado"), que passou quase despercebida à época em que foi publicada, o mundo dos sonhos – tema recorrente na obra do autor – adquire uma lógica desconcertante e obstinada, pervicaz, em meio ao real.

Afligido pela tuberculose, Kafka submeteu-se a longos períodos de repouso a partir de 1917. Em 1922 largou definitivamente o emprego – depois de uma série de pedidos de férias – e, excetuadas algumas breves temporadas em Praga e Berlim, passou o resto da vida em sanatórios e balneários. Kafka morreu em 3 de junho de 1924, em Kierling, perto de Viena.

A obra

O realismo de Kafka é fronteiriço, mas sóbrio ao mesmo tempo; seu humor às vezes é grotesco, outras vezes, irônico e até sarcástico, mas em última instância sempre carregado de seriedade. Sua prosa é dura, seca e despojada. Ele reduz a riqueza da língua alemã a trezentas palavras, e mesmo assim é um dos maiores estilistas da prosa alemã. O que Kafka escreve é ele mesmo, o ser em si. Sua literatura é seu "eu" feito letra; seu estilo é marcante, embora uma de suas maiores características seja a impessoalidade. É como se o autor não necessitasse da muleta de um estilo – em seu aspecto subjetivo – para fazer brotar seu eu, sua individualidade. Kafka não trata de ânimos ou ambientes, nem de experiências ou psicologias. Ele fala do fundamento da existência em si, do qual a parábola é o melhor modelo. Num dos fragmentos de seus *Diários* está escrito: "Escrever como forma de oração", e ele fez de sua arte sua reza.

Georg Lukács, marxista de primeira lavra, viu em Kafka apenas a decadência tardia do mundo burguês. Theodor Adorno, marxista tardio, teórico da Escola de Frankfurt, disse: "Os protocolos herméticos de Kafka contêm a gênese social da esquizofrenia" e assinalou em Kafka a essência do mundo moderno. Sigmund Freud se perguntava: "Será Kafka um *Homo religiosus* ou alguém que com seus 'veredictos' toma nas mãos a vingança contra Deus e contra seu mundo desfigurado pelos homens?". O pai da psicanálise referia-se à obra *O veredicto* e logo depois dela viria *A metamorfose*, apresentando a mesma situação, aparentada em índole e conteúdo; fruto da mesma época, produto da mesma safra. Assim como tantos contos que ainda vieram depois e estão reunidos na presente antologia.

"O poeta tem a tarefa de levar aquilo que é mortal e isolado à vida infinita, o acaso, ao legítimo. Ele tem uma tarefa profética." Mas Kafka não via essa tarefa profética como um presente dos céus e sim como uma espécie de ordem do inferno, do inferno que se situa no interior mais íntimo do artista, conforme fica claro em contos como "Um artista da fome" e "Josefine, a cantora".

288 | Blumfeld, um solteirão de mais idade e outras histórias

No ensaio "Kafka e seus precursores", Jorge Luis Borges mostra como um escritor genial é capaz de inventar seus ancestrais. Se um número tão grande de textos anteriores a Kafka – embora pouco parecidos entre si – lembram Kafka de modo tão direto, é apenas porque Kafka registrou da maneira mais precisa e profunda um modo diferente de ver o mundo.

Entre o rol dos precursores de Kafka, Borges cita Søren Kierkegaard, um filósofo que Kafka sabidamente leu e que por certo o influenciou. Ainda que *O veredicto* e *A metamorfose* tenham sido publicados antes da leitura do filósofo dinamarquês, temas kafkianos como a punição, o poder e a culpa, presentes ainda em "O foguista", beberam na fonte de Kierkegaard, não há dúvida, e aparecem em vários de seus contos, em quase todos eles, na verdade. Outra influência decisiva, anterior e do mesmo âmbito foi a do filósofo e psicólogo alemão Franz Brentano, em cujo pensamento Kafka chegou a se aprofundar em seminários. Kafka admitiu também a importância de Pascal em sua obra, mas sobretudo a de Heinrich von Kleist, assim como a influência do ambiente de Praga, cidade medieval gótica, dotada de elementos eslavos e alemães e marcada pelo traço barroco sombrio.

a.K. – antes de Kafka

Um dos escritores mais singulares do *Sturm und Drang*, movimento romântico conhecido também com o nome de Tempestade e Ímpeto, foi Jakob Michael Reinhold Lenz. Ele encarnou o movimento alemão ao qual pertenceu em toda a sua excentricidade, demonismo e infantilidade. Lenz, cuja história é fabulada no romance *Lenz*, de Georg Büchner, foi tão singular que de certa forma antecipou Kafka, dando à literatura uma série de figuras paternas dominadoras e negativas. Em sua peça *O inglês* – e a semelhança com os contos "O veredicto" e "O foguista" e com a novela *A metamorfose* de Kafka é clamorosa – o protagonista Robert Hot justifica seu suicídio pela intenção de "arrancar ao pai para sempre o poder cruel que ele tem sobre mim". A similaridade temática é tanta que Lenz esclarece, através da frase, o destino de Georg Bendemann,

Posfácio | **289**

personagem principal de *O veredicto*, de Kafka, mais de cem anos antes de este se efetivar.

Kafka leu Marco Aurélio, se ocupou intensivamente de Spinoza e de Darwin e de um punhado de outros autores e teorias. Deu atenção especial aos *Diários* de Friedrich Hebbel, a Nietzsche e, sobretudo, ao já citado Kleist. De grande valor poético, os *Diários* de Hebbel dão testemunhos dolorosos acerca das possibilidades de um artista registrar o mundo que o rodeia em todo o seu *páthos*. Já a importância de Nietzsche pode ser percebida em aspectos individuais da obra de Kafka, por exemplo, no imperador moribundo de "Na construção da muralha da China", que parodia a morte de Deus anunciada pelo filósofo.

A importância da visão de mundo de Heinrich von Kleist na obra de Kafka – sobretudo na questão da relação entre poder legal e liberdade individual – já foi vislumbrada por Kurt Tucholsky, que chamou o escritor tcheco de "neto de Kleist". O próprio Kafka admitia que a novela *Michael Kohlhaas*, de Heinrich von Kleist[1] – ele chegou a ver no personagem um "parente consanguíneo" – era uma de suas obras preferidas.

Mas as visões oníricas de Alfred Kubin talvez tenham sido as mais decisivas no desenvolvimento da obra de Franz Kafka. O romance *O outro lado*, de 1908, é uma espécie de Goya em letras, ou seja, Kubin – que foi mais gravurista e ilustrador do que escritor e um descendente direto de Goya – em letras... Pletórico de metáforas e símbolos e narrado em primeira pessoa – pelo próprio Kubin –, o romance despeja o estado anímico do artista e suas visões de mundo sobre o leitor. A hierarquia de Pérola, a capital sombria e nebulosa de um reino fantástico na Ásia Central, tem, além do cotidiano marcado pela Antiguidade, pelo atraso e pelo caos, além dos medos, histerias e outras mazelas espirituais de seus habitantes, uma hierarquia de funcionários absolutamente kafkiana. O que Ernst Jünger disse sobre o romance de Kubin poderia muito bem ser dito sobre as obras-primas de Kafka: um dos maiores exemplos da capacidade de profecia do artista.

---

1. A novela foi publicada nesta mesma coleção, *Fanfarrões, Libertinas & Outros Heróis*.

290 | Blumfeld, um solteirão de mais idade e outras histórias

Outro autor importante no devir kafkiano foi Robert Walser. Escritor suíço surpreendente e de grande qualidade, sublime na ironia e vigoroso na poetização do cotidiano, Walser é um precursor sutilizado da narrativa fantástico-alegórica em que Kafka veio a se tornar célebre. Walser seria redescoberto mais de dez anos depois de sua morte, em 1956, sobretudo com a decifração de seus microgramas, inscrições miudíssimas feitas a lápis em 526 folhas esparsas e bilhetes (antes de uma análise minuciosa, encaminhada a partir da década de 1970, pensava-se que Walser havia criado uma "escrita secreta"). Os microcramas de Walser são a prova prática da tentativa radical de um autor – uma tentativa mais radical do que a de Kafka, inclusive – de se apartar da opinião pública, de deixar claro que o artista ideal jamais escreve – pinta ou esculpe –, para atender ao desejo, narcísico ou altruísta, de legar uma obra ao mundo.

Na época da escritura de *A metamorfose*, por exemplo, Kafka havia acabado de ler *O pobre músico*, de Franz Grillparzer. Todo o embate entre a arte e a vida presente no romance desse autor austríaco, em que um filho também fracassa nos negócios, perde a noiva e acaba virando artista de rua, foi importante na configuração de Gregor Samsa, mas seria importante ainda na concepção de "Um artista da fome" e de "Josefine, a cantora", escritos bem mais tarde. Kafka chegou a louvar o romance de Grillparzer de modo altissonante.

As marcas de *Crime e castigo*, de Dostoievski, assim como outros insetos dostoievskianos mencionados em *Notas do subsolo* e *Os irmãos Karamázov* também aparecem em *A metamorfose*. No que diz respeito a *Crime e castigo*, especificamente, sobretudo no final, quando Raskolnikov, já no castigo da Sibéria, se envergonha por ter ido ao chão de um modo tão cego, tão vazio de esperança, calmo e imbecil, devido a uma sentença do destino, dizendo que tinha de se curvar e se submeter à falta de sentido de um veredicto para alcançar pelo menos um pouco de paz. Dostoievski continua presente em *O processo*. Josef K. não deixa de ser um Raskolnikov do mundo administrado, que sempre encontra um motivo "lógico" para se embrenhar ainda mais nos meandros de sua culpa, e parece optar continuamente pela saída mais cômoda, quase sempre

Posfácio | **291**

a mais problemática e a mais enredada. Em *Crimen y castigo de Franz Kafka, anatomía de El Proceso*, Guillermo Trujillo chegou a defender a ideia de que Kafka usou as obras de Dostoievski (e não apenas *Crime e castigo*) como um palimpsesto para escrever suas próprias histórias (e não apenas *O processo*). Trujillo vê *Crime e castigo* projetado na ordem dos capítulos de *O processo*, tanto que reorganizou a obra de Kafka segundo a "objetividade" dessa ordem numa edição crítica publicada pela Universidade de Medellín, em 2005.

Vladimir Nabokov, por sua vez, deixa seu conterrâneo Dostoievski de lado e alega que a maior influência de Kafka foi Flaubert, a quem Kafka de fato admirava. Tanto um quanto outro teriam usado o vocabulário de áreas anexas – notadamente o da jurisprudência e o das ciências naturais – e com ele teriam dado à língua uma espécie de precisão irônica, sem deixar evidentes suas sensações pessoais e alcançado efeitos poéticos de grande valor. Mas as sensações pessoais de Kafka aparecem evidentes em suas obras do princípio ao fim, apesar da objetividade aparente e tanto mais vigorosas por causa dela.

Foram provadamente importantes no desenvolvimento da obra de Kafka coisas tão díspares quanto a literatura de Goethe e a zoologia de Alfred Brehm. Goethe era leitura e questão constante, muito além do velho embate entre arte e vida, que animaria também boa parte da obra de Thomas Mann; a novela *Tonio Kröger*, por exemplo. O animal de "A construção" foi inspirado na descrição do texugo e da toupeira de *A vida animal de Brehm* e o mesmo livro – em suas descrições do orangotango e do chimpanzé – serviria de matriz para a caracterização do macaco de "Um relatório para uma academia" e foi usado também para a toupeira gigante de "O professor da aldeia", ainda que ela sequer seja descrita. O "Um relatório...", aliás, não deixa de desenvolver ficcionalmente o nexo existente entre processo civilizatório e repressão dos instintos estudado por Freud, mostra também que Kafka conheceu de perto as teorias de Darwin, leitura cara desde os tempos de escola, e que seu macaco Rotpeter é um descendente do macaco de E. T. A. Hoffmann em "Relato de um jovem culto". *A vida animal de Brehm* apareceria ainda em

292 | Blumfeld, um solteirão de mais idade e outras histórias

"Investigações de um cão"; e essa narrativa – assim como outras obras de Kafka – liga diretamente o problema do conhecimento à questão do poder, desenvolvendo ficcionalmente as teorias de Max Weber. O mesmo Max Weber, aliás, parece onipresente em *O castelo*, com sua análise do poder da burocracia sobre a economia e a sociedade, bem como com seu conceito de "metafísica do funcionalismo público". Acerca de outra de suas obras, "O foguista", o próprio Kafka chegou a comparar Karl Rossmann, protagonista, ao David Copperfield de Charles Dickens; em Rossmann, em alguns momentos de sua trajetória posterior no romance que se chamaria *América*, também pode ser percebida a descendência arrevesada e degringolada – deteriorada – de um herói pícaro da estirpe do Simplicissimus.

d.K. – depois de Kafka

Maior que o rol das "influências" de Kafka só a lista dos "influenciados" por ele. E não poderia ser diferente, na medida em que, conforme disse o crítico literário Heinz Politzer, inclusive o mundo em que nos movemos se tornou outro depois da metamorfose de Gregor Samsa.

Comecemos pela Alemanha.

Wolfgang Koeppen, que se recusou a assumir o estilo objetivo e jornalístico dos escritores da geração pós-guerra alemã para se orientar em autores da cepa de Franz Kafka, é certamente um dos escritores que mais manifesta a importância do autor tcheco em sua obra. Lembrando a postura de Kafka – e a de Robert Walser –, Koeppen disse certa vez que suas obras eram "menos a tentativa de um diálogo com o mundo do que a de um monólogo contra o mundo". A lista de alemães "influenciados" por Kafka continua em autores como Peter Handke e Peter Weiss – este último faz da incomunicabilidade no mundo moderno um de seus temas principais – e chega até mesmo a Felicitas Hoppe, autora alemã contemporânea, que lembra um Kafka amenizado, de estilo insinuante, e carregado de cenas bizarras.

Outro autor contemporâneo marcado decisivamente pela ficção de Kafka foi W. G. Sebald, morto tragicamente em 2001. *Os emigrantes*, sua

Posfácio | **293**

obra mais conhecida, evidencia a presença marcante de Kafka – que já fora personagem de Sebald em *Vertigem* –, inclusive no tom pessimista que a envolve. Kafka ainda alcançou diretamente escritores como o búlgaro de expressão alemã Elias Canetti, vencedor do Prêmio Nobel, que se ocupou intensamente da obra kafkiana, chegando a dizer que Kafka foi um grande artista porque soube "expressar nosso século da maneira mais pura e perfeita".

Além da fronteira alemã – geográfica e linguística –, Kafka foi decisivo na obra de grandes autores como Albert Camus, que escreveu: "É o destino e talvez também a grandeza dessa obra, o fato de oferecer todas e não sancionar nenhuma possibilidade de interpretação." Mas Kafka chegou ainda mais longe. Até mesmo a literatura latino-americana provavelmente teria enveredado por caminhos bem diferentes se não fosse sua ficção. Gabriel García Márquez confessa ter alcançado coragem para desenvolver o realismo mágico apenas depois da leitura de *A metamorfose*, dizendo que Kafka lhe apontou o caminho, e que aprendeu com ele que se pode escrever de outro modo.

Contemporaneamente, Leslie Kaplan, escritora francesa nascida nos EUA, é autora que admite e inclusive refere constantemente a influência de Kafka, da burocracia assassina e do estranhamento do homem diante do mundo; seu romance *O psicanalista* já foi traduzido no Brasil. A divulgação de Kafka é tão ampla que ele alcança influenciar até mesmo autores como o iraniano Sadegh Hedayat – grande tradutor, inclusive das obras do gênio tcheco de língua alemã – ou o japonês Haruki Murakami, admirador não apenas de Kafka, mas também de Dostoievski. Autor de *Kafka à beira-mar* e dos já traduzidos no Brasil *Caçando carneiros*, *Minha querida Sputnik* e *Norwegian wood*, Murakami é um filho kafkiano do niilismo pós-industrial num Japão que abandona definitivamente as tradições para se jogar aos braços publicitários da moda.

Mas falar de influência é usar gavetas, é acreditar na osmose artística. Borges já ensinou a relativizá-la, mostrando como autores de diferentes literaturas e várias épocas podem ser kafkianos sem jamais ter tido contato com Kafka, inclusive porque o antecederam. A importância de

294 | Blumfeld, um solteirão de mais idade e outras histórias

Kafka nos rumos da literatura posterior a ele, no entanto, é indiscutível, assim como é indiscutível o fato de ele ser o produto – bem peculiar, é verdade, e também por isso genial – de uma literatura e de um mundo que o antecederam e que já manifestavam as marcas do absurdo e da inexistência de sentido que ele soube cristalizar tão bem.

Os quatro pilares da obra de Kafka –
A metamorfose

Toda a obra de Kafka gira em torno de alguns temas básicos.

A metamorfose e *O veredicto*, contudo, são obras gêmeas, e irmãs de todas as outras. As semelhanças entre novela e conto são imensas. Além dos nomes dos protagonistas – Georg Bende(mann) em *O veredicto* e Gregor Samsa em *A metamorfose* –, tanto entre os Samsa quanto entre os Bendemann, o pai é comerciante e anula o filho através de sua atividade exitosa. Em ambas as famílias acontece uma reviravolta repentina, dada em *A metamorfose* pela falência do pai e em *O veredicto* pela morte da mãe. Nas duas narrativas também aparece vívido o conflito edipiano: o medo, o ódio e o respeito do filho contra um pai poderoso, acrescido do fato de que aquele apenas assume vida ativa depois de este ter sido posto fora de combate (através da falência ou da viuvez).

Em *A metamorfose*, o filho morre, o pai expulsa os inquilinos, despede a faxineira (elementos de poder na ordem familiar) e retoma as rédeas da situação. No mesmo sentido, a "normalidade" retorna ao lar e aparece expressa no primeiro elemento exterior à vida familiar depois de muito tempo: a passagem do entregador de carne. Na cena final, o sol volta a brilhar, opondo-se à chuva e ao cinza constantes que Gregor via pela janela. O futuro torna a sorrir para a família. Pai, mãe e irmã, para esquecer definitivamente o passado, buscam uma nova moradia – a antiga ainda havia sido escolhida por Gregor –, apresentando algumas desculpas de ordem prática. A primavera vem e com ela a irmã desabrocha para a vida. Mas a felicidade é amarga, e o sol, ilusório. Ninguém

Posfácio | **295**

pode deixar de ver que há – como no velho Machado de Assis – uma gota da baba de Caim em toda essa felicidade presente.

O último desejo de Gregor Samsa antes de sofrer a metamorfose é levar a irmã ao conservatório. A ele se opõe o desejo final – e triunfante – dos pais, que veem a filha opulenta e querem casá-la, mantendo-a na vida prática. O desejo de Gregor reflete não apenas o interesse fraterno no desenvolvimento musical da irmã, mas também a intenção de evitar a aliança carnal e marital através de uma aliança artística.

O desejo de Gregor Samsa em *A metamorfose* vira impasse vital em Georg Bendemann em *O veredicto*, obra em que fica sintetizada a batalha entre a arte e a vida, que ocorre no interior do próprio Kafka da época e rebate em seu personagem. Kafka de fato pensava em ficar noivo de Felice Bauer e *O veredicto* evidencia – entre outras coisas – o terror que o pensamento lhe causava quando se lembrava do pai. Na *Carta ao pai*, escrita anos mais tarde, tudo fica ainda mais detalhado e, desta vez, transparente, sem o manto aparente da ficção a cobrir a realidade, quando o autor aborda seu noivado com Julie Wohryzek.

Kafka vive de fato o conflito entre o casamento (a vida) e o ato de escrever (a arte). Já na primeira frase de *O veredicto* aparece o hino feliz de um celibatário que enfim escapará à solidão através do casamento. Georg fica sentado uma imensidão de tempo à escrivaninha, titubeia, olhando o mundo pela janela – o limite kafkiano onde o mundo do indivíduo termina e começa o mundo do resto do mundo.

O gigantismo do pai de Georg – tão semelhante ao gigantismo do pai de Gregor e do pai de Kafka, dos pais de Karl Rossmann em "O foguista" – fortalece o poder de seu veredicto, dando-lhe um caráter totalizante e definitivo. O pai condena porque o filho demorou a amadurecer, demorou a abraçar a vida prática, porque deixou a mãe morrer e o amigo fenecer. De quebra – na medida em que aceita o veredicto –, Georg reconhece que seu noivado foi uma violação não apenas contra si mesmo, mas também contra a memória da mãe, cuja perda o pai acusa não tê-lo atingido tanto. Kafka esquivou-se do casamento por várias vezes, apontando impossibilidades em si e em sua capacidade de vida

296 | Blumfeld, um solteirão de mais idade e outras histórias

familiar. A última esquiva é representada no texto do próprio conto e a dedicatória à noiva – no início da obra – é, nesse sentido, cruel. *O veredicto* representa o despertar de Kafka para a literatura, o vagido de um gênio a nascer. É um conto enigmático, maravilhoso, e assinala o início factual da literatura do século XX, encaminhado definitivamente pelo autor dois meses mais tarde com *A metamorfose*.

Kafka planejava reunir *O veredicto, A metamorfose* e "O foguista" numa obra chamada *Filhos (Söhne)*. Mais tarde pensou em pôr *O veredicto, A metamorfose* e *Na colônia penal* num mesmo livro, intitulado *Punições (Strafen)*. Nunca veio a realizar seus intuitos, mas tanto "punições" quanto "filhos" são palavras sintéticas – exatamente conforme Kafka as apreciava nos títulos – para definir um pouco do muito que *A metamorfose* e *O veredicto* têm em comum. A *Carta ao pai* certamente poderia fazer parte de qualquer um dos dois volumes, ainda que não seja reconhecida de cara como uma obra ficcional.

Carta ao pai

A *Carta ao pai* talvez seja o exemplo mais explícito no sentido de convencer o leitor a dar razão àquilo que Elias Canetti disse num de seus aforismos: "Por que tu te envergonhas tanto quando lês Kafka? Tu te envergonhas de tua força..." Pois sim, quem é capaz de se ufanar de seus músculos afetivos depois de conhecer Kafka? Num outro aforismo, o mesmo Canetti diria que por causa de Kafka – e depois de Kafka – qualquer bravata, aberta ou disfarçada, se tornou ridícula. E, de fato, quem é capaz de bravatear, de mostrar sua fanfarronice depois de ler a *Carta ao pai*?

Em 1919, a carreira literária de Kafka, que de resto jamais chegou perto de alcançar a repercussão de tempos póstumos, estagnara de vez. Com suas obras mais conhecidas já escritas – *A metamorfose* e *O processo*: veja-se, aliás, o trecho da *Carta* em que está escrito "Minha atividade de escritor tratava de ti [do pai], nela eu apenas me queixava daquilo que não podia me queixar junto ao teu peito" –, Kafka decide arrostar num

Posfácio | **297**

texto não ficcional um dos grandes temas de sua obra: a autoridade paterna. Assinalando a imensa importância da mesma na criação kafkiana, Walter Benjamin percebeu que para Kafka ela é o símbolo das outras autoridades: "O pai é o punidor. A culpa o atrai, como aos funcionários da justiça. Há muitos indícios de que o mundo dos funcionários e o mundo dos pais são idênticos em Kafka. E a semelhança não os honra. Ela é feita de estupidez, degradação e imundície."

Escrita aos 36 anos – provavelmente entre 10 e 19 de novembro de 1919 –, a *Carta ao pai* marcou a volta de Kafka a Schelesen, junto a Liboch, na Boêmia, onde alguns meses antes conhecera Julie Wohryzek, sua derradeira noiva e mote imediato da carta. O manuscrito tem mais de cem páginas e, concentrado nele, Kafka se fechou mais do que nunca dentro de si mesmo, evitando, inclusive, as visitas que recebia. A letra grande e cuidada, o texto de poucas correções parece demonstrar que Kafka escreveu a *Carta* na intenção de enviá-la de fato ao pai, coisa que pode ser depreendida também de algumas anotações do autor nos *Diários* e em outras cartas. Kafka pensava poder melhorar a relação com seu pai através da *Carta*, e Max Brod chega a testemunhar que ela foi entregue à mãe. Esta teria se recusado a encaminhá-la adiante e, "provavelmente acompanhada de algumas palavras bondosas, devolveu-a a Franz"; sabedora, talvez, de que o marido sequer a leria. Hermann pouco se interessava pelos problemas do filho... Já em 1914, antes das férias, Kafka enviara uma carta bem menor aos pais; essa carta, o pai a teria entregue, sem abri-la, à mãe, deixando até mesmo de se informar acerca do que ela tratava.

Por que Kafka nunca chegou a entregar a *Carta ao pai* ao pai jamais ficou claro. Se porventura achou que ele de fato não se interessaria por ela ou se passou a duvidar do valor documental do manuscrito, continuará sendo um mistério. Em duas cartas a Milena, o escritor tcheco estendeu-se na análise de sua *Carta ao pai*. Na primeira delas – de maio de 1920 –, escreve: "Se tu algum dia quiseres saber o que era de mim no passado, envio-te a carta-gigante de Praga, que escrevi há cerca de meio ano ao meu pai, mas ainda não lhe enviei." Testemunho fiel da verdade, pois!

298 | Blumfeld, um solteirão de mais idade e outras histórias

Mas na segunda – do verão de 1920; pouco mais tarde, portanto – Kafka já relativiza o que dissera: "Amanhã enviarei a carta ao pai à tua casa, guarda-a com cuidado, talvez eu ainda decida dá-la algum dia a meu pai. Procura não deixar que alguém a leia. E ao lê-la compreende todas as suas manhas advocatícias; é uma carta de advogado. E não esqueças jamais teu grande 'apesar disso'." Se Kafka considerou sua carta "advocatícia", isso não significa, no entanto, que ela trata de inverdades, mas sim de verdades retrabalhadas do ponto de vista de alguém que tenta, a todo custo, se justificar diante de um tribunal, o maior dos tribunais, o tribunal paterno... num processo dirigido não apenas contra seu pai, mas contra o mundo e contra si mesmo!

Porém é o pai – um verdadeiro catálogo de seus erros na educação do filho é estendido à frente do leitor – que aparece debruçado em toda sua inteireza sobre o mapa-múndi, numa imagem que lembra as brincadeiras bem mais tardias de Charles Chaplin com o Grande Ditador; é a sua presença avassaladora que faz o filho proclamar: "Da tua poltrona, tu regias o mundo" e chamá-lo de tirano, de regente, de rei e de Deus. Há exageros, claro – coisa que o próprio autor reconhece –, e floreios retóricos. Mas que estamos lendo uma autobiografia, não há a menor dúvida, embora talvez *A metamorfose*, com seu inseto monstruoso, seja mais honesta nesse sentido... Ao invés de interpretar a obra a partir do complexo de Édipo, no entanto, o mais interessante talvez fosse interpretar o complexo de Édipo a partir da obra. Ademais, assim como em seus romances, é o próprio Kafka – e Benjamin já o havia constatado – que está no "centro" de sua obra.

Se *A carta ao pai* alcançou o valor de documento literário de altíssimo valor estético, ao contrário do que acontece com muitas obras no reino viciado da autobiografia, foi porque Kafka tinha o que dizer, porque – e mais uma vez cito Benjamin – todos os seus livros são "narrativas grávidas de uma moral que jamais dão à luz", porque entre todos os escritores, Kafka foi – e mais uma vez cito Canetti – "o maior especialista do poder". Que sua carta é exemplar, que ela expõe um rompimento que é, também, o resultado do conflito intransponível entre duas gerações de judeus é apenas mais um testemunho do engenho grandioso do escritor...

O processo

Em anotação de 15 de agosto de 1914, em seus *Diários*, Franz Kafka registra que há alguns dias voltou a escrever. Em seguida, diz que não se sente tão protegido nem tão mergulhado no trabalho como havia dois anos – época da escritura de *A metamorfose* e *O veredicto* –, mas que mais uma vez passava a ver sentido nas coisas, e que sua vida "regular, vazia e doida de solteiro" voltava a ter uma justificativa. Em 7 de outubro, Kafka faz uma anotação que poderia até ser creditada a Josef K.: "será que esses três dias" – o autor tirara férias para se dedicar à escritura do romance – "provam que não sou digno de viver sem o escritório?" Dando conta da unidade temática de seu trabalho, Kafka ainda escreveria, em 25 de outubro, que sua mais nova obra não lhe parecia independente, mas sim o reflexo de bons trabalhos anteriores. Mas não disse que ela continuaria ecoando em vários dos contos que ainda viriam depois.

Muitos críticos consideram que a dissolução do noivado de Kafka com Felice Bauer, em 12 de julho de 1914, teria desencadeado a escritura de *O processo*. E nos *Diários*, Kafka – que já chamara a noiva de "meu tribunal" – descreve o cenário berlinense em que foi rompido o noivado dizendo que se sentiu como um "criminoso atado por correntes", chamando Felice de "juíza sobre mim"; o sentimento de culpa parece onipresente na alma aqui dentro, enquanto a Primeira Guerra Mundial revolve o mundo lá fora. Aproveitando o ensejo, Elias Canetti – no ensaio intitulado "O outro processo" – estabelece uma ligação direta entre a obra exterior e a personalidade do autor, alegando que a relação e o rompimento com Felice Bauer significavam uma espécie de "processo interior" de Kafka.

De um modo geral, todas as referências às mulheres em *O processo* são de caráter dúbio e apontam para um problema de ordem maior. Se o tribunal é dúbio quando contraposto às noções normais de justiça, K. também está longe de apresentar um comportamento ilibado; e isso fica claro sobretudo em sua conduta em relação às mulheres. Qualquer contato com elas desanda para um erotismo já meio perverso. As mulheres

300 | Blumfeld, um solteirão de mais idade e outras histórias

também ajudam a referendar o caráter satírico da obra, com seus códigos legais pornográficos, justificando o fato de Kafka – segundo o relato de amigos – ter rido várias vezes a bandeiras despregadas durante a leitura pública de seu livro inacabado.

Apesar de sumamente importante, de ser um dos maiores romances em língua alemã do século XX (junto com *O homem sem qualidades*, de Musil, *Doutor Fausto*, de Thomas Mann, *Berlin Alexanderplatz*, de Alfred Döblin, por exemplo), *O processo* é uma obra fragmentária, assim como *O homem sem qualidades*, aliás. Max Brod recebeu o manuscrito do romance dividido em capítulos, assim como Kafka o dividira, mas foi Brod quem ordenou esses capítulos – uma vez que Kafka não os numerara –, seguindo sua intuição e cometendo algumas inverossimilhanças.[2] Antes do capítulo final, que é redondo, o processo misterioso passaria ainda por algumas fases. Kafka teria dito a Max Brod que na verdade o processo estava destinado a jamais chegar à última instância, fazendo do romance uma obra de certo modo inacabável, portanto.

Mas que é do enredo?

Na manhã de seu 30º aniversário, Josef K. sente falta da cozinheira que lhe traz o café da manhã todos os dias e é surpreendido e detido por dois homens que entram em seu quarto. Aliás, são inúmeras as coisas – coisas da ordem "pública" – que sucedem na cama na obra de Kafka; elas parecem assinalar para a invasão do público no ambiente privado, para o fim da privacidade. Apesar da detenção, K. – procurador de banco, órfão de pai e pouco ligado à mãe, solteirão e solitário, que sente necessidade de contato e busca a companhia de amigos em jantares semanais – pode seguir levando sua vida em suposta liberdade, já que, segundo os dois homens, o perigo da fuga não existe. Primeiro, K. pensa que se trata de um trote dos colegas, mas em pouco descobre que a vida é bem mais que uma simples "pegadinha".

Pouco a pouco K. demonstra cada vez mais claramente seu caráter de Raskolnikov do mundo administrado, e faz sua própria culpa, e toda a

---

2. Ver minha tradução comentada de *O processo* (L&PM, 2006).

Posfácio | **301**

dúvida a respeito de si mesmo, aflorar a cada nova dúvida. Ele sempre encontra um motivo "lógico" para se embrenhar ainda mais em sua culpa. Ao invés de simplesmente não reconhecer o poder do tribunal, conforme chega a ameaçar algumas vezes, ele se firma cada vez mais no papel de acusado – e de culpado. K., por assim dizer, reconhece o poder do tribunal ao aceitá-lo, apesar da vinculação íntima entre repartição pública e ilegalidade, já que as salas do referido tribunal se localizam em sótãos, mais parecendo esconderijos do que sedes de algum órgão oficial. Até mesmo a execução de K. parece mais uma ação do crime organizado do que de um Estado legítimo.

E, mesmo à morte, Josef K. continua tergiversando, ao se negar ao suicídio. Em carta a Max Brod, de meados de novembro de 1917, Kafka anuncia a frase final de *O processo* – "Era como se a vergonha devesse sobreviver a ele." – ao falar do suicídio em termos genéricos, e por tabela como que justifica o porquê de Josef K. não ter se suicidado: "Se podes te matar, tu de certa forma já não precisas mais fazê-lo." K. parece evitar o último espasmo de sua vontade, que eventualmente faria com que desse cabo de si mesmo, cometendo seu "último erro", para logo em seguida cometer outro, qual seja, o de jogar a responsabilidade pelo erro àqueles que não permitiram que chegasse ao final com forças suficientes para o ato.

A hierarquia prodigamente ramificada, as diversas instâncias desse sistema em que os dominados não conhecem ou conhecem muito pouco os dominantes se assemelha muito à hierarquia e ao sistema de *O castelo*. Assim como o K. da obra derradeira, o Josef K. de *O processo* é confrontado com um mundo frio, que o renega e não o atende. E quando ele encontra ajuda para sua busca, essa ajuda é fingida, assim como é falso o poder de influência daqueles que procura e aqui e ali encontra.

E desse modo a obra termina sem cumprir a expectativa criada já na frase inicial –"Alguém devia ter caluniado Josef K." –, sem esclarecer aquilo que tem todo o jeito de ser um erro jurídico, identificando qual é a força estranha que age escondida contra o personagem. Essa expectativa é absolutamente frustrada, e tudo, inclusive o comportamento

302 | Blumfeld, um solteirão de mais idade e outras histórias

de Josef K., permanece sob o foco do enigma. Ele é o diretor do filme de seu próprio processo e, na medida em que contempla sua vida como falha, por não ver nela um sentido, também é condenado. A assunção da culpa e sua conduta geral fazem com que ele seja perdoado, afinal de contas, até porque nós, os leitores, terminamos com a sensação de que sua execução é um sacrifício, um sacrifício quase ritual.

O castelo

Em 1920, Kafka escreveu um esboço para *O castelo* (foi este, também, o ano em que Max Brod tomou posse do manuscrito de *O processo*; antes da morte do autor, portanto) para só começar a escrevê-lo em 1922, mesmo ano em que comunica a Brod que este deveria destruir todas as suas obras depois de sua morte.

No princípio da obra, K., o protagonista, chega a uma aldeia que pertence aos domínios de um castelo. Perguntado se tem autorização para ficar, ele diz ser o agrimensor requisitado pelo conde. Logo fica esclarecido que a necessidade de um agrimensor chegou a ser discutida, mas não fica claro se ele foi de fato requisitado e assim se permite que fique. Da mesma forma, o reconhecimento social é negado ao agrimensor e a população o trata com distância e desconfiança.

O mundo que K. passa a encarar lhe parece incompreensível, racionalmente intangível. O aparelho burocrático do castelo é inclemente e parece controlar tudo, dominar os arredores e alcançar bem longe, assim como o tribunal de *O processo* e instâncias diversas em seus outros contos, como, por exemplo, "Uma mulher baixinha". A hierarquia do castelo é absolutizada, com os funcionários no topo, enquanto todos na aldeia lutam por seus favores. A obediência do homem é a mais alta virtude e o indivíduo se dissolve no controle burocrático.

Se Josef K. era perseguido pela teia do Estado, K. tenta se aproximar voluntariamente do castelo; mas todos os seus esforços se mostram vãos, uma vez que ele parece estar situado à parte e não compreender as relações existentes entre aldeia e castelo, não logrando nem mesmo

Posfácio | **303**

se integrar à primeira, para assim especular uma proximidade com o segundo. Tanto aldeia quanto castelo permanecem misteriosos, e K. não passa de um corpo estranho em ambos os lugares. Mesmo que chegue a compreender instâncias individuais da relação entre ambos, K. jamais chega perto de destrinçar o sistema, se desespera cada vez mais com isso e termina se reconhecendo incompetente para tanto, vendo que fora arrogante por pensar que lograria alcançar o que buscava. Até porque quando a chance de encontrar um funcionário enfim é providenciada pelo acaso, K. se sente tomado por um cansaço plúmbeo durante a conversa e deixa escapar a oportunidade de conseguir acesso aos círculos interiores do castelo.

Assim como em *O processo*, o sistema do castelo permanece estranho também ao leitor, e isso faz com que ele simpatize de cara com K. A empatia é grande, o leitor entende K., mas não aquilo que o rodeia. Nem por isso K. deixa de ser misterioso. O leitor sabe pouco acerca dele, seu nome é abreviado e de sua juventude é narrada apenas uma cena, que sublinha sua persistência e sua ambição. Também os objetivos de K. permanecem pouco claros, uma vez que não se sabe ao certo por que ele procura o contato com o castelo com tanta insistência; não se sabe nem mesmo, e isso até o final do livro, se K. de fato foi convidado como agrimensor ou se disse sê-lo para poder ficar e, assim, o romance exige interpretações constantes da parte do leitor. K. é um homem sem identidade, a presa de um mundo frio, incompreensível e reduzido a suas funções mais essenciais. Um homem que passa a duvidar de si mesmo porque não demonstra condições de esclarecer seu direito metafísico à existência, um homem cuja vida se resume a ganhar o reconhecimento de seus próximos para confirmar escassamente seu valor diante de si mesmo. Ele representa, entre várias outras coisas – e nisso é irmão gêmeo de Josef K. e de tantos outros personagens kafkianos –, o estranhamento do indivíduo desorientado diante de uma sociedade cada vez mais anônima, na qual o homem é reconhecido apenas através de meros esquemas.

O final de *O castelo* foi esboçado por Max Brod a partir de conversas que teve com Kafka. Nele, K. teria morrido no sétimo dia, esgotado

304 | Blumfeld, um solteirão de mais idade e outras histórias

física e espiritualmente, enquanto ao mesmo tempo a administração do castelo lhe concedia, por clemência e em razão de sua solicitação zelosa e impecável do princípio ao fim, o direito de assumir domicílio. A vitória parcial depois de tanta luta só é alcançada com a morte, pois, por essa espécie de Fausto às avessas que é K. Sim, pois "O primeiro sinal de que está começando a se conhecer alguma coisa é o desejo de morrer", conforme Kafka chegou a escrever, e isso fica claro também em vários de seus contos.

Os heróis kafkianos – uma tese

Quando é um camundongo – até mesmo quando é a cantora dos camundongos – ou quando é um cão, quando é um solteirão ou quando é um pai de família, quando é um médico rural ou um professor de aldeia, quando é um comerciante ou um vizinho, quando é Ulisses ou as sereias que o encantam, quando é Sancho Pança ou Bucéfalo, quando é Prometeu ou Posídon, quando é um pião ou o filósofo que o persegue, até mesmo quando é um índio ou o campeão de natação que não sabe nadar do fragmento "O grande nadador", o herói de Kafka é sempre o mesmo, Kafka é sempre o mesmo. Até num aforismo, o escritor tcheco se confunde de maneira lúdica e insinuante, às vezes dando falsas pistas, com seu personagem sempre igual, e diz de um certo e aparentemente indeterminado "ele": "Há quem negue a existência das desgraças apontando para o sol; ele nega a existência do sol apontando para as desgraças." Ele também é sempre Kafka!

"Blumfeld, um solteirão de mais idade", merece conceder o título à presente coletânea de heróis kafkianos, indigitados todos nos títulos dos contos, porque se aproxima, talvez mais do que nunca, de algumas das questões mais caras a Kafka, que certamente mais uma vez apontava o dedo para si mesmo de modo bem direto ao escrever a narrativa. São tantos os solteirões na obra de Kafka... Poucos relatos na história da literatura universal, ademais, tocaram a figura do obsessivo compulsivo de modo tão direto quanto "Blumfeld". O tom do conto é irônico, as di-

Posfácio | **305**

ficuldades do solteirão na vida privada e profissional são registradas pela enésima vez, mas o choque de mais um tipo esquisito de Kafka em seu confronto com a realidade ao fim e ao cabo é, como sempre, doloroso.[3] Kafka é, afinal de contas, o homem que rompeu quatro noivados – em *O castelo*, K. já teria uma mulher ou namorada, e Kafka vivia seu único amor com Dora Diamant –, o solteirão que insistiu, mas em dado momento reconheceu que produzir sua grande arte dependia de não se entregar a uma vida em família, pelo menos não sabendo ele próprio quem era. Numa nota de diário, o solitário convicto chega a dizer: "O coito como punição da ventura de estar com alguém. Viver do modo mais ascético possível, mais ascético do que um solteirão, esta é a única possibilidade para mim."

E Blumfeld é o retrato exato do solteirão neurótico, obsessivo. O tema é tão definitivo em sua narrativa, que a cena inicial foi usada para representar os cuidados de Gregor Samsa antes de ir se deitar para depois dormir no filme *A metamorfose*, do russo Valeri Fokin, que ousa contar a pré-história da noite de sonhos intranquilos da qual Samsa no dia seguinte acorda metamorfoseado num inseto monstruoso. Ou seja, Fokin parece defender a ideia inteligente e assaz bem embasada de que o Blumfeld de hoje é o Gregor Samsa de amanhã. E quem não tem a nítida impressão de que Blumfeld poderá acordar metamorfoseado num inseto monstruoso depois da noite intranquila que passa? Ou então que encontrará dois homens estranhos que anunciam sua detenção, porque alguém devia tê-lo caluniado...

O solteirão Blumfeld é o sujeito humano vivendo o pesadelo eterno da perseguição, um indivíduo sempre acossado por dois outros, no caso, por duas outras, duas bolas refletindo a batalha entre ser humano e coisa, ou por dois estagiários, que não largam de seu pé do mesmo jeito, e são tão inúteis e problemáticos quanto os ajudantes do agrimensor K. em

---

3. Uma banda de rock de Hamburgo, aliás, bem-sucedida, se mostrou tão sensibilizada com a narrativa que escolheu o nome do herói de Kafka para se identificar ao adentrar os palcos alemães e mundiais em 1990. E os temas de suas canções são eminentemente kafkianos.

306 | Blumfeld, um solteirão de mais idade e outras histórias

O castelo. Blumfeld, aliás, credita a incapacidade de seus dois estagiários à infantilidade, mostrando metaforicamente mais uma vez sua própria insuficiência em lidar com a possibilidade de filhos.

Todo o medo de formar uma família, presente também em contos como "O infortúnio de um solteirão", onde é inclusive elaborado breve e filosoficamente, e tangenciado em novelas como *A metamorfose* e mesmo num romance como *O processo*, aparece registrado com um certo ódio de si mesmo, até porque Blumfeld não gostaria de ser comparado a uma "velha donzela". Tão só pensar em um vínculo bem menor, como adquirir um cachorro, porém, já o deixa em pânico. Uma vez que em alguns momentos sente que precisa da companhia de alguém, pois vive sozinho demais, no que, aliás, é mais uma vez secundado pelo narrador de "O infortúnio de um solteirão", que já começa dizendo que "parece tão grave continuar solteiro", Blumfeld chega até a desejar um cachorro, mas acaba desistindo dele ao especular com os problemas que o animal representaria. Se fosse o cão complexo das "Investigações de um cão", ademais, ele teria ainda mais razões para seus temores. Blumfeld não sabe lidar nem mesmo com as crianças vizinhas, e a presença das bolas já é a metáfora definitiva de sua incapacidade em lidar com uma variável que vai além dele próprio. Pouco importa se a conclusão também for a mesma de "O infortúnio do solteirão", ao final da vida: "e então se estará aí, com um corpo e uma cabeça real, portanto também com uma testa, para bater com a mão sobre ela".

E, assim, o solteirão de Kafka, e ele próprio certamente pensou muito a respeito do assunto em seus noivados, sempre parecerá um estranho no mundo, que mesmo para as crianças desconhecidas poderá olhar apenas de longe, como o esquisitão em cuja vida elas não encontraram, nem jamais encontrarão espaço. O solteirão de Kafka também será sempre um inconsolável, aquele que talvez um dia já tenha cogitado a companhia de uma mulher, mas por algum motivo não logrou alcançá-la, e acabou desistindo dela por não poder abrir mão de si mesmo ou de sua atividade de artista. Ao final das contas, talvez não reste mesmo nada a não ser bater na própria testa, num misto de pessimismo, inércia e burrice,

Posfácio | **307**

talvez querendo dizer: por que foi que eu fiz uma coisa dessas? Thomas Mann, que optou pelo casamento e teve um punhado de filhos, tentou blindar sua vida a ponto de buscar viver como solteiro mesmo assim, e em várias de suas obras, como a genial novela *Tonio Kröger*, especulou fantasiosamente com a continuação eterna da solidão. Thomas Mann também é o autor que se limita a registrar em seus diários, no dia 6 de agosto de 1945: "Em Westwood para comprar sapatos brancos e camisas coloridas. Primeiro ataque com bombas ao Japão, no qual se mostram os efeitos do átomo fissionado." A indiferença parece extrema e não deixa de lembrar a de Kafka, também muito ocupado consigo mesmo em outra guerra, que iniciava trinta anos antes. Em 2 de agosto de 1914, ele anotaria em seu diário: "A Alemanha declarou guerra à Rússia. À tarde, aula de natação." Mesmo aparentemente tão distantes, e inclusive tão diferentes entre si, como os dois autores entenderam o funcionamento do mundo lá fora olhando para a alma aqui dentro.

Em Kafka, as bolas que acossam Blumfeld, por sua vez, não deixam de lembrar diretamente a Odradek, o estranho ser de "A preocupação do pai de família". A presença da criada feiosa e desagradável de Blumfeld é apenas o complemento ideal para uma vida miserável e vazia, e a esperança está longe de refulgir no mundo do trabalho, onde até a luta por uma vassoura se transforma numa questão épica diante da qual Blumfeld não tem a menor ideia do que poderia fazer. Nos detalhes micrológicos da narrativa, o trabalho já aparece terceirizado, e o embrião do mundo administrado se manifesta em vários signos, como o das costureiras contratadas, que já trabalham em casa para a firma na qual Blumfeld exerce o grande serviço de suas angústias. Blumfeld é um homem trabalhador, sempre o primeiro a chegar, apesar dos atrasos providenciados pelo absurdo de sempre ou de estar empregado, como nunca, numa fábrica de roupas íntimas. As relações de trabalho na fábrica, aliás, lembram os corredores de *O processo* e os labirintos de *O castelo*. E a preocupação de Blumfeld com o trabalho parece a de Gregor Samsa, que, mesmo acordando metamorfoseado num inseto monstruoso, se preocupa apenas com o trem que perdeu e o consequente atraso com que chegará ao emprego.

308 | Blumfeld, um solteirão de mais idade e outras histórias

A relação problemática com as mulheres não precisa sequer ser tematizada – ainda que as bolas talvez possam lembrar dois seios – para justificar a solteirice inescapável de Blumfeld. Tantos outros personagens de Kafka certamente são solteirões – alguns comerciantes, vizinhos, caçadores –, os contos parecem breves demais, no entanto, para confirmar sua condição. O Odradek de "A preocupação do pai de família", porém, é sem dúvida a versão unificada e bem mais humanizada das duas bolas de Blumfeld, inclusive porque fala e se cala, aparentemente sem seguir regra nenhuma. E responde como adulto, ou então ri, quando alguém, devido a seu tamanho diminuto, se dirige a ele como se fosse uma criança. Seu caráter indefinido chega a aproximá-lo de Gregor Samsa depois da metamorfose, embora este ainda possa ser definido como um inseto monstruoso, embora talvez menos humano ainda que a criatura de "A preocupação do pai de família". Odradek é uma espécie de Bartleby desumanizado até em seu aspecto exterior; intangível, mas onipresente, ele também tem a mesma função abrangente e absurda da mulher de "Uma mulher baixinha". Odradek se desloca com agilidade pela casa toda. Sua atividade é tão desprovida de objetivos e a tal ponto não segue nenhuma regra conhecida que o pai de família, que parece o solteirão Blumfeld virando pai, nem sequer tem esperanças de que Odradek morra algum dia. O pai de família chega a especular que Odradek inclusive sobreviva a ele, e a criatura é tanto uma nova representação do dilaceramento interno de Kafka quanto mais uma de suas encarnações do absurdo da existência, inclusive porque o narrador da história proclama Odradek incompreensível e contraditório. Analisando o conto, o crítico literário Wilhelm Emrich chega a dizer – e essa é uma boa medida da catástrofe simbólica representada por Kafka –, que se o provido de sentido sobrevive ao desprovido de sentido, o provido de sentido acaba se mostrando desprovido de sentido. Se o único solto de Itaguaí termina por ser Simão Bacamarte e todos os outros habitantes acabam loucos e presos na Casa Verde, é porque a normalidade final é que é a loucura, e quem tem de se internar é o próprio alienista, o único são entre todos os seus conterrâneos e coetâneos. Será que o próprio

Posfácio | **309**

absurdo concentrado das obras de Kafka, que foge a toda e qualquer tentativa de interpretação e normatização que lhe alcance um sentido, não está representado no ser estranho e minúsculo de seu conto, esse Odradek intangível?

Onde, pois, o sentido?

No mundo de Kafka, até o filósofo incansável que fracassa, em "O pião", ao tentar compreender o mundo a partir de um pião rodando que ele rouba à brincadeira das crianças sente o bafejo da culpa. O filósofo passa a ouvir de repente os gritos que as crianças já davam antes, virando ele mesmo um pião sob os açoites do chicote desajeitado das mesmas. E um pião que cambaleia e nem sequer roda mais com a precisão do tolo pedaço de madeira que ele agora já carrega nas mãos, tentando – sem jamais conseguir – entender o todo do mundo a partir da interpretação de um de seus detalhes. Que importa que não importem ao filósofo as "grandes questões", se as supostamente pequenas já o levam de arrasto, se o choro das crianças o alarma e faz titubear, e a própria solução das maiores questões na maior parte das vezes configura o centro do problema?

Na menor narrativa de Kafka, quase apenas um aforismo, os homens são comparados a troncos amontoados na neve, que aparentemente podem ser removidos com facilidade sobre a lisura do gelo. Mas os troncos estão presos com firmeza ao chão, ainda que também isso seja apenas ilusório, pois todos estamos – e o raro "nós" de Kafka é sintomático – apenas aparentemente ancorados com firmeza à vida e nossas raízes, descritas em seu conto "As árvores", são frágeis, não concedem segurança, mas também não propiciam liberdade.

Nos contos de Kafka, o desconhecido sempre aparece, o intangível sempre se manifesta, o incompreensível é a maior constante. Bem além de Odradek, inclusive. O mundo é estranho também nos ambientes que a princípio deveriam ser os mais familiares. Os habitantes do mundo de Kafka estão envolvidos em baldadas tentativas de fuga, especulando com elas e muitas vezes desistindo antes de dar o primeiro passo, porque no horizonte há sempre uma armadilha, na melhor das hipóteses, um

310 | Blumfeld, um solteirão de mais idade e outras histórias

túnel sem saída. O que os marca é sempre uma enorme, uma inacreditável solidão. Até o pai de "Onze filhos" é solitário, e sua avaliação da prole, um lamento sem fim. A figura do pai queixoso, aliás, é também uma constante na obra de Kafka. O pai do referido conto pode ser um Jacó bíblico que também teve 11 filhos, mas que, ao contrário do futuro Israel, carrega exclusivamente sobre seus ombros o peso da família, já que as duas mulheres e as duas criadas – as quatro mães da Bíblia – deixam de existir no conto de Kafka. "Onze filhos" se relaciona de modo direto ao conto "Visita à mina", no qual são descritos biograficamente 11 jovens engenheiros. Talvez ele também metaforize a relação de Kafka com suas próprias histórias, diante das quais o autor se sente como um pai insatisfeito, tanto que a descrição do corpo dos filhos parece uma alegoria do texto literário em vários momentos. Apesar de todos os 11 filhos terem qualidades, elas não são capazes de fazer com que o pai os ame, tanto que ele deseja descendentes apenas do sétimo, justo aquele que ele sente que será incapaz de dá-los. Na fraqueza do décimo primeiro filho, o pai inclusive vê o signo da aniquilação de toda a sua estirpe. A solidão da dúzia familiar – já que de uma mãe, convém repetir, jamais se fala – é tremenda. Depois de descrever um a um em todos os detalhes os seus filhos, e começar dizendo "Eu tenho 11 filhos", o desconsolado pai termina numa frase brutalmente melancólica: "Estes são os 11 filhos." O pai já não é mais capaz, depois do balanço minucioso, de dizer: estes são "meus" 11 filhos...

No mundo de Kafka, quando uma coisa dá certo, ela apenas parece estar dando certo. E a presteza com que "Um médico rural" percorre o tortuoso caminho que o separa do enfermo – ele fica tão surpreso com isso – serve apenas para precipitar ainda mais rapidamente um fim terrível. É provável que Kafka tenha se inspirado em seu tio Siegfried Löwy – o autor, aliás, sempre se considerou mais próximo dos Löwy da mãe do que dos Kafka do pai, tanto que aquilo que chamamos de mais genuinamente kafkiano ele reconhece na *Carta ao pai* como sendo "löwyiano" –, que vivia como médico rural num lugarejo recôndito da Morávia, para escrever "Um médico rural". Sobre esse tio, Kafka escreveu em carta a Max Brod: "E ele vive no campo, intocável, satisfeito, como pode viver apenas alguém que se deixa satisfazer por uma leve e extasiante loucura que é considerada a melodia da vida."

Quem pode ajudar não ajuda no mundo de Kafka!

E quem tem não dá!

Os donos de montanhas de carvão deixam sucumbir quem, morrendo de frio, implora, ainda que seja por uma pá do pior carvão, como em "O cavaleiro do balde". Pouco adianta se humilhar até a última fibra humana num balde que paira, que sobe e que desce como as esperanças e as desilusões, mas sempre vazio e apenas por isso com leveza. Pois se o comerciante de carvão, o único do mundo, pelo menos o único que tem o carvão do qual o cavaleiro do balde precisa para o seu forno, que por sua vez só queima carvão, ainda mostra alguma piedade, a mulher o insta a expulsar o pedinte e, vendo que as ordens pouco adiantam, solta a amarra do avental e o abana para escorraçar o pedinte ela mesma. A mulher do comerciante de carvão não quer ser perturbada em seu aconchego caloroso e pensa ou finge pensar que o "cavaleiro do balde" não é nada, ela não vê nada e não ouve nada, três vezes nada.

E sempre haverá "O abutre" terrível para despedaçar o que ainda resta aparentemente intacto em nós. E nunca saberemos se é de fato melhor nos satisfazermos em deixar que ele despedace nossos pés às bicadas, pouco a pouco, depois de já ter nos arrancado as botas e as meias, porque se alguém se oferecer para nos salvar, terá de buscar a espingarda, isso demorará demais, e o abutre sempre atento levantará voo, tomará impulso e nos atacará na cabeça, pela boca, com um golpe de bico, arrancando até o mais fundo de nosso ser e se afogando irremediavelmente no sangue que jorra, talvez libertando-nos, enfim, da angústia de viver. É a mesma, aliás, a sensação derradeira de "Posídon" e, de modo indireto, a dos personagens centrais de *O veredicto* e *A metamorfose*.

No mundo de Kafka os chacais têm "voz". Sim, mais do que falar como nas fábulas, eles têm voz de verdade. E têm voz tanto os chacais quanto os árabes, paradigmaticamente. A temática judaica, bem direta e nada auspiciosa, de "Chacais e árabes", é visível. O fato de o conto ter

312 | Blumfeld, um solteirão de mais idade e outras histórias

sido publicado na revista *O Judeu* (*Der Jude*) ajuda a compreender suas intenções. Os árabes, para sofrimento dos chacais, sacrificam os cordeiros, que sempre simbolizaram o povo judeu (para escritores judeus como Heinrich Heine e antissemitas como Oswald Spengler). Os chacais vivem parasitariamente, sem que eles mesmos cacem, das sobras dos árabes. Na visão hostil aos judeus – mas é preciso lembrar que Kafka era sempre inclemente, antes de mais nada, consigo mesmo, e talvez indigite mais a si do que a seu povo no conto –, os árabes parecem soberanos, e os chacais, servis. Quando manifestam alguma nobreza no comportamento, os chacais – que esperam tanto pela redenção trazida pelo homem vindo do norte quanto os judeus pelo Messias – logo são corrompidos pelo cadáver podre de um camelo que os árabes superiores lhes jogam, depois de controlá-los com o chicote. O narrador do conto, por sua vez, rechaça desde o princípio o papel de Messias que os chacais querem lhe conceder. Até porque, e o vínculo entre sujeito e povo fica claro com isso, iluminando o processo de autoexpurgação, o próprio Kafka lutava por uma vida pura e longe das pulsões para assim chegar a uma arte mais essencial, que exigia dele tudo que tinha para dar. Tanto que Kafka escreve a Milena Jesenská, em 1920: "Eu sou sujo, infinitamente sujo, por isso faço uma tal gritaria com a limpeza." A conclusão do chefe árabe sobre os chacais, aliás, é dúbia e sensacional: "Animais maravilhosos, não é verdade? E como eles nos odeiam!"

No conto "Os passantes" o protagonista tenta relativizar o perigo em que se encontra um homem perseguido por outro, a fim de não precisar intervir ajudando. Ele faz de tudo para não agir e fica aliviado – depois de algumas cogitações de recalque, que mais do que nunca assinalam sua culpa – quando perseguido e perseguidor desaparecem como fantasmas. Nós, os *voyeurs* impotentes deste mundo, é essa a denúncia de Kafka, também ficamos aliviados quando não precisamos fazer nada, ainda que apenas ignoremos conscientemente os perigos em que outros se encontram...

Quando é "O passageiro" num bonde, o protagonista de Kafka se sente mais inseguro do que nunca, e já desde o princípio percebe que

Posfácio | 313

não consegue compreender nem justificar sua existência. Sua posição de acusado no mundo é evidente, ele pede desculpas por existir, ainda que ninguém cobre isso dele, e a moça que aparece, e ele analisa voyeuristicamente tão bem em seus gestos e suas roupas, nem sequer fala com ele, simplesmente fica muda. E os dois poderiam ter aproveitado tanto a brevidade da viagem para um contato sem compromissos! Mas é tão grande o número de coisas que não acontecem na vida da gente...

Do mesmo modo são fadadas ao fracasso desde o princípio as "Investigações de um cão". E tudo porque ele não é capaz de reconhecer o fato mais essencial, o pressuposto mais básico de sua condição, a existência dos humanos. O cão de Kafka pode ser uma metáfora perfeita por exemplo para os índios brasileiros, que nem sequer teriam visto as caravelas portuguesas porque elas não faziam parte de suas relações de experiência; pois para ver algo é preciso conhecê-lo de antemão, pelo menos intelectualmente. O mesmo acontece, aliás, em outro conto de Kafka, com o macaco Rotpeter, de "Relatório para uma academia", que também tem uma visão limitada acerca do mundo dos humanos. No cão de "Investigações de um cão", essa limitação é absoluta, e ele não consegue solucionar nem mesmo a questão do alimento – que vem de cima, mas às vezes parece pairar ao lado dele, obviamente nas mãos do dono –, à qual ele acha que está vinculada a "irrigação do solo", ou seja, o ato de urinar. E, para investigar a essência do alimento, o cão decide jejuar como se fosse um "artista da fome" que ainda nem sequer sabe o que é arte, quando seus cãopanheiros acham, todos, que ele deveria era se calar, já que não lhe faltaria o de comer se quisesse, e ter o de comer é o que basta para deixar qualquer cão satisfeito.

Quando se percebe que todos os problemas epistemológicos do cão se devem ao fato de não ser capaz de reconhecer os humanos e seus efeitos sobre os cães, tudo passa a fazer sentido no conto e na visão do cão. Os humanos, aliás, não são mencionados uma única vez na narrativa. O cão diz já no princípio que, apesar de muitas vezes se sentir bem, sempre havia algum mal-estar – que ele não sabe ser provindo do homem – que perturbava sua ordem e sua convivência de cão entre cães. Tudo porque os

314 | Blumfeld, um solteirão de mais idade e outras histórias

cães não vivem como vivem por vontade própria, espalhados por aí a seu bel-prazer, e sim meramente como determinam os homens, que providenciam inclusive seu alimento. A selva das alcateias se acabou, e os cães já não caçam nem mesmo sua própria comida. Os sete cães cantores que deixam o cão narrador tão intrigado trabalham num circo, por certo, e entram sob a fanfarra de uma música humana – por isso, aliás, suas bocas permanecem imóveis, ainda que cantem – e o cão os ouve, embasbacado, para depois se deslocar, incapaz de compreender por que os cães expõem, por exemplo, sua nudez a seus olhos de "criança", em meio a um "emaranhado de madeira", que certamente é a sua visão pessoal dos pés das cadeiras enfileiradas, que ele não conhece. A presença do amestrador, sobretudo quando se percebe que ele existe, ainda que não seja identificado pelo cão, é terrível, inclemente, brutal. Do mesmo modo, os cães aéreos por certo são cães sentados ao colo de madames, graciosos, e que mostram de modo direto como o cão narrador não consegue registrar os humanos que dão o suporte de seus braços ou suas pernas aos referidos cães aéreos. Mesmo assim ele é capaz de perceber, e isso é genial, que os cães aéreos estão cada vez mais na moda.

O último cão que o cão narrador encontra é um cão de caça, sempre acompanhado do som de berrantes de caçador. Quando o cão narrador, ao final, mais paranoico do que nunca e já "idoso", menciona a liberdade atual como preocupante, ele, no entanto, ainda parece se lembrar com nostalgia – em algum lugar de seu ser – da liberdade pretérita dos cães selvagens. Sua tragédia provavelmente seria tanto maior se ele tivesse a real consciência de como sua suposta liberdade parcial é limitada por uma entidade superior, cuja existência ele sequer cogita. A busca de sentido dos homens talvez também seja baldada porque, assim como o cão, em nossa visão segmentada e inescapavelmente deturpada e parcial do mundo, não reconhecemos o "deus" que explicaria todas as nossas angústias. Tanto que Max Brod, teísta, lê a história como uma "travestia melancólica do ateísmo". O que Brod parece ignorar, porém, e Kafka diz com clareza, é que se reconhecêssemos esse "deus", seja ele quem for, perderíamos o resto da liberdade que julgamos que ainda nos

Posfácio | **315**

resta. E que, conhecendo tudo – a série *Black mirror* manda lembranças –, estaríamos real e definitivamente perdidos.

Mesmo quando duas pessoas manifestam interesses semelhantes, como acontece no conto "O professor da aldeia" com o professor da aldeia e o comerciante, pela misteriosa e intangível toupeira gigante da narrativa, o fracasso se instala ao fim e ao cabo, mostrando mais uma vez como a eterna busca humana não tem sentido. O entusiasmo do professor da aldeia e a compaixão do comerciante, narrador da história, não os unem, conforme seria de esperar, mas sim os jogam um contra o outro, colocando-os nos campos opostos de um eterno embate. E isso também não se deve à falta de conhecimentos científicos de ambos na análise do tema, ainda que esta seja manifesta, pois os especialistas no assunto e a revista rural se comportam de modo tanto mais desqualificado e estúpido.

Nos contos de Kafka tudo se desenrola num presente bem opressivo. E nós vamos sendo substituídos, à nossa revelia e muitas vezes sem que nos demos conta de que o processo já começou, como acontece em "O timoneiro" e em "O vizinho". E ninguém se preocupa com isso, a dor de ver outro em nosso lugar é apenas nossa, o mundo nem sequer a percebe. Tudo bloqueia, até a natureza se volta contra o homem, como se pode ver pela presença da neve em contos como "O médico rural" e "O professor da aldeia", neve que, aliás, também tem um papel fundamental em *O castelo*. Mas se Kafka desmascara o astuto Ulisses em "O silêncio das sereias", em "Para a reflexão de cavaleiros amadores" apresenta mais uma prova – filosoficamente ensaística – de que só os derrotados são interessantes, porque os que vencem são banais e até ridículos. Tanto que só se pode agradecer aos céus, há algum tempo sombrios, quando enfim começa a chover como acontece em meio ao triunfo cheio de fracasso de "Para a reflexão de cavaleiros amadores". Ainda que chova – ou, sobretudo, por causa disso – apenas sobre as nossas cabeças de perdedores.

Mesmo quando alguém se apresenta inusitadamente cercado de amigos, como o narrador infantil de "Crianças na estrada" – aliás, parece

316 | Blumfeld, um solteirão de mais idade e outras histórias

que ele um dia vai crescer e virar o K. adulto de *O castelo* –, essa companhia não parece auspiciosa. O narrador está cansado desde o princípio e só é tirado de casa pelas outras crianças meio a contragosto. Quando a noite chega, no entanto, as crianças voltam ao povoado, e o narrador se despede, eufórico, correndo sozinho para a floresta e dizendo que vai em busca da cidade distante, na qual se diz que moram os tolos que não dormem, talvez humanos das margens, *outsiders* como ele. O valor da solidão já é destacado anteriormente, e o narrador desde o princípio segue a alegria das outras crianças sem jamais se sentir de todo à vontade com elas. Não estar sozinho lhe parece fundamentalmente limitador: "Quando se mistura sua voz à de outros, nos sentimos presos como que por um anzol." Há momentos de poesia ímpar em todos os contos de Kafka, e é o que acontece também em "Crianças na estrada", em trechos como: "Então os pássaros levantavam voo como se o chão os borrifasse, eu os seguia com os olhos, via como eles subiam num só fôlego, até que já não acreditava mais que eles subiam, mas sim que eu estava caindo, e, me segurando com firmeza nas cordas por me sentir fraco, começava a me embalar um pouco."

Quando alguém insiste em nos acompanhar, aliás, esse alguém é um trapaceiro disposto a nos desencaminhar, conforme acontece no conto "Desmascaramento de um trapaceiro". E nós sempre permitimos que ele nos acompanhe por um bom tempo, só o reconhecemos tardiamente e mesmo assim não nos desvencilhamos dele de forma categórica. É que, em sua ambivalência, ele pode representar o prazer profano que o narrador não se atreve a buscar sozinho e com isso personificar também seus desejos obscuros. Mas eis que, contra todas as expectativas, o narrador consegue se desvencilhar do trapaceiro no fim, ao passo que em obras mais tardias não consegue mais fazê-lo, nem sequer tomar seu destino em suas próprias mãos, talvez nem mesmo sobreviver, como acontece com o "médico rural" arrastado pelos cavalos fantásticos para a neve da pior noite de inverno.

E assim as narrativas de Kafka vão se entrecruzando com uma naturalidade impressionante. No mundo de Kafka, "O vizinho" e "O co-

Posfácio | **317**

merciante" são irmãos gêmeos no sentimento, e ambos parentes diretos do comerciante de "O casal" e até do Gregor Samsa de *A metamorfose*. O personagem comerciante, aliás, por certo também é tão recorrente na obra de Kafka devido ao fato de seu pai ter sido comerciante e representar em sua atividade algumas das angústias que sempre tocaram o filho, permitindo alguma identificação. O conto "O comerciante" até parece dialogar com "Blumfeld, um solteirão de mais idade", quando seu personagem central, cujo prédio dispõe de elevador, diz que outros se cansam ao voltar para casa porque precisam subir escadas e se incomodam com isso, para depois entrar em seu quarto e ficar sozinhos, supostamente por muito tempo. É o caso exato de Blumfeld. Mas eis que no elevador "O comerciante" começa a falar com sua imagem no espelho e, cansado da tortura do dia a dia, das angústias comerciais do cotidiano, deseja asas que o levem ao vale de algum povoado ou então a Paris, onde a vida seja emocionante, cheia de belas damas e crianças tomando banho, assim como marinheiros num encouraçado, até que menciona em sua fantasia um homem insignificante que é assaltado, para em seguida seguir triste em seu caminho, sem contar nem mesmo com a ajuda de policiais a cavalo que aparecem. A narrativa se parece com o delírio do personagem central de "Conversa com o bêbado". A aparição e posterior sumiço da polícia em "O comerciante" é o momento que joga o personagem central de volta ao moinho da realidade. As trapaças dos outros não o deixam nem na fantasia, o elevador chega, o comerciante está na porta de sua casa, toca a campainha e a criada abre em seguida. E a vida miserável continua...

Até mesmo quando o protagonista parece ser um homem de sucesso, que encaminha seus negócios com uma certa tranquilidade e sem se queixar, algo acaba acontecendo e por fim desestrutura tudo, como no conto "O vizinho". Um comerciante mais jovem aluga a moradia anexa e passa a significar uma ameaça onipresente, sem contar que o narrador e protagonista apenas deixou de alugá-la por não precisar da cozinha. E Harras, o vizinho, é misterioso, e, além disso, resvala para dentro dos ambientes como "a cauda de uma ratazana". O protagonista nada conse-

318 | Blumfeld, um solteirão de mais idade e outras histórias

gue saber dele, embora tenha certeza de que ele quer arruiná-lo, a ponto de seus temores chegarem ao grotesco. A paranoia faz o protagonista ver Harras ouvindo suas conversas, fugindo aos confrontos e se adiantando para chegar com antecedência aos clientes, depois das informações que colhe sorrateiramente. O telefone é o elemento central da insegurança, a base a partir da qual o protagonista se sente espionado. Em tempos de NSA, nada poderia ser mais genial e visionário no início do século XX. O aspecto fantasmagórico que sempre imperou entre os humanos e suas relações não é desligado por causa do telefone, mas, antes, reforçado, conforme, aliás, acontece também nos confusos ruídos telefônicos de *O castelo*. O final é abrupto como o fim da segurança do protagonista e de todas as suas esperanças, em frases que até começam sincopadas e vão se esticando ao longo do conto junto com a angústia paranoica, que leva de arrasto inclusive ao leitor. Em última instância, a obsessão persecutória do protagonista chega a lembrar a obsessão do animal escavando em "A construção". Ali, o ruído que o animal ouve também o deixa cada vez mais inseguro, assim como aquilo que perturba o protagonista de "O comerciante" é o que o concorrente pode estar ouvindo, sobretudo nos ruídos do telefone. Ainda que possivelmente a paranoia do protagonista apenas situe seu medo no vizinho, por encontrar nele o caminho mais fácil, o lugar mais óbvio fora de si. Pois, se o vizinho não existisse, possivelmente ele o deslocasse a outro objetivo, porque está obcecado paranoicamente com a culpa e a punição tipicamente kafkianas.

O comerciante e protagonista de "O casal" já começa numa situação ruim e até por isso decide visitar um cliente antigo, do qual não ouve falar há tempo. Esse cliente também se chama K. (em outra versão, N.), está velho e doente, e por isso precisa ser visitado em casa, coisa que o comerciante, protagonista e narrador da história, mais um comerciante, faz contra a vontade. Ao chegar, ele encontra o casal, que acaba de voltar de um passeio, no quarto do filho doente. Nem mesmo o casal dá muita bola a esse filho doente, e, além disso, o narrador encontra – o que inusitadamente não o deixa tão surpreso assim, aliás, como todos os absurdos na obra de Kafka, na medida em que até a família de Gregor

Posfácio | 319

Samsa reage mais ou menos normalmente depois de vê-lo metamorfoseado num inseto monstruoso – um outro comerciante, seu concorrente, no quarto do enfermo. A insatisfação com as circunstâncias é grande, e nada muda muito quando o velho K. se sente mal e simplesmente morre de um momento a outro. E a mulher do velho comerciante K., que lembra tanto a mãe do narrador, não atende a seu carinho do protagonista, porque está fixada, voltada, exclusivamente dedicada ao marido, que ela imagina ou quer imaginar que esteja apenas dormindo. O pai, enquanto ainda vivo, inclusive avança com seus negócios sobre o espaço do filho doente, fazendo até com que este recue em sua cama; mas é o filho quem primeiro percebe a sua morte, rebentando em soluços. A fraqueza do filho é o espelho da impotência do próprio narrador já na idade igual dos dois, e o pai onipotente – presente também em *Carta ao pai,* em *A metamorfose* e em *O veredicto,* para ficar apenas em três obras – continua soberano, imperando sobre o mundo e sua mulher, pouco mãe e pouco amiga, mesmo depois da morte. A visita é um fracasso rotundo. O comerciante e narrador do conto pode ser Gregor Samsa fazendo uma de suas viagens a um cliente, antes de se transformar em Blumfeld com sua neurose obsessiva compulsiva durante a noite e acordar metamorfoseado num inseto monstruoso no dia seguinte, o que talvez significasse não apenas uma solução comprometedora, mas também redentora para "O comerciante". Até porque a conclusão é o muro soturno no final do túnel, dos negócios e da vida, tanto que descer a escada da volta parece ainda mais difícil ao comerciante que subir a da ida, que Blumfeld também já achava cansativa: "Ah, como são malogrados os caminhos dos negócios desta vida e como é necessário levar o fardo sempre adiante."

Quando se engravidou uma criada e se é obrigado pelos pais a fugir para os Estados Unidos como o ainda adolescente Karl Rossmann, do conto "O foguista", tudo parece deteriorado já no ponto de partida. Nem sequer parece auspicioso encontrar por acaso, ao chegar, e ainda no navio, um tio senador que oferece toda sua acolhida, inclusive se posicionando contra os pais e sua rigidez. Aquilo que ficou para trás, por mais que se pareça frio, cobrará sua conta, e pouco adianta desembarcar nos

320 | Blumfeld, um solteirão de mais idade e outras histórias

Estados Unidos. Não é por acaso que Karl logo se lembra da noite terrível em que a mãe anunciou a viagem. Sem contar que já parece cuidar do foguista como se fosse o filho que deixou, animado talvez inconscientemente pela culpa, ainda que o foguista seja um homem bem mais velho do que ele próprio. Karl deseja até que os pais pudessem ficar sabendo como ele luta por justiça, o que por tabela mostra como ele questiona o veredicto que o mandou para longe. E assim Karl Rossmann é mais um filho rechaçado, como já o foram Gregor Samsa e Georg Bendemann de *O veredicto*, e não é por acaso que Kafka pensava em publicar as três narrativas num volume que receberia o título de *Filhos*. Sem contar que a criada abandonada é a única que parece se preocupar de fato com Karl, pois foi ela que escreveu ao senador, pedindo ajuda, mais uma mulher que parece apontar o caminho. Um caminho talvez ilusório...

O mundo de Kafka é um mundo de expulsos, de execrados que sofrem e não são chamados de volta.

No conto "O timoneiro" o protagonista é expulso violentamente do timão por um intruso e os demais tripulantes do barco não o ajudam a voltar a seu antigo posto, não estão nem aí com sua derrota e se mostram antes fascinados com o estranho que tomou seu lugar. Num âmbito suprapessoal, o povo não se importa com as imposturas do novo governante, muito antes, até lhe concederá, mesmo que seja um golpista – a história de Kafka teve tantas imitações –, o bônus da novidade no barco soçobrante da vida, pouco se importando com o timoneiro deposto e com o fato de ele ter lutado o tempo todo para manter o rumo. Também por isso "O timoneiro" lembra "Graco, o caçador", que é desencaminhado por uma tentação, ficando num estado permanente de passagem entre a vida e a morte, peregrinando sem parar e sem encontrar o sossego do fim definitivo de seu caminho. O timoneiro de Graco que fracassa – talvez ele apenas erre o caminho como um Caronte repentinamente confuso – faz com que o caçador perca todo e qualquer domínio inclusive sobre a canoa de sua morte, mais à deriva do que nunca. E assim, "Graco, o caçador", Graco, o "pleno de graça", conforme a etimologia latina de seu nome, não alcança nem sequer a graça de uma morte de-

Posfácio | **321**

sejada e é mais um dos "judeus errantes" de Kafka. Se é que o autor não parte da palavra *gracchio*, que significa "gralha", em italiano e, portanto, o mesmo que *kavka*, que se pronuncia "kafka", significa em tcheco, para apurar ainda mais a identificação entre personagem e autor. O idílio da paisagem italiana é ilusório, de uma beleza dolorosa, pois a ameaça é onipresente. Ver a porta, lá em cima – o paraíso, o castelo, o tribunal, ou simplesmente o fim –, não significa para Graco ter conseguido sair das águas erráticas da vida, por mais que se deseje que assim seja.

O "Posídon" de Kafka é um insatisfeito com a gestão das águas e na verdade nem sequer conhece bem o seu próprio trabalho, o mar, mas também não pensa em buscar ajuda nem confia nela, aliás, como também "O timoneiro", e muito menos em aceitar outro emprego. Nada de tridente e soberania como todos pensam, o funcionário amargurado, o burocrata em si que é Posídon – e que se supõe inclusive que tenha aquela "cor hemorroidal" dos funcionários de Gógol – se ocupa apenas de cálculos aparentemente mesquinhos. Ele nem mesmo viu os mares que administra, a não ser de soslaio, quando sobe a Júpiter para pedir um apoio moral, voltando sempre decepcionado porque o grande deus do Olimpo o rechaça num desprezo irônico que parece equivaler ao descaso sutil, mas cáustico, do narrador incógnito ao desfraldar e dissecar o grande deus das águas. Talvez esse Josef K. dos mares tenha de esperar até o fim do mundo, até a aniquilação purgadora de tudo que existe, como tantos outros personagens de Kafka, para que um momento de tranquilidade lhe permita enfim um pequeno passeio por suas águas.

Posídon não é o único "deus" que sucumbiu em meio à burocracia. O poderoso Bucéfalo, cavalo de batalha de Alexandre, o Grande e herói do conto "O novo advogado", também virou um rábula mergulhado contemplativa e singelamente em "nossos" antigos alfarrábios, legais ou biográficos. Embora Bucéfalo nem sequer aparente sofrer com a mudança como Posídon. Até porque talvez no passado tenha sido um cavalo medroso, que só à força e contra a vontade foi domesticado por seu cavaleiro, para sentir talvez só então a nostalgia do cavalo de batalha que foi no pretérito, pretérito, contudo, inadequado para a nova época

322 | Blumfeld, um solteirão de mais idade e outras histórias

sem heróis. Bucéfalo parece saber que o que impera no lugar em que antes mandava a espada de um Alexandre agora é a leitura de livros empoeirados. Mas para Kafka não há redenção, nem para o melhor cavalo do mundo – por mais conformado que pareça –, nem para o deus dos mares infinitos. Aliás, o "Prometeu" de Kafka, que já apareceu dilacerado em "O abutre", é mais uma divindade antiga sobre a qual Kafka joga a luz fluorescente e derrisória da modernidade. Ele mostra que mesmo o destino dos maiores esforços é o esquecimento, que talvez a tentativa de compreender prejudique sua potência, porque o que resta ao final será sempre e apenas a rocha à qual um deus foi acorrentado.

"O silêncio das sereias" se chamava "As errâncias de Ulisses", em princípio. E no conto de Kafka, mais um narrador crítico e supostamente contemporâneo mostra como os métodos infantis de Ulisses para se proteger de seu fim de nada adiantam, porque as sereias nem sequer cantam quando ele passa por elas. Para Kafka, Ulisses pode acreditar, se quiser, que não ouviu o canto de seu desejo por ter os ouvidos puerilmente tapados pela cera – ou até ignorá-lo por sua sabida astúcia, afinal de contas, ele é o herói de mil ardis –, mas a falsa sensação de ter vencido as sereias com suas próprias forças o transforma em um bocó qualquer. Sem contar que o suposto triunfo, conforme também já mostra "Para a reflexão de cavaleiros amadores", tem consequências ainda piores do que a simples destruição: uma arrogância infinita à qual nada terreno é capaz de resistir, sem contar que as sereias desejam tanto a Ulisses depois de seu desprezo que provavelmente nem sequer lhe fizessem mal.

O conto "A verdade sobre Sancho Pança", por sua vez, mostra que até o gordinho comilão e feliz, cheio dos apetites de baixo e orientado por um soberano princípio de realidade na obra de Cervantes, tem seu demônio particular na obra de Kafka. E tudo que o Sancho Pança kafkiano fez na vida foi levar esse demônio a executar as ações mais loucas, que, no entanto, não prejudicam a ninguém, para mais tarde lhe dar o nome de Dom Quixote, seguindo-o por um sentimento de responsabilidade e se divertindo, satisfeito com isso até o fim como o

Dr. Bucéfalo de "O novo advogado", e sofrendo como ele uma grande metamorfose, ainda que metafórica.

No mundo de Kafka toda condição é perigosa. É fatal até o desejo infantil de ser índio, porque assim que o personagem de "Desejo de ser índio" se livra das esporas e das rédeas, logo vê também que se vão a cabeça e o pescoço do cavalo que, aliás, já parece mais voar do que galopar. Quando dispensamos o que está à mão para viver a vida dos despojados, podemos perder inclusive aquilo que estes ainda possuíam para se agarrar, e pairamos no vazio absoluto, inseguros, ao léu. E inclusive toda a volição pueril pode virar um pesadelo adulto.

Na vida kafkiana, ademais, muitas vezes se vai à igreja para ver uma moça e acaba se encontrando um devoto que cativa tanto a nossa atenção a ponto de exigir uma aproximação que não se cogitava nem com a moça que era o motivo de tudo, conforme acontece no conto "Conversa com o devoto". Mas também quando o devoto abre seu coração cheio de angústia e carente de ouvidos, ele já passa a representar um problema, sobretudo porque o observador artístico é arrancado de sua posição de mero voyeur, e a vida à distância e sem relações mais chegadas garante uma segurança maior. É como se Kafka se bipartisse entre observador e devoto, num grande diálogo interno, que, aliás, se repete em "Conversa com o bêbado", conto no qual o narrador encontra um simples bêbado que ele insiste ser um alto senhor e arrebicado aristocrata vindo de Paris, repetindo o delírio de "O comerciante". Quem será o verdadeiro "bêbado" da história? Fato é que tanto o jovem narrador entusiasmado quanto o velho bêbado a arrotar caminham de mãos dadas em direção ao incerto. O "devoto" da história anterior, aliás, consolado ao final pelo narrador – como se Kafka conseguisse se pacificar internamente pelo menos de vez em quando –, diz que sua infelicidade oscila sobre uma ponta das mais estreitas, que quando tocada cai sobre aquele que pergunta, lembrando o balde a balançar de "O cavaleiro do balde".

As relações parentais entre os contos são infinitas, provando sem cessar como os heróis das narrativas de Kafka parecem apenas o deus de mil faces de uma religião oriental. O terceiro filho de "Onze filhos",

324 | Blumfeld, um solteirão de mais idade e outras histórias

cujo "tom de [...] voz não é cheio; engana por um momento; faz os conhecedores ficarem de ouvido atento; mas pouco depois se esgota, sem ar" certamente é irmão de "Josefine, a cantora", ainda que esta seja uma camundonga, e aquele, um humano. E Josefine, por sua vez, é gêmea dos cães cantores; tanto ela quanto eles, em alguma medida, são amestrados, e os cães deixam tão encantado o cão narrador de "Investigações de um cão" quanto Josefine deixa seu povo. Esse cão, aliás, também testa a fome, como o "Artista da fome". Artista que, aliás, já canta para se distrair como Josefine. E o cão ainda cospe sangue em seu jejum eterno, lembrando mais uma vez o Artista da fome, assim como a debilidade de Josefine. E todos se encontram na música narrativa e escrita do autor, que desde cedo constatou a sufocante angústia pulmonar que o mataria em 1924. Em carta de 5 de setembro de 1917 a Max Brod, Kafka chega a dizer, por outro lado e lembrando outra história, que com a "ferida sangrenta" de "Um médico rural" – que ele sempre considerou uma de suas poucas narrativas realmente bem-sucedidas – predisse sua própria doença.

Do mesmo modo, o médico que o príncipe espera para "O guarda da cripta", na última peça, pode muito bem ser o médico rural. Único drama de Kafka, "O guarda da cripta" mostra que até o príncipe está sempre ameaçado, e talvez pela própria princesa e seu fiel escudeiro. E isso também porque o príncipe se mostra incapaz de tomar decisões mais imperiosas, já que se encontra no poder há pouco tempo e não parece ter experiência, querendo democracia e diálogo com camareiros num reino no qual ao que tudo indica apenas a ordem autoritária funciona. A relação do príncipe com o passado parece ser apenas o guarda da cripta, um velho do qual pretende cuidar, mas que talvez nem seja tão impotente assim, na medida em que parece até alimentar uma relação incestuosa com a neta e se mostra disposto a lutar bem masculamente com os fantasmas do passado. Como é justo, aliás, como é preciso terminar uma coletânea de Kafka com a frase: "Dessa vez, o outono está mais triste do que nunca."

Assim, também, o caráter auspicioso do início de "O foguista" é igual e sutilmente ilusório ao final de *A metamorfose*. A mesma América de

Posfácio | **325**

"O foguista" aparece como lugar de fuga também em "O comerciante", em que o mundo dos negócios mais uma vez é cheio de corredores e labirintos. Os Estados Unidos como lugar de fuga apareceriam em vários momentos da obra do também judeu Hermann Broch e de vários outros autores da época.

As portas de um mundo novo, tão promissoras na fantasia, tão igualmente acachapantes no mundo de Kafka. São tantos os contos do autor que terminam exatamente no instante em que os personagens centrais irão adentrar um ambiente, conhecido ou desconhecido! E a surpresa encobre até o que é mais familiar em Kafka, mantendo tudo em suspenso, como no caso de "O comerciante" ou de "Desmascaramento de um trapaceiro", por exemplo. O problema kafkiano do homem no mundo pode ser um tribunal, um castelo ou uma mulher baixinha. Os amigos sempre aconselharão uma viagem, como também fizeram ao caluniado – em circunstâncias, aliás, bem estranhas – Josef K. Mas o homem com problemas de Kafka não pode fechar os olhos, não lhe é dado recalcar, muito menos fugir, ele parte em busca de sua culpa e tenta entender até por que uma mulher baixinha, com quem ele acha a princípio que não tem vínculo algum, pode esboçar razão ao culpá-lo de todas as suas mazelas. A sensação do homem kafkiano é sempre a de que, assim que virar as costas a um problema, por mais evasivo, especulativo e distante que seja, este imediatamente aumentará. E por isso "Uma mulher baixinha" pode bem ser o tribunal intangível do narrador inominado do conto kafkiano, que em alguma medida é sempre o mesmo Josef K. Sim, porque "Uma mulher baixinha" mostra como sempre, por mais que ignoremos os motivos, estamos incomodando alguém, ainda que julguemos sequer ter relação com esse alguém. Somos culpados tanto em relação ao tribunal quanto em relação a um indivíduo no processo eterno de nossas vidas, por menos voluntárias que sejam nossas ações e mesmo que não saibamos no que elas resultam. E, se o indivíduo é perturbado for uma mulher, isso não acontece nem sequer porque ela está apaixonada por nós; sabemos, ou pelo menos alegamos para fugir à responsabilidade, que não é esse o motivo. A relação não existe e mesmo

326 | Blumfeld, um solteirão de mais idade e outras histórias

assim parece que jamais terminará. A negação da relação, que aliás explicaria toda a insistência da mulher baixinha, permite que o narrador inominado a mantenha longe e que, embora se sabendo responsável ou até culpado e se ocupando dela em pensamentos, espere por uma solução vinda de fora. É por isso que em vários momentos do conto "Uma mulher baixinha" parece que Josef K. resolveu falar em primeira pessoa, num monólogo maníaco, agora que a questão é individual e ele está sendo achacado por uma mulher e não por um tribunal. E finalmente, aliás, a complicada relação de Kafka com as mulheres – que ele sempre vê como danação e redenção ao mesmo tempo, sobretudo em *O processo*, ou até em "O foguista" – adquire um objeto mais ou menos específico, uma mulher baixinha, ao encontro de quem o narrador, apesar de negar o tempo todo, caminha, inclusive assumindo o comportamento inquieto e a obsessão irracional de sua algoz.

No mundo de Kafka, nem mesmo artista e público – e talvez sobretudo eles – conseguem se entender, e a expressão mais drástica disso está no conto "Um artista da fome", que, aliás, parece tanto uma metáfora perfeita de um reality show como o Big Brother quanto uma instalação brilhante de arte contemporânea, e se mostra antecipador em ambos os sentidos. O artista da fome faz sua arte porque precisa, ela é sua maior obrigação interna, mas o público quer sempre e apenas diversão rápida. Mesmo quando o sucesso se manifesta, no princípio, o fracasso logo toma seu lugar. E até aquilo que o público vê como a mais profunda ascese nos tempos triunfantes é para o artista a coisa mais natural do mundo, sua necessidade mais íntima. É o mesmo destino trágico de "Josefine, a cantora". No meio de tudo ainda há o empresário, mediando entre o que o artista da fome lhe apresenta e o gosto do público, como se a arte fosse uma mercadoria. Sem contar os dilemas do próprio artista, que gostaria de fazer sucesso, mas sem se abandonar nem se vender ao esquema comercial. De modo que a liberdade absoluta só pode ser alcançada quando nenhum público mais lhe dá atenção. Mas o destino do artista da fome é cruel e, após a morte, ele é mais removido do que enterrado pelos trabalhadores. Pouco antes de morrer, o artista da fome

Posfácio | **327**

ainda revela aos mesmos trabalhadores o segredo trágico e definitivo de sua fome: é que ele nunca encontrou um alimento do qual gostasse. Mas os trabalhadores não conseguem compreender, muito menos apreciar o que o artista diz, e simplesmente o consideram louco.

O desentendimento final é apenas o ápice de uma incompreensão que já se manifestava mesmo nos tempos de glória do artista da fome, com o empresário, com as duas damas de honra – que talvez reflitam o medo de Kafka de uma união definitiva pelo casamento –, com os guardas. Mas o artista, sendo da fome ou não, que deseja realmente viver apenas para sua arte, paga sem problemas com uma vida indigna e a fome bíblica de 40 dias, pelo menos na opinião irônica de Kafka, segundo a qual a ambição fanática é indispensável, inclusive aquela que ao fim e ao cabo anula a si mesma no caso do artista.

No contexto histórico, aliás, a narrativa de Kafka provavelmente tenha ecoado apenas de maneira cínica, já que o mundo em 1924 passava fome devido à miséria do pós-guerra e às complicações do novo regime na Rússia. Ao final da narrativa de Kafka, o artista da fome é substituído por seu oposto, uma pantera das mais vorazes, pois é exatamente esta predadora que vai ocupar sua jaula. Mas com Rilke já havíamos aprendido, e Kafka volta a sinalizar a mesma coisa, que nem sequer uma pantera pode ser feliz quando está na jaula, por mais alimento que receba. Assim também a fome do artista da fome, que lembra a precariedade do personagem-título de "O albatroz", de Baudelaire, não testemunha um triunfo físico e sim apenas um fracasso social.

Josefine, a cantora é a diva dos camundongos, cuja música acalenta seu povo eternamente angustiado e fortalece sua sensação de pertencimento. Kafka com certeza via também em si a pose estranha, a necessidade de aceitação que situa na orgulhosa e às vezes até antipática Josefine. Assim como Kafka, a cantora deseja ser liberada de todo e qualquer outro trabalho para poder se dedicar apenas à música. Alguns críticos chegaram a especular que Josefine poderia representar alegoricamente o escritor, também judeu, Karl Kraus, de cuja obra Kafka se ocupou intensivamente a partir de 1921, e que igualmente cativava o

328 | Blumfeld, um solteirão de mais idade e outras histórias

povo de seus leitores, sobretudo judeus, de modo controverso, como uma *primadonna* das letras. Mas a ponte entre Kafka e Josefine é, outrossim, visível. O narrador do povo dos camundongos, um representante de nós, os leitores, diz que se Josefine, a cantora – conforme o já moribundo Kafka, o conto é sua derradeira obra – realmente parar de cantar, eles, os camundongos, talvez nem precisem abrir mão de muita coisa. Kafka certamente pensa em si quando diz que então Josefine, "livre da praga terrena, à qual, no entanto, os eleitos estão consagrados segundo sua opinião", poderá se perder alegremente na multidão incontável dos heróis de seu povo, esquecida em breve, em redenção sublime como todos os seus irmãos, já que nós, os camundongos, não cultivamos a história.

Mesmo quando é campeão olímpico de natação, Kafka não sabe nadar. Na versão original do fragmento "O grande nadador", ignoradas as correções, Kafka mostra como alimentou o sonho infantil e juvenil de ser campeão olímpico e mais uma vez contrapôs sua fantasia à realidade cruel de sua incapacidade de se adaptar ao mundo à sua volta. Nessa versão original, Kafka diz: "Eu voltava das olimpíadas na Antuérpia, onde bati o recorde mundial de natação nos 1.500." As olimpíadas de 1920 foram de fato na Antuérpia e o vencedor, tanto dos 1.500 metros quanto dos 400 metros livres, foi o americano Norman Ross. Se obviamente se inspirou no fato cotidiano do campeonato, Kafka é o nadador que, mesmo sendo campeão olímpico e detentor do recorde mundial na fantasia, e mesmo sabendo nadar bem na realidade – o que ajudou a inspirar a fantasia –, no fundo não sabe nadar. E também por isso esse texto fragmentário tão paradigmático (assim como seus personagens Kafka sentia o medo constante de ser desmascarado e apenas se antecipa ao ato), deixa cativados tantos analistas de sua obra, entre eles Gilles Deleuze. Talvez tentando explicar o fragmento, Kafka, que era, repita-se, um grande nadador, anotaria dois meses depois do registro: "Sei nadar como os outros, só que tenho uma memória melhor do que os outros, e não esqueci o não-saber-nadar de outrora. Mas como não o esqueci, o saber-nadar em nada me ajuda, e eu, ao fim e ao cabo, não sei nadar." Em carta a Max Brod, Kafka ainda diria: "Como alguém que não pode

Posfácio | **329**

resistir à tentação de nadar no mar e é abençoado por ser levado adiante – 'Agora você é um homem, um grande nadador' – e, subitamente, sem nenhuma razão específica, se ergue e vê apenas o céu e o mar, e nas ondas só vê sua pequena cabeça e então é tomado por um medo horrível e nada mais importa, ele precisa voltar para a praia, mesmo que seus pulmões arrebentem. É assim." A impossibilidade é sempre anterior e bem mais duradoura que a possibilidade das tentativas posteriores. A impossibilidade está dada desde o princípio e a possibilidade fracassará sempre porque no melhor dos casos é adquirida. É impossível, pois, fugir ao fracasso, por uma questão de precedência, de primazia, de primordialidade!

Em várias narrativas, algumas já assinaladas, Kafka parece dialogar com seus ancestrais, com seu avô Heinrich von Kleist, inclusive no aspecto micrológico. Tanto que os cavalos que o médico rural consegue em seu próprio chiqueiro – pois eles estão no chiqueiro dos porcos como os de Kleist estiveram no chiqueiro do fidalgo von Tronka –, e cuja existência o médico parecia desconhecer, certamente são os dois morzelos de Michael Kohlhaas. Se Freud, aliás, diz em seu ensaio "Uma dificuldade da psicanálise", de 1917, que o "eu não é senhor em sua própria casa", é mais ou menos essa a exclamação da criada Rosa diante dos cavalos que surgem de repente, vindos do referido chiqueiro abandonado. O conto de Kafka também é de 1917 e os cavalos, símbolo da potência máscula, podem muito bem representar o inconsciente do médico rural, o lugar em que estão localizadas suas pulsões, talvez indigitadas já por Kleist. Sem contar que a criada Rosa fica por sua vez abandonada às pulsões do servo, pelo menos segundo a imaginação do médico. Essa hipersexualização da cena corresponde ao pano de fundo das grandes obras como *A metamorfose*, *O processo* e *O castelo*, nas quais, sempre que surge uma mulher, o sexo vira um tabu ou os personagens a encaram como meio para alcançar seu objetivo. E os cavalos do médico rural em seguida fogem completamente a seu controle, adquirindo autonomia sobre ele. E o médico aparece perdido no espaço como Graco, o caçador – ambas as histórias, aliás, têm vínculos com a saga do judeu errante, tão cara a

330 | Blumfeld, um solteirão de mais idade e outras histórias

Kafka –, e como ele é obrigado a seguir adiante sem objetivo, sem contar que o conto acaba mais ou menos como "O cavaleiro do balde" que, depois de uma série de tentativas vãs, se afasta para as alturas geladas e se perde para nunca mais ser visto. E como é interessante saber que o inverno de 1917, ano em que foi escrito "O cavaleiro do balde", foi especialmente rigoroso, inclusive devido à guerra! E que o conto, no qual o miserável cavaleiro do balde narra em primeira pessoa, só seria publicado em meio a outro inverno, no Natal de 1921. E se Ismael, de *Moby Dick*, sonha em estar onde as cerejas crescem, oh, cerejas, no momento em que o Pequod afunda, destroçado pela baleia branca, "O cavaleiro do balde" morto de frio em meio a paisagens de neve pensa em camelos desérticos que se levantam graciosos sob a vara do guia.

Falando em Melville, assim como alguns outros personagens de Kafka, "O professor da aldeia" parece um sucedâneo de Bartleby, alguém que optou por silenciar e se imobilizar aos poucos, já que não é ouvido mesmo, apesar das toupeiras gigantes que andam aparecendo por aí. "O vizinho" também é vendedor, exatamente como "O comerciante" ou o narrador de "O casal", e diz que "às vezes é preciso exagerar para conseguir alguma clareza", e Harras, o rival que lhe apareceu de repente, vizinho inesperado, também parece um Bartleby redivivo.

A sintaxe sincopada de contos como "Um médico rural" mostra como Kafka faz uso magistral do ponto e vírgula, aliás, aplicado em várias outras narrativas. Se "O vizinho" tem frases breves, as frases de outros contos, mormente, por exemplo, "O professor da aldeia", e, sobretudo, "Investigações de um cão", parecem se encompridar ao interminável. Se a frase de Kafka já tem uma estrutura naturalmente alongada, que se estende ao infinito em que ninguém mais consegue respirar – como se o autor quisesse sufocar o leitor do mesmo jeito que ele sempre se sentiu sufocado, até morrer devido aos problemas pulmonares ao final da vida, aliás, assim como Proust, que talvez não por acaso se caracterizava pelas mesmas frases longas – isso atinge seu ápice em "Investigações de um cão"; e o conto é quase um exercício de como se pode expandir uma frase sem botar o ponto final, ainda

Posfácio | **331**

que o objetivo, medido pelo resultado, seja bem mais profundo que o alcançado por qualquer mero exercício de estilo: frases curtas podem bem ser veículos de ideias curtas.

Arremate

Em qualquer das obras de Kafka, a ambiguidade onírica do universo kafkiano – o nome virou conceito na literatura ocidental – e as situações de absurdo existencial chegam a limites jamais alcançados. Esse absurdo parece crescer à medida que a obra amadurece, conforme se vê em contos como "Um artista da fome" e "Josefine, a cantora". E se Kafka não publicou algumas dessas obras foi por motivos que iam do fato de julgar que mais publicações atrapalhariam os trabalhos que ainda pretendia encaminhar ao fato de elas evocarem as sombras de fases de sua vida que lhe pareciam pessoalmente constrangedoras.

A obra de Kafka já foi analisada por todas as facetas e o volume de sua fortuna crítica encheria bibliotecas inteiras. O desespero do homem moderno em relação à existência, a eterna busca de algo que não está mais à disposição, a pergunta por aquilo que não tem resposta são as características mais marcantes dessa obra de tantos contos geniais. Os personagens de Kafka, sejam eles um cavalo de batalha, várias árvores, uma ponte fracassada, como no conto "Uma ponte", ou uma criança na estrada, são vítimas de um enigma insolúvel: o da própria vida num mundo que não faz sentido. De modo que, com sua obra, Kafka escreve o evangelho da perda, assinala o fim da picada. Kafka é o escritor do lusco-fusco, o poeta da penumbra, a literatura encarando seu próprio crepúsculo.

Picasso proclamou: "Eu não procuro, eu encontro!" Kafka certamente teria dito, muito antes: "Eu não encontro, eu procuro..." Procurar... O mesmo fizeram os buscadores – os eternos buscadores, paródias do mito fáustico genuinamente alemão – de tantos contos e de obras como *O processo* e *O castelo*, ambas inacabadas... Todas são o testemunho autêntico de um artista que – ao contrário de Platão – sempre acreditou que a arte

332 | Blumfeld, um solteirão de mais idade e outras histórias

mantém uma relação íntima, arriscada e decisiva – ainda que indireta, insidiosa e labiríntica – com a realidade.

Nota à tradução

Nos tempos de hoje, o tradutor deixou de ser – inclusive no Brasil, e se por vezes não deixou, deveria ter deixado de ser – um intérprete das expectativas do leitor. Ele já não alisa mais as passagens salientes, não elimina os trechos chocantes, não nacionaliza especificidades culturais e não se preocupa – nem deve se preocupar – com um português bem--talhado que não tem nada a ver com o estilo do original.

Consciente disso, a presente tradução tem consciência também das diferenças linguísticas e culturais e tenta deixar transparentes as peculiaridades estilísticas do original, inclusive sua estrutura sintática por vezes incomum. Mais do que levar a obra ao leitor, ela tenta trazer o leitor à obra – seguindo o ensinamento do ensaio de Friedrich Schleiermacher[4] sem dar atenção a algumas de suas tiradas mitificantes –, consciente de que a atenção ao receptor, e a simplificação da compreensão, nem sequer contribui para o conhecimento aprofundado da obra, conforme ensinou Walter Benjamin.[5] Esta tradução procura não sacrificar a especificidade da obra aos limites do leitor em busca da legibilidade, não faz gato e sapato de Kafka para adaptá-lo ao gosto do público brasileiro e mesmo assim busca ser compreensível na medida em que o original alemão é compreensível.

Se as frases típicas da literatura brasileira contemporânea são curtas, nem por isso despedaço os raciocínios de Franz Kafka, enchendo seu texto de pontos. O que é difícil no original não deve – na medida do possível – ser simplificado na tradução. Se no original há frases longuíssimas – e há –, o leitor vai encontrar frases longuíssimas também na

---

4. SCHLEIERMACHER, Friedrich: "Ueber die verschiedenen Methoden des Uebersetzens". In: *Sämtliche Werke*. Dritte Abteilung. Zur Philosophie. Volume 2. Berlim, 1838.
5. BENJAMIN, Walter: "Die Aufgabe des Übersetzers". *Schriften*. Volume I. Editado por Theodor W. Adorno e Gretel Adorno. Frankfurt a. M., 1955.

Posfácio | **333**

tradução, frases de incontáveis apostos e parágrafos infindos, que usam vírgulas, ponto e vírgula, travessões e outros sinais de pontuação, em parte esquecidos na simplicidade nivelante do Brasil contemporâneo. Em tradução, não se mastiga o que é sólido no original, decompondo em farinha o que era trigo e conduzindo o leitor a fazer o pão conforme a receita que a tradução fornece. Uma boa tradução não apara arestas, e se o original alemão diz "debaixo do meu manto, o rei mato" (conforme está no *Dom Quixote* de Cervantes), eu não opto simplesmente por "cada um pensa o que bem entende quando está sozinho", interpretando e simplificando o original quando ele tem potência poética e carga significativa para ser compreendido sem perdas na tradução *ipsis litteris*.

Pelo mesmo motivo, aliás, a segunda pessoa do singular, o tão amado e já moribundo tu, é mantido na presente tradução. E é mantido porque enriquece a língua, amplia suas possibilidades. A opção pela segunda pessoa do singular, aliás – que já foi utilizada em minhas outras traduções de Kafka e que no Brasil é usual apenas em alguns estados –, também objetiva, entre outras coisas, aproximar a tradução do original. Afinal de contas, se Kafka não é gaúcho, também não é paulista; e os contos originais são todos eles na segunda pessoa. Ademais – e isso é um complicador de ordem prática –, a terceira pessoa do singular é muito distante e muitas vezes "indetermina" o verbo, obrigando o leitor a voltar ao contexto para ver a quem o mesmo verbo se refere, sem chegar às vezes a uma conclusão precisa. Quer dizer, quando conjugada, a terceira pessoa pode se confundir com a primeira pessoa ou com terceiros envolvidos na narrativa, coisa que no original não acontece. Por exemplo, "eu podia", "você podia", "ele podia", "o cão podia", "o salário podia"; mas só "tu podias"... E não é nem uma, nem duas vezes que isso acontece na presente tradução. O tu cheio de caráter e de individualidade evita o problema e dá à tradução a clareza sempre direta e por vezes até agressiva do original. E é uma marca de absoluta intimidade, tanto que há trechos em que o tratamento muda de senhor (vós pareceria demasiado deslocado e situaria o texto de Kafka em uma ancestralidade bíblica inadequada,

334 | Blumfeld, um solteirão de mais idade e outras histórias

arrancando-lhe inclusive a modernidade, por isso foi mantido apenas na peça final) a tu na medida em que a conversa se torna íntima.

Se Kafka, aliás, usa *Urteil* (veredicto) em alguma passagem, se usa *Ungeziefer* (em outra), tão centrais em sua obra, considero que não é por acaso. E lembro de Racine, que espalhou o adjetivo *noir* ao longo de *Phèdre* a ponto de fazer dele um fio condutor da tragédia – *flamme noire, noirs pressentiments, noirs amours, mensonge noir, action noire* etc. – e foi dilacerado por muitos tradutores no mundo inteiro, que meteu sua bronca interpretativa e traduziu o *noir* aqui por negro, ali por preto e acolá por sinistro.

O leitor atento poderá observar o esforço do tradutor no sentido de manter a dicção kafkiana, que por vezes alonga a frase até não poder mais antes de lhe apor um ponto final. Quando a confusão se mostrou grande demais, substituí uma vírgula por um ponto e vírgula; pelo ponto final jamais. Até porque Kafka às vezes desce o martelo de uma afirmação taxativa em uma frase de três palavras, cuja força iria visitar o brejo sem a oposição corrente da frase longa, típica de sua obra.

*O texto deste livro foi composto em ITC Stone
Serif Std, em corpo 10/15,5. Para títulos e destaques,
foi utilizada a tipografia Serifa Std*

*A impressão se deu sobre papel off-white pelo
Sistema Cameron da Divisão Gráfica
da Distribuidora Record.*